ヴァイオレットだけが知っている

メリーナ・マーケッタ

停職中のロンドンの警察官ビッシュは、娘の乗ったバスが爆破されたと連絡を受ける。フランス北部へのバスツアーに参加していたイギリスの子供が、大勢巻きこまれたらしい。娘は無事だったが重傷者多数、数人が死亡した。さらにツアー参加者のひとりが、かつて23人を殺害した“ブラッケンハムの爆弾魔”の孫だと判明。その17歳の少女ヴァイオレットは、事情聴取のあとでツアー参加者の少年とともに姿を消してしまう。ビッシュは被害者の家族として、彼女たちの行方を追うが……。多数の受賞歴を持つ名手が放つ、謎に満ちた追跡サスペンス！

登場人物

バスツアーの関係者

ヴァイオレット・レブラック・ジダン……〝爆弾魔〟の孫娘。十七歳
サビナ（ビー）・バレンティン＝オートリー……警官の娘。十七歳
エディ・コンロン……十三歳
チャーリー・クロンビー……牧師の息子
ロドニー・ケニントン……チャーリーの取り巻き
フィオン・サイクス……十七歳
ローラ・バレット＝パーカー……十三歳
メノシ・バグチ……十三歳
マイケル・スタンリー……十五歳
アストリド・コープリー……十五歳
ラッセル・ゴーマン……
ジュリウス・マキューアン（マック）……引率者
ルーシー・ギリス……

セルジュ・セイガル……………………………バスの運転手

バシル（ビッシュ）・オートリー……………ビーの父。停職中の警官
サフラン・オートリー…………………………ビッシュの母
レイチェル・バレンティン……………………ビッシュの元妻。勅選《ちよくせん》弁護士
スティーヴィー・オートリー…………………ビッシュとレイチェルの息子
デイヴィッド・メイナード……………………レイチェルの二番目の夫。校長
オリヴィエ・アタル……………………………フランス警察の捜査主任
マリアンヌ・アタル……………………………オリヴィエの娘
アフメド・ハティーブ…………………………フランスのバスツアーの運転手
ルシア・オルテス………………………………スペイン人の少女
ジョージ・エリオット…………………………ビッシュの友人。内務省の職員
サミュエル・グレイジャー……………………内務省の職員
ルイス・サラフ…………………………………ヴァイオレットの祖父。〝爆弾魔〟
ノア・レブラック………………………………ヴァイオレットの母。服役中
ジャマル（ジミー）・サラフ…………………ヴァイオレットの叔父

エティエンヌ・レブラック……………………ヴァイオレットの父
ナスリン・レブラック………………………ヴァイオレットの祖母
レイラ・バイアット…………………………事務弁護士
ジョスリン・シャバジ………………………レイラの姉
アリー・シャバジ……………………………ジョスリンの夫
ジョン・コンロン……………………………エディの父
アンナ・コンロン……………………………ジョンの妻
イアン・パーカー……………………………ローラの父。下院議員
キャサリン・バレット－パーカー…………ローラの母
ビラル・ルルーシュ…………………………アルジェリア料理店店主
アルモー・ブノワ……………………………麻薬売人

ヴァイオレットだけが知っている

メリーナ・マーケッタ
小林浩子 訳

創元推理文庫

TELL THE TRUTH, SHAME THE DEVIL

by

Melina Marchetta

ヴァイオレットだけが知っている

ビアンカへ

プロローグ

　建設現場ではみんな彼のことをリヴァプールのジミーと呼ぶ。誰にもあだ名はあるから、ジミーはそう呼ばれてもべつに気にならない。ある日現場監督はこう言う。「おまえはもうひとりのジミーを連想させるな」彼らが立っているのはブラッケンハム・ストリートをはるかに見下ろす足場の上だ。「おまえたちは二人ともライオンの心臓を持ってる」数ヵ月前に《デイリー・メール》紙に載った記事によれば、ブラッケンハム公営住宅《カウンシル》団地《エステート》に住む自分と同い年の青年が、マンチェスター・ユナイテッドと契約を結んだのだった。

　街の噂では、もうひとりのジミーは夢を叶えるために必死に頑張ってきたのだという。リヴァプールのジミーは彼のファンになりつつある。もっとも地元でそんなことを言ったら、叩きのめされるだろうけれど。

　リヴァプールの家が恋しい。何よりも夕食のあと、父さんと母さんと一緒にテレビの前に座ってたわいもない会話を交わしたことが恋しくてならない。だけど、どうしても広い世界を知りたかったから、こうしてロンドンに出てきて三つの仕事をこなしているのだ。昼は建設現場で、夜はパブで働き、週末はリッチモンド・パークで厩舎《きゅうしゃ》の掃除をしている。コツコツ頑張れば、一年以内に旅に出ることができるだろう。それがジミーの夢なのだ。堅信礼《けんしんれい》のお祝いにもらったお金で地図帳を買った日からの夢だった。母さんから聞いた話では、父さんは書類にサインできる年になったときに堅信礼のお金でパスポートを申請したけれど、一度もそれを使う機会はなかったという。

「どこかで落ち合おうよ」ある夜、声が聞きたくて電話したときに父さんを誘ってみる。「オーストラリアは？」かつて父さんがそこの赤土の写真を見せてくれた国だから。

父さんはあまり話に乗ってこない。「どうかな」とボソッとつぶやく。

だからジミーは仕事帰りに寄り道して、ブラッケンハム・ストリートの角にある聖クリストファー教会まで行く。そこでロウソクをともして誓いを立てるのだ。父さんのパスポートにスタンプを押す方法を見つけだす。この命に賭けても、と。

1

ビッシュはまた息子の夢を見ていた。それで目が覚めた。最近ではもう理由を突き止めたいとも思わない。午前三時はいまや魔の時間となり、正体を現した恐怖におののく——この先も午前三時にもたらされるであろう恐怖に。それは自分を眠りから揺り覚まし、喪《うしな》ったものへの思慕と死すべき運命をいやでも思いださせる。

数時間してもう一度目を覚まし、どうにかベッドから起きだすと、すっかり慣れてしまった代わり映えのしない日々が始まる。ひどい二日酔い。大学生の寮のような部屋——山積みになった洗濯物、ナイトテーブルでひしめき合っている一週間分のグラス。水面に浮かんだ金魚。それはもう儀式のようになっていた。新たな一日、新たな金魚の死骸《しがい》。

玄関まで行って郵便物を取ってくると、朝食用のカウンターの椅子に腰をおろして、請求書、ダイレクトメール、私信に仕分けていく。預金残高が五百ポンド不足している知らせを隠すように郵便物をひとつに束ねた配達員の配慮に恐れ入る。電話料金、ガス料金、電気料金。そこに手書きのものが紛《まぎ》れていた。ビーからの絵葉書だ。〝ノルマンディーから便りを寄こせと言ったでしょ〟それだけだった。〝親愛なるパパ〟も〝すごく寂しい〟もなし。ビッシュ・オートリーは職業柄悪党どもを相手にすることには慣れているが、思春期の少女ほど残酷な人間には行き合ったことがない。ビッシュはその筆記体の殴り書きを眺めながら、自分が手書きの文字を待ち焦がれていたことを知った。どこかの誰かがわざわざペンを取って、自分の知らない世界を教えてくれるのを待っていたのだと。

二日酔いの頭に浮かぶよしなしごとを電話の音に破られ、そちらに目をやると、相手は全寮制学校時代の同級生だった。卒業後もたまに会うことはあるが、誘うのはたいていエリオットのほうだった。その後転職していなければ、たしか英国鉄道に勤めているはずだ。

「職場にかけたが、そっちにいなかったんでね、オートリー」

今は事情を説明する気になれなかった。

「聞いてくれ……はっきりしたことはまだわからないが、おまえも知っておいたほうがいいと思って」エリオットは切りだした。「通信部の人間が爆破事件のニュースを聞きつけた。場所はカレーとブローニュ＝シュル＝メールのあいだにあるキャンプ場。ノルマンディー行きのバスツアーに参加したイギリス人の子供たちが大勢いるらしい。先週末におまえのおふくろさんとばったり会ったんだが、彼女の話ではビーも――」

ビッシュは電話を切った。胸をドキドキさせながら、震える指でビーの番号を押し、待った。呼び出し音が聞こえてから娘の声が流れてくる。

〝いないみたいよ。それか、あなたを避けてるのかも。胸に手を当てて考えてみることね。メッセージを残して〟

別れた妻のレイチェルはかつて忠告してくれた。ビーをうまく扱うコツはお願いしないことだと。ビッシュやレイチェルに懇願《こんがん》されると、ビーはよけい残酷になった。だが、一生残酷なままでいいから、今はどうしても娘の声が聞きたかった。

「スイートハート、これを聞いたらすぐ電話してくれ。パパのことを怒っていても電話だけしてくれ。おまえが無事なことを知りたいんだ」

すぐさまエリオットにかけ直す。

「通信部の人間はなんて言ってた？」

「大したことは知らない。二十分ほど前に事件が起こったということぐらいだ。キャンプ場にいた者がツイートしたんだ。爆破されたバスはフランス・ナンバーだが、イギリス人の子供たちが乗ってたと。だからといって、あの子が乗ってたとはかぎらない」

口がからからに渇き、言うべき言葉が見つからなかったが、考えなくても言葉はそこにあった。エリオットが〝ビー〟と〝爆破〟を同じ文脈で語ったとき、すでに言葉は舌の上に浮かんでいた。

「被害の程度は？」

「まだはっきりしてないが、オンライン画像がはいってきてる。楽観はできないな。救急車に、ヘリコプター。子供たちがもう避難したのはまちがいない。フランス当局はメディアを締め出すだろうし、次の爆破予告にそなえて携帯電話の通信を妨害するかもしれない。俺だったら現場に行くな。関係者以外は立ち入り禁止だろうが、親なら入れてくれるだろう」

ビッシュはそれを聞いただけで心を決めた。レイチェルに知らせなければならないが、どう知らせたものか。別れた妻は目下妊娠八ヵ月であり、彼女がカレーのニュースをフォローしているとすれば、そこから知るのはよくない。しかし、娘が旅行中に元夫から電話が来れば、それはそれで警戒するだろう。最善策はわかっている。いちばん話したくない相手ではあるが、新しい夫に知らせるべきなのだろう。ビッシュは気が変わらないうちに電話した。

「ビッシュだ」

ためらうような間があいた。

「何かありましたか?」

感心にも、つまらない挨拶は飛ばしてくれた。

「いいか、レイチェルに知らせてもらいたい。カレー近郊で爆破事件があった。イギリス人の子供たちが乗ったツアーバスが狙われた」

「なんだって。くそっ。ちきしょう!」

二番目の夫に伝えるのは、あまりいい案ではなかったのかもしれない。

「ビーからはまだ返事が来ない」ビッシュはつづけた。「レイチェルに電話をあけておくように伝えてくれ。そっちに連絡しようとするかもしれないから。私はこれから車でカレーへ向かう。現地のキャンプ場に着きしだい連絡するよ」

「ビーはトンネルが苦手なんです」メイナードは言った。「だから、戻ってくるときはフェリーにしてください」

ぷつんと電話を切った。自分の娘だ。あの子の閉所恐怖症は父親譲《ゆず》りだよ、おかげさんでね。

英仏海峡トンネルを通過するより恐ろしいことは思いつかないほどだが、自分の家族を盗んだ男の口からわざわざ聞かされたくはない。

二十分後、ビッシュはドーヴァーを目指してA2号線を走っていた。ラジオはどの局も口をそろえたように最悪の事態を予測していて、まったくうんざりさせられる。フランスの八月のキャンプ場には、ツアーに参加する子供たちやバカンスを楽しむ家族連れがどっと押し寄せるのだ。毎年イギリス人の子供たちが何人ヨーロッパ大陸へ出かけるかという話になったところで、ビッシュはラジオの音量を下げた。次は死亡者数を予想しだすに決まっている。

携帯電話が鳴った。ビッシュはあわてて取り出し、画面に表示された名前を見て気が重くなった。

「ビッシュ、ねえ、何か知ってる?」

母はもともと心配性なたちではないが、その声には不安がにじんでいた。

「今、現地に向かってるところだよ」

「まだ高速に乗ってなかったら、私も連れていって」

サフラン・オートリーの住まいはロンドンから車で四十分ほどのところで、ドーヴァーへの途上にある。とっくに高速に乗ってしまったと言おうかとも思ったが、何しろ頭がぐちゃぐちゃなのでうまく嘘をつける自信がない。

「お願いよ、ビッシュ。あなたをひとりで行かせたくないの」

三時間後、二人はフェリーの乗客となり、曖昧模糊《あいまいもこ》とした悪夢に向かって進んでいた。それでもサフランは長年外交官の妻をつとめただけあり、冷静な表情を保っている。母は人の目を引かずにはおかない人間で、今もラウンジでブリュージュにいる姪《めい》を訪ねるのだという年配の姉妹につかまり、お茶を買ってきてもらえないだろうかと頼まれている。母はすでに姉妹の隣に腰を落ちつけていた。自分たちの荷物にも席が必要だと思っている二人のバックパッカーに荷物をどかしてもらったのだ。事を荒立てることもなく。

「海峡を渡るのにビールを飲みたいなんて人がいるのかしら」姉妹のひとりがバーのほうを見ながら言う。そちらではサフランが紅茶とショートブレッドを買っていた。

ビッシュは飲みたいと思った。酒ならいつでも飲みたい。

フェリーから車を出そうとしたとき、レイチェルから連絡が来た。

「少し前にビーと話をしたわ」

ほっとして頭がクラクラし、ステアリングに額《ひたい》を預けてめまいがおさまるのを待った。母が手に触れてくる。

「ビーは無事だそうだ」と母に告げる。

「だいぶショックを受けてるけど、怪我はしてないって」レイチェルの声が小さく聞こえる。

「誰か一緒なの?」

「母さんだ」ビッシュは言った。「やっぱりビーが乗ってたバスだったのか?」

返事はない。泣き声が聞こえるから、答えはイエスなのだろう。

M20号線のメードストンとアシュフォードのあいだを走っていたとき、頭の靄《もや》が晴れた瞬間があった——もし娘が死んでいたら、自分も生きてはいられないと確信した。すでに一度わが子の遺体の身元を確認しているのだ。二度もそんなことはできない。

「ビーと会えたらすぐに連絡するよ」ビッシュは言った。「サフランにそばについていてもらおうと思ってる」

母が電話を奪いながら、道の片側を指さす。

「レイチェル、私たちはフランスに着いたわ。もうすぐあの子を抱き締めてあげる」

キャンプ場はカレー港から車で三十分ほどのブローニュ＝シュル＝メール近郊にあり、周囲にはおよそ二百エーカーの森林が広がっていた。ティーンエイジャーを乗せたバスが爆破され、頭上をヘリコプターが旋回しているなどという最悪な日でなければ、きっと静謐《せいひつ》を求める者にとっては最適な場所だろう。だが監視カメラもなく、目撃者もいるとは思えないから捜査する者にとっては骨の折れる場所だ。バスの残骸らしきものがかろうじて見える砂利道を途中まで進むと、そこは一列縦隊の駐車場と化し、報道陣のバン、警察車両、救急医療車両がずらりと並び、途方に暮れた親たちが右往左往していた。これ以上先まで行くのは無理だと思い、ビッシュは車を駐めた。砂利道を歩きながら、前方に報道陣が群がっているのが見える。すでに警察との悶着は始まっており、カメラはせめて片鱗《へんりん》なりともとらえようと高く掲げられている。バリケードの前には制服警官が二人いて通行を阻んでいる。ビッシュは母親の手を握り、同じように最前列に出ようとする群衆を押し分けて進んだ。その他大勢とはちがう類《たぐ》いの必死さが伝わったのか、フランスの制服警官がこちらを見た。母がフランス語で話しかけると、若いほうの警官が小さく手振りを交えて答えた。

「ビーの写真を見せてあげて」

もたつきながら震える手で財布から写真を取り出す。その悲痛な面持ちが鬼気迫っていたらしく、警官は無言のまま親指をさっと動かして二人を通した。

道には瓦礫《がれき》が散乱していた。大半はキャンプ場の駐車場につづく鉄のゲートの破片で、門の片側から残骸がぶら下がっている。その先は修羅場だが、バスのそばに設営されつつあるテントで多少隠れている。バスは真っ二つになっていた。前部は黒焦げだが、後部は原形を保っているようだ。スーツケースは積み上げられたものもあれば、吹き飛ばされたものもあった。科学捜査班が黙々と立ち働いている。不気味な静けさをからかうように、周囲の森から鳥たちのやけに陽気な鳴き声が聞こえてくる。証拠を汚染しないための進路を監督している制服警官に誘導されて、救急車がかたわらを追い越していった。死者は何人も出ただろう。真っ二つになったバスのかたわらに小さなテントが二張りあり、およそ百メートル離れた二台目のバスのすぐそばにももう一張りある。三人の死者。駐車場にはそのほかに七台の長距離バスが停まっており、外国のナンバープレートも垣間見えた。ポーランド、イタリア。ビーが乗っていたバスは出口ゲートのそばで爆破されたようだった。

平服の女性が近づいてきて、フランス語で用向きを尋ねた。

「ヌ・ソム・ザングレ（私たちはイギリス人です）」と母が言う。

その女性は一瞬憐《あわ》れむような表情を浮かべ、「ラ・サル・デ・ジュ（娯楽室へ）」と言い、隣の建物を指さした。

娯楽室では救急医療員やキャンプ場のスタッフが生徒たちの世話をしていた。ここにはひどい怪我をしている者はひとりもいないようだ。重傷者はすでに最寄りの病院へ搬送《はんそう》されたのだろう。娘の乗っていたバスが巻き込まれた件についての公式連絡は受け取っていないものの、このツアーに参加した生徒の大半がケント州とサセックス州から来ていることは知っていた。心配した親たちが海峡を越えて無事を確かめにくるにはさほど遠くない地域だ。ビーをドーヴァー港で降ろしたときには、ツアーの定員四十六に対して二十三人しか集まらなかったことも確認していた。二十三人の生徒と引率者がそろっていることを祈りながら、すばやく人数をかぞえはじめる。そのときビーの姿が目にはいり、ほかのことはみんなどうでもよくなった。

娘は壁際に寝袋を敷いて座っていた。こちらを見た瞬間ビーは我を忘れ、よろよろと立ち上がるとビッシュとサフランのほうへ駆け寄ってきた。二人に抱かれたビーの腕は震えていた。ビッシュはこみあげる思いを抑え、この貴重な触れ合いよ終わるなと願った。娘は近頃では触れたと思うか思わないかのうちに体を離してしまうから。昔はしじゅうくっついて離れないので、ビッシュとレイチェルは娘のことをかわいいオランウータンと呼んでいた。だが、三年前に娘は両親が何物からも守ってくれるという考えを捨ててしまった。

ビーは祖母の腕に抱かれて泣きだしたが、しばらくそうしてから「空気が吸いたい」と言った。

ビッシュは娘を窓辺に連れていき、窓をあけたとたん失敗に気づいた。破壊されたバスが目に飛び込んできたのだ。その場から引き離そうとしたが、ビーは魅入られたように外の光景を見つめている。

「引率者は何してるんだ、ビー?」ビッシュは室内を見まわした。ピンボール機二台とビリヤードテーブルを壁際に寄せて、キャンプ場から寝袋を一個ずつ支給された子供たちが休むスペースを作ってある。

「たしかミスター・マキューアンだったかな?」

ビーは答えず、ただ黒い目から涙を流していた。

「パパたちが家まで送ってあげるよ」ビッシュはそう言って、娘を引き寄せた。「ミスター・マキューアンを探して、状況を確認しよう。彼がどこにいるか知ってるかい?」

ビーは震える手で外を示した――前部が黒焦げになったバスにいちばん近いテントのほうを。

「みんなあれはマキューアンだって言ってる……あれから誰も彼を見てないし、茶色のジーザスサンダルがシートの下から見えたって八年生が言ってた」ビーはごくりと唾《つば》を飲んだ。「マックはいつもそれを履いてたの」

それから別のテントを指さした。そばのバスは立ち入りが禁じられ、まわりに警官たちが立っている。「スペインの生徒たちが乗ろうとしてたバス。あそこにも死体がある」

とまどったような顔がくずれて、また泣きそうになったが、ビーはなんとかこらえた。「あたしのバスは吹き飛ばされて真っ二つになったけど、あたしはかすり傷ひとつ負わなかった」

娘は言った。「なのに向こうにいた誰かは、あんなふうに死んじゃった」

釘《くぎ》爆弾だろうか、とビッシュは思った。

「あたしたちのバスが満員だったら、死体袋の山ができてただろうって。みんな我先に後ろのほうの席に座ったのがよかったみたい」

「前のほうには何人座っていたの、ハニー・ビー?」サフランがきいた。

「さあ。ミスター・マキューアンと、ほかにあと六人ぐらいかな。フィオン・サイクスも前にいた。いつもは後ろに座るんだけど、荷物を積んであげてたから」

ビーは一瞬打ちひしがれたように見えた。「ほかにも二人――ゲートを開くために外にいた。ヴァイオレットとエディ」

こちらを見上げた娘の顔には後悔と恐怖が浮かんでいた。

「あたしは何も見てなかった」ビーは言った。「何もできなかった。ただ逃げ出すことしか考えてなかった。そのとき……そのときスティーヴィーを見たような気がしたの。スティーヴィーのところまで行けば、あたしは助かるとわかった……だけど、それはエディだった。エディ・コンロン。バスの外にいた子。でも、それからエディの姿は見てない。彼女が、ヴァイオレットがどこにいるのかもわからない」

ビッシュは娘の額にキスした。「ビー、責任者は誰なんだい?」ビッシュはきいた。「事故が起こってからおまえたちの面倒を見てくれてるのは誰だい?」

「そんな人いない。ゴーマンはバカみたいに駆けずりまわってる。大使館に連絡するんだとか言って」

「もうひとりの人は？」ビッシュはドーヴァー港で挨拶を交わした若い女性のことを思いだした。「ルーシーだっけ？」

「ヒステリー状態」

　このツアーには生徒たちが〝シャップ〟と呼ぶ引率者が三人いた。二人は夏休みに臨時収入を稼ごうとしている教師――ラッセル・ゴーマンとジュリウス・マキューアンで、もうひとりはフランス語のスキルを磨《みが》こうとしている女子大生だ。ビーは何週間も前にこの八日間のノルマンディー遊覧ツアーに申し込み、前金も払ってあった。レイチェルとビッシュがそれを知ったのは残りの代金を支払う期日が迫ってからだった。娘が旅に出たがったのは友人グループから遠ざかりたいからではないかとビッシュは思った。ビーはこのところ、友達とはいっても上辺だけのつながりしかないとこぼしていた。今年ヨーテボリでおこなわれたジュニア陸上競技大会から帰ってきたあと、娘は変わったような気がする。おそらく外国の文化や多様性に触れたせいだろう。自分の国ではいつも仲間に囲まれているものの、ビーは特定のひとりと友達づきあいをするのがあまり得意なほうではなかった。

　サフランがようやく陰惨《いんさん》な光景からビーを引き離し、寝袋のほうへ連れていった。そばに座っていた十五歳くらいの少年が、膝《ひざ》のあいだに顔を埋めている。ビッシュはかたわらにしゃがみ込んで肩に手を置いた。少年は顔をあげた。「ママに連絡がつかないんだ」彼は涙をこらえながら言った。手にはリングノートから破り取った紙を握り締めている。ツアー参加者のリストらしく、氏名と生年月日がていねいな字で書かれていた。その横に電話番号が記されている者もいる。ビーがサビナ・バレンティン‐オートリーと記載されているところをみると、パスポートの情報を引き写したもののようだ。裏面には座席の配置図が描かれていた。ビッシュは少年からその紙を受け取り、こんな状況でも実情に即して対処できる人間がいることに安堵した。

「きみの名前は？」

「マティ」

「これは誰が書いたのかな、マティ？」

少年は肩をすくめた。

「きみのパスポートを持ってるのは誰？」ビッシュは答えをうながした。

「ルーシー。シャップの。ドーヴァーで集めてからパスポートを保管してる」

引率のルーシーがこのリストを作成したなら、ビーが言うほど取り乱してはいないことになる。

「僕たちの電話はほとんど全部あそこ」マティは爆破現場のほうを指さした。「自分で持ってたやつらはみんなが家に連絡できるように回してくれたけど、リストの半分ぐらいまで来たところでプリペイドの残額がなくなった。ゴーマンは自分のを使わせてくれないんだ。大使館からの連絡を待ってるからって」

ビッシュは電話を取り出した。「お母さんの番号は？」

少年が母親との話を終えると、電話は生徒たちにまわされた。手書きのリストを見ると、家と連絡がついた生徒の名前にはレ点がはいっていた。病院へ搬送された者には〝H〟の印《しるし》がついている。まだ連絡がとれておらず〝不明〟と記された者は全部で七人。

エディ・コンロンの名前の横にはレ点がついていた。ビーは姿が見えないと心配していたようだが、親に連絡していたことがわかれば安心するだろう。彼の生年月日が目に留まった――エディはこの八月に十三歳になっていた。ビーの口ぶりから同い年くらいだろうと思っていたが、四歳も離れているとは。

「オートリー警部」

ストルードの教師ラッセル・ゴーマンが近づいてきた。興奮した目つきをしている。

「地元の警察は自分たちが主導権を握っていると考えています」

「そうだろうな、カレーとブローニュは彼らの管轄《かんかつ》だから」ビッシュは強調した。「ここを取り仕切ってるのは誰かな?」

「地元署のアタル警部です。別の者が到着するまでは、彼には自分が責任者だと思わせておきます」

ビッシュはゴーマンの勘違いを正そうとした。自分は捜査のために来たのではないと。ロンドン警視庁はフランスで起こった爆破事件に捜査員を派遣していない。だが、入り口のほうから悲鳴が聞こえて、注意をそらされた。ビーと同年代の双子らしき少女が抱き合っていた。

「犯人はわかっています」ゴーマンは言い、「悪しき血」と付け足した。

「どういうことだ？」

「あとでお話ししますよ」引率者はそうささやくと、新たに到着した親たちのほうへ駆け寄り、自己紹介を始めた。

ビッシュは手書きのリストに注意を戻した。それ以上リストをたどるのは気が進まなかった。〝不明〟と記された名前の横に鉛筆で書き込まれた電話番号を目にしたくなかった。目にすれば親に連絡する義務を感じるだろうから。それでもビッシュはリストに目を落とし、その名前を記憶に留めていった。そしてリストのなかに忘れることのできない名前を見つけた。どう理解すればいいのかわからない。驚愕すると同時に、これをただの偶然ですませてはいけないと自分に言い聞かせた。

ヴァイオレット・レブラック・ジダン。

2

外へ一歩出るなり、捜査主任のオリヴィエ・アタルはすぐにわかった。このフランスの警部はプロボクサーのようだった。しかも醜《みにく》い。見たところ、鼻を何度も骨折したらしい。体つきも顔の毛深さもまるで熊だ。アタルはバスに乗っていた全員の事情聴取が終わるまで、たとえそれがひと晩じゅうかかろうとイギリス人は全員足止めだと主張していた。

親たちは海峡を越えて続々と到着した。最初は取り乱し、それから安堵し、安堵したことに後ろめたさを覚える。みんなの話ではジュリウス・マキューアンは死亡したらしい。ドーヴァーの学校に勤務する歴史教師で、参加した子供たちがいちばん頼りにしていた引率者だった。いっぽう、年齢がいちばん近い引率者のルーシー・ギリス――ケンブリッジ大学で歴史を学んでいる二十代の女性――にはあまり関心がないようだ。ビーによれば、ルーシーはヒステリックになりやすく、バスが爆破されたあとは落ちつかせるのに大変だったという。だとすればやはり、彼女が手書きリストを作成したことも疑わしくなる。そんなわけで、子供たちの運命は引率者のなかでいちばん人気がなく、〝害虫〟というあだ名を頂戴したゴーマンの手に委《ゆだ》ねられた。ゴーマンは爆発以来ずっと大使館に連絡することにかかりきりで、どうしてみんながそれを知っているかといえば、本人が「今、大使館に電話中だ」としか言ってないようなありさまだからだ。

アタルは爆破現場に散らばったものに標識をつけている部下のひとりと言葉を交わしている。不意に、その二人がこちらを向いた。

離れていても、自分がじろじろ見られていることはわかったので、ビッシュは避けられない事態に対処するため、そちらへ近づいていった。

「ラスペクトゥール・アン・シェフ?」アタルは敵意もあらわに尋ねた。

自己紹介しようとすると、さえぎられた。

「イギリスの警部《ダンペクトゥール・アン・シェフ・アングレ》は必要ありません」

ビッシュはかぶりを振り、背後の建物を指さした。「私の娘《フイーュ》。サビナ」

「パスポート」アタルは命令した。

ムッとしたが、ポケットから取り出して渡すと、相手はパスポートをしげしげと眺めた。

「バシル・オートリー」

ここで家庭の事情を説明する気にはならなかった。

アタル警部は爆破現場を指さした。「ヴ・コネセ・レ・ノン？」

ビッシュはとまどって首を振った。フランス語はほんの基本しか知らないから、相手が何を尋ねているのかわからない。母を探してきて通訳してもらおうかと考えた。

「レ・モール？」

死者のことを訊いているのか。自分は死者について何か知っていただろうか。首を振ろうとして、ポケットにリストがあることを思いだした。それを手渡し、〝不明〟という印がついた名前を指し示してから、座席の概略図を見せた。

アタル警部はリストに丹念に目を通し、二人の氏名、年齢、性別を指先で示した。詳細を書き込んだのが誰にしろ、その人物を褒めてやらなくてはならない。アタルは該当者を見つけ出したのだ。男性二人。ひとりは三十代、もうひとりは十五歳。生徒の名前はマイケル・スタンリーで、教師の名前はジュリウス・マキューアン。ビッシュの心は沈んだ。彼らの家族、友人、学友、同僚、仲間、近所の人々の反応が連想されて……。

リストをたどっていたアタルの顔がこわばった。

「メルド」

その間投詞はビッシュも知っている。アタルが毒づいた相手もわかる。まったく同感だ。ビーが参加したノルマンディー・ツアーには、ルイス・サラフ――十三年前にブラッケンハムで起こった爆破事件で二十三人の命を奪った犯人――の孫娘も参加していたのだ。そのヴァイオレット・レブラック・ジダンの母親であるノア・レブラックは、爆弾を作ったことを自白し、目下終身刑をつとめている。

「彼女はどこだ?《ウ・エ・テル》」アタルはヴァイオレットの名前を指さし、繰り返し尋ねた。

ビッシュは肩をすくめた。万国共通のジェスチャー。彼女がどこにいるのかは見当もつかないが、同じ警官としてアタルが何を考えているかはわかる。ヴァイオレット・ジダンは今朝の殺戮《さつりく》の標的にされた可能性がある。即刻探しだすに越したことはない。ビッシュとアタルは両者の言葉の壁を乗り越えようとしばらく頑張ったが、ついに降参した。ビッシュになんとか理解できたのは、もう一台のバスの乗降口にある死体はスペインの少女だということだけだった。

ゴーマンかルーシー・ギリスがヴァイオレットの居場所を知っているかもしれないと思い、ビッシュは二人を探しに戻った。マイケル・スタンリーとジュリウス・マキューアンの身元は彼らのどちらかが確認しなければならないだろうし、大使館職員が到着すれば遺族にも通知できるだろう。遺族が愛する者を探しにくる前にそれができることを願う。すでに到着している家族のなかには、息子が搬送されたブローニュ病院へ向かった夫妻がいた。それでも、現場に設置されたアタルの臨時捜査本部に留まって、しかるべき人物から最悪の事実を知らされるのを待つよりはまだましだ。

建ち並ぶバンガローのあいだで母がこっそり煙草《たばこ》を吸っていた。

「驚いたな。まだやめてなかったのか」ビッシュは煙草の箱を奪い、一本抜いて火をつけた。母もいずれこの悪癖《あくへき》のツケを払わされる日が来るだろう。引率者がひとり死亡し、残った二人があてにならないので、サフランは海峡を越えてやってくる親たちを出迎える役目を進んで引き受けていた。そういうことには慣れている。サフラン・オートリーには異国で悲惨な状況におかれた家族の面倒を見るなんてお手の物だ。十代の実の息子の面倒を見ることだけは得意ではなかったけれど。

「少し休んだほうがいいよ」

サフランは首を振った。「親御さんのことをゴーマンに任せておくのはいい考えとは思えないわ。彼にはもう会った？　ビーの言い方を借りて彼を〝アホ〟と呼んでもいい？」

「ご自由に」

「何か手を打たないと、ビッシュ。親御さんたちが動揺してる。みんなわが子を連れて帰りたいのよ」

「目下のところ、地元の当局はできるだけ多くの情報を集めようとしてるんだ」ビッシュは言った。「みんな帰してしまったら、彼らには今朝起こったことの真相にはたどりつけないだろう」

サフランは息子を肘《ひじ》でつつき、娯楽室のほうを示した。「ルーシー・ギリスよ」

若い引率者はせいぜい十四歳くらいの少女の腕に抱かれ、ヒステリックに泣きじゃくっていた。不運な少女は途方に暮れてあたりを見まわしている。

ビッシュは母とともに近づいて少女を娯楽室に戻してやり、ルーシーをプールのほうへ連れ出した。アタルはすでに報道陣が建物内にはいることを許可しはじめていたから、イギリス人の引率者がノイローゼになっていることを国際ニュースで報じられることは避けたい。

「ルーシー、ヴァイオレット・ジダンについて教えてくれないか」ビッシュは尋ねた。

泣き声はさらに大きくなった。ルーシーはヴァイオレットの素性を知っているのだ。

「ラッセル――ミスター・ゴーマンがパスポートを探しにきました。あたしは全員のパスポートを預かってバックパックに入れておいた。それは娯楽室にあったから誰かが持ち出したにちがいないけど、自分で持ち出した記憶がないの。爆発のあとのことはあまり覚えてないんです」

「じゃあ、みんなに回覧した名前や詳細のリストを作成したのはきみじゃないんだね?」

「ええ。もしかしたらミスター・ゴーマンかも。結局パスポートを見つけて、大使館に連絡して、それを見ながら全員の名前を読みあげてたから」

ルーシーはようやく記憶が鮮明になったかのようにうなずいた。「すぐに折り返しの電話が来ました。ヴァイオレットの名前を知ってた人がいたんです。ツアーにはヴァイオレット・ジダンで申し込んでたけど、パスポートには〝レブラック〟も含まれてるから」

「彼女は今どこにいるの?」ビッシュは訊いた。

ルーシーが深く息をつくと、サフランは肩に腕をまわした。「大丈夫。気を静めるものを飲んだから。怖かったわ、あの子たち。ヴァイオレットも。みんな」

ビッシュは母と目を見交わした。

「大丈夫です」ルーシーは言った。「ドーヴァーでの見送りのときは誰もヴァイオレットの家族を見かけなかったんです」ルーシーはつづけた。「年長の子たちで家族がついてきたのは、ビーだけだったと思う。ヴァイオレットは去年の秋に一家でディールに引っ越してきたと言ってました。書類はちゃんと整ってたし、ディールから送ったものだった。でも、書類は偽造だったの。ミスター・ゴーマンが大使館と連絡を取ったら、彼女はオーストラリアに住んでることがわかったんです」

「だけど、今はどこにいるんだい、ルーシー？」

ルーシーはまた泣きだした。別れた妻からかつて教わったが、泣いている女性に批判的になるのは女性蔑視《べっし》にあたるそうだ。だから辛抱強く接しようとした。「彼女がどうして嘘をついてまでこのツアーに参加したのか、何か心当たりはあるかい？　世界の果てまでやってきて八日間のノルマンディー・ツアーに参加するのは、ティーンエイジャーのやりたいことリストの一位ではないだろう」

ルーシーはかぶりを振り、「引率をするのはこれが初めてだったの」とすなおに認めた。「マック——ジュリウス・マキューアン——は、もしかしたら生徒同士の対立が起こる場合もあると言ってました」

「今年のツアーでという意味？」

「ええ。ツアーのリーダー格は学費免除があるブルーコート・スクールをカンニングで放校処分になりました。全寮制の名門私立校です。生徒たちはみんな彼に逆らうことはあきらめてるみたいです」

ルーシーはまたサフランからティッシュを受け取り、目尻に押し当てた。「しかも……ヴァイオレットとチャーリー・クロンビーは怪しいという噂があるんです」ルーシーは声を潜めている。まるで、こんなことがあった日に起こりうる最悪の事態は、評判が汚《けが》されることだとでもいうかのように。

「昼間は二人とも互いに知らん顔してるけど、夜は……。もちろん、夜に異性のバンガローを訪ねるのは禁じられてます。でも、生徒たちをずっと見張ってるのは無理だし、みんなコソコソするのは得意だし」

「ヴァイオレットとそのクロンビーという子はカップルだったのかい？」

「それは知りません」ルーシーは言った。「ヴァイオレットはだいたいいつもエディ・コンロンと一緒でした」

「恋愛感情があるということ？」サフランが尋ねる。

ビッシュはそうでないことを願った。エディは十三歳でヴァイオレットは十七歳だから。

「それはないと思います。ミスター・ゴーマンは彼らの仲がいいのは、二人とも似たような地域の容貌をしてるからだと考えてるけど、マックは二人の共通点は悲しみだと考えてます……

考えてました。それを感じると。エディは去年、母親を癌《がん》で亡くしてるんです」

そしてヴァイオレットは幼くして父親を失い、母親と引き離されて育った。似た境遇だといえるだろう。

「『似たような地域の容貌』とはどんな意味かな?」

「エディは地中海か中東の顔つきをしてます」

「うちの孫も彼らに惹きつけられたかしら」サフランが言った。「ビーも似たような地域の容貌をしてない?」

ルーシーはそんなことは思ってもみなかったというように、しばらく考えた。

「奥様は中東のかたですか、オートリー警部?」

「いいえ、私の父がそうだったの」サフランが答えた。

「まあ、すみません――あんな言い方をしてお気にさわりました?」ルーシーの目にまたもや涙がこみあげた。「あたしは肌の色で人を判断する人間じゃないんですけど、そんなふうに聞こえますよね」

「謝ることはないのよ、ルーシー」そう言ったものの、口調はいくらか冷ややかだった。

彼らは娯楽室へ戻りだした。爆破現場には国家警察や管区警察の警察官がうようよしているのに加え、役に立たなそうなスーツ姿のお偉方もいた。アタルは面白くない顔をしているが、その理由はわかる。大勢の足が証拠を踏みつけるのはいちばんやってほしくないことだからだ。

「フランスの警察官の娘もちがうバスに乗ってたんです」ルーシーが教えた。「パ=ド=カレーのサッカー遠征で。遠征にはジュニアコーチをつとめる生徒も同行しました。マリアンヌ・アタルもそのひとりです」ここからでもアタルに聞こえるのではないかというように、ビッシュの耳元でささやく。「あたしに言わせれば扱いにくい娘です——偉ぶってて、まるでフランスを支配してるかのように」

アタルはカメラマンを殴りかねない様子をしている。真っ二つになったバスのかたわらのテントのなかを写そうとしたのだ。

「あたしたちもフランスのバスと同じ道を通ったようですけど、目的地は逆方向でした」

そのとき電話が鳴って、ルーシーはポケットが焼けて穴があいたかのような悲鳴をあげた。

「しっかりしないとだめよ、ルーシー」サフランの声は辛抱が切れかかっていた。彼女から電話を受け取り、歩きだしながら応答した。

ビッシュはポケットから手書きのリストを取り出そうとして、アタルに渡したことを思いだした。

「軽傷で病院に搬送された人のうち、誰か覚えてるかい?」

ルーシーはうなずいた。「エイミー・ジェイコブズ」

ビッシュは病院の番号を調べて電話した。エイミーの母親を呼び出し、少し話をしてから大使館職員に代わってもらった。カーモディと名乗った女性は、キャンプ場の現状について簡にして要を得た説明をしたビッシュに信頼を寄せ、そちらでは負傷した十人の生徒の面倒を見ていることを説明してくれた。そのうち重傷者は四人。二人は手や足を失い、ひとりは片目を失った。最悪の事態を覚悟してほしいと彼女は言った。ビッシュはその言葉を頭から追い払うことができなかった。彼女はほかの大使館職員がパリからキャンプ場へ向かっているとつづけた。

「秘密情報部《SIS》もまちがいなくそちらへ向かっているでしょう。うちの職員が先に着けるといいんですが。情報部はあまり感じがいいとは言えませんから」

アタルが英国秘密情報部の人間を迎える姿は想像できないが、情報部にははいり込む手だてがあるだろう。電話を切ったとき、彼らは娯楽室のベランダまで来ていた。そこには年長の生徒たちが集まっていた。

ルーシーがそっとつつき、「チャーリー・クロンビーです」とささやく。

「ヴァイオレットについての噂はほんとなのかよ」ラグビー選手タイプのがっしりした体つきの少年が尋ねた。脳みそが軽そうなアホ面《づら》をしている。わが娘がこのクロンビーという生徒をリーダーに祭り上げることになんらかの形で関わっているのかと思うと、ビッシュはがっかりした。

〈スカイニュース〉の記者がなんとか特ダネを得ようとそばをうろついている。きっとこのなかにヴァイオレット・ジダンの素性をリークした者がいるのだろう。

「きみは彼女のことを心配してるんだよね?」ビッシュは自分を抑えきれず、その少年に向かって言った。

「あんな尻軽娘のことを?」アホ面の少年は言う。「クロンビーのおこぼれをちょうだいするつもりはないよ」と隣の少年を肘でつつく。つつかれたほうはなんの反応も示さない。

隣のほうがチャーリー・クロンビーなのか。これは意外だ。ビッシュの時代は、悪漢は見るからに悪漢らしい形《なり》をしていた。こんな痩せっぽちで、あまり洗ってないような赤毛をした悪ガキはいなかった。クロンビーの目はどこかぼんやりしている。知らないあいだに自分のなかで何かが進行しているとでもいった目つき。ここ何年か、ビーは男子に興味がないような気配を漂わせることがあった。一度も興味を持ったことがないのではないか。しかしこの少年たちを見ていると、やれやれよかったとしか思えなかった。

「ひどいことを言うのね、ミスター・ケニントン」ルーシー・ギリスはアホ面の少年に話しかけ、声が震えないようにしながらつづけた。「今度また女の子のことをそんなふうに呼んだら、ご両親に知らせるわよ」

「うちの親も尻軽娘って呼ぶよ」

まわりの者たちはぎこちない笑い声をあげたが、クロンビーは笑わなかった。「ヴァイオレットについての噂はほんとうなのか?」と強い口調でビッシュに訊いてくる。「彼女は何者なんだ?」

「ヴァイオレットは自分のことを何も打ち明けなかったのかい?」

クロンビーは肩をすくめた。「なんでわざわざ? 俺たちはやっただけだ」と言って歩きだす。

隣に立っていた少女があとを追い、クロンビーにもたれかかった。恋の相手がテロ容疑者だということほど、別れる理由としてもっともなものはない。

娯楽室からゴーマンが出てきた。水を得た魚《うお》のように生き生きしている。この手の人間は何度も見てきた。惨事は彼らに目的を与える。ゴーマンもこの悲劇における役割をまだまだ終わらせていない。

「少々お力を貸していただけますか、オートリー警部」

チャーリー・クロンビーは耳に舌を入れてきた少女を押しやり、ビッシュを見据えた。

「あんた、バレンティン＝オートリーの父親なのか？」

答えを期待しているわけではなかった。クロンビーは目をそらし、何やらつぶやいている。

「役立たず野郎」という言葉だけ聞こえた。

携帯電話が鳴って、ゴーマンが応答した。「大使館から」とささやく。まるでビッシュが尋ねでもしたかのように。「ちょっと失礼します」ゴーマンは娯楽室に戻っていった。

「ヴァイオレットがどこにいるか、誰か知らないかい？」ビッシュはその場の生徒たちに訊いた。大使館のカーモディの話では病院にはいないらしい。ヴァイオレットの姿が見えないのはどうも気になる。

「ゴーマンに訊けよ」チャーリー・クロンビーが言った。その口調には押し殺した怒りがあった。

できることなら、あの引率者とはこれ以上話したくない。しかし、ビッシュは彼のあとを追った。

娯楽室にはいると、生徒の親たちが一直線に向かってくる。その場にいたサフランがお茶のカップを差し出した。

「親御さんたちとお話しするの？」サフランは息子の手のひらに甘いビスケットを二枚押し込んだ。「自国の警察が関わっていると知ったら、皆さんもほっとするでしょう」

「だけど自国の警察は関わってないよ」

「そこまで知る必要はないわ。バッジを見せるだけでいいの。みんな安心したいのよ」

厳密には現在はそういうものを提示する立場にあるとは言えない。一週間前にバッジは置いていけと言われたのだ。とはいえ、ロンドン警視庁での職務は外勤ではなかった。署内で制服警官の管理を担っている。地域住民との渉外係も担当しているが、もし職場への復帰が許されなかったら、いちばん懐かしくなるのはその役目だろう。住民たちにうまく情報を与え、彼らの質問に答え、地域の平穏を保つコツは知りつくしている。

ビッシュは大人たちを娯楽室の片隅にある小部屋へ誘《いざな》った。室内には体育用具がしまわれていた。ビッシュを囲む大人たちは十人以上いて、〝警部〟というささやき声が聞こえてくる。

「みなさん、お子さんの消息は確認できましたか」

親たちは手をあげたり、うなずいたりしている。ありがたいことに、この三十分に到着した者たちのなかにマイケル・スタンリーやジュリウス・マキューアンの身内は含まれていなかった。

「私も父母のひとりです」ビッシュは言った。「つまり、警察官としてここにいるのではありません。あなたがたのお気持ちは痛いほどよくわかります。焦燥と疲労と不安を感じておられる。今、私が願うのは娘を家へ連れて帰ることだけです」

「英国大使館の人はどこにいるんですか」母親のひとりが尋ねた。

「搬送先の病院で負傷者の対応にあたっています」ビッシュは答えた。「しかし、まもなくこちらにも職員が駆けつける予定です」

「フランスの警察は子供たちの事情聴取が終わるまでは帰宅させないと言ってる」男性が発言した。「その事情聴取はまだ始まってもいないようだがね。我々は何日も足止めを食うことになるだろう」

それを聞いて、親たちの顔に苦悩の色が走った。

「彼らはここで何が起こったのかを解明するために全力を尽くしています。ですから、我々も我慢しないといけません」ビッシュはきっぱり言った。

「うちの娘たちは取り乱してます」双子の娘を持つ母親が訴えた。「あの子たちの友達のひとりがリストに〝不明〟と記されてるんです」

何人かが同様の懸念を口にした。この六日間夕食のテーブルで顔を合わせていた友人が死んでいるか重傷を負っているかもしれないなんて、いったいどうやってわが子に伝えればいいのか。

「じつは病院におられる親御さんと話をしたばかりなんですが」ビッシュは言った。「レジー・ヒルとエイミー・ジェイコブズはまもなく退院できるでしょう。二人とも軽傷ですから。重傷者はフィオン・サイクス、ローラ・バレット＝パーカー、メノシ・バグチ、アストリド・

コープリーの四人です。彼らは全員バスの前部に座っていました。不幸な出来事のなかでせめてもの救いは、バスが満席ではなかったこと、および空席が前部に集中していたことでした」

「外にあるのは誰の遺体なの？」母親のひとりが思いきって問いかけた。

「はっきりしたことは言えません」まったくの嘘というわけではない。ビッシュは咳払いしてかすれた声をなめらかにした。「スペイン人の少女が自分の乗ったバスのステップで死亡していました。大破したバスのそばに安置された二体は我々の仲間です。みなさんはお子さんたちに最悪の知らせを聞く覚悟をさせなければならないでしょう」

「遺体は移動させるべきだろう」ゴルフ場から出てきたばかりのような服装の父親が言った。ここにいる人たちのほとんどは休暇中だった。どうやら取るものもとりあえず車や飛行機で駆けつけたらしい。「外に置かれたままじゃ気の毒だ」父親は言い添えた。

「気の毒ですが、警察が自分たちの仕事をすませるまでは無理だと思います」

女性たちは泣きだした。男性陣は目尻の涙をぬぐい、信じられないというように首を振っている。

「あと二時間ほどミズ・ギリスの邪魔をしないでいただけますか」ビッシュは穏やかな口調を保ち、話をつづけた。「少なくとも六人の保護者のかたがたが移動中ですので、彼女は連絡が来る場合にそなえて、いつでも対応できるようにしておかなければなりません。何か新しい情報がはいりしだい、みなさんにお伝えします。私に言えるのは、娘がここにいてよかったということだけです。病院にいるのではなく。あるいは外に寝かされているのではなく。今いちばんいいのは、お子さんのそばにいてあげることです」

親たちの興奮状態はいくらかおさまったようだった。低い話し声が聞こえたのを潮《しお》にビッシュは歩きだした。

「レブラックとかいう少女の件ですが」別の男性が切りだした。「息子の話ではあまり話をしたがらなかったそうだ。不自然ですね」

「それに性的なサービスを提供した相手もひとりではなかったとか」別の母親がつづける。

「その子が本当にあの忌まわしい一族のひとりなら――」

「その件についてはお話しできません」ビッシュはきっぱりと言った。「私もよく知らないのです。しかし誰の娘であろうとヴァイオレット・ジダンの消息は不明であり、あなたがたのお子さん同様、この悲劇の被害者であることには変わりありません」

ビッシュは小部屋を出て、この一時間わが子をひとりで放っておいたことを悔やみながらビーを探した。娘はサフランと一緒にベランダにいて、テントを出入りしている科学捜査班を眺めていた。

こちらに気づくと、ビーはクロンビーと同じことを尋ねた。「ヴァイオレットについての噂はほんとなの？　あの子のおじいさんが大勢の人を吹き飛ばしたとか、あの子のママがその爆弾を作ったとか」

ビッシュは話をはぐらかした。「ヴァイオレットがどこにいるか知らないか、ビー？」

「あたしの知ったことじゃない。地獄で腐ればいいのよ」

ビッシュは娘をじっくり眺めた。いつもとはちがう恰好をしている。ビーは体育会系で、飾らない服を好むタイプだった。それが今は短い丈のチュールスカートらしきもの、ムートンブーツ、黒のタンクトップといういでたちだ。黒髪に青いメッシュがはいっていることには今初めて気づいた。

「これはあの子にやられたの」ビーは目の上の青痣《あおあざ》を指さした。

「女の子がそんなことするのか？」

「ええ、女の子もやるのよ、ビッシュ」

そうか、またビッシュに戻ったのか。ビーが父親を〝ビッシュ〟と呼ぶときは〝バカじゃないの〟という気持ちがこめられている。パパでいられた幸せな時間はたった二分だった。娘は数年前から父親と母親をファーストネームで呼ぶようになった。レイチェルも自分も反抗期なのだろうと思っていた。このごろではもう反抗期は卒業したらしいが、相変わらず愛想はない。

「女の子に拳骨をお見舞いすることのほかに、彼女に怪しげな振る舞いはあったかい？」

ビーの関心はすでにそこになく、駐車場のバスのほうへ案内されていくティーンエイジャーの一団に向けられていた。みんなサッカー部のユニフォームを着ている――おそらくパ＝ド＝カレー県のチームだろう。今日は遠征の最終日で、アミアンで試合がおこなわれるはずだったが中止になったのだ。自分たちのバスに乗るのなら、事情聴取が終わって、アタルに帰宅を許されたということになる。

フランスの少女たちが視界から消えると、ビーは去っていった。

ビッシュは母親のほうを見た。最近では自分よりサフランのほうがビーのことをよく知っている。

サフランはため息をついた。「ビーはこのツアー中ヴァイオレット・ジダンと同室だったのよ」

「二人は友達だったということ？」ビッシュは驚いた。

「ビーはそう言っていないけど。ほかの少女たちはフェリー上でペアを組んだの。最後に残ったのはビーとヴァイオレットだった。あの二人には選択肢がなかったというわけ。でもビーはヴァイオレットがどこにいるか、しきりに気にしているわ。エディ・コンロンの居場所についても」

「だけど、エディはそう遠くまで行ってないだろう。リストではその子の名前にレ点がついてるよ」

「親御さんがまだ到着していない子たちのなかには、警察のバリケードのそばにテントを張って迎えを待つ子もいるわ」サフランは言った。「その子もたぶんそこにいるんでしょう」

ルーシー・ギリスがベランダに出てきた。ヴァイオレットを〝尻軽娘〟と呼んだ少年がピクニックテーブルのそばにいるのが見える。両親と一緒に〈スカイニュース〉のインタビューを受けている。

「チャーリー・クロンビーの友達だよね」ビッシュはルーシーに言った。「名前はたしかケニントンだったかな？」

「ロドニー・ケニントンです。最初はこの場のリーダーになる気でいたけど、チャーリー・クロンビーが登場すると、すぐに彼の取り巻きでもいいやと思い直したようです」

「彼らのなかに好きになれるような子はあまりいません」

「ロドニー・ケニントンのことは好きじゃないんだね？」

後ろめたそうな目で、ルーシーはこちらを見た。わが娘のことも好きではないのだろう。

「まともな十一年生はフィオン・サイクスだけでした。進んで下級生の面倒を見たり、あたしたち引率者にも突っかかるんじゃなくて、じっくり話し合おうとしたりするタイプ。彼は卒業したらケンブリッジ大学で神学を専攻するつもりだったんです」

ルーシーはつらそうに顔をそむけた。「あたしは今朝、ローラの荷物を棚にあげるのを手伝ってほしいとチャーリーに頼んだんです。もちろん、彼は断りました。ローラのような人間は他人に頼らないことを覚えたほうがいいと言って。だからあたしはフィオンに頼んだんです。彼なら断らないことを知ってたから」

ビッシュは眉《まゆ》をひそめた。ローラの名は重体患者名簿に載っていた。彼女が座っていた周辺はもっとも衝撃が強かった。もしフィオン・サイクスがそのままその場に残っていたとしたら……

「フィオンは脚の一部を吹き飛ばされたわ」サフランが口をはさんだ。「救急救命士から聞いたのよ」

「親御さんは？」ビッシュは訊いた。

「母親がいる」サフランは言った。「ニューカッスルに。どうやら車は運転しないようね」

ビッシュはもう一度ケニントン一家を眺めた。〈スカイニュース〉の記者に向かって、怒濤《どとう》の勢いでしゃべりまくっているようだ。

「メディアにはほかの生徒のことは話さないようにと、誰かケニントン一家に教えてやったほうがよさそうだな」

「もう手遅れです」ルーシーは顔をしかめた。「すでにツイッターに情報があがってます。ヴァイオレット・レブラックはトレンドになってますよ」

そのとき、隣の食堂からひとりの少年が現れた。黒い瞳、ちぢれた豊かな黒い髪、オリーブ色の肌。ルーシーが言う似たような地域の容貌だ。この子がエディ・コンロンにちがいない。出会う子すべてをスティーヴィーと比べるのはもうやめたはずだったのに。サフランの父親がエジプト人であることは、家族のあいだでもはっきり口にしたことはなかった。だから母がルーシーにそう言うのを聞いたときは意外な気がした。唯一、母がアラブの血を引くことを物語るものがあるとすれば黒々とした髪だろうが、今はそれも白髪交じりになっている。それ以外はどこから見てもイギリス人の男性が理想のイギリス人女性をたとえるときに使う〝イングリッシュローズ〟であり、父もよく母のことをうれしそうにそう呼んでいた。ところが、レイチェルとのあいだに娘と息子ができてみると、どちらもビッシュの祖父の特徴である肌や目や髪の色を受け継いでいた。レイチェルは赤毛で、ビッシュはこれといって特徴のない目立たない色だ。ビーの美しいオリーブ色の肌や黒い瞳には二人とも驚かされたが、スティーヴィーのときには心の準備ができていた。「この子はオマルと呼びましょうよ」とレイチェルは冗談めかして言ったものだった。周囲の人たちには、中東から養子を迎えたのではないと説明しなくてすむようになるまで数年かかったのだ。

エディ・コンロンはそわそわと体を動かしているが、それは不安や緊張のせいではなく、エネルギーが漲《みなぎ》っているせいだった。

「彼女と話せるかな？」エディはルーシーに訊いた。「ヴァイオレットと。彼女とならこの事件の真相を突き止められるから——絶対できるって。みんなが彼女や爆弾について言ってることは真実じゃないから。嘘っぱちだらけなんだ。わかるよね？」

ビッシュはエディをじっと見つめた。ヴァイオレットの名を口にしたときの目をそらした様子も。この子は何か隠している。

「彼らに教えてやってよ、ルーシー」少年は必死に頼んだ。「ヴァイオレットと僕の絆がどんなに強いかを。僕になら話してくれるって」

この少年の口調や動作には人の心をなごませる音楽性がある。この子がそうとは知らずに面倒なことに巻き込まれていなければいいが、とビッシュは思った。

「みんなはヴァイオレットや爆弾についてどんなことを言ってるんだい、エディ？」

ルーシーがビッシュのことを紹介した。「エディ、こちらはサビナ・バレンティン-オートリーのお父さんよ」

だが、エディはビッシュのほうを見ようとせず、「つまらないことだよ」とつぶやいた。

「エディ、ヴァイオレットの申込書類が偽物だったのは知ってたかい?」訊かれた少年はそわそわと指先を腿《もも》に叩きつけている。「大使館がオーストラリアにいる祖父母に連絡したんだ。孫娘はエディンバラ公賞（奉仕活動、冒険旅行などを通じて、14～24歳までの青少年を対象に、自主性、協調性を育み、自信や自尊心を高めることを目的とし、おこなった活動の時間数等に応じて賞を授与する取組）を取るため、タスマニアの電波の届かない場所にいると思ってるよ」

「その人たち、怒ってた?」エディは小声で訊いた。

「きみはどう思う?　彼女は祖父母に嘘をついたんだ」

「だったら、どうして嘘をついたのか僕が訊いてみるよ」エディは言った。「彼女はあそこでひとりきりなのに、僕は彼女を出してやれない。あのままじゃ息ができなくなるよ」

「どこにいるんだい、エディ?」ビッシュは困惑しつつ尋ねた。

　エディは食堂を指さした。ルーシーがまた泣きだした。ビッシュは女性蔑視と非難されてもかまわないから、しっかりしろとルーシーを叱りたいのをかろうじてこらえた。

「ミスター・ゴーマンがヴァイオレットの面倒は自分が見ると言ったけど、いい意味じゃなかった」エディが話しだした。「外国人というのはでまかせばかり言う、マデリン・マクカーン事件（二〇〇七年にポルトガルで当時三歳のイギリス人女児が消息を絶った事件）のときのようにな、と言って」だんだん早口になって、せわしなく体を動かしている。「彼女を閉じ込めてしまったんだよ。食堂の奥のキッチンにある戸棚に。そして、こうするのはみんなのためだと言った、そうだよね、ルーシー?　でも、そんなの嘘だ。もしここにマックがいたら、そんなことはさせなかったのに」

「よし、ミスター・ゴーマンを探して、彼女をそこから出してやろう」

怒りはいきなりやってきた。ビッシュが怒りをあらわにすることはめったにないが、いったん怒りだすとその波紋は大きい。全寮制学校での彼のあだ名は〝ハルク〟だった。図体がでかいとか腕っぷしが強いとかいうのではなく、普段は温厚なのに道理に合わないことがあると激怒するという理由からだった。一週間前にも職場でそんなことがあったが、それもこれも相手が愚《おろ》かな人間だったせいだ。頭の良し悪しではない。あくまで我意を通す愚か者のことだ。ゴーマンもその手の人間だった。

ゴーマンは外にいた。爆破されたバスを隠すキャンバス地のバリケードの前をうろうろしている。アタル警部となんとか〝会話〟しようとしているが、当のフランス人はそれどころではないようだ。ビッシュはアタルがバリケードの向こうに姿を消すまで待った。地元の人間には何も悟られたくない。

「戸棚の鍵はどこにあるんだ？」ビッシュは声を抑えて訊いた。

ゴーマンはびっくりしたようだが、すぐに立ち直った。

「私はＭＩ６に連絡しました」と偉そうに言う。「彼らはすでに到着しています。彼女の身柄を確保したがるでしょう」

長すぎる一日。長すぎる酒なしの一日。ビッシュはゴーマンの腕をつかみ、報道陣やフランス警察の目に留まらぬよう、引きずるようにして食堂まで連れていった。ゴーマンはつかまれた腕を振りほどこうとし、ゴムマットにつまずいた。中流階級の運動不足の中年である二人はものの見事に倒れ込んだ。

取っ組み合いに勝ったビッシュは、ゴーマンのポケットから垂れている紐を引っ張り、鍵を奪い返した。何かが動く気配に顔をあげると、娯楽室の窓からこちらを見つめている娘が目にはいった。隣にはクロンビーやケニントンたちもいる。チャーリー・クロンビーがニヤニヤしながらビーの耳元で何やらささやいたが、娘は彼を払いのけて窓際から去っていった。

食堂の奥のキッチンにはいると、ビッシュは戸棚の鍵をあけた。なかは暗く、湿ったにおいがする。明かりをつけようと壁を手探りしたが何もない。ようやくドアの外側にスイッチがあるのを見つけ、なかは明るくなった。ヴァイオレット・レブラック・ジダンは目の前の床にいた。かろうじて腰をおろせるスペースに膝を抱えて座り、こちらを見上げた目には恐怖が宿っていたが、それは積み重ねたスタッキングチェアに囲まれている。缶詰や紙皿の詰まった棚、一瞬で消えた。小さい頃に骨折したような形の鼻。母親譲りのオリーブ色の肌と黒い瞳は、根元が濃い色をしたチリチリの金髪と奇妙な対照をなしている。いつのまにかそういう色合いになったのかもしれないが、ビッシュは四歳のヴァイオレットが同じように根元が濃い色の金髪だったのを覚えている。

いつから閉じ込められていたのか知らないが、ヴァイオレットは汗をかいていた。ここに一分もいないのに、ビッシュ自身も汗をかきはじめた。ヴァイオレットは立ち上がり、ビッシュの背後を見ると顔色を変えた。

「あっち行って、エディ」

そのオーストラリア訛《なま》りは意外だった。彼女は人生の大半をそこで暮らしてきたのだから当然のことなのだが。

「僕はここにいるよ」エディはビッシュの肩越しに言った。

「行きなさい！」ヴァイオレットは命じた。

背は低いかもしれないが、この少女は手ごわい。自分より背の高いビーの顔を殴って喧嘩に勝っているのだ。

「きみはヴァイオレットだね？」と話しかけたが、少女は背後のエディを見つめたままだ。そして少年にアラビア語で何か言った。〝愛〟という単語はわかったが、あとは意味が取れなかった。ビッシュは懸命にそのアラビア語を記憶に留めた。

エディはそれ以上何も言わず去っていった。

「法定代理人はいるのかい、ヴァイオレット？」ビッシュは尋ねた。必要になるとわかっているから。事件に関与しているにしろいないにしろ、ヴァイオレットはまだ十七歳だし、家族も遠く離れたところにいる。「ヴァイオレット、聞いてるのか？　きみの家族はイギリス人の顧問弁護士を持ってるかい？」

ヴァイオレットは小馬鹿にしたような視線を投げた。「叔父は二度とイングランドの土を踏めない、母は終身刑の判決を受けた。うちにどれだけ優秀な弁護士がいると思うの、バーカ」

バカと呼ばれたことはあるが、これほど確信を持って言われたのは初めてだった。その口調にはどこか舌足らずなところがあった。まったく得体の知れない少女だ。背後の物音に振り返ると、キッチンの戸口に生徒や親たちが集まっていて、こちらを眺めていた。

「フランスの警察に事情を聴かれることになっても、身内の誰かが到着するまでは何も言わないほうがいいよ」ビッシュは助言した。

ヴァイオレットの目はビッシュの向こうにいる者たちに向けられている。「あたしが心配してるのはフランスの警察のことじゃない」

3

ヴァイオレットのことを説明するとしたらどんな表現がぴったりするかな、とスーツ姿の二人組はエディに尋ねる。

「気が強くて、くだらないことが嫌いです」嘘ではないが、言葉を省くのは嘘をつくのと同じことだ。母親ならきっとそう言うだろう。ヴァイオレットは気性が荒いどころではない。獰猛《どうもう》というほうが近いが、エディにはそれをどう表現すればいいかわからない。

「あたしたちは悪魔を恥じ入らせるのよ」ドーヴァー港で出会ったとき、ヴァイオレットはそう言った。

それを今ここで言うわけにはいかない。ゴーマンに連れてこられたのは駐車場を見晴らすバンガローで、そこにどこの誰とも知れないスーツ姿の男が二人待っていたのだ。二人がイギリス人だとわかったときは安心したが、すぐまた不安になる。だからエディは言葉を省きつづける。ヴァイオレットには暴力をふるう傾向があるかと訊かれて、たまに喧嘩をすることはあると答えたものの、マリアンヌ・アタルの喉元に飛び出しナイフを突きつけたことは黙っておく。引率者《シャップ》たちはフランスのバスとツアーコースが一緒じゃなくてよかったと胸を撫でおろし、ヴァイオレットは年長者なのだからみんなのよい手本になるべきであり、カレー警察の警部の娘にナイフを突きつけるような国際問題をまた起こしたら、タクシーで英国に送り返し、両親に責任を取ってもらうと言った。

「ヴァイオレットもほかの生徒たちと一緒にバスに乗っていたのかい、エディ?」スーツの男が訊く。「生徒たちには好かれていたかい?」

そうでもない、と言いたい。スピタルフィールズから来たメノシと、フォークストンから来たローラがヴァイオレットを好きじゃないことはたしかだ。ローラとメノシはフェリーで仲良くなり、バスに乗ったら運転手のセルジュの後ろの席に座ろうともくろんでいた。ところが先にその特等席を取ったのはヴァイオレットだった。

「ここに座りましょう」とヴァイオレットは言い、その後六日間はそこが指定席になった。ヴァイオレットがバスに一番乗りすることにこだわったおかげで、ローラとメノシはその後ろの席に座ることになった。彼女たちのことは好きだったので、エディはべつにかまわなかった。彼女たちもエディと同じ七年生で、聞こえてくる二人の会話は愉快で思わず笑ってしまう。けれど、ヴァイオレットはあまり愉快そうではない。メノシがVioletteという名前には〝vile(卑劣)〟と〝evil(邪悪)〟という言葉がはいっているとローラに教えているのが聞こえたのだからなおさらだ。

「ひっぱたかれたいの、メノシ」ヴァイオレットは振り向いて警告した。それでも、後ろのほうに座っている同い年の生徒たちに比べれば、メノシとローラには手加減しているとエディには思えた。

　ヴァイオレットの困る点はアホな人間を嫌うところだ。カンガルーを飼っているかなどと訊くような者は、ヴァイオレットに言わせれば救いようのないバカということになる。オーストラリア風に「こんにちは《グダイ・マイト》」などと挨拶する者は、「〝グダイ・マイト〟なんて言うのはアホな旅行者だけよね、エディ」と皮肉られる。

　チャーリー・クロンビーはヴァイオレットの舌足らずな話し方を真似てからかい、彼女に顔面を殴られた。ヴァイオレットによれば、「独創性のない猿真似はクソつまらなくて超うんざりする」のだそうだ。ヴァイオレットはよく汚い言葉を使う。けれどもまた、誰よりもいちばん〝どうぞ〟や〝ありがとう〟を口にする。うちの母親ならきっとヴァイオレットを気に入っただろう。エディはすでに彼女のことが大好きになっている。とはいえ、これまで出会ったなかでいちばん恐るべき人物であることにはちがいない。でもそれは、ワクワクするような恐ろしさだ。たとえばモン・サン＝ミシェルへ向かう車中で、ヴァイオレットはエディを肘でつついて起こし、車に撥《は》ねられて死んだ動物を見たいかと尋ね、携帯を取り出してその写真を見せた。アスファルトの道路に毛皮と肉を張りつかせているのはほとんどがカンガルーで、ほかにも毛で覆われた動物の死骸があった。

「ウォンバットよ」とヴァイオレットは教えてくれた。エディはどうしてそんなに動物の死骸の写真を保存しているのか知りたがった。

「彼らが生きてた証《あかし》よ、エディ」

その後、ヴァイオレットは豚のはらわたの抜き方を知っていると言い、人間のはらわたを抜くほうがもっと簡単だろうと言った。

「もしもそんな機会があったら人間も殺すの、ヴァイオレット?」

ヴァイオレットはねじれた笑みを浮かべた。といっても邪悪な笑みではない——口元を少しゆがめて笑っただけだ。めったにないステキな笑顔だとエディは思う。

「家族を守るためなら」とヴァイオレットは言った。「あたしは誰だって殺す」

4

戸棚からヴァイオレットを救出すると、重苦しい沈黙に包まれた娯楽室の緊張がさらに高まった。目下ヴァイオレットは、ビッシュとビーがいる場所の反対側にひとりきりで座っている。親たちのひとりから聞いたところでは、エディは大使館職員が話を聞きたいというのでゴーマンが連れていったというが、そんなことは嘘に決まっている。大使館員のカーモディは職員が到着したら真っ先にビッシュのもとへ向かわせると請け合ってくれたのだ。ゴーマンがヴァイオレットのことを伏せておくことにしたとすれば、英国秘密情報部がすでに到着しているという彼の話は本当なのだろう。あと五分待ってもエディが戻ってこなかったら彼らを探しにいこうとビッシュは決めた。

スペインのグループの様子を見にいっていたサフランが戻ってきて、ビッシュとビーのあいだに座った。

「悲嘆に暮れているどころじゃなかったわ」サフランは目を潤《うる》ませて言った。

ビーが手を伸ばして祖母の手を取った。関心のないふりをしていたが、やはりビーも気にしているのだろう。ビッシュは母親にヴァイオレットの件を教えた。

「彼女が犯人だと言いたいのね」サフランはそっと言った。

「母親や祖父がどんな人間であろうと、それで本人を疑ったりはしないよ」

それより気になるのは、親や生徒たちがメディアにしゃべりはじめていることだ。またブラッケンハム・ヒステリー現象が起こる恐れがある。

ビッシュの携帯が鳴った。相手は非通知だった。

「オートリー?」

「今は無理だよ、エリオット。あとで話そう」そう言うと、ビッシュは電話を切った。

「エリオットですって?」サフランが聞きとがめた。「同級生のジョージのこと?」

「そうだよ。一年生のとき、母さんが友達になってやれと言ったやつだ」

「あなたがそういうことにしたいなら、ビッシュ」

「『ああ、かわいそうなジョージ。人とつきあうのが下手なのよ。あの子には友達が必要だわ』僕じゃなくて、母さんがそう言ったんだ」

「そうだったの。あなたは私のことをだめな母親だと思っていたけど、ジョージのご両親のほうが私よりずっとだめな親だったわよ」サフランは言った。「エリオット家では学校の休暇がいつかも知らなかったし、息子を迎えにいくことも頭になかったんじゃないかしら」

ビッシュは母親のほうを見た。当時、自分は面と向かってだめな母親だなんて言ったのだろうか。サフランは寂しそうな笑みを浮かべている。やっぱり、言ったにちがいない。サフランとの親子関係はレイチェルとの夫婦関係より複雑だ。子供時代の記憶は母親のこととなると入り乱れている。母親の不在と愛情が相半ばしていた。父親が海外に赴任すると、サフランはビッシュを寄宿学校に入れた。十歳のときのことで、それまでのビッシュの世界は母親がすべてだった。大学にはいると、母親の記憶はその不在が中心で、ビッシュはめったに家に帰らなくなった。結婚すると状況は変わった。レイチェルは彼の両親を愛し、どんなに忙しいときでも、電話をかけて近況を伝えていた。だが、彼女と離婚して二年が過ぎる頃には、レイチェルを緩衝材として使うことはできなくなっていた。

「エリオットは英国鉄道にいて、列車をダイヤどおりに走らせる部署の責任者だ」ビッシュは言った。「毎年、転職したくなったらいつでも世話してやると言ってくる」

「まあ、あなたは遅刻の常習犯だったのに。あなたにダイヤ編成を任せたら大惨事が発生するわ」

「先週、彼とばったり会ったそうだね？」

サフランはとまどった顔をした。「ジョージとはもう十年ぐらい会ってないわ。あなたのお父さんの葬儀が最後だった」

ビッシュは母親の顔を見つめた。エリオットはビーのツアー旅行のことをサフランから聞いたと言った。さらに母親に尋ねようとしたとき、二人組の男が娯楽室にはいってきた。どう見てもイギリス人だ。それに、命を賭けてもいいが秘密情報部《MI6》だ。男たちは室内に目を走らせ、目的の人物を探し当てた。

もちろん、ヴァイオレットだ。

男たちが寝袋のあいだを縫ってそちらへ向かっていく。室内の緊張が高まったように感じた。そのとき、ふたたびビッシュの携帯が鳴った。またしても非通知。思わず電話に出た。

「俺の話を聞いてくれ、オートリー」

「僕の娘の居場所をどうやって知った、エリオット？」

「そんなの、今は大事なことじゃないだろ。おまえは二人の子供たちを誰にも連れていかせないように全力を尽くさなければならない。そしてその子たちをロンドンまで連れてきてくれ。そこからは我々が引き受ける」

エリオットとこんな会話をするのは滑稽だ。その職業に憧れていた一年生の頃にやったスパイごっこのようだ。

「内務大臣もきっと喜ぶだろう」

エリオットは内務省に勤務しているのか？　いったいいつから？

「聞いてるのか、オートリー？　その子たちの名前を覚えてるか？」

二人組がヴァイオレットの前に立ちはだかり、ここからは姿が見えなくなった。娯楽室にいる全員が二人組かビッシュを見つめている。ビッシュが何か行動を起こすのを待っているかのようだ。ヴァイオレットも数人の生徒たちと同様、まだ親や保護者がそばについていなかった。三人の引率者のうちのひとりは彼女を戸棚に閉じ込めた。ほかのひとりは部屋の片隅で胎児のように背中を丸めている。最後のひとりは死んでしまった。誰かが彼女を守ってやらなければならない。

「ヴァイオレット・ジダンとエディ・コンロンだ」エリオットがその名前を予期していることはわかっていた。

電話の向こうでエリオットがため息をつくのが聞こえ、それからくぐもった声で誰かに話しかけるのが聞こえた。

男たちのひとりがヴァイオレットを手招きした。静まりかえった室内が凍りつく。やがてヴァイオレットがかすかに身じろぎした。頭を両脚の左側に傾け、ビッシュと目を合わせた。助けを求めるでも非難するでもない。ただ答えをうながしているだけ。あなたはそうしてそこに座ったままでいるの？

ビッシュは電話を切り、腰をあげた。こちらを見つめる全員の視線を感じながら部屋を横切っていく。

「何か問題でも?」ビッシュは二人組の男たちに尋ねた。

背の高いほうが片手をあげてビッシュがいた位置を指さす。戻って座っていろという暗黙の命令だ。

「すぐにひとりずつ話をするから」男はビッシュのほうを見ずに言った。「おとなしく待っていてくれ」

「法律に則《のっと》ってやりませんか」ビッシュは言った。「彼女は未成年だ。尋問するなら引率者か保護者が付き添ってやらないと」

男はゴーマンを手招きした。ゴーマンはその役をやりたくてうずうずしている。

「少しでもあたしに近づいたら、ミスター・ゴーマン」ヴァイオレットは落ちついた声で言った。「戸棚のなかであたしの体にさわろうとしたことをみんなに言うわよ」

「そんなことはしてない」ゴーマンは怒ってまくしたて、誰かに聞かれなかったかとあたりを見まわした。

ヴァイオレットは肩をすくめた。「自分で決めれば?」

ビッシュはなんとか二人組の名前を聞き出した――ブライスワイトとポスト。この愛想のない二人は、内勤の警部とフランスの地元警察の脇役をつとめるのは嬉しくないらしい。だが、彼らは身分証を提示することを拒否した。身分を明らかにしない者たちに比べたら、警官のほうが信用できる。だから母親とビーがいるところへ戻った。

「アタルを探して、ここで起こっていることを知らせてきてくれないか」ビッシュは母親に頼んだ。フランスの警察官といても正体不明の英国情報部員といても、ヴァイオレットは安全ではないとビッシュは感じていた。

ビッシュは三人のあとについて娯楽室を出て食堂へ行き、ヴァイオレットの隣に座った。長身のほうのブライスワイトはテーブルの端に腰かけ、近くでヴァイオレットを威嚇《いかく》する姿勢を取った。どうやら悪玉警官の役をやるらしい。ポストはテーブルの向かいに座り、あらゆる言葉を書き留めようとノートを広げた。

「身分証は?」ビッシュは再度尋ねながら、自分のパスポートを取り出してテーブルに置いた。

男たちはどちらもビッシュを無視した。彼らの興味があるのはヴァイオレットのパスポートだけで、目下ブライスワイトが丹念に眺めている。

「ヴァイオレット、参加者のなかでこのツアーの申込書を偽造したのはきみだけだ」ブライスワイトが切りだした。

「エディはどこ?」

「こちらの質問に答えろ、ヴァイオレット」

「質問はされてないけど」ヴァイオレットはそっけなく言った。

ブライスワイトは冷ややかな視線を投げてからパスポートに目を戻した。

「なるほど、名前を変えたんだな。みんなにレブラックだと知られたくないからか?」

ビッシュは十三年前のことを振り返った。ルイス・サラフのただひとりの孫娘は、たしかオーストラリアに住む父方の祖父母に引き取られたはずだ。当時ヴァイオレットは四歳だった。

祖父母の苗字を名乗ることにしたにちがいない。サラフとレブラックの血筋を引いているのは、無邪気な子供には危険すぎる。

「あたしは昔からずっとレブラックよ」ヴァイオレットは言った。「こんなこと、さっさと片づけてしまわない?」

「バスが爆破されたとき、車内にいなかったのはきみとエディ・コンロンだけだ」

ヴァイオレットはうなずいている。同意しているのではなく、状況を咀嚼《そしやく》しているのだとビッシュは思った。

「不安そうだな」ブライスワイトが言った。

「それはあたしとエディが爆破に何か関係があるという状況証拠だから」ヴァイオレットは言った。「そしてあたしの母と叔父と祖母と大伯父は、二〇〇二年に状況証拠だけで逮捕された」

ヴァイオレットはブライスワイトのほうを見た。「あたしの立場だったら、あなただって不安になるんじゃない?」

「ヴァイオレット、私がきみの立場だったら、ちびりそうになるな」

「もうそうなったわよ。あの戸棚に閉じ込められたときに」ヴァイオレットはそちらを指さした。

ビッシュはポケットのなかで携帯電話が振動するのを感じた。

「毎日バスのどの席に座っていたか聞かせてもらえるかな、ヴァイオレット?」テーブルの向かいからポストが尋ねた。上唇《うわくちびる》に裂けた傷痕があり、そのせいで怒っているように見える。

「左側のいちばん前」

爆弾が仕掛けられていた席だ、とビッシュは思った。もっとも甚大な被害を受けたのは右側のほうだったようだが。

「昨日まではね」ポストは補足した。「ローラ・バレット－パーカーが不運なミスター・マキューアンを説得して、自分とメノシ・バグチにそれまできみとエディ・コンロンが座っていた席を使うことにさせたから」

「きみはローラが自分の席に座るのが面白くなかったんじゃないか？」ブライスワイトが口をはさんだ。

ヴァイオレットは皮肉な笑みを浮かべた。「そうね。だからゆうべ自分のバンガローに戻ると爆弾を作って、ローラの席の下に仕掛けたの。なぜならあたしは、バス旅行で十三歳の子に座席を取られたらそういうことをするような家に生まれたから」

ポストがフォルダーを開くと、ブライスワイトが一枚の写真を取り上げ、身を乗り出してヴァイオレットの前に置いた。警察のバリケードの向こう側を写したもので、制服警官たちが報道陣を食い止めていた。そこには人々が群がり集まっている。記者たち、必死の形相をした地元の親たち。今朝はまだ爆破されたのがイギリス人が乗っていたバスだということは知れ渡っていなかった。群衆は押し合いへし合いしながら、なかに入れてくれと懇願している。親たちは最悪の事態を予想する表情を浮かべていた。そのパニックのなかに、中東の容貌を持ち、つばなしのニット帽をかぶった三十代前半の男がいた。目は黒く、短く刈った黒いひげを生やしている。

「きみの叔父さんだろ、ヴァイオレット?」ブライスワイトは訊いた。「ジャマル・サラフだね?」

ヴァイオレットはまた肩をすくめた。

「叔父とは四歳のときからずっと会ってないわ」

「きみは二、三日置きにジャマル・サラフとスカイプで会話している、ここ二週間をのぞいて」

「母にラップトップを与えてくれてたら」ヴァイオレットは残念なふりをして言った。「三人でしょっちゅうスカイプして、世界じゅうを爆破する相談ができたのに」

「それが面白いと思っているのか、ヴァイオレット? これもきみには面白いのか?」

ブライスワイトは何枚かの写真を放り出すようにして並べた。病院に搬送された生徒たちの写真だ。手足を失った者。顔の半分を包帯で覆われた少女。全身に火傷《やけど》を負って生命維持装置につながれた少女。ビッシュがフォルダーを閉じようと手を伸ばすと、ヴァイオレットはその手を払いのけ、椅子を引いた。ブライスワイトとポストがすばやく立ち上がろうとしたが、ヴァイオレットは片足をテーブルにのせて自分の運動靴を指さした。

「これはメノシ・バグチの血よ。吹き飛ばされて、バスの窓からあたしの足元に落ちてきた。彼女が体の一部を失ったことはまちがいない。そんな写真を見せられなくても、あたしは今朝、自分の目で見たの」

ヴァイオレットはジャマル・サラフの写真をじっと見つめていた。「あたしの叔父がここにいるのは、この女性やこの男性と同じ理由のはずよ」そう言って親たちを指さす。「なんらかの方法であたしがここにいることを知って、無事かどうかを確かめずにはいられなかったのよ」

「きみははるばる地球の反対側から来たのに、ここから車で一時間もかからないところに住んでいる叔父にそれを教えなかった。なぜだい？」

「そんなことあなたたちに関係ないでしょ」

ポストは椅子に座り直し、質問役を代わった。「ゆうべはどこにいたか教えてくれ、ヴァイオレット」

「答える必要はないぞ、ヴァイオレット」ビッシュは言った。

「エディに訊いたほうがいいのかな、ヴァイオレット？」ポストはビッシュを無視して、つづけた。「我々はエディをまた尋問してもいいんだ。彼を連行する。あるいは、ドラクロワ通りのフォージ・ボクシングジムを訪ねてもいい。きみのジミー叔父さんにはまだお目にかかったことはないが、彼のボールさばきにはずっと感心していたんだ」

ヴァイオレットは手をぎゅっと握り締め、「チャーリー・クロンビーと一緒だった」としぶしぶ言った。「彼が証言してくれるわよ」

ブライスワイトは薄笑いを浮かべた。「チャーリーは心移りしたんだよ、ヴァイオレット。ワージングから来た生徒とキスしている。肌が白くて美人でね、クロンビー師に会わせても恥ずかしくない少女だ」

「チャーリーはきみのような後ろ暗い少女は好きじゃないと思うよ、ヴァイオレット」ポストが付け足した。

もうたくさんだ、とビッシュは思い、腰をあげた。「事情聴取はもう終わりだ」と男たちに告げる。「さあ行こう、ヴァイオレット」

「チャーリーはきみの家族のことを全部知っているよ、ヴァイオレット」なおもポストが言った。「あの日、きみが家族と一緒に刑務所に入れられたことも。あの監房できみの家族の笑い声を聞かれたことは知っているか？　翌日の新聞の見出しを知りたいか、ヴァイオレット？

〝ブラッケンハムで死者が埋葬されるいっぽう、サラフ家はジョークを交わす〟」

ビッシュは手を差し伸べたが、ヴァイオレットには立ち去る気はないらしく、ポストをじっと見つめている。

重々しい足音が聞こえ、つづけてフランス語の怒声が聞こえた。アタルが二人の巡査を連れ、部屋に飛び込んできた。アタルの部下と英国情報部の二人は鋭くにらみあった。彼らの焦点はどちらが主導権を握ってヴァイオレットを連行するかなのだろう、とビッシュは思った。そのとき、ヴァイオレットの目に涙が浮かんでいることに気づき、十三年前の出来事が甦《よみがえ》った。

「彼女はしかるべき法定代理人が到着するまでここに残る」ビッシュは言った。

ブライスワイトがこちらを見た。「あなたはここの責任者でもなんでもない」

「それならここの責任者である内務大臣におうかがいを立ててみようか？」ビッシュはポケッ

トから携帯を取り出し、エリオットの番号を押した。「彼女は外務大臣と話をしたほうがいいかもしれない。あなたたちの上司だろう？」

電話をスピーカーに切り替え、エリオットが学生時代のようなマヌケ野郎でないことを祈った。やがて全員の注意がビッシュに集中した。ポストがテーブルに置いたままになっていたビッシュのパスポートに手を伸ばした。

「イギリス人にしては妙な名前だ」と言って、相棒にパスポートを見せる。「また会おう、バシル・オートリー」パスポートをテーブルに投げ出し、彼は去っていった。ビッシュは電話を切った。戸口に心配そうな顔をしたサフランが立っている。

アタルが何やら早口でわめいた。

「彼女に質問したいそうよ」サフランが通訳した。

「イギリス人が子供たちを連れて帰りたがっていると伝えてくれ」ビッシュは言った。「今すぐに。ヴァイオレットのことは迎えの者が到着したら、なんでも訊けばいい」

生徒たちの半数が事情聴取を終えて帰宅を許されたが、その頃には夜になっていた。残された者たちは家族と一緒のバンガローを与えられた。パリから英国大使館の職員二人がようやく到着したが、長居はしなかった。

「ここをお任せしてもいいですか」職員のひとりがビッシュに頼んだ。「我々はラッセル・ゴーマンを連れていきたいので。マイケル・スタンリーのご両親が到着されたんです」

ビッシュはその夜、それぞれのバンガローに引き取った親たちと話し合った。警察に奉職して二十五年にもなれば、相手がコミュニケーションを求めていることはわかる。彼らはそれでいくらか安心して、話を聞いてくれる。

その後、ビッシュは新鮮な空気を吸いたくて外に出た。気づくとふたたび爆破現場までやってきていた。アタルの部下たちは帰ったが、警部はマイケル・スタンリーとジュリウス・マキューアンとスペインの少女の遺体のそばに残っていた。検死官を待っているのだろう。検死官はあらゆる証拠の採取とラベリングがすんでから来るはずだから。アタルの部下たちはじつに丹念に仕事をしていた。時間はかかったが彼らの手順に非を唱えることはできない。

ビッシュはスペインのバスの近くに立っていた。目の前には遺体袋に入れられた十四歳の少女が横たわっている。アタルは敬虔《けいけん》とも言える所作で、マイケル・スタンリーとジュリウス・マキューアンの遺体のあいだにかがみ込んだ。ビッシュに気づくと、会釈するようにうなずいた。そんなふうにして二人は妙な気持ちで遺体を見守った。

四十五分後に検死官が到着した。最初に運び出されたのはジュリウス・マキューアンの遺体だった。母親と二人暮らしの三十五歳で、飼い犬と仕事を愛していた男だ。こんな非業の死を遂げるいわれはまったくないように思える。三人とも即死だった。遺族の悲しみはなかなか癒《い》えないだろうが、自分たちの愛する者が身の危険を感じる間もなく死んだことが、せめてもの救いだと思える日もいずれ来るだろう。

翌朝、最初のフェリーで家族が数人到着した。二人は休暇を過ごしていたインドから飛んできた。もうひとりはエディ・コンロンの父親だった。老いた男で、髪は乱れ、ぼうっとしている。そしてどう見ても、ルーシー・ギリスが〝似たような地域の容貌〟とは呼ばないタイプだ。自己紹介しようと足を踏み出しかけたとき、サイレンが響き渡り、アタルが部下を何人も引き連れてやってきた。アタル警部は車から降り立つと、大声で指示を飛ばした。部下たちはバンガローからバンガローへと駆けめぐっている。

「まだ爆破の恐れがあると思う?」食堂のベランダから眺めながら、サフランが訊いた。

その不穏なニュースを知らせたのはルーシーだった。保護者のいない生徒たちはルーシーと同じバンガローで過ごしていた。そして夜中に二人の生徒が姿を消したのだという。

エディ・コンロンとヴァイオレット・レブラック・ジダン。

5

病院にいる大使館職員に連絡してヴァイオレットとエディが消えたことを知らせると、代わりに胸が締めつけられるようなことを聞かされた。ビッシュはそれを現場に残った親たちに伝えた。報道陣の口から耳にはいる前に知らせておいたほうがいい。アストリド・コープリーの訃報はすでに弱っている者たちの心に衝撃を与えた。アストリドは通路をはさんでメノシ・バグチとローラ・バレット－パーカーと同じ列で、マイケル・スタンリーの隣に座っていた。上半身にひどい傷を負っていたので、ビッシュはビーが負傷の詳細を知らずにすむことを願った。

地元の女性たちが、バスに乗っていた外国の生徒たちやイギリス人の家族たちに配ろうと新鮮な食べ物を運んできた。その現実に即した厚意によって、みんなどんな言葉をかけられるより、心が慰《なぐさ》められた。

アタルの事情聴取はついにビーの番になった。ビーは不遜《ふそん》にも通訳を断った。自分のフランス語のほうが通訳の英語よりましだと思っているのだ。ビッシュは不安になってサフランを呼んだ。少なくとも、フランス語がわからない自分のために通訳してくれるだろうから。アタルの質問はヴァイオレットのことに集中していた。自分の家族のことを何か打ち明けたか。怪しいと思える行動はなかったか。ヴァイオレットと同室だったらしいが、この六日間にどんなことを話したか。ビーはぶっきらぼうに答えた。怒っていた。そのうち、バスに積んでいた荷物を返してほしいと言いだした。

「おまえのスーツケースはまだ調べがすんでいないんだよ」ビッシュは辛抱強く言って聞かせた。ビーの怒りは悲しみを紛らすためのものだ。娘はそうやって悲劇に対処する。最初は怒るが、しだいに関心を示さなくなる。

アタルは簡単には解放してくれなかった。バスに同乗していた生徒たちはヴァイオレットがレブラックの血縁であることを知っていたか。彼女が何か秘密を抱えていると思っていなかったか。生徒たちはみんな彼女をヴァイオレット・ジダンとして認識していた、とビーは答えた。

ジダンという名前に覚えがある何人かが、ジネディーヌ・ジダンと関係があるのかとヴァイオレットに尋ねた。彼はフランスの子供たちが史上最高のプレーヤーだと主張するサッカー選手だ。ヴァイオレットはその質問には答えずにいたが、おととい夜初めて何人かの前で、叔父は優秀なサッカー選手だったと言った。

事情聴取が終わったようなのでビーは腰をあげた。「ママに連絡したいの」とビッシュに言って、手を差し出す。ビッシュが携帯電話を渡すと、部屋から出ていった。

ビッシュはアタルと目を合わせたが、その表情は読み取れなかった。アタルが自分の名刺を差し出し、手書きの名簿を返してよこしたときも、何を考えているのかはわからないままだった。

部屋を出たが、そこにビーの姿はなかった。探しにいくと、ひとりで娯楽室の階段に腰をおろしているのが見つかった。耳にイヤホンをつけて〝そばに寄るな〟モードになっている——話したくないという意思表示だ。

サフランとビーを従えて正門へ向かいながら、別れた妻に連絡してこれから帰ることを伝えた。

「四時までにはそっちに着くと思う」ビッシュは言った。「ビーもきみの顔を見ればほっとするだろう」

「あの子の怒りを吐き出させてやったほうがいいとデイヴィッドが言ってるわ」レイチェルが言った。

デイヴィッド・メイナードは校長で、ビッシュの娘はおろか、ケント州のあらゆる子供たちの扱いに長けている。ビッシュは小声で別れを告げ、電話を切った。

ほどなく電話が鳴った。またしても非通知だ。エリオットか、あるいは親たちの誰かだろうか。

「レブラックの娘とエディ・コンロンが消えたのは少々まずいな」

わかりきったことを言うエリオットの癖《くせ》は直っていなかった。

「おまえが昨日寄こした友達がヴァイオレットを脅《おど》して、エディと彼女の叔父を追いかけると思わせたせいだろう」

「おいおい、ビッシュ。俺が友達を選ぶ人間だということはおまえも知ってるだろう」

ビッシュは冗談につきあう気分ではなかった。

「目下のところ我々の最大の情報源は《サン》紙だ」エリオットは言った。「最初はヴァイオレットが戸棚に閉じ込められたという記事を読んだ。お次は彼女がバスに乗ってる男たち全員を手でいかせたという記事だった」

「ああ、マードックのところの記事はいつも正確だな」

「何か情報をくれよ、オートリー。なんでもいいから」

「どうして僕が知ってると思うんだ?」そう言ったとき、ちょうどサフランとビーが追いついてきた。

「帰宅した親たちを追跡してたからだよ。おまえがフランスの捜査主任と話してるところを見た者が何人もいる。ＭＩ６と思われる二人組がヴァイオレットを尋問する場に、おまえが立ち会ったのは全員が見ていた。誰もかれもおまえの名前を口にしたよ。だから現時点ではおまえのほうが我々より詳しく知ってるかもしれない」

「少しでも脳みそのあるやつならジミー・サラフを訪ねて、知っていることを訊き出すだろう」ビッシュは言った。「ヴァイオレットはまっすぐ彼のところへ行ったはずだ」

「海峡の両側の国も、それはもうやったよ」エリオットは言った。「やつは俺たちを追い払おうとしたが、今朝早く姪とエディ少年が彼を訪ねたことはわかった。サラフはクロワッサンだかバゲットだか知らないがフランス人が朝食べるものを買いにいった。そして帰宅すると、子供たちは消えていたそうだ」

「おまえが誰の下で働いているにしろ、ヴァイオレットを容疑者として追っているだけではないな？」

「昨日の事件の犯人は見当もつかないが、あの子たちが逃げ出したことはまちがいないと思う。我々から逃げたんだ」

「〝我々《we》〟というのは誰のことだ、エリオット？　〝君主のｗｅ〟のようなものか？　おまえたちと女王なのか？」

「おまえが戻ってきてから話そう、ビッシュ。おふくろさんによろしく。そっちで大活躍だったようだね」

電話を切ると、母親と娘がこちらを見つめていた。

「エリオット?」サフランが尋ねた。

「あいつは内務省で働いているようだ。MI5かもしれない」

「まさか、冗談でしょ、ビッシュ」

「列車をダイヤどおり運行させていると言われるより信じられる」

三人は押し黙ったまま車まで行き、乗り込んだ。この砂利道を走らせてきたのが、昨日のことではなくずいぶん昔のことのように思える。細い道に駐めてあるほかの車にぶつけないようにしながら、ぎくしゃくとUターンさせると、ようやく車はなめらかに進みだした。分かれ道に差し掛かったとき、ビーがえずくような音を立てた。

「吐きそう」

ブレーキを踏むなり、ビーは止めるまもなく車を降りて木立に駆け込んでいった。ビッシュはあとを追ったものかどうか迷い、母親の顔を見つめた。

「パパ。ソフィ!」

「パパ」という言葉は聞き逃しようがない。サフランと一緒に木立へはいっていくと、ビーは木に片手をついて体を折り曲げていた。

「近寄らないで。汚いから」ビーはみじめそうに言い、こちらを向きながら手の甲《こう》で口元をぬぐった。

ビッシュとサフランは少し離れたところで待っていた。ビーが近づいてくると、ビッシュは娘の肩を抱いた。

「もうすぐ家についてママに会えるよ、ハニー・ビー」ビッシュはやさしい声で言った。

ビーは二人にしがみついた。体を離すと、サフランはつねに用意しているハンカチを手渡した。

「もう少しここで座っていてもいい？」ビーは訊いた。「車に戻ると思うだけで吐き気がするの」

二十分後、彼らは車に戻り、カレー港をめざした。ビーは神経質になっていて、物音やサイレンの音がするたびビクッとした。死者や負傷者の様子をビーはどのくらい目撃したのだろうか。今その記憶が甦っているのか、それともその記憶は何週間も経ってからやってくるのだろうか。ビッシュは手を伸ばしてビーの手を取ったが、振り払われることはなかった。愛する者を亡くして家路につく遺族のことを考え、さらに強く娘の手を握った。ここ三年ばかり自分が幸せだと感じたことはなかった。今は自分は幸せだと心から思う。

カレーの街を走らせながら、ビッシュは背を丸めて歩く人々を見た。心苦しさ。罪悪感。自分たちの国で、よその国からやってきた子供たちが死んだ。悲惨な死に方をしたのだ。

ビーはフランスの出国審査では黙ったままだったが、英国の入国審査でパスポートの提示を求められると、管理官に洗いざらい話した。自分が爆破されたバスに乗っていたこと、父親はロンドン警視庁の警部だったので捜査に協力したこと、捜査の責任者であるフランスの警部は荷物を返してくれなかったこと、自分が今望むのは家に帰ることだけであること。そして突然、ビーは泣きだした。

管理官はビーに思いやりを示した。

「この子はショックを受けているんです」サフランがそっと言い、ビーの体に腕をまわして連れていった。

「ニュースで報じられたような惨状なんですか」管理官はビッシュに尋ねた。

ビッシュはうなずき、娘の書類を受け取った。

「でしたら、娘さんを連れて帰ることができたのは幸いでしたね」管理官はビーに聞こえないように小声で言った。

ドーヴァーからアシュフォードへの道中、ビッシュはつとめて娘と会話しようとした。サフランは後ろに座ると言って聞かなかったが、どうやら眠気と闘っているようだ。

「あの子たちとは親しかったのかい?」ビッシュは静かな声でビーに訊いた。「病院に運ばれた生徒たちとは」

ビーは肩をすくめた。「フィオン・サイクスは社交的な人物とはほど遠かった。だいたいひとりで過ごしてたわ。いつも眺めてるだけ」

隣に目をやると、ビーは悲痛な表情を浮かべていた。

「マイケル・スタンリーとアストリド・コープリーは相思相愛だった。おととい、キスしてるところを見つかって、みんなにからかわれたの。あたしたちは恋に落ちたオタクたちって呼んだ。ローラ・バレット＝パーカーとメノシ・バグチが二人の写真を撮った。彼女たちはとにかく写真を撮りまくってた。ローラはイライラさせられる子で、メノシは偉そうな皮肉屋。四十歳のふりをしてる十三歳」

「ヴァイオレット・レブラックとエディ・コンロンが仲良くなったのは、彼らの背景に同じ文化があるからだと思うかい？」

「彼女の名前はヴァイオレット・ジダンよ」ビーは訂正した。「ヴァイオレットはオーストラリア人で、エディはケント州出身。あたしなら同じ文化とは呼ばないわ」

「パパが何を言いたいかはわかっているでしょ、ハニー・ビー」後部座席からサフランが口をはさんだ。

「エディのママは一年くらい前に死んだから、二人は母親がいないという共通点で結ばれてるのかも」冷淡な口調とは裏腹に、そこにはなんらかの思いが潜んでいた。「ヴァイオレットは自分が誰よりも優れてると思ってて、会話に加わらなかった」

「ほかの生徒たちはなぜ彼女を嫌っていたのかな？」

「なぜ嫌われてたと思うの？」

「彼女が戸棚に閉じ込められたとき、誰も心配してないようだったからだよ、ビー」

「だって、あたしたちは知らなかったのよ」ビーは声を荒らげた。「知らなかったの」

ビーは顔をそむけ、窓の外を眺めた。ビッシュはバックミラー越しにサフランと目を合わせた。

「ヴァイオレットはよくみんなをからかってたから」しばらくして、ビーは言った。「それにあの話し方。訛りがひどかった。まるで《ネイバーズ》（オーストラリアのソープドラマ・シリーズ）のつまらない回を見てるみたいだったわ」

「エディのほうは？」

「エディはヴァイオレットのことが大好きだったと思う。日中はずっと一緒にいた。内気なところもあるけど、すごく面白いときもあった。いきなり〈ムーブス・ライク・ジャガー〉を歌いだして、腰を激しく突き出して踊るの。彼は音楽に熱中してた」つかのま、ビーは物思いにふけった。「あの二人はなんていうか、すごく自由だった。サン＝マロ郊外のタウンフェアに行ったとき、ダンスの舞台があったんだけど誰も踊ってなかった。エディとヴァイオレットはここには自分たちだけしかいないみたいに踊ったの。あの二人はなんでもそんな調子だった。たいがいはね」ビーの話し方には妙な感情がこめられていた。憧憬《しょうけい》、だろうか。「バスのなかで、彼女はエディにアラビア語を教えてた。後ろの席にいた生徒たちには冷やかされたけど、彼女はそんなことまるで気にしなかった」

「アラビア語は難しいわよ」サフランが言った。

母は学ぼうとしたのだろうか。十代の頃、ビッシュはアラビア語に強い興味を持ち、図書館で教則本とテープを借りて、寮の部屋で勉強したことがある。校長が父親に知らせるまでは。

「我々はアラビア人というわけじゃないんだよ、ビッシュ。おまえのお母さんは女王よりもずっとイギリス人らしい。アラビア語を勉強するのはやめるんだ、約束してくれるね？」

というわけで約束はしたけれど、疑問は残った。女王よりイギリス人らしい母がなぜ息子をバシルと名づけたのか、幼い頃に母からハビビ（アラビア語でかわいい子の意）と呼ばれていたのはなぜなのか。それでも、それ以上深く考えるのはやめた。父親のスティーヴン・オートリーは外務省に長く勤め、尊敬を集めた人物で、母国に忠誠を尽くした。彼は妻と息子にもそれを望んだ。ビッシュは父の考えを尊重した。母がどこまで夫の考えを尊重していたかはわからない。自分が十代の頃、母親はそばにいなかった。両親が全寮制学校から車で三十分もかからないところに住むようになっても、母は息子に会いにこなかった。学校の休暇で自宅に戻ったとき、母が子供の頃の記憶にある母親になろうと努力したことはわかったが、十五歳になる頃にはビッシュは母親への興味を失っていた。大人になってからは、母は失点を取り戻すように良い祖母になった。けれどやがて孫のスティーヴィーが夭逝《ようせい》すると、母はその悲しみに胸をえぐられた。

「ねえ、やったのはヴァイオレットじゃないわよ」ビーが言った。

「どうしてはっきりそう言えるんだ？」

「あなたが彼女を戸棚から出したあと、本人に訊いたの。ヴァイオレットは本当に誰かを吹き飛ばしたかったら、クロンビーの座席に爆弾を仕掛けると言った」

ビッシュは顔をしかめた。ヴァイオレットが自分の身を守るためにも、ほかの誰にもそんなことを言わないことを願った。

6

帰宅した翌日にはもうエリオットから連絡があった。

「キングリー・コートまで来てくれないか、オートリー。仲間がおまえと話したいと言ってる」

今朝はすでにスコッチを二杯飲んでいた。神経を集中できる状態ではない。ゆうべは疲れ切ったサフランとビーをレイチェルとメイナードのもとに残して、ひとりで家に帰ってきた。かつての自分の家でデイヴィッド・メイナードと食事をともにすることは、これまでも頑として断ってきたのだ。いっぽう、エリオットは巻き込まれたくないことにビッシュを巻き込もうとしている。全寮制学校時代の繰り返しだ。ひとつちがうのは、今回は内務大臣が関与しているということだ。

「オックスフォード・サーカスで降りてくれ。住所を送っておくよ」エリオットはそう言うと電話を切った。

ビッシュは公共交通機関が嫌いだった。ここ二年ほどはアイル・オブ・ドッグズに住んでいる。職場も地元にあり、ウェストエンドを通らずに車で行ける。サフランの家はグレーブゼンド、娘の家はアシュフォードにあるから、Ａ２やＭ20号線を使えば車で一時間以内に着く。しかしウェストエンドまで出かけるとなると話がちがってくる。ド《D》ックランズ・ライト・レイル《L》ウ《R》ェイにはどうにもなじめない。自動運転のトラムだなんて、いろいろな意味でビッシュの人生を象徴している。乗務員も運転手もいない無人運転に、乗客は命を委《ゆだ》ねるのだ。そういうわけで、ビッシュはカナリー・ワーフから地下鉄に乗ったのだが、すぐに後悔した。車内の暑さと乗客の体臭が混然となって頭痛を悪化させ、こんなことなら自転車にすればよかったとつくづく思った。

エリオットの指示にしたがい、テラス席があるカフェにたどりついた。ビッシュは季節に順応できない病を抱えていた。とにかく日ざしが苦手だ。だからエリオットのような真っ白な肌の人間がなぜ屋外に座りたがるのか、理解に苦しむ。学校では、エリオットはお化けのキャスパーだとかアルビノ坊やと呼ばれていた。長じるにつれて、その肌はますます青白くなったように見える。レイチェルはその昔、彼のことを〝死の影〟と呼んだ。

エリオットと同席している男は仏頂面《ぶっちょうづら》をしていて、うっかり近寄ろうものなら誰であろうと怒りをぶつけられそうだった。今が午前十時ではなく、不快な一日がようやく終わったところだという顔をしている。エリオットは男をグレイジャーだと紹介した。自分より年は上だが、自分より健康そうだ。グレイジャーが苗字なのか名前なのかは訊かなかった。この男とはあまり親しくなりたくないのに、そんなことを尋ねれば近づきになりたいのだと誤解されかねない。

テーブルの上には新聞各紙が並べられていた。どれも同じ人物についての記事だ。〝悪魔の落とし子〟〝凶暴な《ヴァイオレント》ヴァイオレット〟〝無慈悲な無差別キラー〟。どの新聞もヴァイオレット・レブラックのことを第一面に載せていた。どの報道各社もジダンという苗字は省いていた。今朝、ビッシュはヴァイオレットのことを議題にあげたトーク番組を見た。どうして未成年の名前を公表するのか、とパネリストのひとりが疑義を呈した。ジェイムズ・バルガー（一九九三年にイギリスのリヴァプールで起こった誘拐殺人事件の被害者）の殺害者たちは十歳の少年二人で、有罪だったのに当初は匿名《とくめい》で報じられた。いっぽう、ヴァイオレット・レブラックは有罪と決まったわけでもないのに、なぜ犯罪者のように扱われるのか、と。別のパネリストは、ヴァイオレットがツアー参加者のひとりを連れて現場から逃げ出したという噂を持ち出した。エディの名前と年齢だけは公表されずにすんだらしい。それが公《おおやけ》になっていたら、十七歳の少女と十三歳の少年のあいだにどんな約束が交わされたのかをめぐって、ヴァイオレットへの攻撃はさらに強まっただろう。

「我々はあなたのお嬢さんに怪我がなかったことを知ってほっとしていますよ、オートリー警部」

またしても〝我々《We》〟だ。

「フランスの警察と同様に、あなたにも生徒や親たちと話す機会があったそうですね」

「父親としてね。当然でしょう?」

「非難しているのではありません」

だが、なごやかな話し合いというわけでもない。ビッシュはグレイジャーがさっさと要点にはいってくれることを願った。

「私はあなたの仕事先さえ知らない」ビッシュはそう言って、エリオットをちらっと見た。

「我々は官公庁に属しています」

「うちに来る郵便配達員もですよ」ビッシュは言った。「もう少し具体的に言ってくれませんか?」

ウェイターがグレイジャーのお茶とエリオットのモーニング・プレートを運んできた。

「ヴァイオレット・レブラック・ジダンはフランスとオーストラリアの国籍を取得しているので、両国とも我々の関与を歓迎しないでしょう」グレイジャーはビッシュの頼みを聞き流して言った。「簡単に言えば、我々はこの問題を片づけてしまいたいんです。それにはヴァイオレットとエディを無事に保護するしかありません。国じゅうの同情心旺盛な団体が、彼女の扱われように非難の声をあげています。そこで、あなたの考えをうかがいたい」

「何について?」

考えなどめぐらせたくない。停職させられて以来、無為な暮らしにすっかり慣れてしまった。

「犯人がカレーでイギリス人の生徒たちを吹き飛ばそうとした動機について」グレイジャーはずばりと言った。

テーブルに目を落とすと、不審そうに目を細めているヴァイオレット・レブラック・ジダンの顔があった。

「まあ、私はアルカイダやISISの仕業だとは思っていません。カレーの難民問題で英国に憎悪をいだくフランスの過激派の仕業だとも思わない」

そういう噂が広まっていたことはたしかだ。

「あれは無差別爆破ではなく目標があった」ビッシュは言った。「私は攻撃目標にされたのはヴァイオレット・ジダンだと思います。彼女が六日間占めていた席はもっとも衝撃が大きかった」

「だが七日目に、彼女が乗っていないときにバスは爆破された」グレイジャーが言った。

「前日にローラ・バレット－パーカーに席を取られたからヴァイオレットが爆弾を仕掛けたという説は買いません。化学の成績がいちばんだから彼女には爆弾が作れたとも思えません」今朝のトーク番組によれば、〝フランスの爆弾魔と一緒に学校で学びたいやついる?〟というタイトルのFacebookページに、そういう事実が記載されていたという。

「母親は化学の成績がいちばんだったこともあって有罪となり、何年も服役している」グレイジャーは言った。

「ノア・レブラックには爆弾を作る時間があった」ビッシュは言い返した。「彼女はみずから罪を認めたから有罪になったんです。ヴァイオレットはツアーの日程に沿って大勢のグループと一緒に旅をしていた」

「そして、おまえの娘と同室だった」エリオットが口をはさんだ。「爆弾を作る自由があったとは言えない。もっとも、おまえと俺が一年生のときにはあったけどな」エリオットは指先の欠けた左の人さし指を立てた。ビッシュの脳裏にそのときの記憶が鮮《あざ》やかに甦《よみがえ》った。

「我々はヴァイオレットが事件の前日の夜どこにいたかを知りたいんです、オートリー警部」グレイジャーが言った。「娘さんは何か知らないでしょうかね?」

「クロンビーに訊いたらいいじゃないですか」

「チャーリー・クロンビーの話では、ヴァイオレットとは一緒にいなかったそうです。クロンビーと同室だった者は彼が部屋にいなかったと言っています」

「すると、その夜、ツアー参加者の半数は部屋にいなかったようですね」

「半数ではありませんよ、オートリー」グレイジャーはビッシュの目を見つめた。「正確には五人だ」

なんだか雲行きが怪しくなってきた。自分が〝オートリー〟に格下げになったということは、社交上の配慮は終了ということか。

「ほかにアリバイがないのは誰か訊かないのかな?」

ビッシュはテーブルに身を乗り出した。こいつらはビーをこの件に巻き込むつもりらしい。怒りがこみあげ、日ざしやらなんやらのせいで頭がクラクラする。エリオットがグラスに水を注いで、手渡してきた。

「ちゃんと座れよ、オートリー。ボスが怯《ひる》むじゃないか」

グレイジャーは相手が人であろうが問題であろうが何かに怯むようには思えなかった。

「あなたには部屋にいなかったティーンエイジャー以外に容疑者はいないんですか」

「ヴァイオレットやほかの子供たちを容疑者と言った覚えはないが」グレイジャーは言った。「私は爆破事件の前夜に彼らがどこにいたかを知りたいだけだ。私のためにそれを突き止めてくれないか、オートリー警部。父親の代表として」

ビッシュは黙り込んだ。口に出して認めたくない事実がある。エリオットの前では言いたくなかった。

「私は目下のところ、警部の役割を演じるにはふさわしくないだろう」

「我々はスコットランドヤードじゃないんだよ」グレイジャーは言った。「きみが停職処分を食らった経緯《けいい》なんか気にしない。きみがフランスで警部として通っていたように、こちらでもその役をつづけてくれればありがたいと言っているんだ」

断ることはこちらの選択肢にないようだ、とビッシュは思った。グレイジャーの目がそう告げている。エリオットは腕で皿を守るようにして卵とベーコンを貪《むさぼ》り食っている。学友に食べ物を盗られるのではないかという全寮制学校時代の不安が残っているのだろう。

「きみと私の考えには通ずるものがある」グレイジャーはつづけた。「もしヴァイオレットが標的にされているなら、彼女を戸棚に閉じ込めたあのバカタレとメディアのせいで、事態は悪化した。あの子たちは我々から逃げた。彼らに何か起こらないうちに保護しなければならない」

「だったら何をもたもたしているんです？」

「我々が話を聞いた親たちは、大使館職員の到着が遅かったことに腹を立てている。英国政府は事件のことを知ったらすぐに人を派遣すべきだったとね。彼らは政府の人間とは打ち解けて話してくれないだろう。親身になってくれたのはビッシュ・オートリー警部だけだったと彼らは言っているんだ。我々はきみに家族たちと話をしてもらいたい。ツアーに参加していた生徒のなかに、ヴァイオレットとエディの行き先に心当たりのある者がいるかもしれないから」

「つまり朝から私がここに呼び出されたのは、みんなの友達になる許可をあなたからもらうためですか」

「ちがうよ、オートリー。きみがここに呼ばれたのは、私がどうしてもきみに会いたかったたからだ」

「本当に？」

「いや」グレイジャーはにべもなく言った。「だが、きみに会いたがっている者がいるのは本当だ。昨夜ホロウェイ刑務所の所長代理から連絡があった。ノア・レブラックがオートリーに会いたいと名指しした。きみに話があるらしい。内務大臣はきみがホロウェイに行って、彼女があの子供たちのことやこの爆破事件について何か知らないか確かめてくることを望んでいる。きみはどうやら今のところ、みんなから好かれる父親らしいな」

ノア・レブラックが自分を好いているとはとても思えないが、彼女が家族とともに逮捕された日、ほかの誰よりも印象に残ったのは自分のことだろうとビッシュは思った。

グレイジャーはファイルを寄こした。「彼女が収監されてから、我々が彼女について調べた記録だ」

ビッシュはファイルを受け取るよりほかなかった。「では、もう失礼していいですね？」と訊きながらエリオットの目を見つめた。

「つれないなあ」エリオットは言った。「俺たちはずっと友達だったんです」とグレイジャーのほうを向いて言う。「俺がハリー・ポッターなら、彼はロン・ウィーズリーだった」

「メディアには言うなよ、オートリー」グレイジャーが釘《くぎ》をさす。「仕事仲間にも言うな。生徒や親たちに対しては、父親として話をすることを忘れるな」

「つまり、父親としておとり捜査に行くということですね」

グレイジャーはその言い方が気に入ったようだ。腰をあげ、ビッシュに名刺を差し出した。そこにはサミュエル・グレイジャーという名前と携帯電話の番号だけが記されていた。

「ホロウェイで何か問題があったら電話してくれ。許可はエリオットか私から出る。ほかの者からではなく」

7

ホロウェイ刑務所はピカデリー線で行けるから、道中が長くないのがせめてもの救いだ。カレドニアン・ロードで地下鉄を降り路線バスに乗れば、世論を二分した女性たちのひとりが収監された場所へ連れていってくれる。バスを待つあいだに、ビッシュはファイルに目を通した。

ノア・レブラックはブラッケンハムのスーパーマーケット爆破事件に関与したとして、母親、弟、伯父とともに逮捕された。彼らは〝ブラッケンハム・フォー〟と呼ばれた。半年後、ノアは爆弾を作ったことを認め、家族のなかで事件に関わったのは爆破で死亡した父親をのぞけば自分だけであると告白した。当時ノアは三十三歳で、四歳になる娘がひとりいた。ケンブリッジ大学を卒業し、分子生物学の博士号を取得するための論文を完成させたところだった。十二年前に結婚した夫はエティエンヌ・レブラック、フランス人とアルジェリア人の親を持つオーストラリア人だ。事件があった日はニューサウスウェールズ州の田舎にある両親の家を訪れていた。

ファイルには二〇一〇年三月の新聞の切り抜きが添付されていた。当初から事件を追跡調査していたジャーナリストが、ノア・レブラックに面会した際に控訴をすすめるつもりだと告げた。最初にその話を持ちかけたのは二〇〇五年だったが、刑務所での暮らしはレブラックの抵抗する意志をくじいたようだ、とそのジャーナリストは語っている。レブラックの返事は長々と引用されている。「父は私の車のトランクに爆弾を積み、私の娘を幼稚園まで送り届けてから仕事に出かけ、二十三人もの罪もない人々を殺した。母は胃癌《いがん》のためホスピスで家族の誰にも看取られずに亡くなった。弟は国外追放の身となり、旅行を禁じられた。サラフ家の家長である伯父のジョセフは、冤罪《えんざい》で収監されたときに損傷を受けた腎臓をずっと患《わずら》っている。夫の死はでたらめだらけで、厳しい冬のヨークシャーの谷の真ん中に娘を置き去りにして死んだと世間は思っている。娘は向こうの時間では午後九時に、ロンドンでは午前十時に私と話すことができなくなるのではないかと思って、悪夢に悩まされている。そんなことが重なって、私の心はくじけたのです。刑務所のせいではありません」

レブラックは憎まれやすいとレイチェルはよく言っていた。若く、教養があり、魅力的だから。

「それにアラブ人だ」ビッシュは言葉を補った。

「一家が外国人と見なされなくなるには、この国にいったい何年いなくちゃいけないの？」

ビッシュには答えられなかった。自分の家族は祖父の文化の名残をきれいにぬぐい去ることで、それを達成した。亡くなった祖母のリリー・ワージントンについて知っているのは、向こう見ずな女性で、第二次世界大戦が勃発したときにはナースとして従軍したことくらいだ。リリーは最初の任地のアレクサンドリアでバシルという名の若いエジプト人の通訳と出会い、恋に落ちた。ほどなく二人は結婚し、子供を二人もうけた。リリーはサフランが五歳、長男が十歳のとき、癌で死亡した。ワージントン家はアレクサンドリアにいた子供たちを引き取り、イングランドで育てた。それが一九五〇年代初期のこと。バシル・ナスララには亡き妻の裕福な家族と争う手立てもなければ、イングランドにいる子供たちに会いにいく金銭的余裕もなく、そこで彼との縁《えん》は切れた。別れた妻によれば、ビッシュはその素性のために、アラブに関することにはなんでも引きつけられるのだという。

「あなたはアラブの女性に弱いのよ」

「そうだよ、だからコーンウォールの赤毛の女性と結婚したんだ」

「あなたがコーンウォールの赤毛と結婚したのは、お父さんを喜ばせたかったからよ」レイチェルは柔らかく言った。「あなたと婚約したとき、お父さんが教えてくれたわ。あなたが異国風の女性と一緒になるんじゃないかと、みんな気を揉《も》んだって」

「僕がコーンウォールの赤毛と結婚したのは、その女性に惚れたからだ」

その言葉どおり、ビッシュは妻をずっと愛してきた。レイチェルは気の強いゴージャスな女で、ビッシュの冗談を笑ってくれた。だが、結婚してしばらくすると、ビッシュはレイチェルを妻としてより恋人として求めていたことに気づいた。やがて子供たちが生まれると、二人ともビーとスティーヴィーを育てることに夢中になった。息子が死ぬと、二人とも子供のおかげで夫婦の仲がつなぎ留められていたことを思い知らされた。

「そのアラブの女性がとても聡明だと、あなたは脅威を感じる」レイチェルは言った。「そのアラブの女性が美しいと、あなたは心を惹かれる。そのアラブの女性が聡明で美しければ、あなたは相手に敵意を抱《いだ》く」

「それを裏づける証拠はあるのかい？」

「美しいアラブ女性に心を惹かれる証拠――ヤスミン・ル・ボン（イギリスのファッション・モデル）」

「だが、彼女はイラン人の血を引いているから、厳密にはアラブ人ではない。ほかの証拠は？」

「聡明で美しいアラブの女性に敵意を抱く証拠――ノア・レブラック。あなたは彼女が逮捕されたときから有罪だと見なしていた」

「彼女は二十三人の命を奪った爆弾を作ったことを自白したんだよ、レイチェル」

「それは半年過ぎてからでしょ。ノア・レブラックは逮捕されたその日からあなたの心をとらえた。それほど忘れがたいなんて、彼女はいったいあなたに何をしたの？」

彼女ではなく、自分がやったことを忘れられないのだ。

ビッシュは子供を支援する慈善団体が運営しているホロウェイ・ビジターズセンターで身分を告げた。応対したアリソンという名札をつけた女性は、ここを訪問するのは初めてか、パンフレットが必要かと尋ね、携帯電話その他の所持品はロッカーにしまうこと、持ち込んでいいのは身分証とロッカーキーと面会申込書だけであることを教えてくれた。面会申込書は持参しておらず、内務省から届いているはずだと説明すると、あちこちに電話をかけたあと、アリソンはビッシュを待合室ではなく、館内のさらに奥にある別の検問へ連れていった。窓口の奥には看守が二人座っていた。

「次回からはほかの訪問者と同じように、レブラックには待合室で面会してもらってくれ」年《と》嵩《かさ》の看守がアリソンに言った。ビッシュはそのグレイという名の看守についていくよう言われ、小さな面会室まで行ってなかにはいった。

「終わったらドアをノックしてくれ」グレイは指示した。「時間は十五分間だ」

トラックパンツにTシャツ、カーディガンという服装のノア・レブラックは、テーブルに向かって座っていた。その黒い瞳はビッシュが面会室にはいったときから、まばたきもせずじっとこちらを見つめている。向かいに腰をおろすと、彼女の下唇《したくちびる》のそばかすを見つめないようにしようとしている自分に気づいた。会話をするためにここに来たのなら、気を散らしてはいけない。敵意をあらわにしてもいけない。

顔はげっそりとしていたが、彼女は今でも美しかった。豊かな黒髪はゆるく三つ編みにしている。その髪から逮捕された日の艶やかな光沢は消えていた。レブラック夫妻は美男美女のカップルだっただろう。当時のノアは自分の容貌にいくらか自信があったにちがいない。ビッシュは今、この小さくて脆《もろ》そうな女が爆弾を作るような怪物だったのかと思わずにいられなかった。しかし彼女が立ち上がると、その脆さが見かけだけだったことが明らかになった。それを目の前に投げ出されるまで、ノアがタブロイド紙を握っていたことにビッシュは気づかなかった。第一面にヴァイオレットの写真が大写しになっている。あのキャンプ場で、廊下から食堂のなかを撮ったものだった。ヴァイオレットの後ろにはビッシュが写り込んでいた。

「私は娘を戸棚に閉じ込め、みんなの前で娼婦と呼んだ男の顔を見たかっただけよ」

その口調はきびきびしていて、洗練されたものだった。そして刑務所暮らしでも彼女の尊大さが弱まることはなかった。

ノア・レブラックはこの場の責任者のような堂々とした態度で歩きだし、ドアを二度ノックした。彼女はブザーの音とともにドアの向こうへ去っていった。

8

ノア・レブラックと英国政府の仲介役としての短い仕事を終えたあとは、キャンプ場で出会った親たちからの電話への返事に費やされた。彼らの知りたいことはだいたい似通っていた。負傷した子供たちはどうしているか。犯人について何かわかったか。ビッシュの娘も彼らの子供たちのように悪夢にうなされているか。同じ街に住んでいる者はほぼいなかったので、会って話をするのに適切な場所はなかった。彼らはみんなソーシャルメディアを利用していたので、悲しみを語るのはオンラインでおこなわれた——全員に伝わるが、離ればなれのままだ。

その夜、母から電話があった。ビッシュは母親の様子を尋ねるのを忘れていたことが後ろめたかった。

「母さんが帰るとき、ビーはどうしていた?」

「また不機嫌で無口な子に戻っていた。今朝、レイチェルたちに家まで送ってもらう前に、あの子は走りにいった。レイチェルはデイヴィッドについていかせたの」

それを聞いて、ビッシュはほっとした。

「行方不明の子たちについて何かわかったの?」

「まだなんだよ」ビッシュは目の前に置かれた新聞の第一面に目を落とした。写真には二人の人物が写っている——にこりともしないヴァイオレットの横に、楽しそうなアストリッド・コープリーが立っている。キャプションはなく見出しだけ——悪魔が我らの少女を奪った。悪魔が誰をさすのかは考えるまでもない。

「その子たちが無事でいることを祈るわ」サフランは言った。

その後なかなか眠りにつけず、酒の誘惑と必死に闘いながら、ビッシュはオンラインニュースを端から見ていった。〈ガーディアン〉〈アルジャジーラ〉〈ニューヨーク・タイムズ〉。オーストラリアの報道陣はこの事件をどの立場から扱えばいいものか、まだ決断を下していないようだった。目下のところヴァイオレットのことは〝フランス人とアラブ人のレブラック夫婦のもとに英国で生まれ、アルジェリア人である祖母のジダンという姓を名乗っている〟人物だと報じている。この先どれほどの情報をハイフンで結び、世界じゅうの敵であるこの少女と自分たちの国とのあいだに距離を置こうと図るのかは見当もつかない。ソーシャルメディアでもそれは議論の的になっていた。ヴァイオレット・レブラック・ジダンは何人《なにじん》なのか。ツイッター上では、@princec2のつぶやきがもっとも説得力があった――〝オーストラリア人に決まってるだろが、ボケ〟。

メディアの情報を拾うのにすっかり疲れ、気がつくとビッシュはグレイジャーから渡されたファイルを眺めていた。ノア・レブラックの暮らしは刑務所が許す範囲においては充実したものだったが、塀《へい》の外とのつながりは制限されていた。彼女は少なくともここ六年間は控訴を試みた気配はなかった。ファイルにはこの一年の通話記録もあった。二週間前まで、ノア・レブラックは毎日午前十時から十時半のあいだに、同じ番号からの電話を受けている。発信元はオーストラリアのコリアンバリー。次に多かった番号はカレーのもので、週に一度かかってきている。娘と弟。毎日と毎週。

たぶんほかにすることがないからか、あるいはヴァイオレットの所在を突き止めることが自分に目的を与えてくれるからか、理由はなんであれ、朝いちばんでもう一度英仏海峡を渡ろうと決意していた。ノア・レブラックが毎週弟と会話しているなら、彼は何か知っているかもしれない。

今朝のカレーは別世界のように見えた。三日前はビーに会いたい一心だった。今は現実に目を向けることができた。カレー港の道路には難民が列をなしていた。英国政府が戦争で荒廃した国を追われた人々に惜しみない援助を約束したせいだ。そのため、カレーには英仏海峡を越えようとする難民が押し寄せた。彼らの前には約十八キロメートルにわたってめぐらされたフェンスと三十四キロメートルの海峡が立ちはだかっており、英国は約束したにもかかわらずもたもたしていて、難民の受け入れ態勢はなかなか整わないままだ。たとえ〝リング・オブ・スティール〟と呼ばれるフェンスを乗り越えることができたとしても、難民たちはそこからトラックの底に必死で張りつかなければならない。あるいはもっといいのは冷蔵車に潜り込むことで、税関の熱センサーにも存在を感知されずにすむ。幸運にも海底トンネルを通過できた者は、まだフランス国内と見なされるイギリス側の税関で捜索犬の出迎えを受ける。そこで見つかると、彼らは即座にカレーに送り返され、翌日また密入国を試みるのだ。

極右派はイギリスに逃れたがっている者たちは経済難民で、施しを受けるのが目的だと主張する。だが、誰がそんな暮らしを望むだろう？　絶望的な状況で、必要に迫られているのでなかったら、そんな機会に乗じようとはしないだろう。フランス政府からの援助もなく、こういった難民たちは年金受給者たちの善意で与えられる食料や服で生き延びている。ビッシュにはこの問題の解決策はわからないが、このままではだめだと思う。

ドラクロワ通りのボクシングジムもまた別世界だった。血と唾液と体臭の入り交じったにおいが立ち込め、重苦しい沈黙が漂っている。ビッシュは自分がこの国の言葉も文化もあまり知らない外国人であることを強く感じた。ティーンエイジャーも交ざった若者たちがサンドバッグや仲間を相手に、拳《こぶし》を繰り出している。室内にはテストステロンに加速されたエネルギーと、目の前のことに集中する男たちの意識が満ちていた。あたりを眺めまわすと、彼らはビッシュに怪訝《けげん》な目を向けた。ここに住んで何年にもなるのに、飾られたジャマル・サラフの写真はサッカークラブに所属していた頃のものだけだった。マンチェスター・ユナイテッドのアラブ人とイギリス人の血を引く有望新人選手。そこには整った顔立ちの若者が目に笑みをたたえ、にこやかに笑っている姿が写っていた。彼は人気者だった。そのクラブのユニフォームがよく似合っていた。

「ジャマル・サラフさんはいるかい？」ビッシュはバケツを持ってタオルを集めている若者に訊いた。若者はすぐそばのリングを指さした。二人の男が闘っている。ひとりは着ているTシャツから判断するにセネガル人だろう。対戦相手は引き締まった筋肉質の体つきをし、短く刈ったひげを生やしている。その男がすばやい右フックを放った。ランチに液体しかとらないせいでやわな体つきをしているビッシュは、思わず腹に手を当て、もっと野菜とタンパク質をとり、言い訳を減らし、摂生生活を送ることを誓った。運動は喜んで若い者に任せよう——今更そんなことをしても無駄だから。とはいうものの、ダニエル・クレイグがジェームズ・ボンドとして登場したおかげで、年齢を重ねるとともにみっともなくなるのはしかたないとは言えなくなった。

対戦が終わり、二人はグローブを触れ合わせた。年上の男がリングから降りてくると、ビッシュは近づいていった。

「ジャマル・サラフさん？　ビッシュ・オートリーです」

サラフは返事をしなかったが、握手を交わす雰囲気ではないことをその目が語っていた。「私はヴァイオレットの友達の父親だ」ビッシュはつづけた。「私の娘がきみの姪《めい》と連れの少年が無事でいることを、とても知りたがっている」

目の前に立っている男はサッカー選手の座を約束された十代の頃とはまるで別人だった。当時、ジミー・サラフはイングランドのU-17チームの花形選手で、いくつもの名門サッカークラブが彼を獲得しようと躍起になっていた。マンチェスター・ユナイテッドがジミーと契約して彼をジュニアチームに入れると、新聞には小さな巨人という見出しが躍《おど》り、〈スカイニュース〉は彼についての好意的な特集を組んだ。「生意気なやつだったよ、あいつは」シェパーズ・ブッシュに住んでいた少年時代のジミーのコーチは語った。初めてテレビのインタビューを受け、プレミアリーグにはいれたらどうするかと訊かれた十七歳のジミーは、目に涙を浮かべて答えた。「母さんと姉さんに一軒ずつ家を買ってあげる。ポッシュ（ベッカムの妻のニックネーム）とベッカムがハートフォードシャーに買ったのと同じくらい大きい家を」ビッシュもその少年がものすごい早口でしゃべりつづけていたのを覚えている。

爆破事件のあと、大衆は血を求めた。生贄《いけにえ》を求めた。誰かまだ息をしている者に憎悪をぶつけたがった。生贄は見つかった。サラフ一家が住む公営団地に踏み込んだ警察が、ルイス・サラフ単独の犯行ではないことを示す証拠を見つけたのだ。ジャマルと伯父のジョセフがルイスと激しく言い争っているところが中庭の防犯カメラに写っていて、三人とも興奮していた。やがてジャマルは父親が伯父と握手を交わすとほっとしたような表情を浮かべ、父親を抱き締めた。捜査当局はその握手を決定的なものと見なした。ジャマルと伯父は本来より長い期間勾留され、姉のノアが自白したあとでようやく釈放されたのだった。

「どこかで少し座って話せないかな？」ビッシュはほかの者たちの鋭い視線を意識しながら訊いた。

サラフは近くのベンチに載っていた新聞を取り上げ、ビッシュに投げつけた。記事の内容はフランス語があまりわからない者にもわかる。昨日も見た写真——ヴァイオレットの後ろに自分が立っている。

ビッシュはジムを出て、裏通りにはいっていくジャマル・サラフについていった。

「彼女と話したというのは本当か？」と尋ねたとたん、ビッシュは喉元をつかまれ、スティールフェンスに押しつけられていた。サラフは怒りに燃えた目で握り締めた拳をちらっと見た。

「俺は戸棚に姪を閉じ込めたような野郎と座って話すのはごめんだ」

恐ろしい形相をした顔が目前に迫ってくる。ビッシュは警告するように片手をあげた。そんなことでサラフを制止できるとは思っていなかった。自分より若く頑健な男をやっつけるところを見たあとではなおさらだ。

「私はヴァイオレットを戸棚から救出したんだ」ビッシュは言った。「本人に訊いてもらえばわかる」

サラフは手を離し、ビッシュを押しやった。

「ここにはいない」

「だったら、どこにいるんだい？」

「さあ、知らないね」

「それはないだろう。きみはあのキャンプ場に彼女を探しにいった。そこからは、きみが彼女の居場所を正確につかんでいることがわかる」

「あんたには何もわからないよ」

「彼女はあの少年を連れていった理由を言ったかい？」

「心配してる父親にしては、警官みたいになってきてるな」

「私はその両方だ」ビッシュはポケットから名刺を取り出した。目下のところはそれを使う権利はない。ペンを探り当てると、職場の電話番号に線を引き、自分の携帯電話の番号を書いた。「彼女を私のところに連れてきてくれたら、しっかり守ってやれる」ビッシュは言った。「みんな彼女と少年の無事を願っている。彼女はまだ子供なんだ」

「ああ、そうだな。俺もそうだったよ」サラフは差し出された名刺を受け取らなかった。「俺があの子の年のとき、どんなことになったかわかるか？」

ベルマーシュ刑務所に入れられた。ジャマル・サラフのような美しい顔立ちの少年には悪夢が待ち受けていただろう。想像するだけで身の毛がよだつ。

「二人の居場所を知っているなら、神がきみを助けてくれるだろう」ビッシュは言った。

「俺が姪の居所を知ってたら、今頃俺たちは北アフリカまで逃げてるよ」サラフはそう言うと去っていった。

9

ジャマルはオートリーの車が走り去るのを眺めている。彼は港へ向かうのだろう。国に戻ると考えただけで、ジャマルの胸は痛んだ。素直になれる日は、この町に住むことを選んだのは感傷のせいだと認められる。母国に足を踏み入れることは許されていないが、母国を恋しく思う気持ちがやむことはない。天気のいい日には港からイングランドを望むことができる。

とはいえ、この町に愛着がないわけではない。カレーは自分に向いている。住民の気取りのなさや、たくましさも気に入っている。ここは人が流れゆく場所だ。自分に気づいたり質問してきたりするほど長く滞在する外国人はいない。ジャマルは職を転々としたが、毎年なんとか生き延びてこられた。ジムでボクシングを教えていないときは、仮設の難民キャンプで子供たちのために働いている。地元の慈善団体がフランス語、英語、アラビア語、サッカーのできる者を探していたから。ときにはギーズ公通りのピアノバーで働くこともある。カレーはジャマルにとって変わらない町だった。一日が一週間になり一ヵ月になり一年になり、やがて追放されてから十三年の平穏な時が流れた。

三日前にナスリン・レブラックから、ヴァイオレットを見かけなかったかという電話をもらうまでは。最初は聞きまちがいかと思った。地球の裏側でナスリンとクリストフと一緒に暮らしている姪をなぜ自分が見かけるのか？　だが、ナスリンの話によれば、見知らぬ男から電話があって、ヴァイオレットがこの七日間ノルマンディーにいたことを知らせてきたというのだ。ナスリンはさぞ取り乱しただろう。ヴァイオレットはてっきりタスマニア原生地域でハイキングしているものだと思っていたのだから。そして最悪の事態が発生した。ブローニュ＝シュル＝メール近郊のキャンプ場で爆破されたバスに、ヴァイオレットが乗っていたのだ。ジャマルは現場まで出かけていったが、親か保護者だと証明できない者は警察のバリケードを越えられなかった。彼は何か方法はないものかと考えながら部屋に戻った。

ところが、ヴァイオレットのほうから会いにきた。日曜の夜明け前のことだ。頭をはっきりさせるために早朝ランニングに出かけて帰ってきたら、フラットの一階にあるジムの玄関先にいた。ヴァイオレットは年下の少年を連れていた。姪に会うのは彼女が四歳のとき以来だった。オーストラリア政府には毎年ビザの申請を却下されてきた。いくらスカイプのビデオ通話や写真で顔を見ているとはいえ、直接会う心の準備はできていなかった。ヴァイオレットは黒のスキニージーンズ、黒のアストロボーイのノースリーブTシャツという恰好だった。姪はすっかり魅力的な娘になっていた。真剣なまなざしの目、必要とあらば歯を剝《む》くことのできる野生的な薄い唇。この子は彼の母親のアザイザにそっくりだった。だから子供の頃はリトル・アザイザというニックネームがついた。ヴァイオレットのことはル・アーヴルからアレクサンドリアやベイルートに至るまで、あらゆる親戚が気にしていた。ジャマルの答えはいつも同じだ。

「ナスリンとクリストフと一緒に、オーストラリアで無事に暮らしてるよ。もうあの子を傷つける者は誰もいない」

けれど、ヴァイオレットの目はそういう日々が終わったことを告げていた。

「なかに入れて」ヴァイオレットは手ぶらだった。バックパックも持っていない。

何も言えず姪の手を取り、ジャマルは鍵を落とした。拾い上げてまた取り落とした。ジムにはいって三人だけになると、ヴァイオレットはしがみついてきた。二人は腕を震わせながら抱き合った。

「ごめんなさい」ヴァイオレットは泣いていた。「ごめんなさい」

「さあ、話してごらん、ヴァイオレット」ジャマルは明かりをつけた。「ナスリンとクリストフは気が変になるほど心配してる。なぜ誰にも言わずにフランスまでやってきたんだ？　なぜ俺に会いにこなかった？」

ヴァイオレットは答えず、少年のほうを見やった。痩せっぽちの子でサングラスをかけ、この時間の暑さにもかかわらずフード付きのパーカーを着ている。お忍びのラッパー気取りか。面倒くさいやつだ。

「キャンプ場まで来たんでしょ」ヴァイオレットは話しだした。「ひどい状態だったのは知ってるわよね」

知らずにいられるものか。死者五人。負傷者が何人も出て、重体の者たちもいる。ルイス・サラフの息子だったときにもそういうことが起こった。被害者の様子やその数、どれだけ多く親、兄弟、姉妹、姻戚《いんせき》、姪や甥《おい》にまで影響がおよぶ。負傷した子供の場合も同じだ。母親、父親。母方と父方の祖父母。およそ七人の伯母もしくは叔母、伯父もしくは叔父。最低でも十四人のいとこ。そこに友達が加わる……父親が被害者たちの命を吹き飛ばしてから、ジャマルは数字に強くなった。その計算のもとになったのは、しじゅう頭を離れない二十三人の死者だ。

ヴァイオレットは懸命に涙をこらえている。唇を震わせている。

「みんなあたしがやったと言ってるのよ、ジミー」

それを聞いて、ジャマルの血は凍りついた。この子をここからできるだけ離れたところへ、誰にも見つからないところへ連れていこう。邪魔をする者がいたら殺してもいい。

ヴァイオレットの向こうで、少年がサンドバッグを叩いていた。

「やめるんだ」ジャマルは少年に言った。自分の生活に見知らぬ者がはいりこんでくるのは好かない。ヴァイオレットだって同じ気持ちだろう。姪はタフな子だ。そうでないと生きていけないから。友達の話なんかめったにしないのに、どうして仲間を連れてこようと思ったのだろう。

「ヴァイオレット、近くにずっといたなら、なぜ俺のところに来なかったんだ?」

「あたしだってそうしたかったわよ」ヴァイオレットは言った。「あたしには計画があっただけ。すごくいい計画だった」

少年はまだサンドバッグを叩いている。「彼にやめるように言ってくれ、ヴァイオレット」

ジャマルは自分が言っても効果がないとみた。

「みんなマックが死んだと言ってる」少年が声をあげたが、それは独り言だった。「本当なのか？　ヘイスティングスから来たマイケルも、スペインの少女も。彼女の喉にはガラスのかけらが刺さってたと言ってる。そしたら今度はバスの運転手のセルジュも死んだし、病院には死体の山ができてるって。脚や腕のない死体。みんなそう言ってるんだ」

バシッ、バシッ、バシッ。少年はサンドバッグに拳をぶつけながらうなっている。

ヴァイオレットは顔をしかめ、ジャマルに目で警告した。「あたしたちはその運転手とよくおしゃべりしてたの。でも、あの子には言って聞かせたのよ」とささやき、少年のほうを指さした。「Facebookで人が死んでると言ってるからって、それが事実とはかぎらないと」

ジャマルには二人にどう知らせればいいかわからなかった。自分はオンラインニュースでそのことを知った。バスの運転手とイギリス人の少女がゆうべブローニュの病院で死亡したと。

ヴァイオレットは叔父の目を見て、それが事実であることを悟った。「ほかには誰が死んだの？」と静かに訊いた。

「アストリッド・コープリー」

ヴァイオレットが漏らした悲痛な声は、少年のパンチの音に掻き消された。少年は今やすすり泣いている。

「引率者のひとりが全員にあたしの正体をばらしたの」ヴァイオレットは言った。「あたしが誰の娘か――それは新聞にも載る。世間の人もみんなそのことを知るのよ。誰も彼も」ヴァイオレットは少年のほうを見やった。その目には怒りと苦悶の表情が浮かんでいた。

「あの少年にキャンプ場に戻るように言うんだ」ジャマルは言った。「俺たちの荷物を用意するから、二人で南へ行こう」

ヴァイオレットは首を振った。「彼らがここに来る前に行かなきゃ。心配しないで——お金は持ってるから」とジーンズの腹のあたりを叩く。隠しポケットがついたベルトを締めているらしい。ヴァイオレットは汗をかきはじめ、また震えだした。こんな弱々しい人間を見るのは胸が張り裂けそうだ。ジャマルは冷蔵庫から水差しを取り出すと、グラスに注いでヴァイオレットに手渡し、濡らしたタオルで顔を冷やしてやった。

「何を言ってるのかわからないよ、ヴァイオレット」ジャマルはつぶやいた。「きみはどこにも行かない。ナスリンとクリストフに電話して、どうすればいいか考えよう」

それでもヴァイオレットは首を振った。「警察はゲートの前に立ってる叔父さんの写真を持ってるのよ、ジミー。何かあったら叔父さんを逮捕するつもりなんじゃない？　また檻《おり》に入れられちゃうわ。ママはきっとあたしを許してくれない」

「どうしてノアがきみを許す必要があるんだ？」ジャマルは訊いた。「姉さんにはきみがすべてなのに」

「このことであたしを憎むわ」

「みんな僕が悪いんだ！」少年が叫んだ。「きみのせいじゃないよ、ヴァイオレット。僕がきみを見つけたんだ。僕が見つけなければ、きみはあのハイキングに行ってた。何事もなく」

ジャマルは息苦しくなってきた。喉元に苦いものがこみあげてくる。この少年はヴァイオレットを何に巻き込んだのか?

「おばあちゃんとおじいちゃんが話してるのを聞いたの」ヴァイオレットは言った。「ナスリンおばあちゃんはあたしの十八歳の誕生日のプレゼントは何がいいかって訊いた。おじいちゃんは……おじいちゃんは『あの子をエティエンヌが生きてた頃に戻してやりたい』と言った。そして泣きだしたのよ、ジミー。おじいちゃんの泣き声なんて、それまで聞いたことがなかった」

ジャマルはごくりと唾《つば》を飲み込んだ。胃がよじれるような感じがした。義理の兄が自分の人生にはいってきたのは、ジャマルが五歳のときだった。磊落《らいらく》なエティエンヌ・レブラックはあらゆる点でノアとは正反対だった。あれから何年も過ぎた今になっても、ジャマルはまだ彼が死んだことが信じられない。エティエンヌがマルハムの谷間にヴァイオレットを置き去りにして自殺したなんて、どうしても納得できなかった。

「だけど、どうしてこっちに来たんだ、ヴァイオレット? 誰にも告げずに」

「クリストフおじいちゃんの願いをかなえるため。でも、あたしのためじゃないの」

そのとき、少年がサンドバッグを殴りそこねて倒れ込んだ。笑い声がして振り向くと、尻もちをつき、ギャングのようなサングラスを床に飛ばした少年は、ヴァイオレットに大口をあけた笑顔を見せていた。ジャマルはその顔をじっと見つめずにいられなかった。自分が目にしているることが信じられなかった。ジャマルは歩きだした、近くで顔を見たかったから。隣にいたヴァイオレットはジャマルの手を握り締めた。

「かわいい子でしょ、ジミー?」ヴァイオレットは言った。「こんなかわいい子、見たことないわよね?」

ジャマルは少年の前に立ち、パーカーのフードを頭からはずした。そして、腹を殴られたような衝撃の真実を突きつけられた。

「おお、ヴァイオレット。これはいったいどういうことだ?」

10

ビッシュはこの機会をせいぜい活用してブローニュ=シュル=メールの病院まで行くことにした。親御さんたちに最新の情報を伝えるためもあるが、目的がそれだけではないことはわかっている。ローラ・バレット-パーカーとメノシ・バグチは、移動中はたいがいヴァイオレットとエディのすぐ近くに座っていた。二人の行き先のヒントになるような何かを彼女たちが耳にしていることに期待をかけていた。

病院の正面の芝地にはネタを求めてさまざまなメディアが集まっていた。スカイ、CNN、BFMTV。キャンプ場には子供たちはひとりも残っていないから、話を聞けるとすれば負傷した生徒たちの家族しかいないのだ。爆破事件の日にこちらの姿を見ていたらしく、入り口に向かいかけたビッシュに記者が二人ほど近づいてきて、面前にマイクを突き出し、カメラが行く手をふさいだ。

なんとか振り切ることはできたが、院内には別の問題が待っていた。ロビーでどう見ても警察官のような風貌の男に止められた。その受付係は友好的ではなかったが英語は話せるようで、三階に通していい人物のリストにメディアと厄介者は含まれていないと告げた。ビッシュはとにかく説得を試みた。自分もツアーに参加していたイギリス人の生徒の父親であり、負傷した子供たちの状態を確認したいだけだと。警部だということは言わないほうがいいと思った。それを証明するバッジを持っていないから。それに権限のない英国の警察官は厄介者のカテゴリーにはいるのではないかとも思ったから。ビッシュはにべもなく追い払われた。

しかたなくエレベーターの前で立ち番をしている警官に当たってみることにし、ゆっくりした英語で、三階に通していい人物のリストに載るにはどうすればいいかをていねいに尋ねた。警官は早口のフランス語で言い返した。あきらめようかと思ったとき、聞き覚えのある声がした。振り向くと、アタルがいた。寝不足と栄養不足と悲惨な状況のせいで、フランスの警部は悄然《しょうぜん》としていた。アタルは警官と何やら言葉を交わした。その響きからすると「やあ」とか「ほっとけ」という意味だろう。何はともあれ、ビッシュはリストに載せてもらえた。

ローラの病室の前にはちょうど父親がいて、雑役係を叱りつけていた。イアン・パーカーは下院議員で、裕福な家に生まれ、裕福な家の妻をもらった。彼のいわゆる政治家特有の発言は、外国人嫌いと腐敗した英国のにおいがする。

小言が終わると、ビッシュは自己紹介した。

「オートリーだと？」パーカーは言った。「スコットランドヤードから来たのか」

ビッシュは首を振った。「私がここに来たのは――」

「警官にも、おまえらのくだらない質問にも飽き飽きしてる」パーカーは吠えた。「もっと人々の役に立つことをしろ。今すぐあのレブラックという女を探しにいくんだ。おまえがやらないなら、私が代わりの者にやらせる。あんな女は裁判にかけるしかない」

年の若い妻が注意をうながすように夫の腕に手を置き、ひとこと「イアン」とそっと呼びかけた。廊下の先では医師が病室から出てきてエレベーターへ向かいだした。パーカーは彼女のあとを追いかけ、ビッシュと覇気のないキャサリン・バレット－パーカーはその場に取り残された。やがて、廊下の向こうから医師を怒鳴りつけるパーカーの声が聞こえてきた。

「ローラは末っ子で、子供たちのなかで夫の相手をしてくれるのはあの子だけなの」たまりかねてキャサリンが口をひらいた。「もともと傲慢《ごうまん》な人ですが、この悲劇が重なって攻撃的になっているんです」

覇気がないわけではないらしい。悲しみに打ち沈んでいるのだ。

「メディアのほうをなんとかできませんか」キャサリンは訊いた。「夫と私にはときどき息抜きが必要なんです。パキスタン人のお母さんも外に出るのを怖がっているようです」

ビッシュはバグチ家はバングラデシュ出身だと指摘しようとしたが、キャサリン・バレット－パーカーを敵にまわさないほうがいいと思ってやめた。夫の怒鳴り声がひどくなると、キヤサリンはビッシュに断って、医師を助けにいった。

二つ隣の病室はパーカー家とはまるで異なるバグチ家のメノシと母親がいた。メノシはスピタルフィールズの公営住宅の最年少成績優秀者として、ベンガル（インドの西ベンガル州とバングラディッシュが含まれる地域）・コミュニティから海外渡航費助成金を授与されたのだった。検査のためにまた娘を連れていかれた母親の悲しみは慰《なぐさ》めようもなかった。メノシの髪は半分剃《そ》りあげられ、顔は傷だらけで、腕は包帯で吊り、片手が失われていた。母親はこの三日間娘に付き添い、夜はストレッチャー・ベッドで眠ったとビッシュに語り、泣きだした。

だが、あなたのお子さんは生きているじゃないですか、と言いたかったが、それをこらえて代わりに父親のことを尋ねた。

「家にはほかに四人子供がいるんです。夫はそばにいてやらないと。仕事もありますし」そのベンガル訛《なま》りは悲しい歌声のように聞こえた。娘のことだけではない悲痛な思いがあった。「あたしの誇りのせいです」サディアは苦々しく言った。「あの子をフランスに行かせるべきだと夫に主張したんです。あたしは過保護な夫を恥ずかしく思っていました。『あなたは賢い娘にも父親のように市場できゅうりを売ってほしいの？』そう言ったんです」

空っぽのベッド越しに、母親はビッシュと目を合わせた。「子供たちにこんなことをしたのは誰なんですか？　そんな残酷なことができるのは誰なんですか？」

ビッシュはもう何年も同じことを自問してきたが、正解は見つかっていない。

それからもうしばらくほかの生徒たちについて話してから、ビッシュはフィオン・サイクスの病室をのぞいてみた。フィオンのことはビーから少し聞いた話と、負傷した生徒たちについて触れた新聞記事からわかったことしか知らなかった。左脚は膝《ひざ》から下が失われているものの、メノシやローラの傷の状態に比べるとまだ軽いほうで、ほかの子たちより回復も早そうだった。ビッシュはこの少年がどうやって精神の均衡を保っているのか不思議だった。サディア・バグチの話によれば、彼は母親を恋しがっているというが。

ビッシュはドアをノックし、「ビーの父親だよ」と挨拶した。「娘がよろしくと言っていた」

これは嘘だ。

「じゃあ、彼女は無事なんですね?」フィオンは訊いた。

「幸運なひとりだった」

「ほっとしました」フィオンは普通の子だった。物静かで、控えめ。フィオンは昔の人の心を持っているようだ。そのせいでクロンビーやケニントンのような者たちからは仲間外れにされるだろう。

「さてと、あまり邪魔をしちゃいけないね」ビッシュは言った。「挨拶だけしていこうと思って寄ったんだ」

「もう何日も誰ともあまり話をしていないんです」フィオンは言った。「ナースや医師たちは親切だけど、気軽に会話するわけにもいかなくて」

もう少しいてほしいということだと察し、ビッシュはベッドの脇の椅子に腰をおろした。

「ほかの人たちのことを教えてくれませんか」フィオンはつらそうな表情を浮かべた。それが体の痛みのせいなのか、悲惨な出来事を思いだしたせいなのかは、ビッシュにはわからなかった。「マックと運転手のセルジュのことは知っています。新聞やテレビはまだ見せてもらえませんが、最初の夜にここで誰かが死んだことはわかりました。ナースたちのフランス語は早口であまりよく聞き取れなかったけど、ひとりは泣いていました」

ビッシュは静かにうなずいた。死を否定するのは死者に対する侮辱《ぶじょく》のような気がした。「マイケル・スタンリーとアストリド・コープリー」ビッシュは言った。「それにルシア・オルテスという名のスペインの少女だ」

少年は目に涙を浮かべ、かすれたため息をついて気を静めた。「二人は僕より年下でした、マイケルとアストリド。たしか十五歳だったかな」

「二人のことはよく知っていたの？」

「いいえ、でも、彼のおじいさんがバイユー戦没者墓地に埋葬されていることは覚えています。マイケルはそこで葬送ラッパをハーモニカで吹きました。アストリドはフランスから戻ったら歯列矯正器をはずす予定でした。いつかマイケルにそう言っているのを耳にしたんです」

フィオン・サイクスがそんなふうにまわりに注目していたことは、ビーも含め誰も知らなかっただろう。ほんの五分話しただけだが、ビッシュはすでにこの少年のことが好きになっていた。

「ローラとメノシは廊下の先の部屋にいるよ、もちろん知っているだろうが」

「ええ、お母さんたちが一度か二度、様子を見にきてくれました。もし僕に付き添っている人がいたら同じことをするだろうと思います。彼女たちの怪我はひどいんですか?」

「メノシは片手を失った。右の鼓膜も激しい損傷を受けた。ローラは片目を失い、片腕を折った」

「ローラとメノシは《ザ・マペッツ》に出てくる人形みたいでした。なんにでもコメントするんです」フィオンは後ろめたそうな顔をした。「みんな彼女たちはうるさいと思っていました」

ビーもそう思っていたのだろうか。嫌っていた人や、うるさいと思っていた人がひどい怪我をしたことを後ろめたく感じているのだろうか。

ベッドの脇のテーブルで電話が鳴った。フィオンはぎこちなく手を伸ばしてつかんでから、またテーブルに戻した。

「iPhoneの最新バージョンです」フィオンは言った。「匿名の寄付があったんです、二百ポンドのクレジット付きで。だから母の声が聞きたいときに、いつでも電話できる」

「お母さんには会ったの?」

フィオンは首を振った。

「もうまもなくこっちに着くのかな?」

「家はニューカッスルのほうにあります」フィオンは渋い顔をした。「うちにはこんな余裕はないんです。個室とかそういうのは」

「今は病院の費用のことは心配しなくていいと思うよ」

「母がこっちに来ることになったら、病院のそばに泊まるところを探さないといけなくて、それにもお金がかかるし、母はフランス語がまったくできません。母はあの村から一度も外に出たことがないんです」

ビーは明日の五ポンドを心配したことなど一度もなかった。法廷弁護士のレイチェルはビッシュより稼ぎがいいし、暮らしは満ち足りていた。

「車の運転もできない」フィオンはつぶやいた。

ビッシュは母親について尋ねたことを悔やんだ。彼は言い訳せざるを得なくなっている。自分が悪いわけでもないのに。「卒業したらどうしようと思っているの？」話題を変えるために訊いてみたのだが、自分がフィオンの年頃のときにはそういう質問をされるのが何よりわずらわしかった。

「ケンブリッジ大学で歴史か神学を学ぼうかと。奨学金をもらう予定です」

「神学？」

フィオンはビッシュの反応を面白がっているようだ。「宗教についていろいろ批判があるのは、もちろん知っていますよ、ミスター・オートリー。だけど要は、代わりになるものを与えずに何かを人々から取り上げることはできないんです。あなたの年代はそういうことで記憶されるでしょう。あれもこれも取り上げて、代わりに寄こすのはまるでつまらないものなんです」

十七歳が七十歳のようなことを言う。

「きみが弱っているときに攻撃するのは本意ではないがね、フィオン」ビッシュは言った。「しかし、きみの年代はFacebookの〝いいね！〟ボタンをクリックする以外はまるで役立たずなことで知られるだろう」

「手厳しいですね」フィオンは揶揄《やゆ》するように笑った。「つい今朝も、ナースが自分のiPhoneで僕のFacebookページを見せてくれたところです。僕は〝早くよくなりますように〟というメッセージに〝いいね！〟が百五十ついているのを見て、元気になりました」

しかしその笑みは苦いものだった。「僕の脚は吹き飛ばされたのに、誰かが〝早くよくなりますように〟と書いている。まるで僕が扁桃腺《へんとうせん》を切除してもらったかのように」

フィオンが自分のほうから触れてはいけない話題を持ち出してくれたことに、ビッシュはほっとした。フィオンの目からは涙がこぼれそうになっている。ビーは泣いているところを見られると、猛烈に怒りだす。〝出てってよ、パパ。あたしが何を考えてるか、いちいち言う必要ないでしょ〟。

「こちらのことを心配して善意から出た言葉なのに、それが見当違いなことはときおりあるね」ビッシュは言った。「傷は痛むかい？」

「その質問はナースから三十分置きにされます」フィオンは言った。「何かほかのことを訊いてくれませんか？」

「じゃあ、バスに乗っていたほかの子たちのことを教えてくれないか」

「引率者たちはたぶん僕たちのことをうるさいやつらだと言っていたでしょう。それにヴァイオレットについての噂のことも……」フィオンは肩をすくめた。

ビッシュはヴァイオレットとバスに乗っていた男子生徒の何人かをめぐる噂のことを思い浮かべた。フィオンもそのひとりなのだろうか。

「きみは彼女のことが好きだった？」

フィオンは驚いた顔をした。「ヴァイオレットが一緒に過ごしていたのはエディ・コンロンだけですよ。クロンビーももちろんそうだけど」

「嫌いだったの？」

「そうじゃありません。ツアーの初日に、ヴァイオレットはチャーリー・クロンビーを殴って有名になりました。注目を集めたいのだろうと思ったけど、みんな彼女を怖がって寄りつかなかった。そしてそれが彼女の狙いだったことに気づいたんです。あたしのことはほっといて、と」フィオンは少し考え、頰を赤らめた。「あの二人がどうしてそういう……仲になったのかは知らないけど……」

深い仲、とクロンビーなら言うだろう。

「彼女がエディ・コンロンに僕のことを話しているのが聞こえたんです。『ああいうタイプは知ってる』と彼女は言いました。『あのバカはきっといちばん好きなドクターは誰って訊いてくるわよ』」フィオンはまた頰を染め、耳まで真っ赤になった。ヴァイオレットの推測どおりだったらしい。

「私はトム・ベイカー（イギリス人俳優。BBCの《ドクター・フー》でタイトルロールを演じた）に夢中だった」ビッシュは打ち明けた。「七〇年代の愚《おろ》か者たちがやったように、私も長いマフラーを巻いた。みんなが大好きなドクターは訊くまでもなかった」

フィオンは笑い声をあげ、十七歳の少年に戻った。

「彼女は私のこともバカと呼んだよ」ビッシュは言い足した。

「ヴァイオレットはここが」フィオンは自分の胸を指さした。「タフでした。胸の内は何も明かさない。女の子にしてはチャーリー・クロンビーに似て、頭がおかしいんじゃなければそんなこと考えるな、と撥《は》ねつけるタイプですね」

「ニューカッスルのほうに好きな子はいるのかい？」

フィオンは肩をすくめた。たちまち頰も耳も真っ赤になった。「いないわけじゃないけど」ぼそりと答える。「同級生で、いい感じになった子はいました」

この少年にとっては、記憶を掘り起こすほどのことではないらしい。

「チャーリー・クロンビーのことを教えてくれ」

好きな子の話が終わって、フィオンはほっとしたようだ。「以前は僕と同じ学校にいたんです。僕たちはどちらもブルーコート・スクールの奨学生だったけど、二人の道が交わることはなかった。カンニングのことはお耳にはいっていますよね」

ビッシュはうなずいた。

「彼がロドニー・ケニントンに話しているのが聞こえたんですが、新しい学校では歴史の単位を取るためにまたカンニングを繰り返さなければならなかったそうです。このツアーは課題のひとつだったので参加することにしたとも言っていました」

フィオンはしばし物思いにふけった。

「問題はクロンビーが楽々とリーダーになったことです」

「リーダーは必要だったのかい？」

「つねに」

「いじめっ子が？　ほかに選ぶ相手はいなかったのか？」

「ええ。クロンビーは序列を築いておかないと、ほかの十一年生の言いなりになるしかなかったでしょう。彼は言っていました。弱虫がちびったにおいは一キロ離れたところからでも嗅ぎつけられる。肝っ玉があるのはしたたかな女《ビッチ》二人だけだ――ひとりはヴァイオレットで、もうひとりは、すみません、あなたの娘さんだと。それ以外の者たちは彼の子分だったんです」

なるほどそうだろう。ビーは父方をたどっても母方をたどっても、したたかな女に行き当たる。

「彼の子分でいるのは満足だった？」

フィオンは笑った。「まあ、ちょっと変わった楽しさだったかな。僕は人に従うのがうまいほうだけど、クロンビーがグループに何か指図すると、たいがいちびりました。指図の内容はだいたいフランス人生徒たちへの仕返しでした。あのフランスの警部の娘も、怒らせてはいけないタイプです。凶暴になることもありました」

フィオンはビッシュを見上げた。ようやく腑《ふ》に落ちたというような顔をしている。「クロンビーは少しひねくれていますよね。彼は物事を斜めに見る。だからヴァイオレットは彼のことが理解できたんです。彼女は全身で〝あたしはみんなとはちがう〟と叫んでいました。僕たちと一致するものが何もなかった。あの訛り。名前。顔立ちや髪の色。彼女はすごくひたむきでした」

少年はため息をついた。「彼女がブラッケンハムの爆弾魔の孫娘だと考えないようにするのは難しいです。そうと知ってしまったら」

「エディのほうはどう？」

「お母さんを亡くしたと誰かが言っていました、まだ死んでから一年もたっていないと。でも、よく知らないけど、あの二人は心が通じているように見えました」

「ヴァイオレットが何か隠していると感じたことは？」

「何も隠してないやつなんていますか？」

ビーもあの悲しみ以外に何か隠していることがあるのだろうか。「きみは何を隠してたんだい、フィオン？」ビッシュは代わりに少年にそっと尋ねた。

少年はまたつらそうな顔をした。「僕がつきあっていた子は――僕たちはアシュクロフトで同じ家に下宿していたんです。イースター休暇のとき、彼女をニューカッスルの家に連れていきました。僕の親友も一緒でした。あれは最悪だった。結局、その二人がくっついてしまったんです。学校に戻ったら、僕の母についての噂が広まっていた。彼女と別れたことより、彼との友情が終わってしまったほうが寂しく思います。とにかくひどい学期でした。この休暇はもっとつらいだろうと思いました。彼らが一緒に過ごすことはわかっているから。そういうわけで、ツアーに参加することにしたんです」

フィオンは秘密を打ち明けたことを恥じているようだった。「大学にはいれば僕の時代が来るなんて言うつもりなら、あなたには帰ってもらいますよ」

ビッシュは笑った。「大学時代の私は社交下手だったから、きみを騙《だま》して安心させるつもりはないよ」

フィオンはまた物思いに沈んだ。「彼は利口ですよね、あのクロンビーというやつは。試験でなぜカンニングしたのかわからない。そんな必要はなかったはずなんですよ」

フィオンのような控えめな少年は、人が気づかないようなことにも気づく。爆破事件につながる事実は、この少年の記憶の底にあるのだろうか。

ビーについてフィオンがどう見ているのか聞きたかったが、それでは娘を裏切ることになりそうだった。

ナースが血圧を測定しにきたので、腰をあげる頃合だとビッシュは判断した。

「ミスター・オートリー」ドアまで行ったところで、フィオンが呼び止めた。

ビッシュは待ったが、フィオンはナースが去るのを待ってから話しだした。

「ヴァイオレットがあの家族の一員だという理由で、彼女のことを憎むのは簡単だと思います。だけどともかく、彼女はバスのなかで性的なサービスを提供したことはありません。彼女について事実とはちがうことを言うのはよくないと思います。絶対よくないです」

自宅をめざしてM20号線を走っていると、エリオットから電話があった。「テレビをつけたり新聞をひらいたりするたびに、おまえの顔がある」

「用件は、エリオット?」

「レイラ・バイアット。彼女はサラフ家とつながりがある人物で、ヴァイオレットとエディについての情報を握ってるかもしれない。グレイジャーが我々に彼女と話をしてきてほしいと言ってる」

「幸運を祈るよ、エリオット。だが、おまえと僕は〝我々〟という仲じゃない」

「内務大臣が我々と言ったら我々なんだ」

11

「ミズ・バイアット?」

レイラは顔をあげ、オフィスの扉口に立っている二人の男のほうを見やる。

「何かお役に立てることがありますか」その言葉とは裏腹に、役に立ちたい気持ちなど微塵《みじん》もない。この二人が何者であるにしろ、前もって約束を取りつけておくべきだから。たしかに自分のオフィスはこの法律事務所での地位を反映して、トイレの隣にある靴箱のような部屋かもしれないが、あたしが望むのは各自がそれぞれの仕事をして、四つの壁に囲まれたこの狭苦しい空間のプライバシーを尊重してくれることだけなのよ、おあいにくさま。

二人の男の背後からアシスタントのひとりが現れ、申し訳なさそうな顔をする。本心ではないにしても。

「ジョージ・エリオット氏とビッシュ・オートリー氏です」アシスタントのジェマイマは〝どこの紳士だか知らないけど〟と言うように二人のほうを手で示す。レイラが最後にジョージ・エリオットと出会ったのは高校時代、『ミドルマーチ』は五百ページあれば足りる物語で八百ページもいらないという感想を書いて英文学の試験に落ちたときだった。そんなわけで、アポイントも取らずに午前十時に現れた二人の男への敵意は、いやがうえにも燃え上がる。しかも、彼らをひと目見れば、法律相談に来たのでないことがわかる。

「キャリントン-キング案件のファイルを持ってきてくれる?」それでも、レイラはジェマイマに頼む。スーツ姿の見知らぬ男たちは面倒を意味するし、事務所のスパイにこの男たちは通常の依頼人だとパートナー弁護士たちに告げさせたいから。

ジェマイマに自分で取りにいけばと言われる可能性はある。二年前にこの若い娘が初出勤してきた日、レイラは彼女に今の席に長くいる人間ではないと言った。ジェマイマは誤解し、苦情を申し立てた。レイラは呼び出され、パートナー弁護士のひとりと、サポート業務の長であるヴェラの前で釈明する羽目になった。ジェマイマはタイプやファイリング作業においていずれヴェラを追い越すと思ったとはとても言えなかった。なぜなら彼女は悪名高きいやな女《ビッチ》で、そんなことを言えば二度と書類をタイプしてくれないだろうから。残念なことに、レイラはジェマイマのことを好きになっていた。ハウンズロウの労働者階級の出であるジェマイマは、聡明で仕事がていねいだった。公営住宅出身者がシティで働くのは、職種や人種に関係なく容易なことではない。こちらの思いに反して、ジェマイマにはレイラと同盟を結ぶ気はなかった。レイラが仕事を与えるのは彼女だけなのに、相手には敵愾心《てきがいしん》が芽生えていた。ほかのサポート担当者たちは怠《なま》け者で、自分はもっと大事な仕事を任されるべきだと思うような者たちだった。そのうちジェマイマがサポート担当者たちを取り仕切るだろうという噂が流れた。それはべつに悪くない。でも、ジェマイマがレイラの話に耳を傾ける時間を割いていたら、法学位を取ったほうがいいと助言してやっただろう。

ジェマイマが去っていくと、二人の男は椅子に腰をおろす。彼らは政府の人間だとレイラの直感が告げている。四日前にカレー郊外の爆破事件が第一面を飾って以来、直感が危険をささやきつづけていた。

「キャリントン-キング?」背の低いほうが尋ねる。エリオットというほうだろう。ほっそりした、顔色の悪い男で、「俺のことか?」という表情が顔に張りついている。何かまずいことをやったり言ったりしている最中でもあるかのように。

「離婚しようとしているお二人で、あなたには関係ありません」レイラはにべもなく言う。

ジェマイマがファイルを持って戻ってくる。その不審そうな目つきからすると、パートナーの誰かにあれこれ訊かれたにちがいない。

「部屋を出たら、ドアを閉めてね」レイラは言う。ジェマイマが出ていくと、二人の男を見つめる。「ご用件はなんですか」

ためらうような間があってから、むく犬のような、白髪交じりのふさふさした金褐色の髪をした男が、ポケットを探ってよれよれの名刺を差し出す。ベスナルグリーン署のビッシュ・オートリー警部。ここでレイラは首をかしげる。カレーとベスナルグリーンは遠く離れている。

「最近、ジャマル・サラフと連絡を取りましたか？」

それほどかけ離れた話でもなさそうだ。

「フランスのどこかに住んでいると聞いたのが最後よ」レイラは腹を立てている。自分のデスクの前に座っている男たちは、こちらの機嫌が悪いことを承知している。二人とも機嫌の悪い女たちと何人も出会ってきたのだろう。

「我々はサラフの姪《めい》に対する懸念からここに来ました」オートリーが言う。

すると彼は善玉警官を演じているのか。けれども、それだけではないものがある。どこかうんざりしているような気配を感じる。充血した目、テディベアのような寂しそうな目。この男には何かいわくがありそうだ。

「あなたはヴァイオレットのことを心から気にかけているのよね？」レイラは尋ねる。「あたしが読んだ記事によれば、彼女の評判を気にかけている人はひとりもいないようだけど。今週はフランスばかりか世界じゅうが彼女を中傷していたわ」

それを聞いて、オートリーは顔を引き攣《つ》らせる。

「あなたが彼女と少年の居所を知っているかもしれないと思うのですが」

「なぜそう思うの？」

「それはね、あなたが十三年前にヴァイオレットの母親や叔父の隣人だったからですよ」エリオットというほうが言う。

「もうお引き取りください」

「レイラ」オートリーが言う。「そう呼んでもいいかな？　我々が知りたいのは、ヴァイオレットがあなたに連絡したか、彼女と少年が無事でいるかどうかだけなんです」

レイラは指さす。「ドアはそこよ」

エリオットが身を乗り出す。「次はあなたの姉を訪ねてもいいんですよ」と言う。「我々が調べたところでは、ジョスリンの嫁ぎ先のシャバジ家は堅実なやり方で富と名声を築いた。彼らがこの世でもっとも嫌うことがあるとすれば、人々が〝ムスリム〟と〝テロリスト〟を同じ文脈で使うことだ」

「じゃあ、あたしのお願いを聞いてよ、クソッタレ」レイラは言う。「〝ムスリム〟と〝テロリスト〟を同じ文脈で使わないように頑張ってみて。いずれ慣れるから大丈夫よ」

相棒とはちがって、この男は自分が相手をイライラさせることに気づかないようだ。

「義理の兄の家族はうちの隣人が誰だったかちゃんと知ってるわ」

「だけど、あなたが十六歳のときからジャマル・サラフとつきあってたことも知ってるのか」

エリオットが訊く。「つきあいがその時点で終わってないことに賭けてもいい。あなたの義理の兄の知人は、あなたが海峡を越えてテロリストに抱かれにいってたことを知ったら、いい気持ちはしないかもしれない」

エリオットは悦に入った顔をしている。オートリーのほうは気まずそうにオフィス家具に目をやっている。

サラフ家でイングランドに住んでいる者はもういない。だから爆破事件があるたびに、ブラッケンハムのつながりからメディアはレイラを訪ねてくる。一度か二度、ジョスリンを訪ねたこともあった。姉はノアの親友だったから。けれど、たいがいの者はアリー・シャバジの妻や子供たちには下手に近づいてはいけないことを知っている。アリーには自分たち家族を悩ます者を訴える金も力もある。レイラのオフィスにいるこの愚《おろ》か者たちもそれを知っている。だからまずはジョスリンの家ではなく、自分のところに来たのだ。

「さあ、何を考えてるんだい、レイラ?」

「ミズ・バイアットと呼びなさい。あたしが何を考えてるか教えてあげるわ、エリオット。あなたは心の底ではあたしとファックしたがってるけど、ジャマル・サラフの写真を見たから、小さなペニスを持った青っちろい中年はあたしの好みじゃないことを知ったのよ」

オートリー警部の顔にかすかな笑みが浮かぶ。

「とっとと、出ていって」

二人の男がエレベーターにたどりつく前に、フィリップ・グレイソンがオフィスにはいってくる。「今のはなんだったんだい?」

レイラは手を振って質問をいなす。「彼らにはうちの相談料は払えません」

大学を卒業すると同時に、フィリップはレイラよりコネも適性もある候補者たちのなかから自分を雇ってくれた。フィリップがなぜ自分を選んだのかは想像もつかないが、レイラは懸命に努力して彼を失望させないようにしてきた。

「来週の準備はできているかい」と訊いて、フィリップはジュニア・パートナーの面接のことに触れる。

「八年前にあなたに面接されたときから、その準備はできています」

相手が唇《くちびる》をすぼめたところを見ると、叱責されるのだろう。

「ほかのパートナーたちの前ではもう少し口調をやわらげなさい」

レイラは怒りを押し殺す。また失敗だ。

「ルークにも同じアドバイスをしたんですか、フィリップ?」レイラは尋ねる。「もしくはダミアンにも?」

「これを性差別と取らないように」フィリップの顔に苛立ちがよぎる。

何もかもが指のあいだから滑り落ちていくような感じがする。自分が女でさえなければ、〝ブラッケンハム・フォー〟の隣人だった過去さえなければ……。来週には生涯でいちばん大事な面接が控えている。スーツ姿の二人組に精神を乱されてはいけない。

ドアの手前でフィリップは足を止める。「レブラックの娘と爆破事件がこの事務所にまでおよぶことはないだろうね」

レイラはほほえむ。きみの微笑は素晴らしいとよく言われてきた。「うちの家と彼女の家の関係についてどんなことを耳にされたにしても、それが誇張だらけの作り事であることはまちがいありません」と嘘をつく。「姉も私もかつての隣人のことはほとんど覚えていないんです」

ブラッケンハム公営住宅団地《カウンシルエステート》の住人たちのあいだで語り草になっていることがひとつある。一九七〇年代にアックスブリッジ・ロードでは、アラブの二人の女性のあいだで大戦争が勃発した――マリアム・バイアットとアザイザ・サラフ。二人が争う理由は宗教や領土や水利権をめぐるものでもなければ、二人がベイルートの東西で生まれたことでもなければ、ひとりがイラン人の男と結婚し、もうひとりがフランスとエジプトの血を引く男と結婚したことでもなかった。争いのきっかけはそれぞれの最初に生まれた子で、ジョスリンとノアだった。どちらのほうが美しいか。どちらのほうが先に言葉をしゃべるか。どちらのほうがより素晴らしいことを成し遂げるために生まれてきたか。十五年後、母親たちが同時に身ごもったとき、男の子を産んだことでサラフ家が勝利した。母親の目から見れば、レイラは最初から劣っていた。ジョスリンと比べてかなり見劣りするのではなく――というより、ジョスリンにおよぶ者はひとりもいない――ジャマル・サラフと比べたら見劣りするということだ。彼にはまったく太刀打ちできなかった。五歳のとき、ジミーはすでにサッカーの才能の片鱗《へんりん》を示し、カウンシルエステートの神童と呼ばれた。アザイザの息子自慢の声は、長女がブラッケンハム史上最高の美人だというマリアムの宣言に掻き消された。本館のコミュニティ掲示板いっぱいに貼られた自分の体重より重いトロフィーを掲げるジミーの写真は、〈グレート・オーモンド・ストリート・ホスピタル・チルドレンズ・チャリティ〉への貢献を称えて元ヨーク公爵夫人から花束を贈呈されるジョスリンの写真や、受賞歴のある画家が描き、〈ペルシャの女性たち〉と題された展覧会に出展したジョスリンの肖像画に置き換えられた。

両家の母親たちが制御できなかったのは、子供たち同士の深い絆だ。ジョスリンとノアは互いに相手のことが大好きだった。母親たちの競争心が二人の友情を邪魔することは一度もなかった。同じ月にきょうだいが生まれると、二人は自分たちの絆が特別なものであると信じた。二人は妹や弟を溺愛《できあい》する姉となり、ジョスリンは母親のような愛情を注ぎ、ノアは実際に役に立つことを教えた。

しかし、実はもっと制御できないのはジミーとレイラの絆だった。二人は猛烈な母親と愛情深い姉に育てられ、互いに顔を合わせない日は一日もなかった。ジミーがサッカーのスカウトと会うために北部へ行き、イングランドのU－17チームのツアーに参加するまでは。三ヵ月後、レイラはユーストン駅のホームで親友を待っていた。彼が列車から降りてくるのを見て、不思議なことに怪しい胸騒ぎを覚えた。二人が生まれてからずっと、ジミーは自分より幼く見えたけれど、今は自信に満ちた足取りでこちらへ向かってくる。それにあの顔に浮かべた表情。大人びたにもかかわらず、ジミーはうっかり口を滑らせた。「くそっ、なんてきれいなんだ」そう言ったとたん、二人とも真っ赤になり、家に着くまで目を合わせられなかった。その日から、ジミーとレイラが永遠の恋人たちであることは誰の目にも明らかになった。

ブラッケンハム爆破事件後にジミーがようやく釈放されると、レイラはベルマーシュ刑務所の前で彼を待った。彼はもう自信に満ちた足取りではなく、「くそっ、なんてきれいなんだ」という表情も浮かべていなかった。そこで彼に背を向けて、去っていったほうがよかったのかもしれない。彼は自分が知っていたジミーとはまるきり人が変わっていたから。だが、ジミーが伯父と一緒にアレクサンドリアへ行ったあと帰国を許されなくなると、レイラは毎週末、海峡を越えて彼に会いにいった。

「精神科医の話では、あなたとあたしはたぶん子供の頃の自分たちを美化してるんですって」とレイラは言った。ジミーと最後に会ったのはカレー港のそばにある、彼が自宅と呼ぶ狭苦しい部屋だ。セックスは雑だった。雑な扱いをされることは求めていなかった。「たいていの人は最初に寝た相手を美化する。医者はあたしたちが昔を美化するのは、現実の自分を受け止められないからだと言ってる」

「きみはなんで精神科医なんかが必要なんだ、レイラ？」

その頃彼はなんにでも腹を立てやすかった。

「あなたも誰かに話したほうがいいわ、ジミー」レイラはベッドから出た。

「いったい何を話すんだ？」ジミーは声を荒らげ、いきなりレイラの前に立ちはだかった。「十八の誕生日を刑務所で過ごし、ナニを尻に突っ込まれたことか？　精神科医に話せばいやなことはみんな消えてなくなると思ってるのか？」

レイラは一時《いちじ》、荒れたときがあった。地元の男の子たちと遊びまわって悪い評判を作った。

出所したジャマル・サラフとレイラが関係をつづけていることは誰もが知っていた。十九歳になるまでに、レイラはもう一生分生きたような心地がした。

「恥ずかしくないの、レイラ?」ある日、公園でベンチに腰をおろし、姪が遊ぶ姿を眺めていたとき、姉はそう言った。「自分の才能を無駄にして。ノアはあの刑務所に幽閉されて才能を無駄にしているけど、彼女にはほかにどうしようもないのよ。あなたにはあらゆる選択肢があるじゃないの」

そんなわけでレイラは大学に進み、サラフ家とレブラック家のことは忘れた。ボーイフレンドのひとりや二人はできたけれど、仕事に支障をきたすほどの真剣なつきあいにはならなかった。レイラには野心があった。ジュニア・パートナーになりたかった。そのために必死に努力してきたのだ。

それが今、人生で二度目の爆破事件が起こり、レイラは何もかもが急速に下り坂を転げ落ちていくのを感じている。

12

フェッター・レーンに出ると、ビッシュはエリオットの先に立って歩きだした。まわりには法曹界の最先端を行く法廷を収容する建物が並び、数百万ドルクラスの事件のにおいをさせている。ロンドンにはすっかり縁《えん》がなくなった。ここは燃える野望を持つ者たちの場所だ。レイラ・バイアットとか、混み合うエレベーターで同乗しアプリやツイートの話をしていた意欲的な若者たちのための街だ。ビッシュは大きな街に迷い込んだちっぽけな人間のような気がして、心底震えた。自分はもはや素晴らしい世界の金持ちたちに近づく権利を持たない年齢に達したのだろうか。ロンドン警視庁の職場では少なくとも権威や年功は尊重された。停職処分を食うまで、自分たちが生まれる前から働いてきたような男には敬意が払われた。自分から仕事を取ったら、いったい何が残るのだろうとビッシュは思った。シティの優秀な成功者たちに囲まれて、ただぼうっと立っている人間にすぎないことを思い知らされるばかりだった。

あとからついてくるエリオットが、ビッシュの人生をさらに後退させていることはまちがいない。六年間寮で一緒に暮らしただけでは足りないのか？　自分の何が神の怒りに触れ、三十年以上も過ぎてから、彼と同じ空気を吸わなければならない羽目になったのか？

「人を脅《おど》すときは前もって教えてくれるとありがたいな」ビッシュは言った。

「デスクについてる時間が長すぎたようだな、オートリー。だいぶやわになってる」

「ペニスが小さいと呼ばれたのは僕じゃない」

「へえ、校長とできちまった女房に逃げられたのは俺じゃないぜ」

ビッシュは言い返す前に頭のなかで十かぞえだした。三つまでいかないうちに、エリオットの電話が鳴った。黙ったまま先方の話を聞きながら、何度かうなずき、「はい」とあいづちを打つ。やがてエリオットは言った。「それが困ったことに、俺の携帯は電源が切れそうなんです。彼に送ることはできないですよ。あのバカはスマートフォンを持ってないから」

ビッシュはノキアの携帯を使っていることを恥ずかしいとは思わない。スマートフォンに夢中になっているバカを大勢知っているから。

エリオットが電話を切った。「グレイジャーは北部へ向かってるからこれをやってる暇がない――ヴァイオレットが祖父母に連絡した。オーストラリア連邦警察がそのレコーディングを送ってくれたそうだ。グレイジャーはそこに何か重要な手がかりがないか知りたがってる」

ややあって、受信音が鳴った。エリオットは添付ファイルを表示させ、リンク先をタップして待った。聞こえてきたのはアラビア語の会話だった。

「くそっ。チキショー。だめだ。通訳が到着するまで待たなきゃならない」エリオットが薄汚れた黒のプリウスの前で足を止め、ワイパーから駐車違反切符を抜き取ってポケットに押し込んだとき、また電話が鳴った。

「それがだめなんですよ――」と言いかけてから、相手の話に耳を傾けているうち、エリオットの顔は青ざめた。「たしかですか――」耳から電話を離してにらみつける。「くそっ」

「電池切れか?」ビッシュは訊いた。「スマートフォンもそれほどスマートじゃなさそうだな?」

エリオットは言い返さなかった。車のドアをあけようとしたが、びくともしない。彼は車を蹴飛《けと》ばした。ドスン。ドスン。「あのガキどもめ。あのふざけたガキどもめ」

ビッシュはあたりを見まわした。野次馬が集まっていた。エリオットが運転中にキレることはありそうだが、彼が今、何に激怒しているにしろ、それはびくともしないドアやスマートフォンの電池切れのせいではなかった。

「どうしたんだ、エリオット？」ようやく車に乗り込み、一週間分のファストフードの空容器とコーヒーカップを座席から押しやると、ビッシュはそっと尋ねた。プリウスに乗っているなら環境に配慮すべきだと言ってやりたいのをぐっとこらえた。「あの子たちに何があったんだ？」

エリオットはステアリングに置いた両手を見つめた。しばらくしてエンジンをかけると、エンジンは咳き込むような音を立てた。

「フランスの国境警察が海峡から死体を引き上げた。若い女性だ。それだけしかわかってない」

ビッシュの心臓が早鐘を打った。「アタル」と言って、あわてて自分の電話をいじり、彼の電話番号を見つけてショートメールを送った――〝ヴァイオレット・レブラック？〟。

二人は黙り込んだ。五分後に返信が届いた。ビッシュはエリオットにそれを見せた。エリオットは返信を読みながら顔をしかめた。

「彼はジュスト通りのモルグまで来てほしいと言ってる」

13

海峡で死体が発見された件は一時間もしないうちにニュースになった。ビッシュはドーヴァーへ車を走らせながらぼうっとしていた。ヴァイオレット・レブラック・ジダンにはどこか測りがたいものがある。アタルのメッセージには国境警察は二つ目の死体を探しているとも書かれていた。エディの父親には連絡がついており、英国政府はできるだけ早く身元を確認してもらいたがっている。

フェリーに乗船したところで、サフランから電話があった。「ニュースを見たわ」と静かな声で言う。「ビーも二日前からここにいるの」

「ビーの反応は?」

「iナントカをやっているわ。その少女のことはあまり知らなかったんですって」

ヴァイオレット・レブラックと七日も同じ部屋で過ごしたのにか。何も感じないほうがおかしい。自分の娘は心を閉ざしているのか、それとも節操のない人間には冷淡なのか?

「あの女性も気の毒に」サフランが言った。

「エディ・コンロンの母親は去年亡くなってるよ」ビッシュは言った。「せめてもの救いだな」

「私が言ってるのはノア・レブラックのことよ」

「彼女はテロリストだ」

「それでも、母親にはちがいないでしょ」

「ブラッケンハム・ストリートで死亡した人の母親たちにもそう言えるのか。ビーはそんなことにはおかまいなく、二階でスナップチャットだかFacebookだかなんだか、流行《はやり》のものをやってる」

「たぶんあの子なりに、そうやって状況に対処しているのよ」サフランは言った。「あなただって学校がお休みのときは、ずっとイヤホンをつけたままでジョーンズとかいう憂鬱《ゆううつ》なバンドの曲を聞いていたじゃない。私は手首を切りたくなったわ」

「スミスだよ」ビッシュは訂正した。


アタルはカレー総合病院付属のモルグの入り口で待っていた。彼は煙草《たばこ》を揉《も》み消し、顎をしゃくって挨拶した。

「女」強いフランス語訛《なま》りで言う。「若い。アラブ」

「身元は？」

アタルはかぶりを振った。彼がドアを押しあけ、二人はなかにはいった。

「叔父《ロンクル》。彼が来る」

母親。叔父。サラフ家とレブラック家が何をやったにしても、ビッシュはその一族を頭から追い払うことができなかった。エディ・コンロンの父親、ヴァイオレットの叔父と祖父母。こ目でないことをありがたく思う。

アタルとともに安置室にはいると、職員が抽斗《ひきだし》を引いた。最後にモルグに来たのは、息子の溺死体《できしたい》を確認したときだ。見る前からそれが息子であることはわかっていた。一縷《いちる》の望みもなかった。自分も死んでしまいたくなるほどの確信しかなかった。

アタルはビッシュの隣で待っていた。彼がヴァイオレットから話を聞く機会は永遠に失われた。報道機関が使っているツアーの写真をのぞけば、ビッシュは彼女をじっくり見たことはほとんどなかった。

死体置き台にのせられた少女を見つめると、胃がむかついた。そして、たとえようのない安堵感に包まれると同時に、呪わしい悲しさも覚えた。

「もう一度」フランス人の警部は命じた。「もう一度よく見ろ」

ビッシュは自分の髪を引っ張った。「ヴァイオレット。明るい」そして自分の肩に手を添える。「ここまで」この少女の髪はヴァイオレットより長く、色も濃かった。

廊下で怒鳴り声がして、二人は顔を見交わした。アタルが部屋から出ていき、ビッシュもあとにつづいた。蛍光灯がともった殺風景な狭い廊下をふさぐように、ジャマル・サラフがこちらへ走ってくる。

「あの子はどこだ？」

苦悩に満ちた声。ビッシュはその思いを肌身で感じた。アタルがサラフの前に出たが、押しやって通り過ぎようとする。ビッシュとアタルは二人がかりでサラフを壁に押さえつけた。

「ス・ネパ・ヴィオレット（ヴァイオレットじゃない）」

しかし、サラフはアタルの話に耳を貸さなかった。

「ヴァイオレットじゃないんだ！」ビッシュは言った。

サラフは身を振りほどいた。「自分の目で確かめたい」

息子が死んだとわかったときも、ビッシュは息子を見たいと思った。スティーヴィーがどこにもいないことを自分の目で確かめたかった――あらゆる部屋の片隅にも、あらゆる戸口にも、車の後部座席にも、夕食のテーブルにも、息子の部屋にも、学校にも、サッカーグラウンドにもいないことを。

だからサラフを行かせた。彼は職員のあとについて安置室にはいっていった。ビッシュはアタルとともに、真っ白な廊下で待った。

「捜査《インヴェスティゲーション》は？」その単語がフランス語にも相当することを願いながら、ビッシュは尋ねた。

アタルは苦りきった顔をして首を振った。

「国内治安総局《DGSI》」とアタルは言った。「ラ・セキュリテ・アンタリア」

ビッシュの知るかぎりでは、DGSIとはイギリスの内務省の情報機関に相当するはずだ。ということは、爆破事件の捜査はアタルの手を離れたということになる。今日ここに来たのは、自分の管轄内《かんかつない》で難民の死体が発見されたためなのか。

ビッシュはカレー港に沿って作られた仮設の難民キャンプ場を思い浮かべた。安置室に横たわるあの少女もそこにいたひとりだったのだろうか。誰かの娘。誰かの妹や姪や隣人。娘の死を嘆く父親を持つ者。危険な海峡を泳ぎ渡ればもっといい人生が待っていると信じた者。あの少女の身内を見つけ出したい。ヴァイオレット・レブラックを見つけ出したい。誰も彼も。わが子も守れないようで、いったいおまえは何をしているんだということになるから。

病院の外に出ると、サラフはよろめきながら砂利道の縁石まで行き、花壇に吐いた。ビッシュとアタルはアタルの煙草の煙を透かして、サラフが体を起こし、深呼吸するのを見守った。アタルは煙草を消して立ち去りかけたが、思い直して戻ってくるとサラフに何か訊いた。

サラフは首を振った。「ディス・モア・プークワ？」彼は理由を知りたがっている。

ビッシュにわかったのは〝なぜ《プークワ》〟という言葉だけだ。「アタルは何を訊いているんだ？」ビッシュはサラフに言った。サラフはアタルを見た。アタルは言いたくないようだが、立ち去らなかった。

「彼は俺がアフメド・ハティーブという男について聞いたことがないか知りたがってる」サラフは言った。「そいつはアルジェリア人で、アタルの娘が乗ってたバスの運転手だった」

ビッシュはアタルを振り返った。「プークワ？」

アタルはためらってから答えた。

「ハティーブの行方がわからないから」サラフが通訳した。

アタルは自分の車のほうへ歩いていった。ボンネットにビーと同じ年頃の、手脚の細いすらりとした少女が座っていた。マリアンヌ・アタルだろう。赤茶色の髪を無造作にポニーテールにしている。人目を引く顔立ち。デニムのショートパンツにカウボーイブーツという恰好で、偉そうな態度をとっている。父親が近づいていくと、少女は何やら早口で彼に畳みかけた。このフランス人もわが子から攻撃されるのかと思うと、ビッシュはいささかほっとした。だが、娘はボンネットから飛び降りると、父親の腕に自分の腕をからませた。

フランス1点。イングランド0点。

少女は車に乗り込み、ビッシュのほうを振り返って、敵意のこもった目で思いきりにらみつけた。マリアンヌは気が変わりやすい娘のようだ。ビッシュはすでに彼女についての警告を二つ受け取っている。彼女は爆破事件のことを何か知っているのだろうか。父親は娘をかばっているのだろうか。それが事件から手を引いた理由なのか。

自分の車のほうへ歩いていると、上腕をがしっとつかまれた。サラフだ。

「ヴァイオレットじゃなかったと誰かが姉に伝えるようにしてくれ」

ビッシュは腕をつかむ手を振り払おうとした。「誰かが伝えるよ」

「それじゃだめだ。あんたが責任をもって伝えさせろ」サラフは強い調子で迫った。「俺たちは誓った。ヴァイオレットに万一のことがあったら、俺たちも死のうと」

ビッシュは背筋に震えが走るのを感じた。自分は先週カレーへ向かうとき、娘のことを思って同じことを心に誓ったのではなかったか。ようやくサラフの手を振り切り、車に乗り込んだが、彼は窓ガラスを叩いた。

「海に沈んでたのがヴァイオレットじゃないことを必ずノアに伝えさせろ」

グレイジャーから電話があり、ビッシュは最新情報を伝えた。「名前がひとつ浮上しました。アフメド・ハティーブ。フランスのバスの運転手です」

「理由は？」

「アタルは語りたがらなかったが、ハティーブは行方をくらましたようです」

「すると、我々は容疑者をひとり手に入れたわけか？」

「そのようですね」

「ほかには？」

「遺体がヴァイオレットではなかったことを姉に伝えてほしいとサラフが望んでいます。できるだけ早く」

「こっちに戻ってきた足で、きみが伝えにいけばいい」グレイジャーは言った。「レブラックはいい知らせを運んできた者を歓迎するだろうから、彼女からもっと訊き出せるかもしれない」

「いきなり現れたら、看守はいい顔をしないでしょう」

「決めるのは内務大臣で、看守ではない」グレイジャーは言った。「レブラックを追及しろ。娘の行き先を知っている者がいるとすれば彼女だ」

14

その日の午後遅く、ビッシュはホロウェイ刑務所で長く待たされていた。看守のグレイはいい顔をしなかった。レブラックと面会するのになぜ待合室を使わないのか。ロンドン警視庁の警部はなぜ好きなときにやってきていいと思っているのか。ビジターズセンターのアリソンはファックスで送られてきた書類を掲げた。

「彼らがそう言ってるから」

グレイジャーは少なくとも、やることには抜かりがない。

しかし、それでもグレイは時間稼ぎのために部下にレブラックを探しにいかせた。

「すでに四十五分経つな」グレイが待合室の自販機の修理や、女子刑務所を舞台にした《オレンジ・イズ・ニュー・ブラック》というドラマの信憑性についての電話インタビューを優先させたあと、ビッシュはつぶやいた。

「じゃあ何かい、レブラックはあんたがひょいと挨拶に立ち寄るのを独房で待ってるとでも思ってるのか」グレイは言った。

「いや。だが、彼女は娘が死んだか否かの知らせを待っているから、あんたは彼女がまだ首を吊っていないことを確かめたほうがいいと思っている」

それからさらに十五分経過してから、ビッシュは前回と同じ面会室に連れていかれた。部屋の外にはナースが座っていた。ビッシュとグレイが近づいていくと、彼女は腰をあげて尋ねた。

「何か用意しておいたほうがいいですか」

レブラックの娘が死んでいた場合の鎮静剤？　拘束具？　司祭か導師？　悲劇の際に助けとなる何か？

ビッシュは首を振った。

マジックミラー越しにノア・レブラックの姿が見える。ビッシュがやってくるのをちゃんと知っていたかのようで、こちらの目をまっすぐ見つめているかのようにも映る。ビッシュが面会室にはいっていくと、ノアは顔じゅうで問いかけながらよろよろと立ち上がった。呼吸は乱れているものの、深く息をついている。まるでもっと空気さえあれば、わが子の訃報を知らされずにすむと信じているかのように。

「あの子じゃなかった」ビッシュはただちに告げた。ノアが聞きたいのはその言葉だけだとわかっていたから。彼女の膝《ひざ》ががくりと折れると、ビッシュはさっと手を伸ばした。椅子に座らせ、両脚のあいだに頭をそっと押し込んでやり、彼女の息が整うまで黙ったまま待った。

「あの子の行き先に心当たりはないか、ノア？」ビッシュは断固として訊いた。

答えは返ってこなかった。心を落ちつけ、ノアは体を起こした。「弟に会ったの？」ビッシュがうなずくと、さらにつづけた。「あなたが知っていることを教えて」

情報を共有すれば、その見返りとして彼女の信頼を得られ、ヴァイオレットについての秘密を打ち明けてもらえるのか。そんなに簡単にいくだろうか？　ビッシュは座席の頭上の荷物入れに圧力鍋爆弾が仕掛けられ、三人の生徒と二人の大人が死亡したことを教えた。負傷者は手足の一部を失った者が二人、片目を失った者がひとり。ほかの者たちは自分の娘のように無傷で逃れることができた、と。

さっきまでの弱々しい女性はどこかへ消えていた。ノアはなんの関心も示していない。その目を見るだけで、相手の言いたいことはわかる。〝だめよ、ビッシュ。そんなに簡単にはいかないわ〟。

「そういうことはもうメディアが報じています」ノアは歯切れよく言った。「彼らが知らないことを教えて」

そのプライベートスクール特有のアクセントに、ビッシュはいらついた。

「こっちも同じことをお願いしたいね」

これではイタチごっこで、埒《らち》が明かない。

「私は理由が知りたい」ビッシュはしびれを切らして言った。

「私の娘がバスを吹き飛ばした理由？」たちまちノアの表情が険しくなった。

「いや。ヴァイオレットが嘘をついて地球の反対側まで来たことだ。なぜ今頃になって？」

ノアは黙ったままこちらをじっと見つめた。落ちつかない気分にさせられるが、ビッシュは見つめ返した。

「ノア、私は今日、少女の遺体の身元を確認するために海峡を渡り、信じているのかどうかさーブルの真ん中に置いた。

「ヴァイオレットからよ」

メッセージは短かった。〝悪魔を恥じ入らせてやる〟。

「これは脅しか何かかい?」意味がよくわからず、尋ねた。

ビッシュは絵葉書を手に取り、子細に眺めた。カレーの消印で、爆破事件の翌日に投函されている。「看守はこれを持っていることを許したのか?」

「娘からだとは思っていないから。頭のおかしいやつが寄こしたのだとでも思って、取り上げずにいるんでしょう。そう思われるように書いたの」ノアは乾いた声で言った。

「きみはどうしてヴァイオレットからだとわかったのか?」

「娘は今年、『ヘンリー四世』を学んだから。〝おお、生きているうちに真実を語り、悪魔を恥じ入らせろ〟」ノアは引用した。「シェイクスピアの言葉を借りたのよ」

「何についての真実だろう?」

こちらを見つめる目に敵意が戻っていた。レブラック家とサラフ家についての真実に決まっているだろうと言っているような目だ。

「これを借りていっていいかな?」

ノアは絵葉書をひったくり、ポケットに戻した。

「私が看守に告げればすむことだ」ビッシュは言った。「だからわざわざ不愉快な思いをしないですむように、今ここで渡してくれないか?」

「これは娘が寄こした最後の便りになるかもしれないのよ。それがほしいなら私を倒してからにしてもらわないと」

ビッシュはもっと情報を与えるべきかどうか迷った。彼女は絵葉書を見せることで賭けてみたのではないか。「ヴァイオレットはひとりじゃない」ビッシュは言った。「ツアーに参加していた生徒と一緒にいる」

ノアは苦々しく唇をゆがめた。「誰なの? 私の娘を貶《おとし》めた子?」

「クロンビーはどうでもいいやつだ」

「娘がその生徒と寝たなら、どうでもよくはないわ」ノアはあっさりと言った。

「きみは彼女の年の頃、面白味のないバカとは寝なかっただろう?」

「私が合意の上のセックスをした男はひとりだけよ。そしてエティエンヌ・レブラックは面白味のないバカとはほど遠かったわ」

合意の上のセックス。ビッシュは胃がよじれるのを感じながら、それはどういう意味だろうと考えた。ノア・レブラックがやったことは別にして。

「とにかく、ヴァイオレットはクロンビーと逃げたんじゃない。もっと意外な人間だ」

ノアはおもむろにビッシュを見た。「どんなところが?」

「一緒にいる少年はまだ十三歳だ」

ノアが悲痛な表情を浮かべると、ビッシュはまた彼女に同情を覚えたが、そんな感情を抱《いだ》きたくはなかった。彼女は何か知っているのだ。

「その少年のことを教えて」ノアは小声で言った。

「できないんだ」ビッシュは穏やかに言った。「彼はまだ子供だ。彼のプライバシーは守られている。ツアーに参加していた生徒とその親は全員、彼の名前を明かさないと記された書類にサインした」

ノアは室内を見まわした。「私たちは監視されてる？」

ビッシュには正直なところわからなかった。「我々は監視していないよ。面会はいつも記録されるのかい？」

「公式な面会者はめったにこないの」

「だったらこう考えよう。私をここに送り込んできみから話を聞き出そうとしている者たちは、私が彼らに何もかも伝えると信じているから、我々の会話を記録する必要がないと感じている」

ノアはビッシュにもう少し顔を近づけた。

「じゃあ、イエスかノーで答えて」とノアが言い、目で訴えかけてきたので、ビッシュはうなずいた。

「その子の名前はエディ・コンロン？」

ノア・レブラックからはそれ以上得るものはなく、ビッシュは帰宅途中で酒類販売店に寄った。同じ店では買わないことは学んでいた。馴染みの店員の目に浮かぶ表情を見たくないから。ビッシュは人目をごまかす名人になっていた。しまいには、誰をごまかしているのかさえわからなくなった。その夜、スコッチのボトルを空ける頃には、そんなことはどうでもよくなった。

15

翌朝、ビッシュは遅くまで眠って二日酔いをさまそうとした。夢には溺死体が混然となって現れた。フランスのモルグに安置されている息子の遺体。かと思えば、スティーヴィーが泣きながら「海峡に沈んでた女の子は誰なの、パパ？」と訊いている。息子をなだめているのはノア・レブラックで、ビッシュはただ見守ることしかできなかった。刑務所の鏡張りの壁の向こうから見ていたように。夢のなかで、ノアは満足げに彼を見つめていた。「あなたが私の娘を取り上げたように、私はあなたの息子を連れていくわ」

目覚めると、頬が涙で濡れていた。ビッシュはスコッチの新しいボトルをあけ、グラスに注いで飲み干し、もう一杯飲んだ。携帯電話が目に留まると、グレイジャーとエリオットからのメッセージをすべて消去した。そしてスコッチをボトルからラッパ飲みした。

その後、頭に靄《もや》がかかってぼんやりしているとき、階下から足音が聞こえてきた。ビッシュは起き上がろうとしたが、サイドテーブルのグラスに手が触れて落とし、グラスは粉々になった。

「ビッシュ？」レイチェルが部屋の前に来ていた。ビッシュはなんとかベッドから起き出し、服を着ようと焦った。十六年も生活をともにし、どんな姿も見られてきてはいたが。

レイチェルがまたノックしてドアをあけたとき、ビッシュはどうにかズボンを穿《は》いたところだった。

「ずっと電話してたのよ」レイチェルは言った。「合鍵を見つけたの」

部屋にはいってきたレイチェルの顔に憐《あわ》れみが浮かんだのを見て、ビッシュは恥ずかしくなった。

「すまない。戻ってきてから調子が悪いんだ」ビッシュは嘘をついた。

「下でコーヒーを淹れてくるわ」

コーヒーで酔いが醒《さ》めるという神話にはイライラするが、彼女は自分のために何かしてくれようとしているのだと思い直した。ビッシュは手早くシャワーを浴びた。毎度のことだが食事もろくにとらず酒を飲みすぎたせいで、頭がガンガンする。

階下へ降りていくと、レイチェルはキッチンを片づけていた。一週間分の皿とゴミ。

「僕がやるからいいよ」出産間近の元妻に台所仕事をやらせるのは、どうしようもないクズ野郎に思えたから。「車を運転してきたのかい？」

「いいえ、今日は街に出る用事があったの。デイヴィッドがもうすぐ迎えにきてくれる」

そりゃよかったね。

「こんなところ、娘に見せないでよ」レイチェルは急いで言い足した。「あの子はちっとも気にしてないような顔をするかもしれないけど、このところずっとふさぎ込んでて、私たちはすごく心配してるのよ」

ビッシュはレイチェルが〝私たち〟と言うのが嫌いだった。

「今はあなたのお母さんのところに泊まってる。フランスから戻ってきてから、私たちのせいで息が詰まりそうなんですって」

レイチェルの口調には傷ついているような響きがあった。

「赤ちゃんのことでも文句を言うの。まるで私がコーニッシュ・パスティの食べ過ぎで体重が十五キロ増えたみたいに」

ビッシュは飲みたかったふりをしながらコーヒーに口をつけた。いろんなふりをしながら、腹を大きく膨らませたレイチェルを眺めた。もうすぐデイヴィッド・メイナードの息子を産むのだ。自分の息子ではなく。レイチェルと自分の息子は冷たい墓に眠っている。

ともかく、ビッシュは彼女が平穏に暮らしてくれれば、それ以上は望まない。スティーヴィーが死ぬ前年にレイチェルは勅撰弁護士《ちよくせん》（難事件のみを扱う優秀な弁護士）に選ばれ、人権を専門とする法廷弁護士として高い評判を得ていた。しかし息子に死なれると、レイチェルは自分の築いた世界から遠ざかった。彼女の頭にはスティーヴィーの話をすること以外なかった。そのため、大半の者がそばから離れていった。彼女を見放さなかったのはサフランと、レイチェルの言葉を借りるなら、彼女の好きなように悲しむことを受け止めてくれた男——スティーヴィーの学校の校長だけだった。

ビッシュは正反対の反応を示した。黙り込み、仕事に逃げ、くたくたになるまで働いて、倒れるように眠った。レイチェルからメイナードと浮気したことを告げられ、妻がほかの男を愛していることがわかると、結婚生活を終わりにした。たぶん夫婦の関係が崩れたときに二人ともう少し若かったら、さんざん揉めたあげく離婚を取りやめることもできただろうが、どちらも娘にそれ以上つらい思いをさせることは耐えられなかった。だからビッシュはアシュフォードの家をレイチェルに譲《ゆず》り、自分はロンドンに出てきた。ビーに言わせると、ドックランズは活気のない街で、とくに週末はひっそりしていて、話し相手がひとりもいない世界に取り残されたような気持ちになるそうだ。だが、ビッシュには合っている。警察の仕事以外では、人と話すのはビッシュがいちばん望まないことだから。

レイチェルがバッグからシリアルバーを取り出してビッシュに手渡したあと、携帯電話を取り出して操作しだした。

「ビーの iPad で写真を見つけたの。あの子のインスタグラムにはあげてない写真。この四枚は〝マーシャルアーツ〟という名前のフォルダーに隠してあった」レイチェルは携帯電話を差し出した。

ビッシュは胃がむかつくのを覚え、よろめきながらシンクへ向かった。駅で見かけた無防備な十代の少女たちのことが頭に浮かんだ。少女たちはポルノ撮影の誘いを受けていた。

レイチェルの手が肩に置かれた。「あなたが想像してるような写真じゃないわよ」

ビッシュは冷たい水を顔に撥ねかけ、布巾で顔を拭いた。椅子に腰をおろし、携帯電話を手に取った。

いずれにしても衝撃的な写真だった。ビーがヴァイオレット・ジダンとエディ・コンロンの肩を抱いている。ビーの表情はここ三年見たことのないものだった。心から楽しそうな笑顔。二枚目はビーが目を剝《む》いている写真で、小癪《こしゃく》にもエディがビーの耳元で舌をちょろちょろさせ、それをヴァイオレットが半笑いを浮かべて見ている。そして、三人が真面目な顔で前を見つめている写真——三人とも目が黒く、肌の色もまったく同じだった。四枚目は三人とも笑っている。ビーは美しく見えた。三人とも美しかった。

「あの子はノア・レブラックの娘とはあまり関わらなかったと言ったけど、彼女がその子よね?」レイチェルはヴァイオレットを指さした。

「あの子たちはツアーのあいだずっと同室にさせられたんだ」

「その少年は誰なの、ビッシュ」そのしんみりとした声に、レイチェルが何を考えているかわかる。

「エディ・コンロン。ヴァイオレットと一緒に逃げ出した子だよ。みんな必死にその少年の名前が新聞に載らないようにしている」

ビッシュはもう一度写真をじっくり眺めてから電話を返した。「それをEメールで僕に送ることはできる?」ビッシュは訊いた。「こっちでプリントアウトしたいから」

レイチェルは写真を送る作業に集中した。彼女はビッシュにはわからない技を習得していた。

「どうしてマーシャルアーツのフォルダーが怪しいと思ったんだい？」

「二週間くらい前にスーパーであの子のインストラクターとばったり会って、ビーはどうしているかと訊かれたの。五月から来てないのが残念だと彼は言ってた」

自分たちはそんな親になっていたのか？　わが子がどこで何をしているかも知らないような親に。

「だったら、土曜の午前中は何をしていたんだろう？」

「ビーがノルマンディーから戻ってきたら訊くつもりだったんだけど、そうしたら……」レイチェルは肩をすくめた。

そうしたら、娘の乗っていたバスが吹き飛ばされ、そんなことはもうどうでもよくなってしまった。

ドアにノックの音がして、そちらに首《こうべ》をめぐらすと、デイヴィッド・メイナードが立っているのが見えた。メイナードはいわゆる普通の校長とはちょっとちがう。生徒たちはみんな彼の携帯の番号を知っている。ビーが教えてくれた上級生向けのスピーチはこうだ。〝酔っぱらい運転の車に乗ってはいけない――そういうときは私に電話しなさい〟。どんなときでも、彼は何も訊かずに生徒を家まで送り届ける。児童福祉サービスの人間は感銘を受けなかったが、親たちは感激した。

「ベルを鳴らしたんだけど、応答がなかったので」メイナードは言った。

「よく故障するのよ」代わりにレイチェルが返事をした。

メイナードがキッチンにはいってきた。「大丈夫かい?」とレイチェルに尋ねる。「何かあったの?」

「あら、心配しないで。いつもどおりよ」レイチェルは明るい声を出そうとしていた。「ビーがテロ容疑者たちと親しくしてたの」

メイナードはためらっているようだ。まるでビッシュが椅子を勧めるのを待っているかのように。何も言わずにいると、彼はレイチェルの肩越しに携帯電話に表示された写真を眺めた。

「ビーはヴァイオレット・ジダンと友達だったのかい?」メイナードは訊いた。「その少年は誰?」

「エディ・コンロン」とレイチェルが答えたとき電話が鳴った。レイチェルは応答し、ビッシュとメイナードは取り残された。心地よいとはとうてい呼べない沈黙に耐えきれず、ビッシュは話しかけることにした。

「我々がきみと初めて会ったとき、レイチェルはきみのことをマヌケだと思った」ビッシュは八つ当たりしたい気分でそう言い、メイナードはたまたまそばにいただけだ。

メイナードはうなずいた。「ええ、本人から聞きました。あなたは私とのことには大反対で、一緒に一杯やるにはいいやつ《チャップ》かもしれないがと言われたとか」

ビッシュは〝チャップ〟という言葉はめったに使わない。だからまちがって引用されたことより、そのことのほうが傷ついた。

グレイジャーやフランス情報部が、娘と行方不明の二人との密接な関係を嗅ぎつけるのではないかと不安になり、ビッシュはその午後遅くグレーブゼンドまで車を飛ばしてビーに会いにいった。その家は大家族のためのものだった。三エーカーの土地に、独り暮らしの女性が住むにはばかでかい家が建っているが、それでもわが家にはちがいない。サフランは過去五十年間、夫の仕事の都合で旅ばかりしていた。「ほんとに退屈な国が多かったのよ、ダーリン」父親はとうとう高い地位にのぼることはなかったので、次の赴任先は選べなかった。ワージントン家はオートリーの家系には覇気が見られないと一度ならず口にした。世の中には捜査官を目指さない警官に覇気が見られないと思う人もいる。

チャーチ・レーンの元馬車置き場の前に車を寄せると、母は前庭でバラの剪定《せんてい》をしていた。しばらくその様子を眺めながら、母もスティーヴィーの死によって容色が衰えたと思った。衰えが見えるのは母だけではなかったが。

「レイチェルから電話があったわ」隣にしゃがみ込むと、サフランは言った。

「僕が来ることはビーも知ってる?」

二人が顔をあげると、二階の窓からビーがこちらを見下ろしていた。

「今、知ったようね」

家にあがると階段をのぼり、ビーの部屋の前でひと呼吸おき、ノックしてからなかにはいった。ここはかつてビッシュの部屋で、今はビーがやってくるとここを使っている。娘がポスターを捨てずにそのまま貼ってあるのを見て、ビッシュは嬉しくなった。バウハウス。ジョイ・ディヴィジョン。スージー・アンド・ザ・バンシーズ。あの頃はエリオットのおかげで、すっかりポストパンク・ロックに夢中になっていた。

ビーはヘッドホンをつけて、ベッドに寝転んでいた。プリントアウトした写真を見せると、娘はヘッドホンをはずし苦々しげに首を振った。

「あたしの私物を漁《あさ》る権利なんてないでしょ」ビーは怒りに震える声で言った。

ビッシュはベッドに腰かけた。「みんなおまえのことを心配しているんだよ、ビー。このところずっと何か隠し立てをしている——カレーに行く前からだ。マーシャルアーツのレッスンをサボっているのはどうしてだ？　土曜の午前はどこに行っていたんだ？」

「そんなの関係ないでしょ」

「ところが、あるんだよ、ビー」

ビーはベッドから降り、ランニングシューズを履いた。「取引しましょうよ、ビッシュ。あたしはあなたが停職処分になった理由を訊かないから、あなたもあたしの私生活を穿鑿《せんさく》しないで」

「この写真のことを教えてくれ」ビッシュはあきらめずに言った。「ヴァイオレットは友達じゃないと言っていたな」

「あたしは誰とでも写真を撮るの！」

「いや、それは嘘だ」

ビーが友達と写っている写真なんか、これまで一枚も見たことがない。ビーは友達グループを目立たぬように渡り歩いていた。レイチェルは心配していなかった。学校時代の友達といつまでもつきあいをつづける者はそんなに多くない。ビーもそのうち自分の仲間が見つかるだろうと言って。ヴァイオレットとエディは自分の仲間になったのだろうか？　ヴァイオレット・レブラックはまるで姉妹のようにビーを抱き寄せていた。

「ビー、本当のことを教えてくれ。フランスの情報部のような機関が爆破事件の捜査の指揮を執っている。彼らにはおまえを訪ねてきてほしくない。ヴァイオレットとエディがどこにいるか知っているのかい？」

「彼女は卑劣なテロリストの子孫よ。地獄で朽《く》ち果てればいいわ。あたしが知りたいのはそれだけ」

ビッシュは頭を去らない疑問は口にしないほうがいいと思った。ビーはヴァイオレットと親密な関係にあるのか？　自分の娘はノア・レブラックの娘とひそかに愛し合っているのか？　サフランは泊まっていけと言ってきかなかった。ビーは夕食の席にちょっとだけ姿を見せた――父親がいるからではなく自分のためにだろう。ビーはビッシュの母親にはけっしてぶっきらぼうな態度はとらなかった。食後にビッシュの携帯電話が鳴り、エリオットの名前が表示されると、無視しようかと一瞬思ったが、グレイジャーと何者だか知らないがその上司が、ヴァイオレットと祖父母の会話を記録したテープを持っていることを思いだした。ビーの話が出たのだろうか？　ビッシュは応答した。

「電話に出たくない理由でもあるのか」エリオットが訊いた。

「ああ。あまりおまえと話をしたくない」

「グレイジャーはバスに乗ってた生徒たちはまだすべてを話してないと思ってる」

「なぜそう思うんだ？」

「グレイジャーの情報源のひとりにあのキャンプ場に行ってたジャーナリストがいて、ある少女が爆破前夜のことを話してるのを耳にしたそうだ。何か目撃したらしい。グレイジャーがその子の家族に面会を申し込んだら、すげなく断られた」

「その子の名前は？」

「チチェスターから来た子だ」

「グレタだ」

「ちょっと寄ってみてくれないか。おまえは生徒たちとファーストネームで呼び合う仲のようだから」

「ちがうよ」ビッシュは言った。「彼らの名前を覚えるのは礼儀だ。あのな、チチェスターから来た子だと簡単に言うが、チチェスターに住んでる両親と良好な関係が築けるとはかぎらないぞ」

「なら、グレタとおしゃべりして、爆破前夜に何か見たり聞いたりしなかったか訊き出せばいいだろ？」

何か言い返してやりたかったが、ビッシュはつとめてさりげない調子で言った。「ところで、グレイジャーは例の会話の翻訳を手に入れたか？　ヴァイオレットと彼女の祖母との」

「ああ。今それをどう扱うか考えてるところだ。会話の内容には表に出したくないものがある」

「どんな内容だ？」詰問するつもりはなかったのだが、エリオットにはそう聞こえたようだ。ためらっているのを感じる。

「いいからおまえは生徒や親たちとの会話をつづけろよ、オートリー。グレイジャーがおまえに望んでるのはそれだ」

　ビッシュは母親と一緒にテレビのニュースを見た。マルセイユで十代の少女が、ジムから出てきたところをバラクラバ帽をかぶったチンピラ・グループに脅された。幸い通行人が止めにはいったため、少女は無傷で逃れることができた。少女はヴァイオレット・ジダンとまちがわれて襲われたのだと言っている。ヴァイオレットにはまるで似ていなかったが、似ている必要はなかったようだ。

「ルーシー・ギリスがどう呼んでいたか覚えている？」サフランは苦々しい口調で訊いた。

「〝似たような地域の容貌〟よ。百四十文字の名声ほしさに、近くで彼女を見かけたとツイートする者たちを取り締まらないと」

「母さんは超がつくソーシャル・ネットワーカーだと思ってたけど」

「あら、そうよ。ただ規制しないと大変なことになると思っているだけ」

　客用の寝室でベッドに横たわりながら、ビッシュは酒が飲みたくてたまらなかった。このままではもうすぐ暗い家のなかをこそこそ歩きまわるだろう。親の酒を探しまわる十七歳の少年のように。以前にもこの部屋では眠れなかった記憶がある。屋根裏を改造した部屋だが、風通しは悪くないし、ポータブルテレビをのぞけば古臭い感じもしない。

気がつくと、テレビの音声はアラビア語とフランス語だった。画面が小さいので字幕は読みにくい。半分眠っているような状態でテレビを見るのは困難だった。一瞬でも目を閉じれば、何が起こっているのかを理解するのは難しい。だが、その日の朝起こされたのとはちがう理由で、ぼんやりした頭が目覚めはじめ、それを聞いた瞬間はっきり目が覚めた。字幕はとうに消えていたが、その文句は頭のなかでこだましている。ヴァイオレットがキャンプ場のキッチンでエディに言ったのと同じ文句だ――それはまちがいない。ビッシュはその言葉を音声どおりに書き留めた。意味は見当もつかないが、それらの語句は眠っているあいだも頭から離れず、翌朝起きたときにも口先に残っていた。

16

朝の通勤ピークを迎えたフェッター・レーンを歩いて勤務先のタワービルにはいろうとしたとき、育ちすぎたテディベアがこちらに向かってくる。たんに図体がでかいのか、自分を甘やかしすぎたせいなのか知らないが、彼は大男だ。

「少し話をしてもいいかな、レイラ？　そう呼んでもいいかな？」

「いいえ、どちらもだめ」

レイラは彼を振り切ることを願い、回転ドアに足を踏み入れる。あの男に十階までついてこられるのは絶対にいやだ。しかし彼はすでにビルのなかで待っている。別のドアからはいったのだろう。だから回転ドアからそのまま外に出て、通りで彼と対峙する。

「悪玉警官はどこ？」レイラはあたりを見まわしながら訊く。

「あいつは警官じゃない」オートリーは言う。「それに今日はこのあいだとはちがう用件で来たんだ」

くだらないことにつきあう気分ではない。「あたしのあとをついてこないで」レイラは言い、回転ドアに戻る。ところが、彼はすかさず背後にぴたりとつく。狭い空間に二人で閉じ込められ、レイラは猛烈に腹が立つ。

「許しもなく回転ドアに一緒にはいるのはマナー違反よ」

「回転ドアでのエチケットについての手引きは読んだことがないんだ」彼は言う。「頼みたいことがあるんだ、レイラ」

「頼みなんか聞かない」人であふれたロビーにもう一度足を踏み出そうとする。

「ヴァイオレット・レブラックが今一緒にいる少年に言ったアラビア語を翻訳してほしいんだ」

気がつくと、レイラはまた通りに出ている。この男がどんなゲームを仕掛けているのか知らないが、自分のオフィスのそばには来てほしくない。

「たしかスコットランドヤードにはアラビア語の翻訳者がいたと思ったけど、オートリー警部。グーグル翻訳があることは言うまでもなく。つまり、あなたは嘘をついてる」

「私はスコットランドヤードの者ではないし、グーグルにはスペルの問題がある」

「じゃあ、誰に雇われているの?」

彼は答えず、ポケットから紙片を取り出して、レイラに差し出す。

「ここに書かれている内容を知りたいが、ほかに信用できる人間がいない」

「だけど、あたしのことは信用できるの?」レイラは信じられない思いで尋ねる。「一度しか会っていないし、それもサラフ家の者と寝ているという理由で尋問した相手を?」

彼は顔をしかめている。レイラも内心では顔をしかめている。

「あなたのお仲間がそう言ったのよ、警部」

「だが、私が言ったのではない」彼はまだ紙片を掲げたまま言う。「ヴァイオレットのことを心配している人間は誰でも信用できる。だから翻訳者に任せることはしないんだ」

早くこの場を去れ、と自分に言い聞かせる。ジュニア・パートナーになるんでしょ。これまでの人生の不運を逆転できるのよ。

「二分だけ」レイラは言う。「話して」

彼はほっとしたようだ。「ノルマンディー・ツアーで私の娘はヴァイオレットと同室だった。二人は敵対していたはずだった。しかし、私の別れた妻が写真を見つけた。B――私の娘だ

――がヴァイオレットと例の少年と一緒にふざけている写真だ。つまりどういうわけか、私の娘は嘘をついている」

レイラは両手をあげて彼を制する。「自分のコンピュータにたどりついたら、あなたのことをググって、何もかも調べ出す。あなたの娘の名前もね。だから、話をつづけるなら名前を言って」

彼は渋い顔をする。若い頃はきっとハンサムだったにちがいない。年の離れた男が好きな女たちにはまだ魅力的に映るだろう。目が血走っているのは、娘が爆破事件に遭遇したせいもあるだろうが、それだけではないとレイラは思う。

「ビー」ようやく彼は言う。「サビナの愛称だ」

「あなたは彼女がこの件に巻き込まれるのが怖いの?」

「正直に言えばそうだ。だが、私はヴァイオレットと少年の無事も望んでいる」彼はふたたび紙片を持つ手を振る。「ヴァイオレットはこの文句をアラビア語で少年に伝えていた。愛についての言葉だと思う。それだけはわかる」

紙片を受け取るのを拒むと、彼は怒ったようだ。

「人が死んでいるんだよ、レイラ。子供たちが殺された。英国とフランスの右翼は人種差別をするクズどもを扇動している。ヴァイオレットと少年の命が危険にさらされているんだ。きみは私があの子たちに害をおよぼす気だと本気で思っているのか?」

「あなたは自分の娘を守るためならなんでもするわ」レイラは言う。「ヴァイオレットを犠牲にしてもね。あたしの姉とノアはずっと親友だった。あたしがノアの娘を危険にさらしたら、きっと許してくれない。あたしはきっと自分が許せない」

このへんで切り上げよう。「お願いだからついてこないで。あなたの娘がその写真を見せてくれたなら、彼女はあなたには真実を知られてもいいと思ったんでしょう」

「ビーは見せてくれなかった。別れた妻が娘の iPad から見つけたんだ」

レイラは耳を疑う。「あなたたちは彼女の生活を穿鑿したの？　なんて人たちなの？　十代のプライバシーは大事なのよ。とても」

「頼むよ」オートリーは言う。レイラは紙片に目を落とす。チンプンカンプンでまるで読めない。

「ここで待っているよ」

ロビーにパートナー弁護士のひとりがいるのが目の端に映る。「だめ、ここで待たないで」レイラは小声で告げる。「わかったら電話するわ」

ポケットに紙片をしまったとき、フランク・シルヴェイがエレベーターの前で立ち止まる。追いかけようとして、レイラは思い直す。どうしても訊かずにいられない。

「彼に会った？」

「誰のこと？」

「ジミー・サラフよ。カレーで彼に会った？」

オートリーはうなずく。彼の様子を尋ねたくてたまらなかったが、自重する。サラフ家のことで自分の首を絞めるようなことがあっては、ジュニア・パートナーにはなれない。

「あたしに連絡しないで」レイラは言う。「こっちから連絡する」

17

スープ用のレードルに新たな使い道が見つかった。死んだ金魚を水槽からすくうのに使える。ビッシュは何事もルールに従う男だから、そのせいでへこんでいる。餌を与えすぎてはならない。水槽はろ過装置を使い、こまめに掃除すること。水はボトル入りのもののほうがいいだろうかとさえ考えている。自分で飲むためではない。ここ数日は金魚を死なせないためならどんなことでもするつもりでいるのだ。

電話が鳴った。グレイジャーからだった。ビッシュはついに彼を知り合いに加えた。一日に五回も電話を寄こすような者は、仲間として受け入れることを求めているようだから。

「チャーリー・クロンビー」グレイジャーは挨拶もなくいきなり切りだした。彼はたまに文の途中から話しはじめることがある。

「はい？」ビッシュはレードルですくった金魚を落とさないように集中しながら、最後の儀式のためにバスルームへ運んでいた。

「その名前にピンとくるはずだが？」

「ゴシップ好きの友人たちにヴァイオレット・ジダンの清らかとは呼べない噂を広めたやつですね」

「我々はそれだけじゃないと思っている」

金魚を今トイレに流すのはやめたほうがいいとビッシュは思った。グレイジャーに誤解されるといけないから。

「どうして？」

「彼はギルフォードに住む少年を殴り倒した。正体を隠すためにチェルシーのニット帽をかぶっていた。クロンビーは実際にはトッテナムのファンらしい」

「相手はケニントンですか」

「そのとおり。サリー州警察の署長と話したんだが、彼女はきみがギルフォードにいる連中と会う手はずを整えてくれる。いっぽうの家族のほうは訴えを起こすそうだ」

キャンプ場で出会った家族のなかで、折り返しの電話を寄越さなかったのはケニントン家だけだった。報道陣にはべらべらしゃべっていた。ビッシュにはどちらのほうが嫌いか、自分でもわからない。クロンビーかケニントンか。

「私は今は警官じゃないんですよ、グレイジャー。なのに私は、いったい何をしているのか？私を職場に戻すよう取り計らうか、エリオットの使い走りをするのをやめさせるか、どちらかにしてください」

「我々はロンドン警視庁とはなんの関係もない。きみは目下のところ内務大臣の指揮下にあるんだ、オートリー。大臣はイカレポンチのゴーマンの対処のしかたには大変ご不満だ。外務大臣、英国情報部、フランス情報部が何も明らかにしないことには失望している」

「ここで起こったことではないから？」

「彼らはそう言っている。干渉はしない。しかし、内務大臣には国民に説明する義務がある。大臣に言わせれば、バスに乗っていた子供たちはわが国の人間だ。彼らが母国でやることはすべて捜査するべきだと」

「私はどんな資格でサリー州まで行けばいいんですか」

「もう教えてやっただろう。きみが父親のひとりとして関係者から話を聞くのが、我々にとっての最善策なんだ。クロンビーとケニントンが何か知らないか突き止めろ」

ビッシュはトイレの水を流した。用を足しながら会話していたとグレイジャーに思われても、もうどうでもよくなっていた。

「あなたは何をしているんですか、グレイジャー、みんなに命令するほかに」

「楽しい仕事だよ、オートリー。エディ・コンロンの父親と一緒に過ごし、彼の息子が死体で発見されることはないと言って安心させてやるんだ。来週は十代の子供を埋葬する二家族を見守り、それからみんなが大好きな先生に別れを告げにいく。比べてみろ。きみなら今はどっちがいい？」

好むと好まざるとにかかわらず、自分がサリー州へ行くことはわかっていた。グレイジャーは答えがないのを黙認と受け取ったにちがいない。「クロンビーがケニントンを襲った理由に見当はつくか？」

「ケニントンはよく告げ口しているようです」ビッシュは言った。「クロンビーは自分の秘密を何か知られているから、彼を黙らせようとしたのかもしれない」

「クロンビーのほうは？　聞いた話によると、いやなやつのようだが」

「かなり」ビッシュはあいづちを打った。「彼はバスの後部に乗っていました。爆発の影響が大きかった席の近くに座っていた生徒に手を貸してやってほしいと頼まれたが、断っています。爆弾が仕掛けられた位置を知っていたのかもしれない」

「それはありそうもない。爆弾があることを知っている悪ガキなら、バスには乗っていない。それに、彼には動機がないだろう」

「ヴァイオレットには容疑者だと言ったことがあるか」グレイジャーは訊いた。

あの行方不明の二人について、グレイジャーがどんな見地に立っているのかはいまだに判断がつきかねている。

「彼女が祖父母と交わした会話の翻訳は手にはいったんですか」

グレイジャーがうっかり漏らしたため息が聞こえた。それが腹立ちのせいなのか、疲労のせいなのかはわからない。

「翻訳の話はやめておこう。いいからきみは彼女とエディを見つけ出して連れてくるんだ。あの二人は我々の最優先事項であり、クロンビーやケニントンの話から手がかりが見つかるかもしれない」

レブラック家の三人は、グレイジャーがヴァイオレットを最優先させるような何を話し合ったのだろうか。

「クロンビーの両親が到着する前に向こうに行っていろ」グレイジャーは言った。「彼らはマーゲイトから来るから、きみには一時間の余裕がある。運がよければ、その子は自分の権利を知らずに話してくれるだろう」


チャーリー・クロンビーは自分の権利を知っていて、誰とも話をしなかった。ビッシュがギルフォードの留置場にはいっていくと、仏頂面《ぶっちょうづら》に少しだけ変化が現れた。その顔は夏休みに思いきって生やしてみたひげのせいで、逆に青白さが際立ち貧弱に見えた。

「誰にとってもいちばんいいのは、きみがケニントンに謝ることだと思うよ」ビッシュは精いっぱいの助言を試みた。「彼のご両親と話して、告訴を取り下げるよう説得してみる。そうすればきみの経歴には残らずにすむ」

「誰にとってもいちばんいいのは」チャーリーはビッシュの言い方を真似た。「あんたはこんなところにいないで、俺の女を探すことだ」

「ヴァイオレットはきみの女なのかい？　ちょっと失礼な呼び方だね」

「彼女はもっとひどい呼ばれ方をした」

「ケニントンについて何か教えてくれないか、チャーリー。ご両親が告訴を取り下げる気になるようなことを」

「あいつはろくでもないマスかき野郎だ。ほんとだよ、ひと晩じゅうマスをかいてる」チャーリーはにやついている。「それでうまくいくかな、オートリー警部？」

ビッシュは彼の涙があごひげを濡らすという幻想を追い払った。

「きみの人生だよ、チャーリー」そう言って出ていこうとすると、そこでチャーリーが呼び止めた。

「ケニントンの父親は、すべてのパキスタン人と頭にターバンを巻いたやつらと外国人は一網打尽にして、マーブル・アーチ（ロンドンのハイド・パークにある大理石の門）の下で火をつけるべきだと考えてる」

ビッシュはたじろいだ。この子の言うことを信じたくはないが、チャーリーの口調には嫌悪が感じられた。

「ホモはもちろんのこと。彼がそう言ったんだ、俺の言葉じゃない」

まただ。グレイジャーの二択。ケニントンかクロンビーか？　今日の勝者はどっちだ？

ロドニー・ケニントンは勝者にはとても見えなかった。鼻は折れ、唇《くちびる》は腫れあがり、目のまわりに青痣《あおあざ》を作っている。あれほど痩せていても、チャーリー・クロンビーにはパンチ力があるという証拠だ。ケニントン家は猛烈に怒っていた。〝はい、はい、ごもっとも〟とビッシュはあいづちを打った。〝チャーリー・クロンビーは問題児で、おまけにこんなことまで主張しています――ケニントン家は英国の問題を解決するにはマイノリティー集団に火をつければいいと信じていると。おそらくメディアは、チャーリー・クロンビーが卑怯な行動を正当化するためにどこまで見下げ果てた人間になれるかに興味を持つでしょう。ケニントン家についてそんな嘘までつくのですから。ロドニーの学校の権威者たちが話を鵜呑《うの》みにしないことを願いますね。あの学校は生徒の差別発言にはゼロ・トレランス方式（一九九〇年代にアメリカで始まった、不寛容を肯とした教育方針）をとっていて、厳密に処分しますから。ここは裁判で徹底的に闘って、チャーリー・クロンビーがいかに嘘つきの悪党であるかを世間に知らしめてやったらどうですか〟とビッシュはアドバイスした。

ケニントン家は不安げな視線を交わした。

そう見えただけかもしれないけれど。


チャーリー・クロンビーの両親とはロビーで会った。彼らはそこで親不孝者との再会を果たしていた。救世軍のユニフォーム姿のミスター・クロンビーは五十代の寡黙な男性で、救うべき魂がすぐ身近にいたことをたった今悟ったかのように、息子にうら悲しげな笑みを投げている。ミセス・クロンビーはよくしゃべる女性で、バカげたことは許さないという強固な意思が顔に表れていた。彼らは困り果てた顔つきの法定代理人の話に耳を傾けていた。

「ケニントン家は告訴を取り下げることに同意しました」法定代理人は言った。「ですが、禁止命令を求めています」携帯電話が鳴ると、彼女は応答するために離れていった。

クロンビー家はほっとしたような顔をしている。ビッシュは禁止命令の全容について説明しておいたほうがいいと思い、切りだした。「ミスター・クロンビー、ミセス・クロンビー——」

「師《レバレンド》」チャーリーがさえぎった。嘲笑《ちょうしょう》を浮かべる余裕が戻っている。

「レバレンド、ミセス・クロンビーとレバレンド・クロンビーだよ、アホ」

「ミスター・クロンビー――」

「チャーリー」母親が警告する。「やめなさい」

「申し訳ありません」ビッシュは言った。「決めつけるのはよくなかったですね」

チャーリーが小声で何やらつぶやいた。

ロビーの向こうからやかましい声が聞こえてきた。「ケニントン家です」とビッシュは教えた。チャーリーの両親は目配せを交わした。

「ケニントンさんの息子に謝りなさい、チャーリー」父親が言った。

「やだよ、悪いと思ってないから」チャーリーは愉快そうなふりをした。「もしあいつがまた口を開いたら」その場にいる全員に聞こえるように声を張りあげた。「あいつの舌を切り取ってやる！」

「もう、チャーリーったら」母親が言った。

18

その夜、グレイジャーからメールが届いた。そこにはFacebook、インスタグラム、ツイッター、スナップチャット、バズフィード、レディットが列挙され、大文字で〝JOIN/FOLLOW〟と添えられていた。ヴァイオレットとエディの行き先を突き止めるにはこれらのSNSを始めるのが最良の方法だと認めざるをえないものの、何年間も避けて通ってきたことをやらされるのは面白くなかった。その手のことを避けてきたのは、自分が技術革新反対者《ラダイト》だというわけではなく、大衆の動向を追う技術を共有して世の中に遅れずについていくことに興味がなかったからだ。

ビッシュがFacebookで最初に友達リクエストをしたのは自分の娘だ。すぐにビーから電話がかかってきた。

「冗談よね」

「おまえはサフランとも友達じゃないか」

「あなたは警官でしょ。あなたがメッセージを投稿したら、みんなどんな感じがすると思うの?」

「私はおまえと一緒にツアーに参加した生徒たちと連絡を保ちたいだけなんだよ、ビー。彼らの両親を介するより早いだろう」

「自分が気持ち悪いことを言ってるのがわかってる? あなたは神経が参ってるってデイヴィッドがママに言ってたわよ」

別れた妻と彼女の現在の夫が、娘の目の前で自分のことを話題にしたと聞いて、ビッシュは屈辱を感じた。友達になることをビーに承認させるのはなんとか成功したが、自分に恥をかかせるようなことがあったら友達リストから削除するという脅《おど》し付きだった。ビッシュはビーのウォールに投稿した。〝ありがとう、ハニー・ビー〟。すぐに返事が来た。〝これが最初で最後の警告よ〟。

ビッシュは娘の友達リストを眺めだした。スポーツクラブの仲間や学校のサッカーチームの仲間が何人かいる。それにノルマンディー・ツアーの仲間が五、六人。あとは知らない名前ばかりだった。念のため彼らのページを確認してみたが、みんなまともな人間のようだった。ひとつたしかなのは、エディとヴァイオレットはFacebookには本名では登録していないということだ。ヴァイオレットの名前のあらゆる変化形を試してみたが、ひとりも見つからなかった。エディまたはエドワードまたはネッドというファーストネームのコンロンはいたが、みんなケント州からは遠く離れたところに住んでいた。

ビーのFacebookのウォールには、ローラ、メノシ、フィオンがブローニュ＝シュル＝メールからドーヴァーのバックランド病院に転院したことが載っていた。まだニュースにはなっていなかったので、それが事実かどうかはわからない。彼らを移送するのはまだ早すぎるような気がする。

ベッドにはいるまでに三人のFacebook友達ができた——ビー、母親、それに職場の広報チームのジルで、彼女には友達が七百六十八人いた。彼女との恋愛関係は去年のクリスマス・パーティのあと喧嘩別れし、そのまま消滅した。だからビッシュは彼女の友達招待に応じたとき、またもや過去に後戻りしているような気持ちになった。

翌朝、夜のあいだに友達が増えていないかチェックしてみると、ワージントン家の一族から集中攻撃を受けていた。生まれてこのかたずっと彼らを避けてきたのに、これからは彼らの退屈な日常を毎日聞かされることになるのだ。午前九時に、負傷した三人の生徒たちがバックランド病院に移送されたことが公表され、両国の朝のトーク番組では活発な議論が闘わされた。フランス側は生徒たちが重傷にもかかわらず早期に移送されたことに腹を立てている。英国のメディアのコメントは〝この子たちが無事に英国の土を踏めて、本当によかった〟という線に沿っており、まるでフランスが遠く離れた敵地でもあるかのようだが、実際には二十一マイルしか離れていない海峡を渡るには車で三十五分しかかからない。

爆破事件から一週間が経った。主流の報道機関は、五名の死者と三名の重傷者というネタは底をつき、今はヒロイズムや立ち直る力に焦点を切り替えている。ビーはすでにとっさにバスから逃げ出したことを悔やんでいる。ビッシュはその行動を他人からとやかく言われたくなかった。娘の心は壊れてしまうだろう。

五分前に友達リクエストをしたばかりのレイラ・バイアットが承認してくれたかどうかを確認していると、エリオットから電話が来た。

「イアン・パーカーが娘と話すことを許そうとしないから、グレイジャーはおかんむりだ」

ビッシュはなぜ自分がグレイジャーの機嫌を知らされなければならないのかは訊かなかった。

「おまえは政府の人間だろう、エリオット。さっさと出かけていって、直談判《じかだんぱん》すればいいじゃないか」今はそれどころではない。ビーが今朝までのあいだに承認した新しい友達に神経を集中していた。ズル・ドーンというのはヴァイオレットの変名だろうか。実名とのあいだになんのつながりもないようだが。

「談判は厄介だ」エリオットが言っている。「フランスはすでにそれをやってる。捜査陣はローラ・バレット－パーカーが標的だったとほのめかしたらしい」

それを聞いて、ビッシュはエリオットの話に注意を向けた。外国人嫌いを隠さないあの下院議員の娘なら標的にされやすい。あの日ローラはバスの最前列に座っていた。

「グレイジャーはおまえにパーカーとじかに会って話をしてほしいと言ってる」

「もうやったよ。話がはずんだとは言えない。僕の仕事はヴァイオレットとエディを救出することじゃなかったのか？」

「そうだよ、親たちに会って子供から何か訊き出してほしいと頼むことによってね。イアン・パーカーはその親だ。おまえたちの子供はあのバスに乗っていた。共通点がある」

共通点？　ということは、ノア・レブラックとも、イアン・パーカーとも、偏狭なケニントン夫婦とも共通点があるのか。そんな共通点はいらない。

「ローラとメノシとフィオンは英国情報部の事情聴取を受けてない。おまえはあいつらより先にその子たちと話したほうがいい。あいつらは子供を相手にするとなるとまったく無知曖昧《あいまい》だから」

「無知蒙昧《もうまい》だよ」ビッシュは訂正した。

「おまえのおかげで我々がパーカーやほかの負傷した子の親たちから聞き取りをしないですめば、内務大臣はとても喜ぶ」

「それでも、内務大臣を喜ばせるのは僕の今朝の最優先事項じゃない」

「とにかくやってみろ」エリオットはそう言って電話を切った。

そんなわけで、ビッシュはそれから二時間、親たちと話し、イアン・パーカーに接触する方法を探した。カレーで誰かが作ったリストにはパーカーの連絡先は載っていなかった。親たちのなかに彼となんらかのつながりがある者はいないようだ。彼と近づきになりたいと思う者もいないようだった。グレタ・イェーガーの父親に電話したとき、グレイジャーの情報源であるジャーナリストが小耳にはさんだ話について尋ねることを心に留めた。しばらく負傷した生徒たちについて話してから、ビッシュはなめらかに話題を変えた。

「ところでポール、グレタは捜査の助けになるようなことを何か見聞きしていないでしょうか。爆発の前夜に」

相手は黙り込んだ。

「私は何よりも子供たちを大事にしますよ、ポール。それはおわかりですよね」

「それはわかります」ポールは言った。「だけど関係ないと思いますよ。娘が見たことですけど」

「だったら、何も心配することはないじゃないですか。しかし今は、どんなことでもいいから前夜の情報が大事なんです」

「娘を捜査に巻き込まないと約束してくれますか、ビッシュ？」

「私は捜査に関与していません。この事件に関するかぎり、私はひとりの父親として、それが誰の仕業なのか知りたいだけです。私は自分で決められないことは約束できないが、たとえグレタがもう一度事情聴取されることになっても、あなたたちとともにその場に同席することは約束します」

そう言ってしばらく待つと、電話の向こうからやっとため息が聞こえた。

「あの夜、娘はキャンプ場から警備車を押し出しているところを目撃したんです。エンジンはかかっていなかった。ライトもついていなかった。車の屋根の形から警備車だとわかったそうです」

「お嬢さんが目撃したものをすべて書きだしてもらえませんか。どんな些細なことも省略せずに。私はそれを関係者に渡します。お嬢さんの名前は必要に迫られるまで出しません」

「我々は爆撃犯が誰にしろ、グレタが何か見たことをそいつに知られたくないだけです。娘のことが本当に心配なんです。あなたのお嬢さんの調子はどうですか」

イェーガーの声は震えていた。ここで電話を切るわけにはいかないと思ったので、ビッシュはしばらく世間話をつづけた。それから今の会話の内容を書き留めてグレイジャーに送り、すでに捜査から手を引いたことは知っていたけれどアタルにも送った。その後、ナオミ・ヒルから折り返しの電話があった。軽傷で退院したレジー・ヒルの母親で、レジーが入院した日にブローニュ＝シュル＝メールの病院でパーカーとも顔を合わせている。

「冗談でしょ、ビッシュ？」あれからイアン・パーカーと連絡を取ったかと尋ねると、彼女はそう言った。「あの人が若い黒人について言ってることを読んだ？　彼が目の敵にしてるのは外国人だけじゃないのよ」そしてせかせかと付け足した。「ほかに用はある？」

「あるよ。インスタグラムの使い方を教えてくれないか？」

それで緊張がほぐれた。ナオミは雑誌社で働いているから、そういうことには詳しいと思ったのだ。

「まずアカウントが必要ね」彼女は言った。「アカウントを非公開にしておけば写真を誰にでも見られずにすむわ。そしてあなたをフォローしてる人だけが見られるようにするの」

つまり、またみんなに友達になってくれと頼まなければいけないわけだ。

「私がレジーのアカウントをフォローすることはできるかな？」

ビッシュは一時間以内に十のアカウントにアクセスした。バス八台分のティーンエイジャーの写真を調べなければならないフランス情報部が気の毒になる。こんな状況でなかったら、ビッシュは若者たちが優先するものに悲観して考え込んだだろう。七日間のノルマンディー・ツアーで景色や記念建造物の写真はほとんどなかった。せっかくモン・サン＝ミシェルまで行きながら、ギフトショップで自撮りするやつがいるか？

昼食時になってFacebookに戻ると、贈り物が届いていた。あちこちに出没する母親には驚かずにいられない。十代の頃はずっと不在だったのに、中年になったらどこにでもいるのだから。サフランにはFacebookに百三十四人の友達がいた。最新の友達はキャサリン・バレットーパーカーだった。

電話で少し話してから、ビッシュは母親を車で迎えにいき、ドーヴァーまで乗せていった。週の初めに母はブローニュまで行って、負傷した生徒たちを見舞っていた。キャサリン・バレットーパーカーとサディア・バグチとも会ったという。

「行くなら連絡してくれよ」ビッシュは言った。「送っていってあげたのに」

「心の闇を追い払うには数時間ドライブするのがいちばんだと思って」

ビッシュには心の闇が理解できた。母もそれを抱えていることは今初めて聞いた。その闇について尋ねたかったが、スティーヴィーの死が関わってくることが怖かった。だから代わりにビーの話をした。

「あの子はなんでもひとりで抱え込むね」

「そうね、父親に似たのよ。あなたは私の父親に似たの」

ビッシュは一瞬前方から目をそらした。その類似点に驚いていた。母の顔には寂しげな笑みが浮かんでいる。母は多くを語らないが、若い頃の話にビッシュはいつも興味を引かれた。

「いまだに理解できないんだけど、ワージントン家はどうやって僕のお祖父さんからあなたたちを奪うことができたの？」

「悪いことをしても許される人たちと同じ方法」サフランは言った。「富よ。私たちの母親が死ぬと、マーガレット叔母さんは休暇に私たちをケント州に呼び戻して、それきりエジプトに帰らせなかった」

「全盛期のマーガレット大叔母さんに盾突《たてつ》くところを想像しちゃうな」

サフランが黙り込むと、この会話はもう終わりだと思った。母たちの盗まれた歴史をもっと知りたかったので、母がまた話しはじめるとビッシュはほっとした。

「私たち家族は英国風の名前が嫌いだった。両親は私たち兄妹にハーリドとセフィアという名前をつけた。私たちはエジプトでは外国人のように見えたかもしれないけど、英国でも異邦人のような気がしたわ。誰も口にしないけど、兄が結局そのせいで死んだことを私は知ってる」

「じゃあ、それは事故じゃなかったと思ってるの？」ビッシュは訊いた。カール・ワージントンはビッシュが生まれる前に亡くなった。伯父は大酒飲みで、ある夜コーンウォールを車で走っていたとき、海に落ちたのだった。

「それは誰にもわからないわ」サフランは言った。「彼は年が上だったから、私より思い出が多かった。カールは両親のことが大好きで、彼らのことをよく話してくれたの。アレクサンドリアでの暮らしがいかに幸せだったかを私に思いださせてくれた。シンプルな生活。でも、バシル・ナスララはシンプルな男じゃなかった。ただ寡黙なだけ」

「それきり彼とは会ってないの？」

「ええ。父は一度ならず私たちに会おうとしたと思うけど、マーガレット叔母さんがそれを簡単に許すところは想像できない。父は数年後に再婚した。叔母もそれぐらいは私たちにも教えてくれたの」

母の口調は苦々しかったが、そのあとのため息は寂しそうだった。

「兄が死んだあと、私は自棄《やけ》を起こしてバカなこともやったわ」サフランは言った。「マーガレット叔母さんには私の評判がぼろぼろだとさんざん叱られた。そしてあなたのお父さんと出会い、あなたを身ごもった。私がちょうどビーと同じ年頃のとき。私は妊娠したことを彼に告げた。知らん顔をして去っていくこともできたけど、彼はそうしなかった。だから私たちは日付をごまかして結婚した。そのことについてあえて何か言おうとする者は誰もいなかったの」

サフランは横を向いてビッシュを見た。「私はあなたのお父さんに約束した。彼の外務省での出世に影響するようなことはしないと。彼は私の恩人みたいな人だったし、それに外国暮らしは私たちに合っていたの。私たちは互いに相手を精いっぱい幸せにしたと思うわ」

互いに相手を精いっぱい幸せにするだって？　結婚生活にはいろいろな形があるものだとビッシュは思った。

「サフランはそんなに悪い名前じゃないよ」

「バカらしい名前よ」母は笑いながら言った。「いやに気取っていて。年を取るにしたがって恥ずかしさが増すだけ。ビーとスティーヴィーに私をソフィと呼ぶセンスがあってよかったわ」

ローラの病室の前で、サフランはあらためてキャサリン・バレット＝パーカーに紹介してくれた。キャサリンは古い友人だというその病院の受付係に会いにいくところだった。ローラの母親は最初に会ったときよりも感じがよかったが、それはサフランの社交術に負うところが大きい。

「娘は思ったより回復が早いんです」キャサリンは弁解がましく言った。「主人がイングランドに転院させると主張したことで、収拾がつかなくなってしまって。私たちは人種差別主義者でも礼儀知らずでもありません。ブローニュが不便だというだけなのに。ローラだけでなく、ほかの二人の生徒たちにもできるだけのことをしたんです」

「ご主人はいらしているんですか」ビッシュは訊いた。

「今朝は来てましたけど、はずせない仕事があったものですから」

「もし父親同士の話がしたくなったら、私はいつでも歓迎だとイアンに伝えてくれませんか?」押しつけがましい口調になっていないことを願いながら、ビッシュは名刺を差し出した。

「お母さまからあなたの悲嘆についてうかがったわ」キャサリンは言った。「というより、ご自分の悲しみを話してくださったようだけど……」

イアン・パーカーと話をするのにスティーヴィーの死を利用したくはなかった。顔をそむけ、名刺をポケットにしまおうとすると、キャサリンはそれを受け取った。

「ローラと話してもいいかな、キャサリン?」

「イアンがどうしても――」

「ローラは行方不明の二人がいる場所について、何かヒントを与えてくれるかもしれない」ビッシュはさえぎった。「あの二人にまで死なれたら、悔やんでも悔やみきれないだろう」

キャサリンの心は葛藤していた。

「あの子には死亡者の話はしないでね」キャサリンは譲歩した。「隠しとおすのは難しいでしょうけど、フランス語の壁のおかげで、その事実はまだ知らずにいるの」

「いずれ話さなければならなくなるよ」ビッシュは言った。「もうすぐ葬儀がおこなわれるし、死者について誰かが話しているのを耳にしないわけにはいかないだろう」

キャサリンが娘の病室のほうを向き、ドアをあけてなかに入れてくれると、ビッシュはほっと胸を撫でおろした。ローラは髪の片側を剃《そ》りあげ、片側はところどころ毛が抜け落ち、大きな耳が際立っていた。爆破前の顔は想像できるものの、顔にはまだ傷が残っていた。ローラは片方だけの目を警戒心と好奇心にきらきら輝かせていて、思ったよりひどい姿ではなかった。

「いい子ちゃん」キャサリンは言い、ローラの上半身を起こしてやった。「こちらはオートリー警部。ツアーに参加した女の子のお父さんでもあるのよ」

「サビナ・バレンティン‐オートリーのパパね」ローラは自分自身に確認するようにうなずいた。「彼女も負傷したの？」

ビッシュは首を振った。

「メノシ・バグチは負傷したのよ」まるでビッシュがそのことを知らないかのように教える。

「右の耳が聞こえないし、片手もなくした。フィオン・サイクスの脚は吹き飛ばされた」

ローラにとってそれはすべてニュースであり、その悲惨な状況に恐怖と魅力を感じているようだった。そしてローラは泣きだした。ビッシュはサイドテーブルのガラス瓶に飾られた粗末な花束に目を向けた。

「メノシとフィオンは大丈夫よ――そう言ったでしょ」キャサリンがそわそわと言った。「フランスにいる警察があの二人を見つけてくれたら、何もかも解決するわ」

「あの二人って誰のこと?」ローラが訊いた。涙はすっかり乾いていた。「まだ向こうに残ってる人がいるの?」

キャサリンが顔をあげ、ビッシュと目を合わせた。そうやって行方不明の二人についてビッシュに説明させようとしたのだろう。

「ヴァイオレット・ジダンとエディ・コンロンだよ」ビッシュはベッドのそばの椅子に腰をおろし、ローラの反応を見守った。パニックを起こしそうなことは言いたくなかった。「二人とも怪我はしてないよ、ローラ。ただ、まだフランスにいるから……こっちに戻ってきたら、いろんな質問に答えることもできるだろう」

ローラは困惑顔を見せた。「あの二人が一緒にいるなら、フランスにはいないわよ」そんなバカげた話はないという口調だ。「ヴァイオレットはこっちにいるの」

「いい子ちゃん、二人はフランスにいるのよ」キャサリンが言った。

「ちがうわ、ヴァイオレットはあたしが眠ってるときにここに来たんだもの」

キャサリンは娘をにらんだ。「あなたは一度も目を覚まさなかったって言ったでしょ、ローラ。眠ってたら彼女を見ることはできないわ」

どうやらローラには虚言癖《きょげんへき》があるらしい。この様子では、罪のない嘘を本当にあったことのように信じこんでしまうたちなのだろう。

「ヴァイオレットは友達と一緒だったかい、ローラ?」ビッシュはローラの目の真剣さを見て、落ちつかない気分になり、先をうながした。

「友達というか、エディが一緒だった」

「エディはもうすぐ帰ってくるよ」五歳の子に昔話を語って聞かせるような口調で言った。めでたし、めでたしと終わることはなさそうな話ではあるけれど。

「ヴァイオレットはここに来たの」ローラは譲《ゆず》らなかった。「ほらね?」ギプスをした腕を持ち上げ、ビッシュに見せた。まっさらなギプスに文字が書かれている——起きなさい、ロラパルーザ。

「アメリカでおこなわれたコンサートの名前」ローラは説明した。「あたしは最初〝負け犬のローラ〟って意味だと思った。学校であたしをそう呼ぶ女子たちがいるから。でも、今朝ナースにこれを見せたら、ロラパルーザについて教えてくれたの」

キャサリンが鋭く息を吸い込む音がした。ビッシュはただギプスを見つめるしかなかった。ナースが生命兆候を測定しにくると、ビッシュは母親を病室から連れ出した。

「彼女が眠るまであれがなかったことはたしかですか」

「もちろんよ」キャサリンは声を震わせた。「イアンに電話しないと」

夫に告げるのはもう少し待ってもらいたいとビッシュは思った。イアン・パーカーはきっと、ヴァイオレットが娘のそばにいると思うだけで憤慨《ふんがい》するだろう。メノシの病室の外にサフランとサディア・バグチがいるのが見えた。ビッシュは彼女たちのほうへキャサリンをうながし、携帯電話に手を伸ばす隙を与えなかった。サディアは泣いていた。ナースたちの話では三人の負傷者のなかでいちばん心配なのはメノシだという。怪我の状態だけではなく、精神状態を案じているのだ。無理もない話だ。一週間前、メノシは目覚めたら半分音のない世界にいた。医者は人工内耳の移植を勧めているが、その費用は天文学的な数字だった。

「お茶でもどうですか」ビッシュは女性たちに提案した。メノシの母親は首を振ったが、サフランは取り合わなかった。

「行きましょうよ、サディア」サフランはきっぱりと言った。「疲れすぎるのはよくないわ。お嬢さんのためにならないでしょ。あなたもよ、キャサリン」

ビッシュは病室をのぞいた。メノシは窓のほうを向いて横たわっている。そのまま去ろうとしたとき、サイドテーブルのガラス瓶に粗末な花が飾られているのが目についた。ローラの病室で見たのとよく似た花束で、花屋で買ったものではないし、ナースがそこに置いたのでもない。ナースなら花瓶に入れて飾っただろう。

ベッドの向こう側へまわってみると、メノシは起きていた。「メノシ、ミスター・オートリーだよ、ビーの父親の。その花束は誰がくれたのかな?」

メノシは花をぼんやりと見つめ、肩をすくめようとした。「目が覚めたらそこにあったの」

フィオン・サイクスの病室をのぞくと、彼は新しいiPhoneを操作していた。その部屋にも同じ花束があった。何気なく尋ねると、フィオンはぼそっと答えた。「ナースの誰かじゃないかな」けれど、ビッシュにはフィオンが嘘をついているのがわかった。

「フィオン、ヴァイオレットとエディが訪ねてこなかったかい？」

「ヴァイオレット・ジダンが？　ここに？」フィオンは驚いたふりをしたが、その演技では英国アカデミー賞の主演男優賞は望むべくもない。

「彼女はなんて言っていた、フィオン？　どこへ行こうとしているんだ？」

フィオンは目を閉じた。「痛みがあるとナースに伝えてくれませんか」

それが嘘にしろそうではないにしろ、ビッシュは病室を出てナースに伝えにいった。

「落ちついて聞いてくれませんか」ビッシュはグレイジャーに頼んだ。カフェテリアの外で電話しながら、サフランたちがお茶を飲みながら話しているのをガラスドア越しに見守った。サフランのおかげで、キャサリンとサディアはさっきまでの生気のない表情に比べたらだいぶ元気を取り戻している。

「いいから話せ、オートリー」

「ヴァイオレットとエディがまんまと海峡を越えていました」

しばらく黙り込んでから、グレイジャーは言った。「いいだろう、もう落ちついたぞ。どうやって？」

まったく、どうやって越えたのだろう。爆破事件以来、海峡の警備はいっそう厳しくなっていた。「それはわかりませんが、彼女たちがバックランド病院に立ち寄ったことはほぼまちがいありません」

「なんてことだ」

「病院の警備に頼んで防犯カメラをチェックさせましょうか」

「いや、それはエリオットにやらせよう」グレイジャーはつぶやいた。「あの子たちが自分たちの手から逃げ出したと知ったら、フランス当局は喜ばないだろう。まだ容疑者さえ見つかっていないんだから」

「フランスのバスの運転手については、その後何かわかりましたか」

「部下たちがスペインの国家情報センターから聞き込んだところでは、フランスのバスの運転手と英国のバスの運転手が口論してるのを見た生徒が二人くらいいるそうだ」

「運転手のセルジュ・セイガルが標的だったと考えられませんか？」

「根拠は？」

「そうですね、二人とも大型の車を運転しています。彼らがサイドビジネスで密入国に関わっていたとしたら？」

「車やトラックに密入国者が隠れているのが見つかったら、彼らはひとりにつき二千ポンドの罰金を支払わなければならないんだぞ」

「容疑者についてフランスの警察はなんて言っているんですか」

「彼らは子供たちを転院させたのが我々の差し金だと思って、怒り狂っている。アタルがもう捜査に加わっていないのが返す返すも残念だ」

アタルを懐柔《かいじゅう》したのはエリオットでもグレイジャーでもなく、この自分なのだと指摘してやりたくなった。アタルはビッシュの領分なのだ。「ヴァイオレットと祖父母との会話について教えてください」代わりにその件を持ち出した。「内務大臣が公表したくないのはどんなことなんです?」

「何もないさ」

「いいですか、私にヴァイオレットを見つけてほしいなら、イアン・パーカーやほかの保護者たちと話をさせたいなら、私には大臣の意向を知っておく必要があります」ビッシュが本当に知りたいのは、ヴァイオレットがビーについて言及していたかどうかだ。

グレイジャーは終わりがないような深いため息をついた。「爆破があったあと、ヴァイオレットが彼らに電話したのは、すでに祖父母に報《しら》せがいっていることを知っていたからだ。ナスリン・レブラックは朝いちばんのパリ行きの飛行機に乗ると孫に告げた。ヴァイオレットは自分のポニーと犬の面倒を隣家のアホに任せてきたら、一生彼らを許さないと言った」

おお、ヴァイオレット。神はきみを愛しているよ。

「タブロイドの第一面を賑わす十代のテロ容疑者はティックルズという名のポニーと、ブーブーという名の犬の心配をしている。それが公表されたらあの子は大衆に愛されるだろう。我々が守れなかった少女を」

「祖父母はどうしているんですか」

「エリオットが彼らと連絡を絶やさないようにしている」

「エリオットが？」

「ああ、エリオットが」グレイジャーはもうひとつため息をついた。「あいつは人と交わるのが下手くそだが、相手が子供を亡くしたかわいそうな年配の夫婦となると、彼らの息子の代わりがつとまるんだよ。きみならその理由がわかるだろう。あいつの子供時代の経験に起因するんじゃないか？」

「レブラック夫妻は彼になんて言っているんですか」ビッシュはその質問を回避しようとして尋ねた。

「イングランドは彼らの息子のエティエンヌを奪った。今度はヴァイオレットの命が奪われるんじゃないかと恐れている。なあ、あの子たちはどこへ行くつもりなんだろうか、オートリー？　何か考えつかないか」

「フィオン・サイクスが何か知っているようですが、しゃべろうとしないんです」

「じゃあ、もっと強く押してみろ」

「彼は脚を半分吹き飛ばされたばかりなんですよ、グレイジャー。もう少し時間をやってください」

「我々には時間がないんだ」グレイジャーは嚙みつくように言った。「あの子たちの身が危険なんだ。街角から連れ出したいんだよ」

レイラはなんと言っていただろう？　自分がノアの子供を危険にさらしたら、姉はきっと許してくれないだろうと言っていたのだ。

「ジョスリン・シャバジ。彼女が二人の居場所を知っているかもしれません」

「それはどうかな」グレイジャーは言った。「シャバジ家は面倒に巻き込まれるのを嫌う。新聞の第一面に載ったヴァイオレットは面倒以外の何物でもない」

「面倒に巻き込まれるのを嫌うのはアリー・シャバジです」ビッシュは訂正した。「妻のほうはそうとは言えないかもしれません」

ビッシュは電話を切り、女性たちのお茶会に加わった。キャサリンとサディアは爆発が起こる前の娘たちの話をしていた。メノシは快活で、言うことは手厳しいがウイットに富んでいたようだ。たった今目にした少女と比べるのはあまりにも忍びない。

「医師たちは外出を勧めているんですけど」サディアはビッシュに言った。「メノシは乗り気じゃないんです。外の世界のことを知るのが怖いみたいで」

キャサリンによれば、ローラの気分は極端に揺れているそうだ。物憂《ものう》げな様子をしていたかと思うと、次の瞬間にはヒステリーの一歩手前まで行ってしまうという。

「お嬢さんは学校でいじめられているの？」ビッシュはさっきのローラの言葉を思いだして訊いた。

「意地悪な女の子たちがいるのよ」キャサリンは言った。「隔週で週末にパジャマパーティをしてるんだけど、あの子は一度も呼ばれたことがないの。まるでこの世で最悪なのは大いなる楽しみをだいなしにされることだと言わんばかりに」キャサリンは苦い顔でかぶりを振った。「罰《ばち》が当たったのね。私もあの子の年頃にはそういう意地悪な女の子だったから」

「罰はそんなふうには当たらないと思うわ」サディアが言った。

サフランとともに屋外に出るなり、ビッシュたちは取り囲まれた。二人の面前にカメラとマイクが突きつけられ、質問が矢のように飛んでくる。報道陣は獰猛《どうもう》なエネルギーに満ちていた。メディアの数は三倍に増えていた。負傷した子供たちは今ドーヴァーにいる――ジュリウス・マキューアンの職場と住まいがあった地に。

「オートリー警部、この転院にフランス側が憤慨していることを親御さんたちは気にしていますか？」

これがちがう質問だったら黙ったまま歩きつづけただろうが、ビッシュは足を止めた。

「ブローニュの医療スタッフが示してくれた尽力と配慮はけっして忘れないでしょう」それが真実かどうかはわからないが、自分がフランス人だったらそういう言葉を聞きたいだろうと思った。「ドーヴァーの病院に移送した理由はひとつだけで他意はありません。家族が病院まで通うのが困難だった。家族は可能なかぎりわが子に会いたいのです」

納得させられるほどではないが、何も答えないよりましだ。

「ヴァイオレット・レブラックとその同伴者について何か知りませんか？」しつこい記者が訊いてきた。

「私はツアーバスに乗っていた生徒の父親としてここにいるだけです。捜査には関与していません」

「逃亡中の容疑者についてもですか？」別の記者が訊いた。

「待ってください、あの二人は逃亡中の容疑者とは呼べない」ビッシュは言った。「彼らは参考人です」

ビッシュは母を連れてその場から去ろうとしたが、事はそれほど簡単にはすまなかった。

「ヴァイオレットとほかの生徒たちの関係はどうでしたか？」

「あなたの娘さんはヴァイオレットのことをテロリストだと思ってますか、オートリー警部？」

「わが子を亡くした親御さんたちに何かアドバイスできることはありますか？　ご自身の経験をもとに」

ビッシュは体をこわばらせ、拳《こぶし》を握り締めた。わが子の死に対処するアドバイスだと？　もう一度自分の家族に関する質問をされたら、ビッシュは今月二度目の暴行罪を犯していただろう。

「関係者のご家族はみなさんつらいときを過ごしています」サフランがビッシュの手を取りながら言った。「どなたも大勢の善意に感謝されていますが、干渉しないでほしいという希望もはっきり述べておられます。大切なものを失った家族はそっとしておいてあげるのがいいと私は思います」

19

ジョスリン・シャバジがあの二人の居場所を知っているかもしれないというビッシュの直感は正しかった。その日の午後、防犯カメラの映像をつぶさにチェックしていたエリオットが、地下鉄のセント・ジョンズ・ウッド駅から出てくるヴァイオレットとエディを見つけた。駅からシャバジ家までは歩いて二、三分の距離だ。その映像は四日前のものだったので、二人が昨日や今日フランスを出たのではないことも確認された。

ジョスリンの夫はテヘラン出身の銀行家の息子だ。アリー・シャバジはハウスキーパーの息子の結婚式でジョスリン・バイアットを見初《みそ》め、その翌日にはもう求婚したらしい。彼は一族のなかの出来損ないと見なされている。そういう者は父親の脛《すね》をかじっているものだが、彼は抜け目のない投資をいくつかおこなった結果、ビジネスの主導権を握るようになっていた。そうなったのは貧しい家に生まれた野心家の妻に負うところが大きく、アリーは妻の承諾なしには何も決められないという噂もある。それが本当なら、彼が両親の財産を増やしたのもジョスリンのおかげだということになる。

ビッシュとエリオットが玄関先にいるのを見ると、ジョスリン・シャバジは警戒するような目つきになった。「夫がすぐ帰ってくるから、その前に消えたほうがいいわ」

ドアを閉めようとする隙も与えず、エリオットは手のひらでドアを支えた。「我々を通さないなら、ミセス・シャバジ、捜索令状を持参して戻ってきますよ」

「そうなの？　警察の車が何度も門の前まで来るようなら弁護士に連絡します。《ガーディアン》にも。人種に基づいた尋問に興味がある人には誰でも連絡するわ」

ビッシュはエリオットの手をドアから引き剝《は》がした。「ミセス・シャバジ、私の娘はカレーであのバスに乗っていたんです。ビーという名前です。娘はひどく心配している。ヴァイオレットとあの少年に何があったのかは、あなたが考えているより多くの者たちに影響を与えています。我々は面倒を起こすためにここに来たのではないんです」

最後の台詞《せりふ》はジョスリンへの約束というより、エリオットへの警告の意味が強かった。ジョスリンはなおも疑わしそうにビッシュを見つめていた。「二分だけよ」

ここに来る前に下調べはすませておいた。ノア・レブラックの元親友は目をみはるほどの美人で、絵に描いたような麗しい子供たちに恵まれ、アヴェニュー・ロードに趣味のよい家を持っている。《ハロー！》の記事がそれを証明している。彼女の娘はビーと同い年で、その雑誌に写真が載っていた。母親とおそろいの白いドレスが、母娘の艶やかな黒髪とみごとな対照をなしていた。サフランならきっと、よい遺伝子と言うだろう。ジョスリン・バイアットとノア・サラフが親しくなったのは、ビッシュには意外だった。ノアは聡明ないっぽう、ジョスリンは外見がいいだけのように思える。《ハロー！》の記事からそう思ったのだが、もしかしたら聡明さを発揮する機会がさほどなかったせいかもしれない。質問はバスルームの装備品や将来的に美容整形を受ける可能性などといった類《たぐ》いのことだったから。

ジョスリンに案内されて客間にはいると、本物とおぼしきシャガールが掛かっていた。ビッシュは感嘆の声を呑み込んだ。

「レイラが警告しておいてくれてよかったわ」腰をおろしながら、ジョスリンは冷ややかに言った。

「なんて言われたんです？」エリオットが訊いた。

「バカとトンマが訪ねてくると。うちの妹はどんなささいなことにも目を配っているの。さあ、訊きたいことがあるならさっさと言いなさい」

「彼女たちはどこにいるんです？」エリオットが訊いた。「我々が知りたいのはそれだけだ」

「見当もつきません」

「ヴァイオレットと少年がこの先の地下鉄の駅から出てくるところが防犯カメラに写ってたんです。我々としてはあなたに会う以外に理由が思いつかないんです」

ジョスリンは信じられないという顔つきをした。「嘘をついているのね」

「我々がなぜ嘘をつく必要があるんです？」

「あなたたちがあの家族にしたことを見ていた者にでも訊いたら？」

「ノア・レブラックと最後に会ったのはいつですか、ミセス・シャバジ？」

玄関で鍵を使う音がし、ホワイエから話し声や足音が聞こえてきた。

「ご主人も会話に加わっていただけませんか」エリオットが腰をあげながら訊く。

「夫はこの件に巻き込まれることを望みません」

しかしアリー・シャバジはすでに、五歳から十七歳までの四人の子供たちとともに扉口にいた。「いったい何事だ?」アリー・シャバジはビッシュとエリオットを見ていたが、その質問は妻に向けられていた。

「ヴァイオレット・ジダンのことを訊きにきたの」ジョスリンは答えた。

シャバジの顔に怒りがよぎった。「私の家族はサラフ家やレブラック家とはなんの関係もない。私の家に面倒を持ち込むな」

「なんの関係もないですって?」エリオットは訊いた。そうではないことを知っている口調だ。

だが、ビッシュにその情報を伝えることは忘れたらしい。

「では、あなたはカレーにいるジャマル・サラフを訪ねたことはないんですか、ミセス・シャバジ? アレクサンドリアのジョセフ・サラフも? 彼はたしかブラッケンハム・フォーのひとりでしたね。ルイス・サラフの兄じゃなかったですか?」

「アレクサンドリアには友人がいるのよ」ジョスリンはうんざりしたような声で言った。「それに、私がカレーまで行ったとしたら、免税店でお買い物するためよ」

「二〇一〇年に、あなたは娘さんとオーストラリアへ旅行しましたね」

アリー・シャバジは苛立った声をあげた。「向こうに妻の身内がいるんだ」

「リヴェリーナにですか?」エリオットは訊いた。「コリアンバリーという町に? ヴァイオレット・レブラックが住んでいる町に?」

ジョスリンもアリーも答えなかった。

「あなたがそこにいた証拠があるんですよ、ミセス・シャバジ」エリオットはつづけた。「あなたが旧姓を使って、毎月ホロウェイに面会に行っていることはともかくとして」

アリーは啞然として妻を見つめた。「彼はなんの話をしているんだ、ジョス?」

「パパ!」娘が大声をあげた。

「階上《うえ》に行ってなさい」ジョスリンは子供たちに命じた。「さあ」

子供たちは誰ひとり動こうとしなかった。

「ジョスリン?」夫は答えを要求した。

「ヴァイオレットがどこにいるかなんて知らないわ!」妻は言った。子供たちは父親と母親の顔を交互に見つめている。ビッシュは次号の《ハロー!》の写真を想像した——子供たちを女手ひとつで育てているジョスリン・シャバジ。二人は結婚してからずっとその件で揉《も》めてきたのだろうか?

「私がヴァイオレットの居場所をノアに秘密にしておくと本気で思うの?」ジョスリンは夫に尋ねた。

「きみはあれからずっと彼女と連絡を取っていたのか?」夫は訊いた。「どうなんだ、ジョス?」

末っ子が泣きだし、妻は立ち上がった。「あなたは子供たちを怯えさせたのよ、アリー」ジョスリンは声をうわずらせた。「このバカたちの相手はあなたに任せるわ。私は実家に帰らせていただきます」

「ミセス・シャバジ——」

「あなたたちは職務を果たしてあの子たちを早く見つけてよ」ジョスリンは怒鳴りつけると、子供たちを部屋から連れ出した。

その夜、ビッシュはまた非通知の電話を受けた。

「不貞の影ひとつなく、あたしが知るかぎりではいまだに週に二度以上セックスしてる夫婦の、二十四年間におよぶ結婚生活をあなたはぶち壊した」

レイラ・バイアットだ。

「だが、妻は夫に嘘をつき、夫は妻にあれこれ指図していたとすれば、それほど円満な結婚生活とは呼べないだろうね」

「防犯カメラの嘘っぱちはどういうことなの？」

「事実だよ。あの子たちはそこにいたんだ。お姉さんと話をさせてもらえないかな、レイラ。彼女はそこにいるのかい？」

「姉は母の家にいるわ。子供たちは半狂乱になってる。あの子たちにとって離婚がどれほど恐ろしいことだかわかる？　姪《めい》のジージーは失神した。失神したの。あの子は放心状態よ」

ビッシュは冷静な娘を持ったことに感謝した。両親の離婚を知らされても、ビーは失神したりしなかった。

「頼むよ、もしジョスリンに会わせてくれたら、きみたちにエリオットや内務省を近づけさせないようにするから」

「あなたの言葉を信じてしまいそう」

「私はバカとトンマのどっちだったんだい？」

レイラはプツンと電話を切った。

20

ヴァイオレットとエディがバックランド病院を訪れたことは想像以上の波紋を呼んだ。防犯カメラの録画映像は病院の警備会社からエリオットとドーヴァー警察に転送された。そこで情報漏洩《ろうえい》が発生し、ヴァイオレットとエディの画像がメディアにばらまかれた。しばらくのあいだは、未成年者の実名報道を禁ずる倫理規定によってエディの身元は伏せられていた。しかし、エディが住むトンブリッジ郊外の住人が〝ヴァイオレット・レブラックと一緒にいる少年はうちの学校のやつじゃないか〟というツイートをし、つづいて〝ああ、エディ・コンロンに似てるな〟というリプライがあった。そこから〝エディ・コンロン&ヴァイオレット・レブラックはカレーの爆弾魔だ〟というツイートが出回った。

「どうしてこんなことになるんだ?」エリオットから電話が来ると、ビッシュは訊いた。

「投稿がバズってるんだよ、誰のせいでもない。メディアはそれでも彼の名前を公表するのは禁じてるが、百万人以上の人間がエディの画像を見て、フルネームを知ってしまった以上、そんなことはもうなんの役にも立たない」

エリオットの背後で誰かが叫んでいるのが聞こえる。「今どこにいるんだ?」

「オフィスだ。グレイジャーは納得がいかなくて、これからドーヴァー警察へ向かう。そこからトンブリッジにまわって、地元の人たちと話してみるそうだ」

「話を聞いても得るものはあまりないだろう」

「ああ、だがやってみるってさ。おまえにまたレブラックに面会に行ってほしいと言ってる。ヴァイオレットは母親と毎日話をしてたから、彼女は行き先を聞いてるかもしれない。少なくとも心当たりがあるかもしれないだろう?」

「あの女の知恵を借りろ」グレイジャーが電話を代わって声を張りあげた。「私はあの二人を保護したい。安全な場所に連れていってやりたいんだ。どうしてそれがわかってもらえないのかな?」

「警察や政府に保証されても、さほど安心できないからでしょう」

「私を怒らせたいのか、オートリー」

「まだ怒ってなかったんですか?」

その夜は数日前にグレイジャーから渡されたファイルの残りに目を通した。そしてもう一度初めに戻り、サラフ家とレブラック家の来歴をじっくり読んで、ノアの心を開かせる手がかりを探した。メディアの記事は自分たちの意見に基づくものが多かった。逮捕後のジャマル・サラフの消息を知らせるものはひとつもなかったが、それ以前のマンチェスター・ユナイテッドと契約した頃の記事は大量にあった。サラフ青年はひたむきな表情で、ブラッケンハム公営住宅団地で世話になったコーチや、いつも自分の背後を守ってくれた仲間たちのことを語った。ガールフレンドのレイラのことを話題にするときは表情をゆるませ、母親と姉に対しては崇敬の念をあらわにした。

「姉と俺が生まれるまで、俺たちの一族には母国という意識はなかった」彼はあるインタビューでそう切りだした。母親はベイルートで生まれ、十五歳のときにひとりでアレクサンドリアへ渡って、裕福な親類の家で働いた。父親はフランス人の母とエジプト人の父の子として、アレクサンドリアで生まれた。母親は妊娠すると、父親とともにエジプトを離れて英国へ向かい、その途上のル・アーヴルでノアを出産した。「十五年後に」とジミーはつづける。「母親は姉を産んだのと同じ場所で俺を産みたがった。俺の義理の兄も一家がオーストラリアに移住する前にそこで生まれたから、なんとなくクールだろう？　ちょっとした偶然てやつ。だから姪のヴァイオレットもル・アーヴルで生まれるべきだみたいな感じになったんじゃないかな。俺たちはパスポートやなんかに象徴されるこの家風を気に入ってる。だけど、ノアも俺も自分たちが何者なのかについて混乱したことはない。俺たちの成長過程にたしかなことがあるとすれば、イングランドで暮らし、アラビア語を話したという二つだ。俺たちは宗教には左右されなかった。俺とガールフレンドのレイラは同じ宗教を信じてる。彼女の母親はクリスチャンで、俺の母親はムスリム。彼女の父親はムスリムで、俺の父親はクリスチャン。俺たちはよく言うんだ。俺たちの子供は両方の世界のいいところを自分のものにするだろうって」

この家族に魅了されずにいるのは大変だった。姉と弟のきょうだい、ひとりは分子生物学の博士号を取得しようとし、ひとりは大金をもらってサッカーチームと契約を結ぶ。あのブラッケンハムの爆破事件が起こるまで、彼らは成功した移民だったのだ。

日曜の朝、すっかり見慣れた面会室の前には看守が立っていた。ノア・レブラックはすでに着席し、ビッシュが自分の前まで来るのを猜疑《さいぎ》の目で追った。ひとつだけたしかなことがある――ヴァイオレットの行方不明はノアに影響を与えていた。くぼんだ目のまわりには黒い隈《くま》ができ、こみあげる苦い汁を押し戻そうとするかのように何度も唾《つば》を飲んだ。

「ヴァイオレットが英国にいることは、おそらくもう知っていますね」ビッシュは彼女の正面の椅子に腰をおろした。

「あの子たちがここにいようとフランスにいようと、状況に変わりはないわ」

ノアは蔑《さげす》むように目をそらした。

「我々にとっては英国にいるほうが見つけやすくなる」ビッシュは言った。

「〝我々〟ですって?」ノアは鋭い声をあげた。「〝我々〟とは誰のことなの、オートリー?

そもそもこんなことになったのは誰のせいよ？」

ノアは椅子の上で身じろぎした。

「私がほっとしているとでも思ったの？」ノアはつづけた。「ヴァイオレットとエディがイングランドにいればすべてうまくいくと、あなたは本気で思ってるの？　私の娘が安心していられるのはオーストラリアの祖父母の家だけよ。ヴァイオレットに害をなす者にはエティエンヌの父親が発砲するから」

「だったら、彼女を見つけ出すのを助けてくれよ、ノア」ビッシュは根気よく言った。「最後に彼女から連絡があったのはいつだい？　あの絵葉書はべつにして」

ノアは信じられないというようにため息をついた。「またそれをやるの？」

「あの子たちの居場所の手がかりになりそうなことを言ってくれるまで、何度でもやる。きみが情報を隠していることを責めているんじゃない。きみに見えなかったものが私には見えるかもしれないと言っているだけだ」

それについてしばらく考えてみてから、ノアは身を乗り出した。ビッシュはノートを取り出した。

「あの子とは三週間前に話をしたわ。エディンバラ公賞のプログラムに参加するためキャンプに出かけると言っていた」

「エディンバラ公賞には前年にも参加したの？」

「ええ。あの子は銀賞を狙っていたの。来年ネパールの住宅プロジェクトに参加して金賞を獲得するつもりで。エティエンヌは学生時代にエディンバラ公賞に参加していたから、あの子は父親のやったことはなんでもやろうと決めていたのよ」

その口調には誇りがあった。

「会話は短かったわ」ノアは言った。「私が持っているのは二ポンドのカードだから、長距離の国際電話はかけられない。このあと二週間は電話で話ができないとヴァイオレットは言った。私はそれを信じた。未開墾地を徒歩旅行し、そこで不便な生活に耐えなければならない。娘は言った。『愛してるわ、ママ。戻ってきたら、また電話するから』」

ビッシュは自分がビーと会話するより、塀《へい》のなかにいるノア・レブラックのほうが地球の反対側にいる娘と頻繁《ひんぱん》に会話しているのだと思うと気が滅入った。

「そのときの会話に妙なところはなかった？」ビッシュは訊いた。「彼女が嘘をついていると感じなかったかい？」

ビッシュは返事を待った。ノアの顔に見たことのない表情が浮かんだ。何を考えているのかわからない表情。あるいは、わかりたくないだけかもしれない。それでは彼女に感情移入することになってしまう。そんなことはしたくなかった。

「何か感じたんだね？」

ノアはようやくうなずいた。「ヴァイオレットは数ヵ月前に、最後に父親を見たときの大事なことを思いだしたと言ったの。彼が死んだときあの子はまだ四歳だったから、その日の記憶はあやふやなものだったのよ」

父親が飛び降りたところを見たのでなければいいがとビッシュは思った。

「エティエンヌが腕時計をしていたこと」

ビッシュはとまどった。「今頃になって、それが大事なことなのかい？」

「大切な人を失ったらね、オートリー警部、その人が死んだ日のことはすべて大事なの。とりわけそこに偽りがあれば」

ノアに食い入るような目で見つめられ、ビッシュは恐れをなしてノートに視線を戻した。彼女のまなざしには凶暴なパワーがあった。そのパワーでこちらの肌を突き通そうと薄い部分を狙っている。ビッシュは喉がからからになるのを感じた。

「その腕時計には驚異の物語があるけど、あなたにはそれを聞く資格はないからそこは飛ばします。あなたに知っておいてほしいのは、エティエンヌの両親が彼の身元を確認するために駆けつけたとき、彼が腕時計を身につけていなかったこと。ヴァイオレットはそれを思いだし、それで何もかもちがってくることに気づいた」

ビッシュはペンを置いた。この腕時計の話はくだらないし、カレー郊外の爆破事件やヴァイオレットが姿を消したこととはなんの関係もない。

「書きなさい」ノアは命じ、ノートを指さした。

「どうして？　ヴァイオレットが腕時計を探しにはるばるやってきたと本気で信じているのかい？」この一週間の苛立ちが募るのを感じた。「ノア、きみは私の時間を無駄にしているよ」

「私の名前を呼ぶのはやめてちょうだい」ノアは冷ややかな声で静かに言った。「そんな軽蔑《けいべつ》しきった口調で」

心の内が口調に表れていたのだろう。

「どこかの愚《おろ》か者にヴァイオレットを閉じ込めさせ、あげくに逃げ出させたのは私じゃないわ」ノアは言った。「わが子のことを考えると――」

「二〇〇二年にもわが子のことを考えるべきだったね」止めるまもなく、言葉がひとりでに口から出ていた。

「ここにやってきたときから、ずっとそれを言いたかったのね?」信じられないというように顔をゆがめると、ノアは身を乗り出した。「いいえ、あなたはもっと前から言いたくてしかたなかった。私から娘を奪ったあのとき、あの最初に出会ったときから」

今や彼女のまなざしは弾丸になっていた。それがビッシュの胸を撃ち抜いた。

「ええ、忘れるもんですか」声は少し震えていた。「あなたが監房にやってきたときの厭《いと》わしげな目と、私の家族に下した判断を。まるであの子は自分を愛してくれた者たちよりも、あなたと一緒にいるほうが安全だと思っているかのように」

今日のところはこれで帰ろう。そう思ってノートとペンをしまおうとすると、ノアはそれを奪い、凄まじい勢いでノートに何か書きはじめた。

ビッシュは言葉もないままノートを取り戻した。彼女が何を書こうとしたのか知りたくなかった。

「だったらそのお粗末な頭にこれを叩き込んでおきなさい」ノアはそう言ってペンを壁に投げ

つけた。「エティエンヌがあの日腕時計を身につけていたことが、彼の死を招いたのかもしれない。エティエンヌの遺体が腕時計を身につけていなかったということは、その腕時計のために殺されたのかもしれない」

ブラッケンハム爆破事件が起こり、サラフ一家が連行されてきたとき、ビッシュは内勤の巡査だった。血に飢《う》えた市民が押し寄せたため警察署は封鎖された。その日の午後、上司がビッシュのもとにやってきた。「おまえにはたしかあの子と同じ年頃の娘がいたな、ビッシュ？ 留置場まで行ってあの少女を連れてきてくれ」ビッシュが母親の腕からヴァイオレット・レブラックを引き離すと、ジャマル・サラフは大声をあげた。大伯父のジョセフ・サラフは座り込み、両手に顔をうずめた。祖母は泣いた。だが、ノア・レブラックは終始冷静なままほほえんでいた。もっともその目には計り知れない絶望が浮かんでいたが。

「これはゲームなのよ」彼女は娘の耳元でささやいた。ビッシュの頬に触れんばかりの近さだったので、その後しばらくは夜になるとその悲壮な声につきまとわれた。「もうすぐパパが来るから、ただのゲームだとわかるわ」

六ヵ月後にノア・レブラックが自白したという知らせがはいると、署内は喜色に包まれた。国じゅうが喜びに沸いた。ルイス・サラフは自爆することによって処罰は免《まぬが》れたかもしれないが、彼には法の裁きが下された。

遺族たちが裁判の試練を乗り越えずにすんだことに誰もが安堵した。国民は日常を取り戻した。ブラッケンハム公営住宅団地のスーパーマーケットがあった場所には記念館が建てられ、ばらばらになったコミュニティはまたひとつになった。そこでは文化の多様性は懸念されるのではなく、歓迎されるだろう。若者たちが楽しめる音楽会が開催され、才能を披露する機会も与えられた。働く親たちが臨時に利用できる託児サービスもある。自分たちに影響のある公共政策についての会合は毎週おこなわれた。出席率はよく、とくに夕食会は参加者が多かった。バクラヴァやバスブーサといった中東のデザートとともに英国のＰＧティップス・ティーが振る舞われた。人々の心の傷は癒《い》えはじめ、事件のことは強いて思い返さないようにしていた。

ビッシュは何度も思い返した。息子を埋葬した日の朝には、娘を奪われたノア・レブラックの顔が鮮《あざ》やかに甦《よみがえ》った。その顔にビッシュ自身の悲しみと絶望が映し出されていたから。やがて、腹立ちのあまり理性を失ったときには寂寥感《せきりょうかん》を忘れることができるようになった。それも娘が乗っていたバスが爆破されるまでのことだ。愛娘。ヴァイオレット・レブラック・ジダンのことはもはや他人事ではなくなっていた。ヴァイオレットを家族から取り上げたことで、自分は心の一部を失ってしまった。それを回復するにはヴァイオレットを返してやるしかない。

21

日曜日の午後、ブリストルのスケートボード場の外でティーンエイジャーの二人連れが惨《むご》たらしい暴行を受けたことがニュースになった。少女は肺が破裂して重体、少年は顔面を殴られてほとんどの歯を失った。ブリストルおよびグレーターロンドンの警察は、ヴァイオレットとエディを探し出すことを促進しているソーシャルメディア・サイトに向け、市民の義務は目撃情報を報告することで、当該人物たちを探すことやみずから事態に対処することではないと訴えた。

ビーが泊まりにきた。娘に言わせれば、夏休みはいつまでもだらだらつづくらしい。「このカンカン照りにはうんざり」それはビッシュにもわかる。文句はつづく。地元の友達はみんなイライラさせられるし、母親のレイチェルは「赤ん坊のことしか頭にない」そうだ。ビーが走りにいくと、娘が黙って出てきたのではないことを確かめるためレイチェルに電話した。「無事に着いたかどうか電話しようとしていたところ。ビーはブリストルの暴行事件にすごく怯えていたし、あなたのそばにいたがってるような気がするの」

ランニングから戻ってきたビーは、自分を限界まで追い込んだような様子をしていた。目元には涙の痕があったが、こちらを見ようとはせず、すぐシャワーを浴びにいった。しばらくして、ビッシュは軽い食事にでも誘いだそうと思い立った。部屋のドアをノックしようとしたそのとき、携帯電話が鳴った。

「彼女が来て、あなたと五分間だけ話したいと言ってる」レイラ・バイアットだ。「彼女はヴァイオレットとエディに似た子たちが叩きのめされたことに心底怯えてるから」

一瞬ぽかんとしてから〝彼女〟というのがレイラの姉であることに気づいた。レイラは有無を言わせず、自分の住所を告げると電話を切った。

ビッシュはビーをここにひとりきりで残していくのは気が進まなかった。しかし、部屋をノックする正当な理由が見つかった。

「用事ができたから出かけよう」

ビーは iPad から顔をあげた。「あたしが聞いたところでは、今は無職なんでしょ」ビーは言った。「それにあたしはどこにも行かない、行く価値があるところなら別だけど」

またもや携帯電話が鳴った。今度はグレイジャーだ。「ニュースは見たな?」

「ええ。そのせいでジョスリン・シャバジが私と話す気になってくれたことだけは儲けものでした」

「エリオットを向かわせよう」

「事をうまく進めたいならそれはやめてください」ビッシュは電話を切った。

もう一度ビーに同行することを説得しようと思ったが、娘はすでに立ち上がっていた。「さあ、行くわよ」ビーは言った。

レイラのフラットはシェパーズ・ブッシュにあった。市街を横断する車の混雑は悲惨で、ビーの沈黙がさらに道中を憂鬱《ゆううつ》なものにした。二日後にひかえた陸上競技大会の話をしようとしてみたが、娘は会話する気分ではないようだった。

ビッシュはアクスブリッジ・ロードを折れ、ブラッケンハム公営住宅団地の角のあたりで車を駐めた。「ここで待っていてくれ」とビーに言う。「長くはかからないから。終わったらどこビーは止めるまもなく車を降りた。

「彼女たちは《ハロー!》（イギリスの芸能誌）に載ってたのよ」ビーは言った。《ハロー!》を口にするときは目を丸くしていた。「どこまで修整が加えられたのか確かめたいわ」

エントランスのベルを鳴らすと、レイラは何も言わずビッシュたちを通した。ロビーにはいり、階段を見上げると、最上階の手すりからレイラとシャバジ家の息子がこちらを見下ろしている。そこまで着く頃にはビッシュはすっかり息があがっていた。

「五分間だけよ」レイラはビーとビッシュを見ながら言った。「あなたは警察の仕事に娘を同行させてるの？　最初は彼女の私物を漁《あさ》って。今度はこれ？」

「彼はあたしを車に置き去りにするつもりだったの」ビーは言った。

レイラはビッシュに軽蔑《けいべつ》のまなざしを投げた。「もうひとつストライクを取られたら、児童保護サービスに報告するわよ、オートリー」

部屋にはいると、狭いリビングルームに目を潤《うる》ませたジョスリン・シャバジが座っていて、腹立たしいほど可憐な子供たちが母親にもたれかかっていた。今にも壊れそうな家族の点描。

しかし、レイラは甥《おい》のひとりの頭をはたいた。

「ソファからその汚れた足をどけて、あたしの部屋で遊んでなさい」

「あんな狭い部屋でみんなで遊ぶのは無理だよ」

「じっとしてないからよ」レイラはぶつぶつ言った。「困ったもんだわ」

少年は立ち上がると腰を突き出すダンスをはじめた。

「行きなさい！」レイラは命じた。

長女はその場に残った。前日にビッシュとエリオットが持ち込んだ騒動の痛手をいちばんこうむっているのは、どうやらこのジョーゼット・シャバジのようだ。「私は本当にヴァイオレットとエディがどこにいるか知らないのよ」彼女は言った。「知っていたらどんなにいいか。彼女たちが路上にいると思うと胃が痛くなるわ」

その言葉は信じられたので、ビッシュはがっかりした。「それでは心当たりの名前を教えてください」ビッシュはノートを取り出した。「ヴァイオレットがこっちにいることを知っていそうな人なら、誰でもいいですから。捜査当局は少年の父親に毎日連絡しているが、息子は音信不通だそうです。ヴァイオレットはこの街に誰か知っている者がいるはずなんですよ、ジョスリン。そう呼んでいいですよね」

「わが家でお見苦しいところをお見せしたことは謝るわ、ミスター・オートリー。でも、アリーの家族はサラフ家と一緒にシャバジの名が引きずり出されることをいやがっているの」

「なのに、あなたは毎月ノア・レブラックに会いにいっている」

「私は自分の行為を詫びているのではありません」ジョスリンは言った。「夫の行為を詫びているんです」

ジョーゼットがティッシュを当てて鼻をすすった。

「そのTシャツどこで買ったの？」唐突にビーが訊いた。

ジョーゼットはビーをにらみつけた。「そのスカートどこで買ったの？」

その会話にどんな意味があるのかわからなかったが、今はジョスリンに気持ちを集中した。「あなたがノア・レブラックやジャマル・サラフと話したり会ったりしていることを批判する気もありません。私はただヴァイオレットとエディを安全な場所に連れていってやりたいだけなんです」

「これ以上あなたのご家族を面倒に巻き込むつもりはありません」ビッシュは言った。「あなたがノア・レブラックやジャマル・サラフと話したり会ったりしていることを批判する気もありません。

レイラは姉を見つめた。「彼に会いにいってるの？」

「やめなさい、レイラ。彼の名前は口にするなと言われたから、私はあなたに黙っていたの」

「よくもそんなことができたわね、ジョス」

「彼のことに気を配っておくとアザイザに約束したの。ノアにも約束したのよ」ジョスリンはぴしゃりと言った。「この件についてはもうこれ以上言わない」ふたたび彼女の携帯電話が鳴った。

「出なさいよ、ジョス」レイラが苛立った声をあげた。

「パパは今、どえらいバカなの」ジョーゼットが鼻をすすった。

「ジージー、わが家ではそんな言葉は使いませんよ」ジョスリンがたしなめると、ビーがビッシュの脇腹をつねった。

ああ、そうだよ。オートリー家ではそんな言葉なんか年じゅう使っている。

「彼女は知ってるわ」ビーがささやいた。

ビッシュは目で合図してやめさせようとしたが、ビーはなおもジョーゼット・シャバジを見つめたまま、ひそひそと話しかけてくる。

「ちょっとあなた、失礼よ」ジョーゼットがなじった。

「じゃあ、ひそひそ話はやめるわ、ベイルート・バービー」ビーは声をあげた。

息をのむ合唱が聞こえた。「サビナ！」

「なによ、このレズ！」ジョーゼットがビーに向かって叫んだ。

またしても息をのむ合唱。「ジージー！」

ビッシュはその罵倒《ばとう》にカッとなったが、ビーはどこ吹く風で「彼女はあたしを罵倒することでみんなの気をそらそうとしてるだけ」と言った。「彼女は二人の居場所を知ってるわよ、ビッシュ」非難された当人は青くなっている。ビーは確信ありげにうなずいた。「人を〝どえらいバカ〟と呼ぶのはヴァイオレットしかいないわ」ビーは核心をついた。「さあ、彼女をどこに隠してるの？」

レイラとジョスリンの顔を見なければ、ビッシュも娘がまちがっていると思っただろう。姉妹は衝撃を受け、それから怒りだした。ビーに向かってではなく、ジョーゼットに向かって。

ジョーゼットは泣きだした。じつに可憐な泣き方だ。

「ジージー、嘘泣きはやめなさい」母親が言った。

「ヴァイオレットの居場所を知ってるの?」レイラが詰問した。「どうやって連絡してきたの? 電話? テキストメッセージ? Eメール?」

誰も信じてくれないことがわかると、ジョーゼットは泣くふりをやめた。「ひと晩泊めてあげただけよ」弁解がましく言う。「今はどこにいるか知らないわ」

一瞬の沈黙ののち、皆いっせいにしゃべりだした。

「なんですって!」

「わが家に?」

「自分の家にティーンエイジャーが二人も潜んでいたことに気づかなかったんですか」ビッシュは信じられない思いで訊いた。

「その言い方は気に入らないわね」ジョスリンが言った。「私のことを批判しないでよ」

「そうよ」ジョーゼットはビーに言った。「そもそもあの二人を密航させたのはあなたじゃないの」今や可憐さはかけらもない。ベイルート・バービーは居丈高になっていた。

「それは無理だよ」ビッシュは辛抱強く言った。「娘には自分で車を運転して海峡を渡ることはできないから。運転は私がした――」

ビッシュは驚愕の表情で娘を見つめた。「ビー?」

娘は目を合わせようとしない。フェリーに乗るときヴァイオレット・レブラックとエディ・

コンロンを車に積んでなかったのはたしかだろうか？　ビッシュはあの日のことを思い返し、ビーがちょくちょく姿を消したことや、カレー港へ行く途中で時間稼ぎをしたこと、入国審査で泣きだしたことが頭に浮かんだ。

後ろめたく、居心地の悪い沈黙がしばらくつづいた。

「彼女たちはどこへ向かったんだい？」ビッシュは娘がうまく切り抜けたと思わないことを願いながら、ようやくジョーゼットに尋ねた。

「知らないわ」ジョーゼットは母親に哀れっぽいまなざしを投げた。「たぶん目立たないようにして、自分がやってもいないことで逮捕されないようにしてるんだと思う」

彼女が実にやすやすと自分の悪事から注意をそらしたことに、ビッシュはつい感心してしまった。

ジョスリンは目を潤ませている。「二人ともすくみあがっているにちがいないわ」

「それもあって、我々は二人を路上から保護したいんです」

「彼女を説得できるのはジミーだけよ」

「そうでしょうか」ビッシュは反論した。「ヴァイオレットにはカレーで彼に泊めてもらうチャンスがあった。彼女は叔父を信用していないと思うんですが」

ジョスリンの顔には怒りが浮かんでいた。「あなたにはあの家族に起こったことなんて何もわかってないでしょ、オートリー警部？　ジミーが釈放されたとき、彼の母親は伯父をアレクサンドリアに連れていってくれと彼に頼んだ。ジョセフ・サラフはもうマンチェスターに戻ることはできなかったから。ジミーは母親をホスピスにひとりで残していきたくなかったけど、一週間もかからずに帰ってこられるだろうと思って出かけたの。ところが、彼はフランスのパスポートで渡航したから、この国に戻ることを許されなかった。母親はひとりで亡くなった。彼は姉に会うことができない。姪《めい》にも会えない、オーストラリア政府がビザを発行しないから。サラフ家にとっては家族がすべてなの。ヴァイオレットにとっては家族がすべてで、彼らを守るためならどんなことでもする。ジミーを巻き込むのは望まないかもしれないけど、あなたには彼が必要よ。彼は真実を知っている」

「どんな真実です？」ビッシュは訊いた。

「彼と話してごらんなさい」

「私がまだやっていないと思っているんですか」

「彼の信頼を得るのよ！」

レイラが立ち上がった。「もう少し声を抑えてくれない？　近所の人たちに私生活のあれこれを知られたくないの」

「私も息子たちには知られたくない」ジョスリンは自分に言い聞かせるように言った。「今度のヴァイオレットのことは、あの子たちには悪夢なのよ」

「あの巻き毛の末っ子は〈ムーブス・ライク・ジャガー〉の動きを身につけてる」ビーが言った。「あの子はまちがいなくエディ・コンロンに会ってるわね」

ビッシュは車を発進させた。自分がヴァイオレットとエディを密航させたということが、まだ事実として認められない。エリオットとグレイジャーにどう説明すればいいんだ？　助手席のビーは黙り込んだままだった。まるで世間のことに興味をなくすのは当然の権利だと言わんばかりに、ずうずうしくもiPadを取り上げた。

「あの子たちはどこで車を降りたんだ？」

答えは返ってこない。

「二人が安全じゃないことはわかるだろう、ビー」ビッシュは言った。「パパに話してくれたら、彼女たちの助けになってやれたのに。計画的な行動だったのかい、それともただ逃げ出しただけ？」

「わからない。あまり打ち明けてくれないから」

「だけどおまえに打ち明けたんだろう？」

「頼まれたの。『海峡を越えさせてくれない？』って。聞いたのはそれだけ」

「じゃあ何かい、知り合って一週間かそこらの人に罪を犯すことを頼まれて承知したってことか？」ビッシュは信じられない気持ちで訊いた。

「とっさにいいわよって言ったの。正しいと感じたから」

「そういうことか」

「あたしは彼女にカミングアウトしたの！」ビーは声を荒らげた。「だから、彼女のことは信じてた。そういうことよ」

それから無言のうちに家まで戻り、フラットの前で車を駐めても二人とも降りようとしなかった。

「あの悪口は気に入らないな」ビッシュはようやく口をひらいた。「ジージーとやりあったときの」

「人種差別のつもりはなかったのよ」ビーは言った。「彼女は中東のバービー人形にそっくりだから」

シャバジ家の女性たちには写真の修整は必要ないようだ。

「そのことじゃない。おまえが言われた悪口だ」

「それはあなたがあたしにそういう傾向があるのが気に入らないだけかも」ビーは言った。

「レズのこと」

「なんでそう思うんだい、ビー？」

「ママと話してるのを聞いちゃったの。あたしがそういう時期に差しかかってるだけだって。なんだか自分がくだらない人間のような気がした」

「そんなことといつ言ったかな？」ビッシュは心当たりがまるでなかった。「おまえが十二歳の頃かな？」

「だって、それ以来その話題は持ち出さなかったでしょ」

「それは……おまえはパパに何も言わなかったじゃないか」そのとき、はっとひらめいた。

「ママには言ったのか、あの校長にも？」

「彼をそう呼ぶのはやめて。彼はレイチェルの夫でしょ、ビッシュ。もう慣れないと」

「だったら私をビッシュと呼ぶのもやめてくれ！　私はおまえの父親なんだ。私にとってこのうえなく大事なのはそれだけなんだよ」

「驚いたわ、クソじゃなくて、このうえなくを使うなんて」

「いいですか、ビー」ビッシュはジョスリン・シャバジの口調を真似た。「わが家ではそんな言葉は使いませんよ」

ビーが不作法にも鼻を鳴らし、車内の緊張がいくらか解けた。ビッシュは次の質問をどう切りだせばいいか迷ったが、これは前進している印《しるし》だと思い、勇気を奮い起こした。

「ヴァイオレットとはつきあっているのかい？」

ビーはムッとした。「まるで彼女があたしのタイプみたいに言わないで」

わが子には好きなタイプがあるのか？

22

レイチェル・バレンティンは息子の出産に向けて、ここ数週間の予定を立てていた。足をゆっくり休めること。カットの上手な店で髪を切ってもらうこと——デイヴィッドは出産中のレイチェルをずっとカメラで追うだろうから。何より大事なのは、むくんで変形した足の爪にペディキュアをしてもらうこと。一日じゅう座って足を水に浸けておくことができるならそうしていただろう。

けれどフランスの出来事のせいで予定は変更になった。バスツアーで娘のルームメイトになったのはレブラック家の者で、ビーの話とはちがってすっかり仲良くなっていたらしい。写真がそれを暴露《ばくろ》していたし、ブリストルで暴行事件があった日曜日にビーがバスルームで吐いたことでそれが決定的になった。

月曜日の朝目覚めると、刑務所に接見にいくという考えが浮かんだ。時間が経つにつれ、その考えが頭から離れなくなる。しかし思ったとおり、電話で問い合わせると正式な手続きが必要だと言われた。だからレイチェルは嘘をつかざるをえない。自分はノア・レブラックの新しい法廷弁護士であり、依頼人との面会要請は法曹院のレターヘッド用紙をファックスする、と。「いちおう言っておくけど、私はあまり賛成しないな」刑務所の前で妻を降ろし、デイヴィッドは言う。「彼もいい気持ちはしないだろう」

〝彼〟というのはビッシュのことだが、元夫も知らなければ気を揉《も》むこともない。

所内にはいって三ヵ所の入り口を通過すると、検問が待ち受けている。

「彼女の弁護士ですか」窓口にいた平凡な男が尋ね、書類に目をやり、それからレイチェルの腹を眺める。

ホロウェイ刑務所にはこれまで、自分のようにおなかの大きな法定代理人が接見にやってきたことがあるのだろうかと不安になるが、女王陛下の刑務所の看守がいちばん避けたいのは、職務を果たしにきた妊娠中の女性を追い返すことだと思いたい。

「しばらくお持ちいただくことになりますよ」

「けっこうよ」と朗《ほが》らかに答える。「でも、もしあそこの椅子に座っているときに破水したら、あなたがおなかの赤ちゃんを取り上げてね」

　ボディチェックを受け、ノートとロッカーキー以外の私物を預けたあと、接見時間は十五分だけだと告げられる。ややあって、レイチェルは通された部屋でノア・レブラックと向かい合う。その鋭い知性を宿した目を見つめると、ブラッケンハム爆破事件前に撮られたノアの写真が脳裏に甦《よみがえ》る。彼女は強烈な生命力にあふれていた。そのいくらかは今も健在だが、ユーモアや輝きは失われている。

「レイチェル・バレンティンと申します」と名乗り、腰をおろす。「私は勅撰《ちよくせん》弁護士で、そろそろサラフ家の人から事情を聞いてもいい頃だと思っているんです、ノア」確信に満ちた口調で切りだせたので、本当にそのために会いにきたのだと自分でも納得しそうになる。「今日はあなたの助けになりたくてここに来ました」

　ノア・レブラックは妥協を許さない態度で、黙ったままこちらを見つめている。レイチェルが休みなくしゃべりつづけるのを面白がっているかのように、椅子の背にゆったりと体を預けている。

「助けは求めていません」しばらくして、ノアは言う。それでも話をつづけようとすると、片手をあげてレイチェルを制する。「昔はあなたの助けが必要だった。私が病院のベッドに手錠でつながれ、親切な医師にレイチェル・バレンティンはロンドンでも屈指の人権を専門とする弁護士だと教わったときにはね。だけど、あなたは私の手紙に返事を寄こさなかった。それ以来私は、理想だけは高くおつむの弱いインターン弁護士が私を探し出して、正義は必ず勝つとのたまうのを我慢して聞かなければならなかったのよ」

「ええ、あなたの気持ちはわかるわ――」

「わかるの？」ノア・レブラックは休みなくしゃべったりしない。彼女の置く間は強力な武器だ。「あのバスの爆破事件が起こってから、毎朝目覚めるたびに、メディアの誤報を鵜呑《うの》みにした狂信者に娘がひどい暴行を加えられる場面が頭に浮かぶことも？　娘が逮捕されてパディントン・グリーン警察署の地下の収容施設に入れられ、いつまでもそこから出られないと想像することも？　サラフ家やレブラック家の人間というだけでテロリストと見なされるから。よくある話よ」レイチェルが口を開こうとすると、ノアはふたたび手で制する。「私の気持ちがわかるなんて思わないで」

嘘をついているせいで、強気になれない。声は震え、相手の顔をまともに見ることもできない。ノア・レブラックに手で制されることにはこれ以上耐えられそうもない。だからレイチェルは嘘をつくのをやめる。「わかったわ、私はあなたの事件のことでここに来たんじゃない」と率直に打ち明ける。「あなたの弁護士だと自称したのは、突然の面会を認めてもらうにはそれしか方法がなかったから」ノートをさっとめくり、ビーの写真をテーブル越しに滑らす。

期待どおりの効果が表れる。ノア・レブラックは自分の娘の最新の写真を眺めずにはいられない。

レイチェルはビーを指さす。「そっちが私の娘」

ノアは食い入るように写真を見つめている。「彼女もツアーに参加したの？」

「ビー・バレンティン－オートリー」レイチェルは言い、残りの写真もテーブルに広げる。

「うちの子はヴァイオレットのルームメイトだったの」

ノアはいぶかしげに目を細め、小首をかしげて写真のビーを見つめる。「あなたは警察官のオートリーと夫婦なのね」

「夫婦だった」

ノアはレイチェルの腹に視線を移す。

「彼の子じゃないわ。私たちは子供を亡くしてから結婚生活がうまくいかなくなった。よくある話よ」

ノア・レブラックは自分を抑えられないかのように狼狽《ろうばい》の声を漏らし、つぶやく。「気づくべきだったわ」

レイチェルは急に息が苦しくなる。叫びだしたい衝動を覚え、そうなる前にここを去ろうと思い、立ち上がろうとする。

「行かないで」ノアが言う。

レイチェルは首を振る。「来るべきじゃなかった。ここに来るべきじゃなかったのよ」

すると、手が伸びてきて、レイチェルの手をつかむ。「行かないで。お願い」

その手を見つめることしかできずにいると、ノアがようやく手を離す。「あなたの娘は目や髪の色はあなたとちがうけど、あなたの夫に似ている」

「元夫よ。ビッシュの祖父はエジプト人だった。名前はバシル」

「そういうことよね」ようやくビッシュの謎が解けたかのように言う。「その子は息子だったの、娘だったの？」ノアはそっと尋ねる。

「息子。溺死《できし》したの」レイチェルはエディ・コンロンの写真を指さす。「スティーヴィーは生きていれば今年十三歳になっていた」

ノア・レブラックの同情に満ちた悲痛な表情を見て、とうとうレイチェルは抑えがきかずに泣きだす。この見知らぬ人の前で、しかも大事件に関与したと目されている人間の前で。けれどレイチェルは堰《せき》を切ったようにしゃべりだす。デイヴィッドやビーや赤ん坊のこと、ビッシュのこと、家庭内のこと、そして二人の結婚生活がどんな結末を迎えたかにもかかわらず、ここ最近は誰かがドアを叩いて彼が死んだと知らせにくることを何より恐れていること。レイチェルは自分を責める。自分が妊娠したせいで、彼の底知れぬ恐怖が始まったように思える、と。

「今でも彼を愛してるの？」非難するような口調だ。

「いいえ、そういう意味ではもう愛してないわ。でも、彼はいい人なの。夫のデイヴィッドは彼とけっして友達になれないことを残念がっているようだけど。私たちは自分勝手ね、夫も私も。何もかも求めるのは無理なのに」そしてレイチェルは訊かずにいられなくなる。「愛してはいけない人を愛したことはある？」

「ええ。私の父よ」ノアはうんざりしたようにため息をつく。「あなたはなぜここに来たの、レイチェル？」

「身勝手な答えでもいい？」

「たぶんそれがいちばん正直な答えよ」

レイチェルは一枚の写真に指を触れる。「ビーが弟を失ってから、こんな楽しそうな顔をするのを見たのは初めてなの」泣くまいとしたのに、やっぱり涙が出てくる。「ヴァイオレットとエディはあの子にとって大切な人たちなのよ。私はもしあの二人に何かあって、ビーの最後の望みが消えてしまうことが怖いのよ」

ノアは返事をしない。

「このままではヴァイオレットが危険なことはわかるわよね」レイチェルは言う。「私と一緒に警察に行って保護してもらうのが安全だということを彼女に知らせる方法を見つけないと」

「あの子がどこにいるかは知らない」ノアはきっぱりと言う。「あなたの元夫にもそれは伝えたわ。彼はカレーでジミーの機嫌をとるのに失敗した」

「弟さんは何か話してくれた？」

「ヴァイオレットとその少年が訪ねてきたということだけ。ジミーが何か隠しているとは感じなかった」

「あなたは盗聴されていると思う？」

「あら、私たちが盗聴されていることは知っているわよ。少なくとも先週から。ジミーはフランスの警察にやられているし、私の電話は記録されている」

「それでも弟さんが彼女たちの居場所を知らないと思うのね」

「気づいてないだけかもしれないけど。でも、ヴァイオレットは家では叔父とよくしゃべっているの。あの二人のほうが会話する時間はふんだんにある。だから、ヴァイオレットの頭に何か吹き込むことができるとすれば、それはジミーよ」

看守がノックもせずにやってくる。「時間だ。帰ってください」

レイチェルは思わず手を差し伸べ、ノアの手を握る。相手はその手をぎゅっと握り返す。

「あなたの元夫に伝えて。ヴァイオレットとエディを見つけたければ、私の弟が必要だと」

23

爆破事件から十日近く経過し、メディアはフランス当局と英国当局がもたもたしているとして、双方を攻撃する姿勢を崩さなかった。今のところ、犯行声明はどこからも出ていない。世間はアルカイダやISISを除外している。彼らは残虐な行為におよんでもそれを認めることを躊躇《ちゅうちょ》しないから。アタル警部によれば、フランス情報部はフランスのバスを運転していたアフメド・ハティーブに目をつけているらしいが、その件については口を堅く閉ざしていた。ビッシュが知るかぎりでは、この事件には少なくとも五つの情報機関が関与している。そのうち関与が公《おおやけ》になっているのはフランス情報部とMI6だ。グレイジャーとエリオットに関する自分の推測が正しいならMI5も関わっているだろう。スペイン当局はルシア・オルテスの死を受け、独自の捜査を進めている。オーストラリア連邦警察はヴァイオレットについてフランス当局が知っていることを探るため捜査官を二名派遣したが、彼女の祖父母と連絡を取り合っているエリオットの話では情報は皆無らしい。

しかしビッシュにはアタルがいる。このフランスの警察官からのテキストメッセージは、たとえぶっきらぼうなものでもありがたい。もっともグーグル翻訳にかけてじっくり解読しなければならないのが難点だが。アタルは正式には捜査からはずされたかもしれないが、爆破事件は彼の管轄《かんかつ》で起こったし、彼の娘はそのキャンプ場にいた。何があっても単独捜査をつづけることをやめないだろう。娘が乗っていたバスの運転手が容疑者であればなおさらだ。アタルにしてみれば個人的な理由がある。彼はキャンプ場の職員が何か知っているとにらみ、よく現場に戻っていた。爆弾を仕掛ける際に避けるべき防犯カメラの位置などの情報を犯人に教えた者がいるにちがいないのだ。アタルに聞いたところでは、バスの駐車区画を見渡すカメラが叩き壊されていたらしい。爆破が発生した日、アタルは部下たちに作動していた三台のカメラの録画映像をコピーさせた——娯楽室の外に一台、事務所の外に一台、駐車場を見渡す位置に一台。録画映像からの収穫はほとんどなかったが、警備車がそこにあったことは確認できた。警備会社のオーナーに問い合わせると、警備車両の所在はすべて確認できているという。ただ、爆破前夜から翌朝にかけて、一台の車両はオドメーターに八十キロメートルの相違があり、ガソリンもほとんど空になっていたという回答があった。グレタ・イェーガーが目撃したことは思い違いではなかったのだ。

アタルは一度ならず〝写真〟というメッセージを寄こした。生徒たちが撮った写真に犯人が写っているかもしれないと。

公式捜査の進展が見られないことは、ロンドン一帯に広がった大衆の無知による危険が、依然としてヴァイオレットとエディの身に迫っていることを意味する。ソーシャルメディアは二人の目撃情報を書き立てている――彼らは同日にリッチモンド、ピムリコー、エッジウェア・ロード、マンチェスター、果てはウェールズのスウォンジーにまで出没していた。エリオットによれば確認が取れそうなのは二ヵ所だけで、前日にオーリンズ・ロード付近で渡し船の防犯カメラに写っていたリッチモンドと、当日の午後やはり防犯カメラに写っていた地下鉄のエッジウェア・ロード駅だ。

ゆうべはそれらの地域やその周辺の地図をつぶさに眺めた。ロンドン・セントラル・モスク？　中東系のコミュニティの誰かがヴァイオレットに連絡を取り、守ってやると約束したのだろうか？　あるいは、恐れ知らずにもヴァイオレットとエディはマダム・タッソー蠟人形館を見物にいったのだろうか？

「あの子たちは別行動を取ってる」月曜日の早朝、エリオットは言った。二人は彼が呼ぶところの手がかりを求めてエッジウェア・ロードを走行している。「ヴァイオレットは誰もが探してるのは十七歳の少女と十三歳の少年だと知ってるから、注意を引かないように地下鉄では別々の車両に乗り、人込みに紛《まぎ》れることができるようにピーク時を選んでる。二人はまったくびくびくしてるようには見えない。バックパックは背負ってないからどこかに拠点のようなものがあるんだろう。少年は毎日ちがったサッカーチーム名がはいったニット帽をかぶってる。少女は帽子やウィッグをかぶってる。昨日の朝のヴァイオレットはイライザ・ドゥーリトル（『マイ・フェア・レディ』の主人公）のような恰好をし、午後はロック好きな少女に変わってた」

この地域を通ると、ビッシュはパディントン・グリーン警察署に勤務していた頃を思いだす。

「爆破事件についてのグレイジャーの最新の説はどうなっている？」地下鉄の駅でエリオットを降ろすため、車を停めながら訊いた。

「わかってることはおまえと変わらない」

「それじゃ、大したことはわかっていないな」

「彼の話では、MI6はおもちゃを分けてあげるということを教わらなかった」

「彼らの弟や妹に、ということか？」

「MI5は自分たちがMI6の弟や妹だとは考えないだろう」

「おまえは実際の経験からそれを知っているんだろう？」

「いいから外に出て聞き込みをしろ、オートリー」

「わかったよ。おまえとグレイジャーはMI5で働いているのか？」

「グレイジャーと俺は内務大臣の下で働いてる」

「そしてMI5は内務大臣の指揮下にある」

「内務大臣の指揮下にある者はみなMI5で働いてるとでも言うのか?」

「だったら、バスが爆破せず、無防備な子供たちが逃亡もしないとき、おまえは内務大臣のためにどんな仕事をしているんだ?」

「やれと言われた仕事をやってる」エリオットは言った。「雇い人というのは雇い主のために働くものじゃないのか?」

ビッシュはステアリングを握り締めた。「話にならないな」ビッシュは言った。「もう降りていいぞ、エリオット」

朝の通勤ラッシュはちょうどピークに達していた。ビッシュは気づくとドーヴァーへ向かっていた。カレーの移民危機についてのイアン・パーカーの発言を探していたとき、たまたま見つけたものが気になっている。〈ケント・ガーデン・ソサエティ〉の五月のニュースレターに、キャサリン・バレット=パーカーが破壊行為を受けたため、直前になってガーデン・コンペへの参加を辞退せざるをえなくなったことが載っていた。かつての同僚で現在はケント州のフォークストーン警察署にいる男に問い合わせると、その事件の被害届は出ていないと言われたので、その理由が知りたくなった。キャサリンに自分の電話番号を伝えておいたのに、イアン・パーカーからの連絡はまだない。病院で彼をつかまえるには朝がいちばんいいだろうとビッシュは判断した。

二時間後にバックランド病院に着くと、土曜日より警備が厳重になっていることに気づいた。正面入り口とスタッフ専用通用口には、それぞれ警備員二人と警察官ひとりが見張りについている。院内にも数人の警察官の姿が見えた。内務省の要請によるものだろうか、それともイアン・パーカーには自分でこうした警備を敷くだけの力があるのだろうか。

カフェテリアにサディア・バグチがいた。ビッシュは家族のことを尋ねた。彼女の夫はスピタルフィールズ・マーケットに店を出しており、サディアがここに来ているあいだは自分のいとこたちが店を手伝っているという。

「夫はメノシを見るたびに泣くんです」サディアは言った。「でも、あたしは泣くのをやめました。たとえカレーに来てからあの子が失ったものがあるとしても、命を失ったマイケル・スタンリーとアストリド・コープリーの遺族よりはましです」

ビッシュは有無を言わせず支払いをすませると、キャサリンを探しにいき、折よくエレベーターから降りてきた夫妻に出くわした。イアン・パーカーは仕事用の高価なスーツを一分の隙もなく着こなしている。その顔に歓迎の表情はなかった。

「少しお時間をいただいていいですか」ビッシュは尋ねた。

「尋問はもうフランス情報部から受けたよ、オートリー。むろんこの国の保安部からも毎日のように打診がある。私が知るかぎりでは、ロンドン警視庁はこの捜査に関与していないはずだが」

「バスツアーに参加していた生徒の家族がここ一年いかなる脅迫も受けていないことを確かめるため、警察は三州にわたって活動しています」ビッシュは言いながら、自然に口から嘘が出てくるようになった自分に感心していた。

「脅迫されるのは政治家の職務のうちだ」パーカーは言った。

「わが家のセキュリティシステムは万全です」キャサリンが言った。

「では、五月にお宅の庭を破壊した者の姿も見えたでしょうね？」

キャサリンは顔をこわばらせた。パーカーは嘲《あざけ》るような視線を投げた。「きみは私の妻の花の首をはねたやつが爆破事件の犯人だと言うのか？」

破壊行為の詳細までは知らなかった。「ですが、よくある破壊行為ではありませんよね」ビッシュは言った。「何かのメッセージのように見える。なぜ被害届を出さなかったんですか？」

「面倒はごめんだ」パーカーはきっぱり言った。

「それにあのときはローラのことで頭がいっぱいだったんです」キャサリンが言い添えた。

「あの子は学校でいじめられていて、うまくやっていけなかったの。今度のバスツアーに行かせたのは、あの子には楽しいことが何もなかったし、それにあの子の好きな先生がツアーの引率者だったからなんです」

「ジュリウス・マキューアンですか」

キャサリンはうなずいた。「ローラは彼の歴史の授業を取ってました。あの子をうっとうしく思う教師もいるけど、彼はあの子の気持ちを理解してくれていた。あの爆破事件があるまで、あの子は楽しいときを過ごしていたのよ」キャサリンは悲痛な面持ちでビッシュを見つめた。

「あの爆弾は私の娘を狙ったものだと思います？」とそっと訊いた。

「正直言ってわかりません」ビッシュはまだヴァイオレットが狙われやすいという考えを捨て

ていない。「それでも可能性をすべて確かめることを怠《おこた》ったら、私は自分を許せないでしょう」

「私の考え方に反対する者がいれば、彼らが狙うのは私自身だろう」パーカーは言った。「家族ではなく」

「しかしその手の人間はちがいますよ」ビッシュは言った。「彼らはあなたのそばにいる者や最愛の者を狙う」

「私は大半の者が一家団欒《だんらん》の場で話すようなことを言っているだけだ」

キャサリンがまたこちらを見つめた。「あなたのお考えは、オートリー警部？　何か考えがあるのでしょう——私にはわかります」

その件に関するビッシュの考えはいたってシンプルだ。家庭のなかで話すことは家庭内に留めておくべきだ。けれど、本音を言ってもパーカー家は喜ばないだろう。

「私が最近考えるのはあの子供たちのことばかりです」ビッシュはノートを取り出し、自分のメールアドレスを書きつけると、そのページを破り取った。「お宅の庭が荒された日のセキュリティデータを送っていただけませんか」ビッシュは頼み、破ったページをパーカーに手渡した。「その破壊行為が起こる前にあなたが招かれた後援会のリストも」

「データはない」パーカーは言った。

「破損してしまったんです」キャサリンが言った。

「用がすんだなら、我々は失礼するよ」パーカーは言い、さっと妻のほうを向いた。「街に我々のモーニングティーの席を予約しておいた」

キャサリンは驚いた顔をした。「サディアとカンタベリーまでドライブして、観光する予定があるのよ」

「誰とだと?」

「サディア・バグチ。メノシのお母さん」

パーカーは信じられないという顔をした。「彼女がどうして大聖堂なんかに行きたがるんだ?」

「芸術や歴史に触れるためよ」キャサリンは苛立ち交じりの声で言った。「いいでしょ、イアン、私はその女性とドライブに行くの。クリスチャンに改宗させるためじゃないわ」

ビッシュはキャサリン・バレット－パーカーが好きになりはじめていた。

戻る前に、ビッシュはフィオン・サイクスに会いにいった。病室のドアは閉まり、なかから笑い声が聞こえた。

「見舞客が来てるんですよ」ナースが嬉しそうに教えた。「午前中に二日つづけて。おはいりください。彼も気にしないと思います」

けれどビッシュは首を振った。見舞いにくる友達がいてよかった。「我々おじさん、おばさんの相手はさんざんしているからね」

「私まで仲間に入れないで」

歩きだして、ビッシュは足を止めた。もしそこにいるのがヴァイオレットとエディだったら？

「お客は女の子？」ビッシュはナースに訊いた。

「いいえ。同級生の男の子です」

地元に戻ると、ビッシュは一杯やりにいった。その店に寄るのはしばらく我慢していた。停職の説明をしたくなかったので、後ろのほうのテレビのそばの席に座った。スクリーンには重苦しい映像が映し出されていた。〈スカイニュース〉が三つの葬儀の模様を特集していた。アストリッド・コープリーが暮らしたデヴォン州の村の上空には、いくつもの白い風船が浮かんでいる。ジュリウス・マキューアンの子供の頃の親友は、胸を締めつけられるような弔辞《ちょうじ》を読みあげている。ルシア・オルテスの棺《ひつぎ》は共に幼い頃を過ごした友達によってバスク州の岩肌の露出した坂道を登り、築八百年の礼拝堂へと運ばれていく。その三つの場面が代わる代わる現れる。そこにスティーヴィーの葬儀や、カレーのモルグに横たわっていた身元不明の少女の溺死体の記憶が重なり、ビッシュは見るに堪《た》えなくなった。

グレイジャーから情報更新の電話が来たので、ビッシュはキャサリン・バレット－パーカーの庭が荒らされたことを伝えた。

「それはいつのことだ？」グレイジャーが訊いた。

「五月です」

「被害届は？」

「出していません。奇妙なことに、その夜のセキュリティデータは破損しています」

「それをどう思う?」

「妻は何か隠している」ビッシュは答えた。「おそらく情事でしょう。彼女は犯人に心当たりがあるが、それを夫に知られたくないのかもしれません」

「エリオットに調べさせる」

「いや、私がやります――」

「きみには別の仕事を頼みたい」グレイジャーは途中でさえぎった。

グレイジャーの話では、ホロウェイ刑務所の所長代理はレブラックに娘から手紙が来たという。郵便は検閲を受けるが、ホロウェイ刑務所の所長代理はレブラックに渡してもいいと判断した。懸念されるようなことは書かれていなかったようだが、ともかく内務省はその手紙をほしがった。

「私に刑務所に行って、その手紙を奪い取ってほしいんですか」ビッシュは言った。「いつです?」

「今すぐ」

ビッシュはすでに何杯飲んだかもわからなくなっている。

「グレイジャー、私は今そういう――」

「ホロウェイまで行け。彼女にそれを渡してほしいとていねいに頼むんだ。我々は郵便物担当の職員に、これからはヴァイオレットから届いたものはすべて、ただちに我々に送るようにていねいに頼む」グレイジャーは言った。「今日の午後、また暴行事件があった。ヴァイオレットと同じ年頃で、髪や肌の色も同じだった。両親は事件を公表してほしくないと言っている。レブラックに伝えろ。その手紙を渡さないと、娘とエディ・コンロンの身が危ないと」

自分の娘とエディの身が危険にさらされていることに責任があると言われて、ノア・レブラックがどう感じるか、ビッシュには容易に想像がついた。

グレイジャーは、あるいはホロウェイを意のままにできるという内務省の思い込みは、まちがっていた。あるいは、所長代理は断固とした態度を取ろうとしていた。

「本日の面会リストにビッシュ・オートリーという名前は見当たりません」普通ならグレイ看守の持ち場まで案内してくれるビジターズセンターのアリソンはそう言った。彼女はいつも自分に色目を使う者を牽制するような表情をする。

「だけど私のことは知っているよね」

「ええ、オートリー警部。でも、面会を認めるとは言われておりません」

「だったらグレイ看守と直接話をつけたのかもしれない」

アリソンは受話器を取り上げ、番号を打ち込み、少し待ってから、ビッシュ・オートリー警部がノア・レブラックに面会することは承認されているかと尋ねた。

彼女は受話器を置き、首を振った。「グレイ看守によれば、面会室は仮釈放聴聞会や法定代理人の接見のため満室だそうです」

「それならこの待合室で会おう」

「被収容者に社交目的の面会を希望されるなら、まず被収容者がサインした面会許可証を入手し、それから電話で面会を予約して番号を伝えなければなりません」

ビッシュは平常心を失いつつ、アリソンを見つめた。「つまりすぐには会えないということか？」

「一般の被収容者への面会は我々の予約手続きを経由することになっていて――」

ビッシュはポケットから電話を取り出した。「アリソン」腹立ちを抑えて言う。「二分後に内務大臣の顧問と話してもらうよ」グレイジャーが内務大臣の顧問かどうかはわからないが、アリソンがそのことを知る必要はない。「彼はどこかの無能な人間が書類仕事を怠ったせいで大臣の忙しいスケジュールに割り込んでもいいものか判断する」

それでもアリソンは動こうとしなかった。ビッシュは相手の番号を押し、ボイスメールに切り替わっていないことを祈りながら待った。

「どうした？」グレイジャーが訊いた。

彼の声を聞いて、初めてほっとした。「レブラックに会わせてくれないんですよ」ビッシュは言った。「書類が不足しているとかなんだとか言って。代わってくれますか？」

ビッシュはアリソンに電話を手渡し、相手の話に耳を傾ける様子を見守った。彼女の顔にはさまざまな陰影が浮かんだ。渋面がつづいたあと、恐怖、怒り。そしてまた恐怖。終始押し黙ったまま聞き終えると、アリソンは電話を返してよこした。

「今日は庭で会っていただきます」

自然の光の下にいるノア・レブラックはいつもとちがって見えた。このなかではそれほど若いほうではない。ほかの囚人や面会人たちと一緒に外に出てくると、ノアは何人かの顔見知りに会釈した。しかしビッシュはすでに面会室の閉じられた空間が恋しくなっていた。ここは騒がしい。口論する家族や大声をあげる子供たちがいるせいだ。

「ヴァイオレットからの手紙を渡してもらおう」ビッシュは言った。

「いやよ」

ひとことで終わった。

食い下がろうとしたとき、ノアの二倍くらいのサイズの女性がビッシュたちのテーブルにやってきて、ノアの目の前に用紙を差し出した。

「これを書かないといけないの」

「だったら私のクラスに来て、書き方を覚えなさい」ノアはそっけなく言った。

近くから泣き声が聞こえてきた。腹を大きくふくらませた若い娘が、面会に来た女性の手を握り締めている。看守が二人、彼女たちのほうへ近づいていく。

「優しくしてやって」ノアは通り過ぎる看守たちに声をかけた。その口調はお願いというより命令に聞こえた。若い娘は何やらわからない言語でわめいている。ノアがどう思っているのかを読むのは難しいとビッシュは感じた。

「ここで産んだりしないよね」ビッシュはそっと訊いた。この暗く残酷な場所には不確かさを感じる。

「もうすぐ予定日よ。いとこには子供が生まれても引き取る気がないけど、彼女はＤ４に部屋がない。だから子供は施設に預けるしかないわね」

「Ｄ４とは？」

「母親と赤ん坊のための区画」

「きみはその区画で仕事をしているの？」

「赤ん坊に食事を与えたり、赤ん坊のおむつを替えたりするのを教える」ノアは穴のあくほどビッシュの目を見つめている。「子供を取り上げられることにどう対処していくかを教える」

ビッシュはここに来た目的に気持ちを集中しようとした。「手紙を渡してもらわないと」

「郵便室の刑務官はすでに手紙を所長代理にまわして、彼女は私に返してくれた」ノアは言った。「ヴァイオレットが有罪だという証拠になるようなことや、現在の居場所を知らせるようなことは書かれていなかった——私が言ったのではなく、そう言われたの。手紙は二日前にセントラル・ロンドンで投函された。もうそこにはいないでしょう。手紙は私が持っています」

「それなら私は電話しないといけなくなるよ、ノア。このあいだは誠意を通じ合えたから電話はしなかった。どうか私の手間をはぶいて、手紙を渡してくれないか？」

「私たちは外にいる」ノアは言った。「つまりあなたはただの面会客であって、ロンドン警視庁の公安部門の人間ではない。電話しても何も変わらないと思うけど」

「私は公安の人間ではない」

「昔から私には同じように見える」ノアは気のない返事をし、少し離れたテーブルで泣いている娘に注意を戻した。

ビッシュは方針を変えることにした。「ヴァイオレットのことを教えてくれ」と言った。「彼女はどんな子？」

「あなたの息子のことを教えて」

ビッシュは愕然とした。「息子はこの件にはなんの関係もない」

「ここ最近のあなたと切り離して考えられないのは息子さんのことだと感じるけど。今朝、あなたの元妻と会ったわ。お互いに共通するところがたくさんあった」

レイチェルのやつ。この女性に我々の私生活をちらりとでも見せるなんて、いったいどうしてしまったんだ？

「私の子供の話はしない」ビッシュはテーブルの下で拳《こぶし》を握り締めた。

「そう？　でも、私には話させるのね。どうして？」

「ヴァイオレットときみのあいだに秘密はないと思うからだ。きみは彼女の居場所をちゃんと知っているはずだ」

「私が何を考えているかわかる、バシル？　あなたもあなたの家族も、もっと頻繁《ひんぱん》に話し合ったほうがいいと思うわ」

「もう一度言おう。私の家族の話をするな」

「言うことを聞かなければどうするの？　私を一生閉じ込めておく？　その握り締めた拳で私

の顔を殴る？」

いつのまにか両手をテーブルに出していたことにビッシュは気づかなかった。

「きみは私の家族について何も知らない」ビッシュはもう帰ろうと思った。

「罪の意識については知っているわ」

「そりゃそうだろう」

「私のことじゃない。私がひとつだけ罪悪感を抱《いだ》いたのは、セント・ジョンズ・カレッジのカフェテリアでエティエンヌ・レブラックの目に留まり、親密になったせいで彼の人生をぶち壊してしまったこと」ノアは言った。「あなたの罪の意識について話すわね」

ビッシュは腰をあげた。

「あなたは自分があの海辺にいなかったせいで息子の命を救えなかったことに罪悪感を抱いている」

その言葉に抑えていた感情が掻き立てられた。

「あなたの元妻は自分があなたとの息子を愛したほど、生まれてくる子を愛せる自信がないことに罪悪感を抱いている。あなたの娘は死んだのが自分ではなく弟だったことに罪悪感を抱いている。さあ、探偵として優秀なのはどっち？」

「黙れ」思わず、吐き捨てるような大声が出た。まわりが何事かとこちらを見る。看守が近づいてきたが、ノアはその男を手で追い払った。

「だから私はヴァイオレットの手紙を渡せないのよ、オートリー警部」ノアはビッシュから向ちひしがれていたときに、母親の楽しそうな顔が見られたから」

「言いたいことはそれだけか」

「いいえ、もう少しあるわ、オートリー警部」ノアは言った。「あなたは酔っている。ろれつが怪しいし、ここに座っていてもお酒のにおいがする。あなたが面会にくるときはいつもお酒臭い。私は胃がむかつくの。でも肝心なのは、あなたはろくでもない連中のなかではいちばんまともだということ。だからあなたが一日を乗り切るために何をしているにしろ、それをやめる必要がある。あなたは勘違いしているから。私は娘がどこにいるか本当に知らないし、街には鉛《なまり》パイプで子供たちを攻撃する者がいる。ヴァイオレットとエディに似ている子たちを。ここであなたの顔を見るたびに、私は娘が死んだことを告げにきたのだと思うのよ」

泣き声が激しくなり、ノアは立ち上がって看守を押しのけ、妊娠している娘に近づいていった。何も言わずに手を差し出すと、娘はノアの手を握って、おとなしく連れられていった。

24

帰宅してフラットの玄関口にレイチェルが座っているのを見たとき、ビッシュは怒ってもよかったのだが、身重の彼女を心配するほうが先に立った。

「そんなことしていると痔《じ》になるぞ」ビッシュは鍵穴に鍵を挿し込んだ。

「もう四十六週目よ、ビッシュ。私の健康問題のなかでは痔なんていちばん軽いものよ」

レイチェルは差し出された手を取り、うめき声をあげながら腰をあげた。

「スペアキーの置き場所を変えたの？」

「ビーが持っている」

「ねえ、ここに玄関《ウェルカム》マットを置くといいわよ」

「だけど、僕はわが家へようこそって気分じゃないんだ」

なかにはいると、ビッシュがお茶を淹れているあいだに、レイチェルは朝食用カウンターのスツールに腰を落ちつけ、ストラップ付きバッグから証書ファイルを取り出して二人のあいだに置いた。少なくとも服役中のテロリストと仲良くなったわけじゃないというふりをする気はないようだ。ビッシュはティーバッグに集中して時間稼ぎをしながら、ふさわしい言葉を慎重に選んだ。

「どうして彼女に会いにいったんだい？」ファイルのリボンをほどいているレイチェルに尋ねた。

「レブラック」答えがないので名前をあげた。

「ノアと私はファーストネームで呼び合う仲になったと思う」レイチェルは言った。「私たちは親友《ベスティーズ》よ。こんなふうに」二本の指をひねって重ね、そんな自分に驚いたり怒ったりしている顔をしてみせる。「理由は訊かないで、ビッシュ。あなたにはわかってるんだから。私たちが好むと好まざるとにかかわらず、ビーはこの件に巻き込まれてる。だから現実から目をそむけるのはやめましょう。デイヴィッドが言うには――」

ビッシュは片手をあげた。「彼の意見は除外してくれないか。今回だけでいいから」デイヴィッド・メイナードが何か言うたびに、それがとても価値のある言葉として引用されるような気がしてならない。教育に対するデイヴィッド・メイナードの意見。若者に関するデイヴィッド・メイナードの考え方。デイヴィッド・メイナードはイングランドでもっとも引用されることの多い寝取り野郎だ。

「わかった、デイヴィッドがなんて言ったかには触れない。でも、あなたによろしくって言ってたわよ」

うるせえ、デイヴィッド。

「ノア・レブラックに言われたことが頭からずっと離れないの」レイチェルは片手でファイルを探りながら、もう一方の手でお茶を飲んだ。「彼女は当時私への手紙を医師に託したんですって」

「きみへの手紙?」

「人権専門の弁護士を探していたのよ。その医師は私を推薦してくれたみたい」

「当時、ノア・レブラックから接触があったなんて聞いてないよ」結婚していた頃、ビッシュは妻が何をしているかつねに把握していた。レイチェルもビッシュが取りかかっている仕事のことは知っていた。

「それがあったのよ。でもきっと、バタバタしてたからあなたに伝えるのを忘れちゃったのね」レイチェルは言った。「スティーヴィーが生まれる二週間前のことだった。私は自分が抱えている案件を全部ロバート・ホートンに引き継がせて、仕事のことはころりと忘れてしまったの。彼女のことも忘れてしまった」

レイチェルは書き込みのある封筒からまだ新しいままの手紙を取り出した。信じがたいことだ。レイチェルはこの体でアシュフォードからホロウェイまで行き、帰りに自分の事務所に寄り、それからドックランドまでやってきたのだ。

「彼女は有罪だよ、レイチェル。本人が自白したんだ」

「この手紙はきちんと筋が通っていて、説得力がある」レイチェルはビッシュの言葉など聞こえなかったかのように言った。

「その言い方からすると、きみは彼女が無実だと思っているのか?」ビッシュは呆気にとられた。「レイチェル、彼女はケンブリッジ大学でさまざまな学位を取った人間だ。説得力のある文章の書き方を知らないようじゃ、イギリスの教育が思いやられるだろう」

「私にはこの手紙を書いた人がその翌日に自白したことが信じられないの」

レイチェルはビッシュのほうにファイルを押しやった。ノア・レブラックの人生をたどるための新たな情報。

「僕はノア・レブラックのことを調べているんじゃない」ビッシュはきっぱり言った。「あの子たちがどこにいるか突き止めようとしているんだ」

レイチェルはビッシュの肩越しに食器棚のほうを見やった。甘いもの好きの彼女が、何かその手のものを口に入れないと不機嫌になるとほのめかしているのだ。

「うちにはスコッチフィンガー・ビスケットしかないよ」

「バターを塗って」

「太るよ」

「もう、妊娠中の女性にそんなこと言うなんて意地悪ね」

ビッシュは思わず笑みを漏らし、ビスケットを探しに食器棚まで行った。

「ロバート・ホートンは数ヵ月前に実業界に転身したの」レイチェルは言った。「この件はそれでおしまい。でも、彼が辞める前に集めたものはなかなか興味深い」

「レイチェル――」

「私はご覧のとおり今すぐは動けない。でも、これにはきっと何かあるわよ。お願い、見過ごしにしないで。私のためじゃなくていいから、ビーのために。あの子が例の iPad とともに部屋に閉じこもるたびに、ヴァイオレットたちのことを調べてるんじゃないかと思えるの。ビーはあの二人に同じようなことが起こるのをひどく心配してるのよ。ヴァイオレット・レブラックを路上生活から脱出させるには、彼女が逃げ出した理由を突き止めるしかないわ。逮捕されるのが怖くて逃亡したとはどうしても思えないの」

ビッシュはヴァイオレットが母親に送ったメッセージのことを考えた。

「レブラックは娘から絵葉書をもらった。真実を語れば悪魔も恥じるとかいう謎めいたメッセージだった」

レイチェルは納得したようにうなずいている。すでにそのことは考え抜いていたのだろう。

「仮にその子が母親の無実を証明しようとしてるとしたら？」

ようやくスツールに腰をおろすと、レイチェルはそれを真剣に話を聞く合図だと思ったようだ。たぶんそうなのだろう。

「私も自分で少し調べてみたの」レイチェルは先をつづけ、封筒の左上の端を指先で示した。医師の名前と自宅の住所を記した金色のステッカーが貼られている。「このドクター・オーエン・ウォールデンという人物を探しまわった。ありふれた名前じゃないし、見つかったのは聖テレジア病院にいたひとりだけ。電話で問い合わせると、彼は五年前に引退して、今はライで宿《B&B》を経営していると言われた」

ビッシュは口をはさもうとしたが止められた。

「ビッシュ、いいからこのファイルに目を通して」レイチェルは言った。「そうすれば、もし裁判がおこなわれていたらサラフ一家の逮捕は無効とされただろうとわかる。当時の捜査責任者は裁判を避ける方法を見つけたのよ。彼らは大衆に迎合した。逮捕のおかげで選挙は勝利した。逮捕がまちがっていたなんて認めたら、ブレア陣営の面目は丸つぶれになったでしょう」

「何もかもブレアのせいにしないといけないのか?」

「ちがうわ。テロに対する戦い、イラクに対する戦い、ブッシュをこれ以上つけあがらせないため」

「レイチェル、もう一度言わせてくれ。レブラックは自白したんだ」

「彼女をそんなふうに呼ばないで」レイチェルは苛立たしげに言った。

「じゃあなんて呼べばいいんだ? 彼女は僕にファーストネームを使わせせない。きみはラストネームを使わせない」

レイチェルは取り合わず、ふたたびファイルを指さした。「証拠はそこに全部そろってる。爆破事件が発生した週、彼女は博士号の論文を提出してる。分子生物学の博士論文を仕上げ、フルタイムの仕事もつづけ、大家族と一緒に暮らし、母親を化学療法センターに連れていき、なおかつ子供を育てながら、爆弾を作る時間を捻出できる者がいったい何人いるかしらね」

レイチェルはこちらを見つめ、反応を待った。

「聞いているよ」ビッシュはつぶやいた。

今度は笑顔になった。「警察が入手した薄弱な証拠は彼女の靴底についていたダイナマイトだけ。手紙のなかで彼女はこう言ってる。夫のエティエンヌが専門家に尋ねたところ、爆弾犯と一緒に暮らしていれば同居人の靴底に爆薬が付着する可能性はかなり高いと言われたと。あの住戸に足を踏み入れた者なら誰でもその可能性があると。彼女が逮捕される鍵となった証拠はそれだけなのよ、ビッシュ！」

「彼女がその前週にスーパーマーケットの店長を脅《おど》したこともあるよ」ビッシュはあらためて強調した。「彼女は〝今に見てなさい〟と言うのを聞かれている。しかも、警察がやってきたとき、捜索令状がないからと言って家にあげなかった。警察が令状を持参して再度訪れると、家人が何かを燃やした痕跡があった。さらに、彼女の車のトランクから余った爆弾が見つかった」

レイチェルは首を振った。「どれも状況証拠よ。裁判をおこなうべきだった。私が言いたいのはそのこと」レイチェルの目にはあの光が宿っている。訴訟事件に意欲を燃やしているときの目だ。デイヴィッド・メイナードがそれを見たことがないことに、ビッシュは子供じみた喜びを覚えた。

心がなごみ、ビッシュはファイルを取り上げた。

レイチェルを地下鉄の駅まで送っていった。メイナードがアシュフォードの自宅で妻を待っているのはわかっているから、なんだか物悲しい気分になった。ビッシュは彼女の手を取りたくなった。それがごく自然なことのように思えた。レイチェルはビッシュほどうじうじしていないので、さっと元夫の手を取った。この次会うときには、レイチェルはもう赤ん坊を産んでいるだろう。ビーから弟の話を聞いたら、きっと妙な気持ちがするだろう。スティーヴィーではない弟。ビッシュの子ではない弟。

ビッシュは黙ったままレイチェルと並んでプラットホームに立ち、列車がやってくるのを待った。

「あなたにもこの子の人生で役割を果たしてほしいと言ったらおかしい?」

自分の人生の役割さえまともに果たしていないのに、ほかの男の子供なんてなおさら無理だ。ビッシュはレイチェルの額《ひたい》に唇《くちびる》を押しつけた。「家に着いたらメールで知らせてくれ」

ノア・レブラックに関するロバート・ホートンのファイルの内容は、グレイジャーが寄こしたものと矛盾するものがあった。ビッシュは確定できる事実を書き留めた。•ブラッケンハム・フォーはパディントン・グリーン警察署の地下にあるテロ容疑者を収容する施設に、二十八日間投獄された。•彼らはそれぞれ窓のない十二平方フィート(一・一平方メートル)の独房に入れられた。•二〇〇一年の9・11テロ事件後に改正された法律により、英国政府は外国籍のテロ容疑者に審理や裁判を受けさせることなく無期限に拘束することができた。•彼らはその後四ヵ国の刑務所に分かれて移送され、六ヵ月後にノア・レブラックが自白するまで互いに顔を合わせることがなかった。•ノア・レブラックはエティエンヌ・レブラックが自殺した翌日に自白した。

レイチェルが指摘したとおり、ノアの手紙はこれから自白しようという人間が書いたものではなかった。そこではブラッケンハムで家族が一緒に暮らした最後の数日間の出来事が語られていた。妙に心に残る筆致で、助けを求める手紙にしては事件のことはあまり書かれていなかった。ビッシュは何かが気になって、その夜遅くまでブローニュ爆破事件についての自分のノートを読み返し、Facebookのページ、事情聴取の記録、生徒や親たちとの電話での会話のメモを洗い直した。ノアが自白した日をグーグルで検索した。成果なし。そこで十三年前にノアがレイチェルの事務所に送った手紙に戻った。このオーエン・ウォールデンとはいったいどんな人物なのだろう？　インターネットにはウォールデンが二〇〇五年にカナダのノヴァスコシア州でおこなわれた会議で、妊娠中の子宮筋腫についての論文を発表した記事が載っていた。頭のなかで何かを告げるベルの音を聞きながらPDFの最後までスクロールし、そこに付されていた彼の略歴に目を通すと、ウォールデンが産科部長をつとめていた聖テレジア病院は、ノア・レブラックがパディントン・グリーンから移送されたダービーシャーのフォストン・ホール刑務所まで六キロほどしか離れていないことがわかった。ビッシュはふたたび探索に戻り、あの入手した資料をひとつ残らず念入りに調べた。そして見つけた。バスが爆破された日に、あの濃《こま》やかな筆跡で作成された生徒のリストに載っていた。

エディ・コンロンはノア・レブラックが自白したその日に生まれていた。

ビッシュの勘はいきなりひらめいたのではなかった。徐々に醸成《じょうせい》され、高まっていき、さらに一時間作業をつづけてから、レイラ・バイアットに電話した。

「あの日ブローニュで、ヴァイオレットはエディになんて言ったんだ？」

返事はなかったが、相手が聞いていることはわかった。

「レイラ？」

「ノアについての個人的な質問には答えない。こんな夜中に、しかも電話でなんて。この電話はたぶん盗聴されてるわよ。最近はみんな盗聴されてるもの。だから、こう言わせてもらう。あんたたちなんか、みんなくたばっちまえ。あんたたちが安らかに眠れる日が二度と来ないことを祈るわ！」

レイラは電話を切った。

ふいに考えが浮かんだ。ビーはキャンプ場で一度ならず父親の電話を使った。そのときヴァイオレットとの連絡にも使用したのではないか？ ビッシュは急《せ》くように爆破後の発信履歴をたどった。その日自分が連絡した者をひとりずつ確認していき、ようやく氏名不詳者がひとり見つかった。ビッシュはその番号にかけてみた。二、三度呼び出し音がしてから相手が出たが、何もしゃべらなかった。

「ヴァイオレットかい？」

返事はない。

「ヴァイオレット、聞いてくれ、ビーのお父さんだよ。お願いだから私を信じてくれ。エディの身に何事も起こらないようにしたいんだ。きみにもそれはわかるだろう」

電話は切れた。もう一度かけてみたが、自動音声に電源が切られていると告げられた。さらに三度試してから、ビッシュは気づくのが遅かった自分に毒づきながら眠りについた。ヴァイオレットにつながる手段はずっと自分の手元にあったのだ。

翌朝、驚いたことにレイラがついにFacebook の友達申請を承認してくれていた。メッセージも添えられ、要点だけが伝えてある。〝プリンセス・ヴィクトリア。アクスブリッジ・ロード。正午〟。

25

娘がレースで走る姿を眺めるのは、ビッシュの人生に残されたわずかな楽しみのひとつだ。昔からわが子たちの才能には恐れ入るばかりだったが、とりわけそういった才能の半分が自分の遺伝子から引き継がれているかもしれないと考えると驚愕せざるをえない。ビーは足が速いだけではない。走る姿には優雅さがあった。四歳のときに二十五メートル走で一等賞を獲って以来、ビッシュはたいがいの大会には応援にいった。北部で開催された大会で娘が走る姿を眺めていたとき、ニューキーの海辺でサーフィンを習っていたスティーヴィーは溺《おぼ》れ死んだ。その場にいなかった自分を許せないだけでもつらいのに、ノア・レブラックにそれを指摘されたことが頭を去らない。ビーが競技をやめた理由を知ったときには心底参った。スティーヴィーの死が影響していることはわかったが、手首を切ったせいだということはまったく知らなかった。今年になってビーがまた陸上のトレーニングを始めたのを知って、ビッシュとレイチェルは驚くと同時にそれを喜んだ。ビーはなんなく英国代表のジュニアチームにはいり、ヨーテボリで開催されたヨーロッパ陸上選手権で金メダルと銀メダルを獲得して帰ってきた。

火曜日の早朝、ビッシュはロンドンのクラブで、夏季大会のために二百メートル走のウォーミングアップをするビーを眺めていた。ビーの強さが発揮できる種目であり、眺めるのが自分の娘であろうがオリンピック選手であろうが、ビッシュの好きな種目だった。それは誰がもっとも速いのかを競うレースだ。ビッシュはその距離がビーを選んだのではなく、ビーがそのレースを選んだことが嬉しかった。

電話が鳴った。また非通知だ。ビッシュは無視した。もう一度鳴ったが無視する。三度目でしぶしぶ応答した。

「折り返すよ」ビッシュは言った。「参考までに言っておくが、一度目で出ないということはな、エリオット、おまえと話したくないということだよ」

「それでも結局は出たのよね、オートリー警部。うまくいったみたい」

落ちついた、そっけない口調。少し舌足らずな女の子の声だ。

「エディはどこにいるんだ、ヴァイオレット?」

「無事よ」

「お父さんに家に連れ帰ってもらったほうがいい」

「ジョン・コンロンにはそのチャンスがあったけど、しくじった。それ以上エディの話をつづけるなら切るわよ」

かたやプライベートスクールで教育を受け、かたやオーストラリアの大地で育った二人のアクセントはちがうかもしれないが、ヴァイオレットとノア・レブラックの声は似ていた。

「どこにいるんだい、ヴァイオレット？」

「そんなことあなたに言うと思う、オートリー警部？　あたしは容疑者で、あなたは警官なのに」

「きみが容疑者だなんて誰も言ってないよ」ビッシュは言った。「みんなきみとエディに無事でいてほしいだけなんだ」

「みんながあたしとエディの無事を望んでるなんてどうしてわかる？　最近のツイッターをずっとフォローしてるの？」

「わかったよ、みんなというのはビーだけにしよう。それに私もきみたちが無事でいることを望んでいる。ビーはきみとエディにとても会いたがっている」

「そう思う？　あたしは怒ってると思う。ツアーに参加してたとき、あたしの正体を教えなかったから」

「そうだね。だけどきみの無理なお願いをあの子は聞いてくれたじゃないか」

「それでも彼女はまだ怒ってるわ」

「ビーは誰に対しても腹を立てているんだ」

「ええ、あたしもそうよ」

「きみは何に腹を立てているんだい、ヴァイオレット？」

「なんでもいいでしょ！　何もかもよ。いいから黙って、ママにあたしが無事なことを伝えると約束して」

ビッシュは〝黙って〟というほうを実行した。ヴァイオレットがまだ切らないことはわかっている。

「ごめんなさい」ややあって、彼女は言った。「今のは失礼だった」

この子は礼儀をわきまえている。誰が教えたのだろう？

「何がいちばん腹が立つかわかる？」ヴァイオレットは尋ねた。「あたしの父親はレブラック家の人間であることを誇りに思ってた。母親は今でもそう思ってる。あたしは両親のものを共有できないのがすごくいやだった。あたしは小さいときからずっとヴァイオレット・ジダン。だけどそれさえも、あなたはあたしから取り上げようとする」

「腕時計の話を聞かせてくれないか」

沈黙があまりにもつづいたので、ビッシュは電話を切られたのかと思った。やがて。「そのこと誰から聞いたの？」

「きみのお母さんだよ。私にはその話を聞く資格がないと言われたけどね、ヴァイオレット、きみがわざわざ電話を折り返してくれたということは、もしかしたらその資格があるのかな？」

「あたしのこと怒ってた？」

「どうして彼女がきみを怒ったりするんだ？」

「あたしとクロンビーの噂よ！」ヴァイオレットはそんなこともわからないのかという口調で言った。

「お母さんはきみとチャーリー・クロンビーが寝たことを怒ると思うのかい？」

呆れたため息が聞こえた。「ビーがチャーリー・クロンビーと寝てて、みんながそのことを新聞やソーシャルメディアで知ってたらどうする？」

まるで父親のように、悪い男には近づくなとヴァイオレットに助言することをノア・レブラックは歓迎しないだろうが、ビッシュは言わずにいられなかった。「ビーには彼女の心を傷つけるような者を好きになってもらいたくない」

「だったら、もう少し前に彼女とその話をすべきだったわね」

ヴァイオレットが何を言いたいのかわからなかった。ビーは心を傷つけられるような相手を好きになったのだろうか。訊きたくてたまらないが、今はヴァイオレットのことに集中しなければならない。

「お母さんが腹を立てているのはメディアや引率者、それに私とチャーリー・クロンビーに対してだ」ビッシュは言った。「きみのことは心配している」

「エディのことも」

「きみたち家族はどうやってコンロン家と知り合うようになったんだい？」

「話せば長くなるけど、今日は全部話してる時間がないから腕時計の話だけするわ」

ビッシュはビーの出走する番がすぐに来ないことを願った。ビーのレースを見たいが、この話も重要だ。

「聞かせてくれ」ビッシュは招集所を見つめたまま言った。

「始まりは六十年ほど前、アルジェリアの独立戦争のさなかで、民族解放戦線《FLN》（一九五四年にフランスからの独立を目指して創立した社会主義政党）がフランスを支持するムスリムを大虐殺した直後。そのへんのことはあなたも知ってると思うから、詳細ははぶかせてもらう」

ヴァイオレットの口ぶりが変わったことにビッシュは気づいた。熱がこもっている。アルジェリア戦争についてはあまり詳しくなかったが、適当なあいづちを打ってごまかした。

「反撃は凄まじく、郊外の村では何百ものアルジェリア人が殺された。けれどあるアルジェリア人の死がひとりのフランス人兵士に一生つきまとうことになる。フランスには殺した相手から何かを奪うという呪わしい風習があってね、その兵士は死者から腕時計を奪った。高価でもないし、特に美しいというわけでもない腕時計。だけど兵士は仲間に認めてもらえればそれでよかったの。ところが、ル・アーヴルの家に戻ってからよく見てみると、腕時計の裏側にアラビア語のメッセージが刻まれているのを見つけた。彼は近所の人にメッセージを訳してもらった。最愛の息子へ。愛している。愛している。愛している。その言葉はフランス人兵士の頭を離れなかった。兵士には十歳の息子がいたので、遺族にとっては貴重な腕時計を奪ってしまったことを思い知らされることになった。兵士は愛の証《あかし》としてその腕時計を息子にあげた。わが子への愛ばかりでなく、敵と見なされた父親のわが子への愛の証として。兵士の息子は大人になってもその腕時計に刻まれた言葉が頭を離れず、父親が酒の飲みすぎで早死にすると旅に出た。独立後のアルジェをフランス人が訪れるのは危険だったけど、腕時計を正当な持ち主に返さなければ、自分も父親のように酒の飲みすぎで死ぬことになるとわかっていたの。

だから彼は父親を何年も悪夢で悩ませた村へ行き、一軒ずつドアを叩いて身の上話を語り歩いた。やがて彼はかつて見たこともないほど美しい娘と出会う。娘は腕時計を見ると泣きだした。それは彼女の父親のものだった。父親はその昔このフランス人の父親に殺されたのだった」

ヴァイオレットが口をつぐむと、ビッシュはつづきが聞きたくなった。その先をもっと知りたい。彼女の少し舌足らずな語り口に魅了されていた。「ハッピーエンドになってほしいな、ヴァイオレット」ビッシュは心から言った。

「それは無理じゃない？　あたしは呪われた歴史を持つ家の子だもの、母方も父方も。そのフランス兵士の息子はあたしの祖父のクリストフ、アルジェリア人の娘はナスリンおばあちゃん。二人はいろいろあったけど愛し合う仲になった。二人は新しくできた町に住んだ。そこではくじ引きで土地を手に入れることができたの。あたしの住んでるところでは一生懸命に働く気さえあれば、どこの国の人間でも受け入れた。二人はあたしの父のために懸命に働いたから、父はフランス人かアルジェリア人か、クリスチャンかムスリムかを選ぶ必要がなかった。二人も父にはその全部でいてほしかった。父は十歳のときから亡くなった日まで、毎日腕時計を身につけていた。腕時計の歴史は父にとってすごく大事な意味を持つことだったから」

ヴァイオレットが泣いているようにも聞こえたが、定かではなかった。ビッシュの家族にはその手の物語はない。イギリス人はどの国民よりも子供の育て方を知っていると信じこんだ帝国主義的な身内によって、父親のもとから連れ去られた子供たちの物語があるだけだ。

「いい話だね、ヴァイオレット。ここ最近聞いたなかではいちばんよかった」

「そんなこと言って、あたしを自首させようとしてるのね」

その声に恐怖を聞き取り、ビッシュは彼女が気の毒になった。

「自首じゃない。警察はきみに訊きたいことがあるだけだよ、ヴァイオレット」

「あたしの家族は祖父がスーパーマーケットを吹き飛ばしたあと、尋問のために出頭した。その後どうなったか知ってるでしょ」

「あのときとはちがう」

「まるきり同じよ」

「きみのお母さんは自白したんだよ、ヴァイオレット」

「無理やり自白させられたの。拷問されて」

ビッシュはためらった。言葉をまちがえれば相手は電話を切ってしまうだろう。

「母親か叔父がそばにいるなら質問に答えてもいいわ」

「それは無理だ。きみにもわかるだろう」

「じゃあ、あなたは期待外れの人ってことね」

ビッシュはこんな短い時間でその烙印《らくいん》を押されたことにがっくりした。自分がまわりから期待外れの人間だと見なされるには何年もかかったのに。「チャンスをくれないか、ヴァイオレット。きみの望む人間になるから」

「もうすぐあなたの娘のレースが始まるわよ、オートリー警部。あたしのせいでそれを見逃さないで。これ以上罪悪感を覚えるのはたくさん。話はまたにしましょう」

ビッシュはよろよろと立ち上がり、トラックやスタンドを見まわした。彼女はここにいるのか？

「ヴァイオレット！」

しかし、すでに電話は切れていた。グレイジャーの番号を押したとき、スターターピストルが鳴った。顔をあげてビーを目で追った。美しい眺めだ。ビッシュは電話を切った。グレイジャーに知らせたとして、ヴァイオレットの身にどんなことが待ち受けているかははっきりわからないし、ノア・レブラックに娘は見つけたけれど、彼女がパディントン・グリーンの三・七平方メートルの独房に連れていかれたかどうかは知らないとはとても言えない。

ヴァイオレットは自分から連絡をくれた。これは進歩だ。別の方法も見つかるだろう。

26

レイラ・バイアットが店にはいってくると、大半の男たちが振り返って見つめた。ビッシュも例外ではなかった。彼女は美しかった。ウェーブのかかった豊かな長い黒髪、見事な姿態をぴったり包む黒いスーツ。カウンター席についたとき、スカートがずりあがる様子は見ないようにした。ビッシュは彼女より二十歳近く年上だし、レイラのような女性は自分がもう若くないことをいやでも感じさせるから。

「何を飲む?」ビッシュは尋ねた。

「サンジョヴェーゼを」

ビッシュはバーテンダーに合図した。スコッチのお代わりを注文したい衝動をこらえ、自分はトニックウォーターにした。

「ヴァイオレットはエディになんて言ったんだい?」と単刀直入に訊いた。

「ヴァイオレットのことはノアと話して。あたしではなく」

「ノアと私は必ずしも打ち解けた会話をする間柄ではないんだ、レイラ。というより私は、彼女がバスの下敷きになればいいと思っている三人のうちのひとりだ」

レイラはうさん臭そうにこちらを見た。「あなたは彼女たちを逮捕した警官のひとりだったの?」

「ちがうよ」と答えたが、思いきって言うことにした。「だが、あの日私は彼女からヴァイオレットを取り上げるために監房に派遣されたんだ」

レイラはぎょっとした。「そのことでも、あなたの厚かましさを憎めるわ」

「そう言うけど思いだしてもらいたいんだが、隣近所の者は誰もヴァイオレットを警察署に迎えにいかなかった」ビッシュは言った。「身内や友人もサラフ家を見捨てたんじゃなかったか？」

ワインが運ばれてくると、レイラは何も言わずグラスに口をつけた。

「ノアとジャマルには何か受け入れられないことがあるのだろう」ビッシュはつづけた。「彼らはそれを政府には期待しても、隣人には期待しなかった」

レイラは顔をそむけた。彼女にとってそれが微妙な問題であることはわかる。当時はまだ十七歳だったことを指摘してやるべきなのかもしれないが、それで彼女の気持ちが軽くなるとは思えなかった。

「母はアザイザ・サラフが出所したとき、彼女を看護するので手いっぱいだった」レイラは顔をあげた。目には怒りの涙が浮かんでいる。「ジミーは母親のそばについているべきだったのよ」

「なあレイラ、ヴァイオレットはエディになんて言ったんだい？」

「ヴァイオレットの言葉だと言わなければ、誰にでも翻訳してもらえるでしょ」レイラは言った。「あたしにどうしてほしいの？」

「私はあの子たちのことが心配なんだ。きみだってそうだろう。だから私はきみに会いにきた。きみはいろいろあったあとでも、まだサラフ家のそばを離れなかった数少ない人間だ。エティエンヌ・レブラックは娘のためにそばにいてやれなかった」

その言葉に、レイラは顔をしかめた。「あなたにはエティエンヌを非難する権利はないわ。

彼のことをよく知りもしないくせに」レイラがワインを飲み干すと、ビッシュはお代わりを頼んでやった。

「ブラッケンハム事件のことはどう見てるの？」レイラは尋ねた。「実際には何があったんだと思う？」

「それは重要なことか？　ヴァイオレットとエディの居場所を知るのに、過去は関係ない」

「あたしに会いにきたのは過去に関わることだからよ」

「私はあの子たちに無事でいてほしいだけなんだ」

レイラはため息をついた。「思ったよりちゃんと聞き取れてたわね。ビハービク・ケアイ――〝アイ・ラブ・ユー、マイ・ブラザー〟という意味。アラビア語だと陳腐じゃなく、もっと深遠な言葉に聞こえる」

何語にしても、ビッシュには充分深遠に響いた。そしてその答えは、見当はついていたにしても衝撃的だった。「エディがノアの息子だと知っていたのか」

「このメッセージを読むまでは知らなかった。ジョスリンがそれを裏づけてくれた。姉は今、ちょっと動転してるの。あの子たちのことが心配なのよ。あたしたちはみんなそう」

「だからこそ、彼らを路上から救出しなければならないんだよ、レイラ」

レイラは苛立たしげにこちらを見た。「でも、どうすればいいのかわからないのよ！」

「エリオットの言ったことは本当なのか？」ビッシュは訊いた。「ジャマルが釈放されたあとも恋人同士だったというのは？」

「奥さんが校長と駆け落ちしたのは本当なの？」レイラは彼の目をじっと見つめた。「ロックスターやスポーツカーに乗ってる男やジムの個人トレーナーと駆け落ちする妻はいても、校長と駆け落ちする妻は珍しいでしょ、オートリー警部？」

ビッシュはその揶揄《やゆ》を無視した。「ジャマルはヴァイオレットのことを誰よりも知っているとノアは言っている。だが、彼は私を信用していない。きみが彼に会いにいってくれたら――」

言い終わる前に、レイラは激しくかぶりを振り、涙をこらえていた。

「レイラ、お願いだ。手を貸してくれ。ヴァイオレットやエディを危険にさらすような者には連絡しないと約束するから」

沈黙がしばらくつづいた。

「姉は……あたしはなぜノアが自白したと思うのか尋ねたことがあるの。ジョスリンは限界に達したのだろうと言った。誰にでもこれ以上は耐えられないというときがある。ノアはその日限界に達して自白した。エティエンヌは彼女にとってかけがえのない人だった。彼の死で彼女は心が折れてしまったんでしょう」

ビッシュにはそうは思えなかった。ノア・レブラックには男を愛することより大事なことがあったのだ。

レイラはワインを飲み干すと腰をあげた。「あたしが海峡を渡って彼に会いにいけば、あたしの上司たち、つまりジュニア・パートナーシップを手に入れるためにいい印象を与えたい人たちが、それを知ることになる。この先の人生をサラフ家の不幸に左右させるわけにはいかないのよ」

レイラは泣いていた。

「そんなことを言うのはつらい、自分が恥ずかしい。だからもうあたしには頼まないで」

27

パブを出ると南下してライへ向かい、レイチェルが見つけた引退したドクター・ウォールデンが経営する〈レッド・グース〉というB&Bを目指した。ヴァイオレットの言葉を借りるなら、A229を渋滞させる行楽客に翻弄《ほんろう》されるのは、〝どえらい〟悪夢と呼べる。

GPSが予測した一時間後にライに到着すると、サイドミラーをこすりながら狭い石垣の門をくぐり抜け、急な坂道に車を駐めた。道の突き当たりには村の教会とコテージが共有しているとおぼしき中庭が見えた。B&Bを探し歩いていると、同じパブの常連客と五回はすれちがったが、やがてそのひとりが気の毒に思って〈レッド・グース〉のほうを指し示してくれた。ドクター・ウォールデンは外出していたため、十七世紀に生まれて飢饉《ききん》で発育が阻害された人間以外には小さすぎる部屋でひと晩過ごす羽目になった。

翌朝、ウォールデンの妻はB&Bの例に漏れず、やたらに地元の情報を教えてくれた。

「……そして締めくくりはウィンチェルシー・ビーチね。この陽光はそれは見事なものよ。地図を持ってくるわ」

ビッシュは愛想よくほほえんだ。「どうかドクター・ウォールデンによろしくお伝えください」

妻は好奇心をあらわにしてこちらを見た。「じゃあオーエンを知ってるの?」

「聖テレジア病院で子供を取り上げてもらった友人から、ここに彼がいると聞きました」

「ああ、なるほど」妻は納得して地図を取りにいき、そのあいだにビッシュはマーマレードの試供品をいくつかポケットに入れた。

慌ただしい朝食の時間が過ぎてから、やっと登場したオーエン・ウォールデンは警戒の目を向けた。相手が自分をじろじろ眺め、品定めし、却下し、それから念のためもう一度眺めまわすのをビッシュは感じた。

「テレビで見たことがある」とドクターは言った。

「そうかもしれません。私の娘がフランスであのバスに乗っていたんです」そう言って、手を差し伸べた。「ビッシュ・オートリーです。私は親たちの代弁者として引きずり込まれたようなものです」

「メディアはくだらないことばかり報じているようだが」ウォールデンは言った。ビッシュがあいづちを打つと、彼はおもむろに切りだした。「私が取り上げた子の母親の友人が来ているとエマから聞いたが」

「ええ、聖テレジア病院で。ノア・レブラックです」ビッシュは言った。

その名前を口にしたとたん、オーエン・ウォールデンには語るべき話があるが、ビッシュを信用してよいものか決めかねているのがわかった。

「私はこの日が来るのをずっと待っていた。これまでは彼女のことを尋ねにきた者はひとりもいなかった。あの子たちがあちこちに姿を見せるまでは」

「彼女の子供たちですね？」ビッシュはうながした。

ウォールデンは一拍置いてから答えた。「あなたには答えを知っている人たちとのつながりがあると思うが、なぜ私のところに来たんだね？」

「あなたなら率直に真実を語ってくれると感じたからです。ほかの人たちとはちがって」

オーエン・ウォールデンはその返事を気に入ったようだ。彼は腰をおろした。

「あなたは自分以外の者が知らないことを知っていた」ビッシュは言った。「それは重荷でしたか」

ドクター・ウォールデンはその考えを手を振ってしりぞけた。「あれが極秘だったとは思わない。彼女は独房に監禁されていたかもしれないが、彼女の妊娠を知っていた者は何人かいただろう。とはいえ、当局は一般に知られることを望まなかった。それでは彼女に同情が集まってしまうだろうし、罪を償《つぐな》わなければならない者もいたから。そうだろう？」

「あなたはそう考えているんですか」

「私には彼女の自白を聞く前から、いろいろな考えがあった」

「ということは、罪を犯した者がほかにいたと請け合うんですね」

「もちろん、いたよ」

なんて気の毒な、と思うと同時に、そんな気持ちを抱《いだ》いた自分に驚いていた。おそらくレイチェルとヴァイオレットの確信に影響されはじめていたのだろう。

「では、その前日に自分は無実だという手紙を書いた女性から、どうやって自白を得たのでしょう?」

ウォールデンは不敵な笑みを浮かべた。「映画では、有罪の人間から自白を引き出すには嘘をついて相手をひっかける」ドクターは言う。「しかし、無実の人間から自白を引き出すには、真実を告げればいい。ノア・レブラックにもっともダメージを与える真実は、彼女の夫が死んだことだった。エティエンヌ・レブラックがマルハム・コーヴの断崖から身を投げて、娘がひとりきりで取り残されたと彼らが告げたとき、私はその場にいた。さらに彼らは、末期癌の母親が刑務所に入れられていること、サラフ家の誇り高き家長であった伯父がルイス刑務所で便所掃除をするまでに落ちぶれたことを思いださせた。彼らは十八歳の弟がベルマーシュ刑務所でレイプされていることを告げ、彼女をいたぶった。家族を元の状態に戻せるのはおまえしかいない、罪を認めないことでおまえは家族に耐えがたい苦しみを与えているのだと言って説き伏せた」

ビッシュは頭に呼び起こされたそのイメージを押し戻そうとした。

「彼女はどう応じたんですか」オーエン・ウォールデンの返答によって、この十三年間、自分が信じてきたことに疑義が生じるのだ。

ドクターはなかなか返事をしなかった。

「あなたが自白の場に立ち会われたなら、ドクター・ウォールデン、彼女の反応は目にしているんでしょう?」相手の注視の目に留まらないように、ビッシュは手の震えを抑えながら迫った。

「少々忙しかったんだよ」ドクターは穏やかに言った。「私は赤ん坊を取り上げていたんでね、オートリー警部」

ビッシュは息が喉につかえるのを感じた。「彼女は分娩中に自白したんですか?」

首肯が返ってくると、ビッシュは次の言葉を慎重に選んだ。

「彼女は自白を強要されたと思いますか?」

「〝思うこと〟と〝確信〟に違いはあるか?」

問われたわけではないが、それでもビッシュはうなずいた。

「なら、私は強要されたとは思わない。強要されたと確信している」

オーエン・ウォールデンは車まで送ってくると、ワイパーにはさまれた駐車違反切符を抜き取り、黙ったままビッシュに手渡した。

「どうして今まで暴露《ばくろ》しなかったんですか?」ビッシュは批判的に聞こえないことを願いながら尋ねた。

「臆病者だったからだ。もちろん、命の危険を感じていたわけじゃない。しかし、もし私がノア・レブラックの支援運動に乗りだしたら、敵はでっちあげの医療過誤訴訟を起こすことぐらいやりかねない連中だ」彼はしばし物思いにふけった。「数年後、私は彼女に会いにいき、控訴する気があるなら裁判で証言すると約束した。彼女は感謝してくれた。興奮していた。野心的な勅撰《ちよくせん》弁護士のなかには、弁護を引き受けることに興味を示す者も何人かいた」老いたドクターは残念そうにかぶりを振った。「だが、時期が悪かった。それは二〇〇五年七月だった」

ロンドン同時爆破事件。あの当時控訴しても、勝ち目はなかっただろう。ビッシュは車のロックをはずし、手を差し伸べた。「お時間をいただきありがとうございました」

「あなたはご存じかどうか、十三年前のノア・レブラックの妊娠の噂について尋ねまわっているジャーナリストがいる」ウォールデンは言った。「あの低級な三流紙のどれかのサラなんとかという人物だ」

「何を探っているんですか」

「『エディ・コンロンとヴァイオレット・レブラックの関係について記事を書いているんです』彼女はそう言った。『あなたがフォストン・ホールで彼女の赤ん坊を取り上げたというのは本当ですか?』」

ビッシュは何かを叩き壊したい衝動に駆られた。ドクターは理解を示して顔をしかめた。

「あの人たちのことはよく思いだす」ウォールデンは言った。「ノア・レブラック。斡旋《あっせん》者。コンロン家。みんなのことを。エディ・コンロンとノアのつながりが明らかになるのは惨《むご》いことだ。息子の身元を隠すため、ノア・レブラックの子供たちは別々に育てられた。それがすべて無駄になってしまう。残酷だ、あまりにも惨い」

ロンドンへ戻る道中、ビッシュは何度もヴァイオレットの番号にかけてみたが、電源が切られており、もう使用されていないのだと思った。携帯電話が鳴ると彼女からでありますようにと願ったが、ディスプレイに表示されたのはグレイジャーの名前だった。

「あのカンニング野郎のクロンビーがまた留置されたぞ」彼は前置きもなく言った。「ラッセル・ゴーマンへの暴行容疑で逮捕された。昨夜、ストルード駅前でいきなり襲いかかったんだ」

被害者の名前を聞いて、それが誰だったか思いだすのにしばらくかかった。「あのバスツアーの引率者ですか?」駅前でゴーマンに襲いかかることを自分が思いつかなかったことに、ビッシュは少しイラッとした。「今のところ、あのバスに乗った生徒のなかでいい報道がされるのは、死んだか負傷した子供たちだけだ」グレイジャーは言った。「クロンビーはヴァイオレットと関連があるから、聴聞会ではこってり絞られるだろう。これは脅《おど》しでもなんでもないんだが、オートリー、メディアはヴァイオレットと関わりがある人間をこの騒ぎに引きずり込むだろう。ビーも含めてな」

「なぜそんな話を聞かせるんですか、グレイジャー?」

「クロンビー師とミスター・クロンビーはきみを気に入ったようだ。明日の保釈聴聞会で手を貸してやれば感謝されるぞ。それはともかく、きみの学友が裁判官をつとめるから近況報告でもしたいだろう」

「それならエリオットに行かせればいいでしょう」

「そうなんだが、私はきみにも行ってもらいたい。メディアも集まってくるから、エリオットには彼らと話をさせたくない。あいつは礼儀知らずのやつらが苦手なんだ。詳細を送る」返事をしないでいると、グレイジャーは言った。「明日、二時半だ」

M20号線のロンドン方面に乗り入れるつもりが、気がついたらドーヴァーへの標識に従っていた。

「今週中にヴァイオレットとエディを連れてこられると言ったらどうします?」

「内務大臣が喜ぶと思うな」

「じゃあ、彼女が喜びたいなら陰で糸を引くしかないでしょう。太い糸。太くて丈夫な糸をね。聞いているんですか?」

いつもの苛立たしげなため息が聞こえたが、グレイジャーが聞き耳を立てていることはわかった。

二時間後、ビッシュはドラクロワ通りにあるフォージ・ボクシングジムを訪れた。ジャマル・サラフはエディ・コンロンよりやや年長の子供の手にテーピングをしていた。サラフはこの若者たちに自己を投影しているのだろうか。ボクシングのリングに上がりたい、サッカーのピッチに立ちたいと逸《はや》る心。移民の少年がより良い人生へ踏み出すための次の一歩。イングランドのクリケット選手たちはつねに落ちついていて、フィールドのなかでも外でも悠々と歩いているように見える。あたかもその試合に人生がかかっていることなどないかのように。そのせいなのか、ビッシュはクリケットの試合にはほとんど興味を持てなかった。クリケットの技や素晴らしさは見えても、選手たちの血管に脈打つ野生的な飢《う》えや渇きは見えてこなかった。

練習生のひとりから客が来ていることを知らされてこちらを見ると、サラフの顔に恐怖が浮かんだ。その恐怖は自分に関するものではなく、自分の姪《めい》に、そして甥《おい》に関する事柄が話題になることを恐れているのだろう。

「ヴァイオレットとエディは元気だ」ビッシュはいきなり言った。「昨日、彼女から電話があった」

サラフはその知らせに感謝する気はないようだが、それでもほっとした表情を見せた。

「きみにも連絡があったかい?」

「俺の電話はここ十日あまり、あんたの仲間に盗聴されてる。彼女から連絡があったなら、あんたはそれを知ってるはずだ」

「いや、きみの電話はおそらくフランス当局に盗聴されている」ビッシュは言った。「それをイギリスの人間に教えてくれるとは思えない」

「推測を訂正してくれてありがとよ」

「あの子たちはなんとかこれまで身を隠しているが、その運がいつまでつづくかはわからない」

「運だって？」サラフはユーモアのかけらもない笑みを浮かべた。「俺の姪は素晴らしく頭のいい二人の娘だ。だからまだ誰にも見つかってないんだよ」

「二人きりで話せないか？」

「ああ、話せない」

「たとえそれがヴァイオレットのためになるとしても？」

「あんたがヴァイオレットのためになるとは思えない」

「だがそうなんだから、素晴らしく頭のいい二人の娘が私を信頼することに決めた事実を受け入れてもらうしかない」

二人きりで話せる場所とは、ギーズ公通りのバーだった。サラフはジムの上にある自分の部屋にはビッシュを入れなかった。バーテンダーがサラフの前に紅茶のポットを置き、ビッシュのほうに顎をしゃくり、〝なんの用だ？〟〝こいつは何者だ？〟という目つきでサラフを見た。ビッシュは精いっぱい頑張って自分にはコーヒーを頼むとフランス語で言ったが、二人を感心させることはできなかった。

そばを通る者たちがサラフの背中を叩き、握手と短い世間話を交わす。カウンターでコーヒーを飲んでいた者たちは、数分後には店を出ていった。席に着くと、何も言わなくても飲み物が運ばれてくる者たちもいた。常連客だ。ビッシュはうらやましく思った。そういう関わりが恋しかった。ここ三年ばかり、常連としての会話を楽しむことは避けてきた。立ち寄る店を一軒から数軒にして、二日に一回はへべれけに酔うことに気づかれないようにしたのだった。「あの子たちを保護するために、二人で知恵を出し合ってもらいたい」

「お姉さんと話をしてくれないか」コーヒーを飲み干してからビッシュは言った。「あの子たちを保護するために、二人で知恵を出し合ってもらいたい」

「二ポンドのテレホンカードと五分間の会話じゃ、ノアと俺には長話なんかできないね」

「三十分やろう」ビッシュは言った。「直接会って話してくれ」

サラフは顔をこわばらせた。ビッシュを信じられない思いで見つめた。それとも、怒りなのか？

「何をたくらんでるんだ、オートリー？」

「パスポートを取りにいこう」五ポンド札をカウンターに置くと、バーテンが苛立ち交じりの声を発した。サラフはポンド紙幣をしまってユーロ紙幣で払い、ビッシュにお釣りを返した。

「冗談だったら承知しないぞ」サラフは言った。

「娘のバスに爆弾を仕掛けられたときから、ユーモアのセンスは失ったよ」

28

地下鉄のマイル・エンド駅から出るとすぐ、彼らを見つける。ヴァイオレット、エディ、そしてあの、うっとうしいジージー・シャバジ。彼らは道路の向こう側のバス停の前に立っている。ヴァイオレットとエディがふたたび自分の人生に現れてくれることをどれほど待ち望んでいたか、ビーは今初めて気づいた。知り合ってまもないけれど、二人がいないと取り残されたように感じる。ヴァイオレットはサンドレスを着てめかしこんでいる。髪はブロンドの部分をばっさり切っていて、ビーにはその短さと黒っぽさが信じられない。エディは少し長めのスキニー・ショートパンツに高級ランニングシューズという恰好だ。ロンドンの晴れた日に外出する金持ちの子供たちに見えなくもない。

ビーが道路を渡るあいだ、ヴァイオレットはずっとこっちを見ている。そばまで行くとエディはにっこり笑う。ビーには自分の弟が隣に座っているのが見える。最近はどこでもスティーヴィーを見かける。

「このへんには監視カメラがたくさんあるのよ」ビーはジージーに目を据えたまま、ヴァイオレットに話しかける。マイル・エンド駅を選んだのは考えが足りなかったかもしれない。

「そうね。でも、あたしたちみたいな人がたくさんいるから目立たないでしょ」

ジージーはおどけた表情でヴァイオレットを見る。「こんな人たちとは似てないわ」

「そのドレス、いったいどうしちゃったの？」ビーは尋ねる。近くで見ると、ヴァイオレットが小ぶりのサッチェル・バッグを肩からかけていることにも気づく。バックパックではない。ビーが肩にかけているのはフランス語で〝世界は子供の教育によって変わる〟と書かれたキャンバス・バッグだ。意味はアシュフォードに戻ってからグーグルで調べた。

「このドレスのどこがいけないの？」ジージーが答えを知りたがる。つまり、彼女の服だということだ。エディとヴァイオレットが高級な服装をしているのはそういうわけか。

「あなたたち、どこに行くの?」ビーはジージーの反問を無視して、ヴァイオレットに尋ねる。

エディが口を開こうとすると、ヴァイオレットが彼の脇腹をつついて黙らせたので、ビーはムッとする。たった一分で尋問に屈した考えなしのジョーゼット・シャバジは信用できても、ビーは信用できないということか。

当の気取り屋は、虚栄心ばかり強くて頭が空っぽな女の子がやるように髪をいじっている。その彼女が着ているのは、ビーのアークティック・モンキーズのTシャツではないか。「彼女にそれをあげるなんて信じられない!」とヴァイオレットに言う。

「ヴァイオレットがあなたにあたしのスカートをあげたなんて信じられない」ジージーはビーに言う。

「あなたがあたしにそれを送ってきたことが信じられないわ、ジージー」とヴァイオレットが言う。「農場でそれを着ることをうちのおばあちゃんが許すと本気で思ったの?」

「こないだ彼女が履いてたようなムートンブーツと合わせたらいいかも」

「今のはジージーの褒め言葉よ、ビー」ヴァイオレットは言う。「彼女はそういうことに詳しいの」

気取り屋は激しくうなずく。そりゃ、そうでしょう。

「ママとレイラ叔母さんのファッション・ルールはただひとつ。お尻さえ見えなければいい」ビーにはうちの母親もそうよと言って、相手を満足させる気持ちはない。

「家で待ってる人たちが騒ぎださないうちに帰らなくちゃ」ジージーはビーなどその場にいないかのようにヴァイオレットとエディに告げる。

「きみのパパが彼女の両親を別れさせたって本当?」エディがビーに尋ねる。

「おまけにあたしをベイルート・バービーと呼んだ」

「ジージーにはペルシャ人が四分の三はいってる」ヴァイオレットがビーに教える。「だからテヘラン・バービーにすればよかったのに」

「テヘランではバービーは禁止よ」とジージーは言い、エディとヴァイオレットに芝居気たっぷりのキスをする。

「僕はガムを買ってくる」とエディが言う。「ヴァイオレットも食べる?」彼女がうなずくと、エディはジージーと一緒に道路を渡って駅にはいっていく。

「彼女と友達だなんて信じられないわ」ビーは言う。

「彼女は忠実よ。うちの家族のあいだではそれが何より大事なの」

気まずい空気が流れる。ツアー中チャーリーもエディもそばにいない夜、二人は何時までも話し込んだ。

「現金がなくなったらどうするの?」ビーは訊く。「ATMを利用したとたん見つかっちゃうよ」

「ATMは使わない。家にいるときも。まだ貯金箱を使ってるの」

ヴァイオレットはこれまで出会ったなかでいちばんの変人だ。財布にカードを入れておかない人なんている？　しかも旅行中だというのに。

「向こうでは一万オージードル貯めた」ヴァイオレットは言う。「十三年で。親戚からもらったお金、お小遣い。農場で働いたお金。航空券を買うまで一セントも使わなかった」

「そのお金は今、身につけてないと言って」

「まさか」

「荷物はどこにあるの？」

「ジージーの隣家のガレージよ。彼らは休暇でトルコに行ってる。ジージーの弟が魚に餌をやる係」

「そこで寝てるの？」ジージーはよく嘘をつきとおしたものだ、とビーは思う。

ヴァイオレットはぶっきらぼうに答える。「出発できるようになるまではおとなしくしてる。ジージーは免許を取ったばかりで、暇があるときはドライブに連れてってくれる」

二人は黙り込む。警察官が数人、ヴァイオレットと同年代のパーカー姿の子供たちと言い合っている。

「心配しないで」ビーの反応を見てヴァイオレットは言う。「こんな恰好をしてれば寄ってこない」

それで万事うまくいくと言いたいらしいが、彼女の目には悲しみがある。

「なんだかひどい顔ね」ヴァイオレットが言う。

ビーは肩をすくめる。「あまり寝てないから」

「お礼を言いたかったのよ」ヴァイオレットは言う。「あなたにはあたしたちがフランスを脱出するのを助ける義務なんかなかったのに」

ビーにはなんと答えればいいのかわからない。

「彼らのことを考えたりする？」しばらくしてから尋ねる。

「しょっちゅう」ヴァイオレットは言う。「一日に十回くらい」

「あたしも」

「エディはよく彼らのことを話したがるの。マイケル・スタンリーがメールアドレスを教えてくれて、プレイリストを送るように頼まれたと思ってる。エディは届かなくてもいいから送ると言ってる」

「誰か見た？」

「メノシ。それとブライトンから来たレジーって子。彼は顔じゅう血だらけだったけど、ネットで調べたら二針縫うだけですんだらしい。あなたは？」

ビーはうなずく。「マイケルを見た。チャーリーはひどいものを見て、ちょっと頭がおかしくなってるんだと思う」

「クロンビーは元々、頭がイカレてた」

「ストルードで刑務所に入れられたって聞いた？」

「うん。エディとあたしは彼に敬意を表して、NATOフォネティックコード（無線での聞き間違いを防ぐために制定されたラテン文字の通話表）を書き換えた。AはArsehole（アホ）。BはBastard（ろくでなし）。Cのチヤーリーはそのままで、DはDickhead（マヌケ）。EはExcrement（クソ）。FはFuckwit（バカタレ）……」

ビーは思わず吹き出す。

「ガールフレンドから連絡はあった？」ヴァイオレットはそっと肘《ひじ》でつつく。

「ガールフレンドなんかじゃない。キスしただけ」

ヴァイオレットは目を丸くする。「マジで？　まさかぼうっと座って向こうが次の行動を起こすのを待ってるんじゃないでしょうね？」

ヴァイオレットの舌足らずな口調のことはすっかり忘れていた。それは消えたかと思うとまた現れて、彼女がすべてをコントロールできるわけではないことをあらためて思い知らされる。

「うちの母親がカレーでの最後の夜に撮った写真を見たの」ビーは言う。「あなたとあたしは何千年も前にメソポタミアで暮らしてた姉妹の子孫かもしれないって言うのよ」

ヴァイオレットは少し考えている。「うん、そうかもしれない」

エディが地下鉄の駅から出てくる。その顔を見ると胸が痛くなる。弟を思いださせる人は誰でも見るのがつらいが、そんなことは母親や父親には言えない。あの頃、母は毎朝ベッドから出ようとしなかった。赤ん坊が生まれようとしている今、そんなことにはなってほしくない。

「彼を家に連れて帰ってあげて、ヴァイオレット」

「無理に帰らせることはできないわ。向こうで何かあったのよ」

「家庭内のこと、みたいな？」

「ここのこと、みたいな」と言い、胸を指さす。

「じゃあ、どこへ行くつもりなの？」

ヴァイオレットが黙っていると、ビーの怒りがぶり返す。「あたしがパパに話すと思ってるんでしょ！　でも、気取り屋のコゼットは信じられるのね」

「ジョーゼット」と訂正してからヴァイオレットは笑いだし、ビーもつられて笑ってしまう。

「あなたに言わないのは、あなたがパパに秘密にするとわかってるから。それだと彼が傷つくと思うから。あたしはパパが生きていたら、絶対に隠し事なんてしない」

ヴァイオレットは父親が娘を失望させるほど長生きしなかったからそう思えるのだ、と言いたい。崖から身を投げてヴァイオレットを置き去りにしたのは、かなり問題ありだけど。自分の父親がそんなことをしたら絶対に許さないだろう。

「彼はあたしたちが心配するような人なの？」ヴァイオレットが訊く。「ちょっとしか会ってないけど、仕事ができそうな人だった」

ビーはため息をつく。「あの人は今年にはいってから酒浸りで、数週間前に警視庁から停職処分を食らったはず。今は爆破で負傷した子たちを見舞ったり、テロリストを探したりするくらいしかやることがないの」

二人は道を渡ろうと待ち構えているエディを見やる。ビーはヴァイオレットが自分を見つめているのを感じ、首《こうべ》をめぐらす。

「あの子はあたしの弟」ヴァイオレットはそっと言う。

「誰が？　エディが？」

ヴァイオレットはうなずく。「すでに知ってる人たちをのぞけば、それはあなただけに打ち明けた最高機密。だからもう、あなたを信用してないなんて言わないで」

自分はなんてバカなんだろう、とビーは思わずにいられない。大バカだ。エディが道を渡りだすと、タクシーが彼をかすめるように走り過ぎてゆく。あの子とヴァイオレットが肉親であることぐらい見ればわかるのに。ビーは手を伸ばしヴァイオレットの手を取る。

「ねえ、あとふたつ、やることがあるのよ」ヴァイオレットは言う。「それがすんだら、あの子を家に連れて帰る」ためらうような間があいてから、ヴァイオレットは訊く。「あなたのパパはあたしがやったと思ってる？」

「思ってない。あなたがバスに爆弾を仕掛けるなら、後ろのほうのチャーリー・クロンビーの座席を狙うはずだと教えたから。パパはそのわけがわかりはじめてる」

エディが戻ってきて、二人にチューインガムを差し出す。

「クロンビーに会ったら殴ってやる」エディは言う。「フォームを覚えたんだ」彼はシャドーボクシングを披露して、ビーを笑わせる。

「彼を信じていい？」ヴァイオレットが訊く。「あなたの父親のこと。彼はどこにでも現れる。誰のために動いてるの？」

「きっとあなたのためよ、ヴァイオレット。パパはイングランドの子供たちを全員救いたいんだと思う。わが子を救えなかったから」

29

カレー港の乗船前ポイントではほとんど話すことはなかった。フランス国境警備隊のチェックポイントは無言で通過した。英国国境部隊のチェックポイントに到着すると初めて、サラフが息を吸い込んだ。ビッシュはパスポートを手渡し、職員がコンピュータで情報を処理するのを見守った。しばらくして職員は顔をあげた。怪しんだわけではないが、こちらをじっと見ずにはいられない情報を読み取ったらしい。最初はビッシュを見つめ、つづいてサラフを見つめた。職員は何も言わず手を出してサラフにパスポートを要求した。

「ジャマル」ビッシュはうながしながらサラフを見た。彼の額《ひたい》には汗がにじみ、顔面は蒼白になっている。今にも崩壊してしまいそうな様子だ。ここまで来ながら入国を拒否された昔の記憶が甦《よみがえ》ったのだろうか。

サラフがパスポートを手渡すと、職員はまたしても眉《まゆ》をひそめた。今度は隣の列にいる上級職員を手招きする。その上級職員は酒類の免税範囲について若者グループに説教しているところだった。ビッシュとサラフは今や二人の職員から注視されることになった。やがて上級職員は電話をかけにいった。彼が何度もうなずいているのが見える。そして観念したようなため息。こちらを見やる目。

「おかえりなさい《ウェルカム・バック》」戻ってきた職員はそうひとこと言った。自分が国を離れていたのはせいぜい五十分くらいなので、それは久しぶりに帰国するサラフに向けての言葉なのだろうとビッシュは思った。

車のエンジンをかけると、サラフは唾《つば》をごくりと飲んだ。

「あんたは内務省の下で働いてるんだな」

「どうしてそう思う?」

「ビザや入国管理は彼らの管轄《かんかつ》だ。そのくらい知ってるよ」

「私は誰の下でも働いていない」ビッシュは車をフェリーに乗り入れた。

A2号線を走っているあいだ、サラフは自分の世界にはいりこんでいるようだったので、ビッシュはあまり話しかけないようにした。ロンドンに着くと、ビッシュはサラフが何を考えているのか気になった。この街の労働者階級が住む地域はここ十数年でがらりと変わってしまった。スラムの高級化は必要な改善をもたらしたと主張する者が多いいっぽう、コミュニティ――とりわけその昔に移住を余儀なくされた移民たちには、もはやその地区に住む余裕はないと考える者もいた。シェパーズ・ブッシュを通り抜けながら、ビッシュはうんざりしたような声を聞いた。

「ウェストフィールドだ」ビッシュは言った。「ヨーロッパ最大のショッピングモールだよ」

「それがどうした?」

ホロウェイに着くと、サラフは門をくぐりながらまわりの壁を見つめていた。彼が逮捕されたときの年齢はビーと少ししかちがわなかった。十八歳の誕生日まであと一ヵ月というところ。そのため、彼はベルマーシュに収容されることになるのだが、そこは若い犯罪者のための場所ではなかった。サラフの顔にはそのときの記憶が甦っていた。

「姉に何か持ってくれればよかった」サラフは小声で言った。

「何も持ち込ませてもらえないし、彼女はきみに会えるだけで充分だろう」ビッシュはグレイジャーがここの手はずも整えてあることを願った。またグレイ看守たちとやりあうのは勘弁してほしい。

ビッシュはまずひとりで面会室にはいった。今日は看守の人数が増えている。ドアの外にひとり、なかにもひとり。この様子からするに、ノアと弟の再会は警備上のリスクとして扱われているようだ。彼女は例によって着席していたが、手錠がかけられていた。今回は目を合わせようとしない。手錠のせいで、いつもの冷静さが失われている。顔つきも変わっている。

「それの鍵を持っていますか」ビッシュは看守に尋ねた。彼は若かった。前にもグレイと一緒にいるところを見たことがある。名札にはファリントンと記されていた。

「私には手錠をはずす権限がありません」ファリントンは言った。

「それなら、外にいる同僚に権限を持つ人を呼んでくるように頼んでもらえませんか?」

看守はドアまで歩いていき、廊下に頭だけ出した。看守同士の話し声が聞こえてくる。

「何があったの？」ノアはやっとこちらを見た。

「あなたの弟が外にいる。どうしたらヴァイオレットを連れてこられるか、二人で話し合ってほしい」

最初は信じられないような顔をした。それから、彼女の目に涙がこみあげた。あまり期待しないように、それがこぼれだすのを必死にこらえている。

ようやく戻ってきた看守が手錠をはずしているあいだに、ビッシュはサラフを呼びにいった。弟がはいってくると、ノアは立ち上がり、彼の胸に飛び込んだ。声をかけることも、大げさな嘆きもなく、ただ黙って二人は嗚咽《おえつ》に体を震わせていた。二人には電話や手紙のやりとりはあっても、相手の心臓の鼓動を感じることはなかったのだ。

しばらくして、サラフはふうっと息を吐き出した。「縮んでしまったな」そう言って、少し体を離して姉を眺める。

ノアはしゃがれた笑い声をあげた。「あなたはちっとも縮んでない」

看守が二人のそばをうろついている。「さあ、もういいでしょう」

ビッシュはもう少しそのままにしてやりたかった。

ノアは弟をテーブルまで連れていき、しっかりと手をつないだまま座った。サラフは両手で顔を包まれると、感激していた。

「もう触れないように」看守が注意した。ノアがアラビア語でサラフに話しかけると、ビッシュは「アラビア語は使わないように」と注意した。

ノアはこちらに目を向けた。その残忍さと嬉しさが入り交じった表情に、ビッシュは鼓動が速まるのを感じ、目をそらした。彼女になんらかの感情を抱くことはできない。ノアはフランス語で話しだした。サラフは笑っている。

「英語で」ビッシュは警告した。「さもないと面会は終わりだ」

「彼の名前がバシルだと知っていた?」ノアは弟に言い、さっと笑みを浮かべた。

「嘘だろ」

「イーミは昔なんて言っていたかしら? すべての道はアレクサンドリアへつながる」

サラフは「おお」と感動することはなかった。「彼には教えないほうがいい」

ノアは携行してきた本のあいだから何かを抜き出した。ビーが持っていた写真だ。サラフがエディを指さすと、ノアは黙ってその手を払いのけた。この子のことは話すなという無言の警告だ――まるでビッシュがまだ何も知らないかのように。

「くそっ、すごい美人だな、ノア。だけど、あの子を怒らせたら怖いぞ。ほら、イーミとカルティ・サディを一緒にしたようなものだ」

ノアはまたしゃがれた笑い声をあげた。ビッシュもそこに加わりたかった。イーミとカルティ・サデイとは何者で、二人のどういうところからヴァイオレットのような人間ができあがるのか知りたい。

ビッシュは姉弟の会話をさえぎった。「彼女が何を計画していたのか、そして今は何をしようとしているのかを突き止めなくてはならない」彼はポケットから地図を取り出した。ライで過ごした夜に、ヴァイオレットとエディが目撃されたとされる場所にすべて印《しるし》をつけた。目撃が確認された場所には赤いアスタリスク、未確認の場所には黒いアスタリスクがつけられている。「まずはフランスからだ。なぜフランスまで行ったのか？　きみに会うためじゃないよな、サラフ。それならロンドンに滞在して、好きなとき海峡を渡ればいい。それなのになぜ八日間もノルマンディーをめぐろうとしたのか？」

二人とも口を開かなかった。看守がいるせいなのか、それとも自分が信頼されていないせいなのかわからない。ビッシュは立ち上がり、ノートに電話番号を書き殴ってページを破り、ドアの外に立っている看守にそれを手渡した。

「そこに電話してくれ」ビッシュは言った。「誰でもいいから出た相手に、看守が同室していると仕事をまっとうできないと伝えてほしい」そう告げると、部屋に戻って腰をおろした。

ノアとサラフは地図をにらんでいた。「ヴァイオレットは彼と話をした」サラフはビッシュのことを言った。「だから彼のほうが俺たちよりいろいろ知ってるらしい」

ノアは驚いてビッシュを見つめた。「いつ？」

「昨日」ビッシュはテーブルに手を伸ばし、ストラットフォードのオリンピック・パークにつけた赤いアスタリスクを叩いた。

「実際にあの子を見たの？」

「そこにいると気づいたときにはもう遅かった。彼女は電話をかけてきたんだ」

「なんて言っていた？」ノアは鋭く訊いた。

「父親のこと。彼の腕時計。私はその来歴を教わった」

「ほかには？」

ビッシュは首を振った。セックスについて話したことは今は持ち出さないほうがいいだろう。

「わかっていることから始めましょう」ノアは言った。「あの子はいつ到着したの？」

「ツアーの前日だ。二週間だけ滞在する予定で、その後ヒースロー空港から飛び立つ予定だった」

ビッシュは地下鉄のセント・ジョンズ・ウッド駅とドーヴァーのバックランド病院の赤いアスタリスクを指さした。「彼女がジョーゼット・シャバジに泊めてもらい、負傷した三人の生徒に会いにいったことはわかっている」

ノアは黙って地図を見ている。ドアをノックする音が聞こえると、看守は手招きされて出ていき、室内は三人だけになった。

「エディがあなたの息子であることは知っている」とビッシュは言った。「どこで生まれ、誰が取り上げたのかも」

ノアがこちらの目を見つめた。何を思っているのかは読み取れない。彼女は弟のほうを向いた。「ジミー、オーストラリアに連絡を取り合っている人はいる？」

サラフは返事をしなかったが、ノアは妙な顔をして弟を見つめている。その表情からすると、弟がもっと情報を持っていることを悟ったようだ。

「あちらの連邦警察はレブラック家の電話回線をモニタリングしている」ビッシュは言った。

「となると、ヴァイオレットは祖父母にメッセージを送るのに誰を経由しているのか？」

「関係ない人たちの人生がかかってるんだ」サラフがビッシュに言った。「彼らには電話を盗聴されたり人生を穿鑿《せんさく》されたりするいわれはない。この件に巻き込まないと約束してくれ。あんたの子供の人生にかけて」

「私の子供のことはほっといてくれ」

「教えてあげなさい、ジミー」ノアが言った。

サラフはため息をついた。「ヴァイオレットはエディと写ってる写真をニック・スコラーリにメールした」

「エティエンヌの親友よ」ノアはビッシュに教えた。「コリアンバリーの近くの町に住んでいるの」

「ヴァイオレットは心配しないでと祖父母に伝えてほしいと頼んだ。自分は北へ向かってる。そこでやるべきことを片づけてから帰ってくると」

それはこれまでの考えを変える事実だ。ノアもそう思っていることがその表情からわかる。おそらくレイチェルの言うとおり、ヴァイオレットが逃げているのは、逮捕を恐れていることとはあまり関係がないのだろう。この旅には最初から別の目的があったのだ。

「ヴァイオレットはいつだってヴァイオレットだ」サラフが言った。「一度計画を立てたら何物にも邪魔することはできない」

「バスに爆弾が仕掛けられようともね」ノアはふたたび地図に集中した。ビッシュは彼女の表情がだんだん変わるのを見ていた。やがて息をのむ音が聞こえた。ビッシュは手を伸ばしそうになるのをなんとかこらえた。サラフが姉の手を取った。

「どうしたんだ、ノア?」

ノアはテーブルに肘をつき、手で顔を覆った。

二人は彼女が地図を引き寄せて話しだすまで待った。

ノアは気を取り直した。「あの子がどこへ向かっているのかわかったわ」

「エティエンヌのツアーを覚えてる、ジミー? 地元の市場や公園なんかに行ったわよね。歴史を学ぶツアー。あなたも子供の頃、あれが好きだったでしょ。その後ヴァイオレットが生まれると、あの子はそのツアーに夢中になった。面白かったのよ。バカバカしいこともあったけど、土台はすべて事実。あの歴史ツアーには家族全員が関わっていたから。ママが初めてパパとキスをした場所、ビートルズが収録したライム・グローブ・スタジオ、戦争中にドイツ軍が爆撃した場所、ジミー叔父さんがチョコレートアイスクリームを落として泣きながら帰ってきた場所」

サラフは泣きそうな笑みを浮かべた。

「それが北へ向かうこととどういう関係があるんだ?」ビッシュは訊いた。

ノアはビッシュに手を差し出した。「いいかしら?」ビッシュはその手をじっと見つめていたが、彼女がペンを指さすとそれを手渡した。「あの二人は家族の歴史ツアーに乗り出す。そのツアーはあなたと私、エティエンヌとヴァイオレットが生まれたノルマンディーから始まる。

だからあの子はフランスツアーを選んだのよ」

「くそっ」サラフはそっとつぶやいた。

「それじゃあ、あの子がこちらに到着した翌日、エディとドーヴァーの港で初めて会うと仮定してみましょう」ノアは地図のドーヴァーに印をつけた。「まずはエディをル・アーヴルに連れていく」

「だけど、どうして俺を訪ねてこないんだ?」サラフが訊いた。「あの子が来たのは七日も経ってからだ」

「それではあの子の計画がだいなしになるから。あなたはすぐにエティエンヌの両親に連絡するだろうし、クリストフは最初の飛行機に乗っていたはずよ」

「だけど、あの爆破事件がなかったら、ジョン・コンロンはドーヴァーでエディを待ち受けていただろう。そうなれば、彼らの歴史ツアーは終わりだ」

「コンロン一家はロンドンから一時間もかからないところに住んでいるの」ノアは説明した。「だからバスツアーが終了してジョンがエディを迎えにきたとしても、エディはその気になればヴァイオレットと毎日会えるでしょ? もしアンナが生きていたら、そんなことは無理だと思う。でも、学校は休みだし、ジョン・コンロンは仕事だし、エディがどこで何をしているかなんて誰にもわからないんじゃないの?」

ノアは地図上のリッチモンドを指さした。「イーミが埋葬されているトゥイッケナム墓地はこのそばにある」ノアはビッシュを見た。「ヴァイオレットは、ジャマルと私が母親の墓を参ったことがないことをどう感じているかを知っている」声がかすれた。「あの子は私たちのために墓参りに行ったでしょう」

ビッシュは二人の顔を見ないようにした。少しそっとしておいてやろう。

しばらくして、サラフが地下鉄のエッジウェア・ロード駅を指先で叩いた。「パディントン・グリーン」姉の言うことが真実であると認めるように言った。

そこはビッシュが母親の腕からヴァイオレットを奪った場所だ。自分もこの歴史ツアーに参加していたのだろうか？

「そうなると北へ向かう目的はひとつしかないわね」ノアが言った。「エディをマルハム・コーヴに連れていくつもりなのよ。父親と最後に行った場所に」

「もう二週間近くも経つのに」ビッシュが言った。「北部では目撃情報がない」

「誰もが自分たちを探してることは、ヴァイオレットにはわかってる」サラフは言った。「ロンドンでは人込みに紛《まぎ》れるのは簡単だが、北へ向かう列車に乗るか、ヒッチハイクを始めたとたん気づかれるだろう。人が少ないから溶け込むのが難しくなる。目立つに決まってる」

ノアはうなずいた。「爆破事件が起こらなければ、ノルマンディー、ロンドン、マルハム・コーヴ、私、カレーにいるジミーのところに行って、それから家に帰ればいいだけだった。すべて二週間以内にすむ。目的地は変わっていない。年代の配列がちがうだけ」

サラフはがっくりして、姉の手を握った。「なぜ今になって。あの二人はどうやって互いを見つけたんだ？」

「ジョン・コンロンと話をして」ノアは弟に言った。その声には怒りがにじんでいた。「エディがまだ十三歳だということを思いださせてやるの。アンナならこんなことはさせない。父親らしいことをしろと言ってやってよ」今やその目からは涙がこぼれ落ちている。「エディがあの子を必要としなかったら、あの子は私たちに内緒で行動したりしなかったでしょう。エディがあの子を必要としているということは、ジョン・コンロンが父親として失格だということよ！」

時間が来るとビッシュは先に廊下に出て、二人が別れを告げるのを看守とともに待った。数分経ってから二人は現れ、ノアが言った。「彼を母の墓に連れていって」それは命令でも懇願《こんがん》でもなく、彼女はこちらの返事も待たなかった。弟の手にキスし、その手を自分の顔に持っていって押しつけると、看守に連れられて去っていった。

サラフを車に乗せてトゥイッケナム墓地まで行き、事務所で方角を尋ねると、窓口の女性から墓の冒瀆《ぼうとく》は犯罪であると注意された。アザイザ・サラフの墓まで来て、ビッシュはその理由を理解した。誰かが墓石を鋭利なもので削った跡と、古い落書きの跡が残っていた。

サラフは怒りを抑えきれなかった。「死んだあとでさえ、墓に小便をかけ、大便を残していくやつらがいた。それに対処するやつは誰もいなかった、団地の女性たちをのぞけばな。みんなムスリムの男がムスリムの女に暴力を振るうときだけ憤慨《ふんがい》する。あんたたちがムスリムの女を気にかけるのはそういうときだけだ」

「ひとまとめにするな」ビッシュは言った。「私は差別主義者ではないし、私が大事に思う人たちのなかにも差別主義者はほとんどいない」

「自分は差別主義者じゃないと思いたいだけだろ」

「ところがどうして、私には絶対《ファッキン》の確信がある」

「母の墓のまわりでは言葉に気をつけろ」サラフは言った。「少しひとりきりにしてくれ」

ビッシュは歩きだし、事務所で手に入れたパンフレットに目を通した。イスラムの区画は聖別されていない場所にあり、遺体は頭をメッカに向けた状態で埋葬される。ビッシュは死者を埋葬する儀式に昔から魅了されていた。自分の息子を埋葬しなくてはならなくなるまでは。

二十分後、サラフが立ち上がって墓を離れるのを見て、ビッシュはそろそろ出かけようと思った。

「あんなものを見つけたなんて、姉には言うなよ」車に戻りながら、サラフはそっとつぶやいた。

「きみの姉さんとはそういう会話にはならない」

「姉は訊くだろう。こういうことにこだわるたちなんだ。エティエンヌの遺体をオーストラリアへ運ぶのを許したのも、農場に埋葬されるとわかってたからだ」

「きみの父親の墓は?」ビッシュは尋ねたが、しばらくはなんの反応もなかった。

「伯父が親父の遺灰をエジプトに持ち帰った」ロンドン・ロードのロータリーにさしかかったとき、サラフはだしぬけに言った。「いいか、親父はクリスチャンだったんだよ。それを覚えてる者はあまりいない。あの爆破事件をイスラムのテロ行為と決めつけるのに必死だったんだ」

ビッシュはサラフのインタビュー記事を読んで、そのことは知っていた。

「俺の両親は六〇年代にアレクサンドリアで出会った。母親は街で評判の美人だった。俺を身ごもる頃には身なりにかまわなくなってたが、伯父のジョセフは親父が彼女と結婚しなかったら、ほかの兄弟の誰かがしてただろうとよく言っていた。

六〇年代後半にイングランドに移ってくると、父親はまわりに受け入れられようと決意し、アラブの群れ——父は好んでそう呼んでた——に属することを拒んだ。いっぽう、母の生活はコミュニティを中心にまわってた。母はノアをプライベートスクールに入れるためにがむしゃらに働き、やはり賢い娘に夢を抱くほかのアラブ人の母親たちと競い合った。しかし父には幸運をつかむことができなかったようだ。新しい環境に溶け込むことに固執した父は変わった。俺は母が出会った頃の父ではなく、すっかり変わってしまった父を目撃することになった。彼は母がヒジャブをかぶることを恥ずかしがり、母がムスリムであることが社会的な足かせになると思い込んだ。彼らはよく喧嘩をした。なかにはヒジャブを着用するよう強制されると感じる女性もいるが、母は着用しないことを強制されていると感じてた」

「それなのに、きみの姉さんは身につけなかったのか？」

「ノアはみずからの意思ではなく、そうしなければならないから身につけてる女性が多すぎると感じてた。母とは考え方の違いを認め合ってた。二人は文化や宗教のことでよく意見が分かれたが、互いを愛してた」

ビッシュはウォータールー駅前に車を止めた。グローブボックスから財布を取り出し、公共交通機関で使えるオイスターカードを探した。

「きみには四十八時間のビザがある」ビッシュは言った。「もし規則を破れば、また投獄され、誰の力も借りられなくなる」

サラフは一瞬、言葉を失い、それからおもむろに訊いた。「俺は二日間滞在できるのか？」

「ヴァイオレットがいつ接触してくるか知りたい」

「あの子は俺がこっちにいることを知らないだろう」サラフは感情が声に出そうになり咳払いした。

「だったら知らせる方法を見つけるんだ」

二日間のビザはグレイジャーと内務大臣が合意した条件だが、ロンドンでサラフを解放することは含まれていない。サラフに名刺を渡すとき、ビッシュの手は震えていた。せめてもの慰《なぐさ》めは、名刺を受け取った手がもっと激しく震えていたことだ。

30

〈ディフェクターズ・ウェルド〉での酒宴から帰宅する頃には、あたりは暗くなっている。大学時代の友人のなかから婚約した者が初めて現れたことに取り残された気分はまるでないが、その日は自分にも良い知らせがあることを期待していた。ジュニア・パートナーシップはすぐ手の届くところにあったが、その期待も今はむなしい。この一週間でレイラのまわりのムードはがらりと変わった。エリオットとオートリーが訪ねてきたせいもあるが、それだけではない。フランク・シルヴェイのオフィスで二度ほど見かけたジェマイマは、自分に向ける態度が、無関心で敬意のないものから、気まずく少し後ろめたいものに変わっていた。つまり事務所のスパイの例に漏れず、ジェマイマは何かを知っているのだ。

とはいえ、情けないのはジュニア・パートナーシップの獲得に失敗したことではない。この一年で自分に何を許してしまったかをはっきり悟ったことだ。イエス・パーソン。何も疑問を持たないタイプの人間。パートナー弁護士と話すとき、自分の口調や声の大きさをいちいちチェックする人間。自分がまだ知らないことを教えてくれていると相手に思わせる人間。レイラの最大の後悔は、自分の魂の一部を売ったことであり、そこまでしてもチャンスを逃したことだ。

帰りが遅いときでも、階段の電灯のスイッチを入れることはめったにない。たいてい、階段を半分ほどのぼったところで勝手に消えてしまうので、暗闇よりも怖く感じるから。けれど、今夜はスイッチを入れておけばよかったと思う。ドアの前にいる人影を見て、恐怖で心臓がドキッとする。

「俺だよ」

彼だ。

「ひと晩だけ泊めてほしいんだ」ジミーは最後に会ってから十二年も経っていないかのように小声で言う。彼は何も持っていない。旅行用バッグもなく、着の身着のままだ。

「違法じゃないの？」レイラは訊く。「面倒はごめんよ」冷たく聞こえようがかまわない。十二年前にカレーを訪ねて以来、ジミー・サラフにはなんの借りもない。

「三日間もらった」と言うのを聞いて、レイラは自分がその声にいつも心地よさを感じていたことを思いだす。奨学金で名門校を出たノアとはちがって、ジミーの声には近所の人のような気取りのなさがある。

「彼らは俺がロンドンにいると知ったら、ヴァイオレットが顔を見せるかもしれないと思ったんだ」

レイラは鍵をあけ、彼をなかに入れる。それだけでもう部屋はいっぱいになる。「ノアと会ったの？」

ジミーはうなずき、あたりを見回す。

「彼女はどう思ってるの？」レイラは部屋にあるものをすべて見られている居心地の悪さを無視しようとする。壁の絵や傷ひとつないクリーム色の家具が、突然気取ったものに見える。十代の頃は二人とも相手が好きなものを全部知っていた。今は彼について何も知らない。

ジミーは片隅に置かれたピアノに目をやる。この広さのフラットにピアノがあることがおかしいのだが、それはもともと彼の家族のものだった。二人ともそれぞれの母親から無理やり習わされた。レイラは惨憺《さんたん》たる結果に終わった。失敗することを知らないジミーは、サッカーと同じようにピアノの才能を発揮した。エティエンヌが弁護士への支払いのためにノアたちの持ち物をすべて売り払ったとき、それを盗もうとする者たちがいたので、レイラの母親がそのピアノを買って、持ち去られないようにしたのだった。

「うちの母はあなたがここにいることを知ってるの？」レイラは訊く。

「ジョスリンに電話した」

「あなたに会いたがるでしょう。うちの母は」

二人の母親たちのあいだには、つねに複雑な、しかし深い関係があった。とりわけ片方が亡くなる前は。

レイラはジミーのかたわらを通り過ぎてキチネットに行き、帰る途中で購入した食料品をしまう。

「エディのこと知ってるわ」背後に彼の気配を感じて話しかける。答えがないので、あの頃ノアの妊娠について明かすほど自分を信頼していなかったなら、今も話す気はないのだろうと察する。

「何か飲む？」

「酒はやらない」

はっきり言うわね。レイラ自身は飲みたくてたまらない。レイラは批判されたと感じる。「ソファはベッドになるわ」と言い残し、よく考えもせず部屋から出ていく。

レイラはタクシーを呼び止め、運転手にセント・ジョンズ・ウッドまでと告げる。その日ジヨスリンから電話があった。「もうすぐ学校が始まるから、子供たちは家に戻らないと」と姉は言った。「ママといると頭が変になりそうだし」

ドアをあけたジョスリンは何も訊かない。子供たちのなかではジージーだけがまだ起きていて、ふくれっ面《つら》をしている。

「あの子は門限を一時間も過ぎてから帰ってきたの」とジョスリンは言う。「私がゆうべ何度も部屋をのぞきにいったから、ふくれているのよ」

「ヴァイオレットとエディがクローゼットに隠れてると思う?」

「もうどう考えたらいいかわからない」ジョスリンはレイラをじっと見つめる。「彼は一緒にいるの?」

「彼のことは話したくない」

「わかった」ジョスリンは言う。「アリーと一緒に起きてればいいわ、煙草《たばこ》でもぷかぷかやりながら。彼は私とも話したくないのよ。私は先に寝るわね」

「そんな非難がましい言い方しなくてもいいでしょ!」

「私にどう言ってほしいの、レイラ? 家に戻って、ジミーと話し合いなさい。そうすれば前向きに生きていけるから」

レイラは結局裏のバルコニーで、アリーと一緒に煙草を何本か吸って、ジョスリンのことについて議論する。

「彼女は私に嘘をつくべきじゃなかった」

「嘘をつかなきゃならないような状況に置かれるべきじゃなかったのよ、アリー」

「仕事のほうはなんとかなるだろう。家名に傷がつくことも避けられそうだ。だが、正直なところを聞かせてくれ、ジョスリンは誰からも好かれる資金調達者やママ友になれると思うか?」

レイラは煙草を揉《も》み消す。「そんなバカなことばかり言ってると、姉に逃げられるわよ、アリー。彼女が永遠に出ていかないうちに関係を修復しなさいよ」

31

木曜日、サフランから電話があった。ビッシュにとっては爽やかな朝とは言いがたかった。一日一杯に減らそうとした酒を完全に断ったのだ。体に震えを覚え、飲酒問題の実態を身をもって知ることになった。

「ダーリン、聞いてるの? アンソニー・ウォルシュがチャーリー・クロンビーに対する訴訟を扱う地方裁判所の判事だってこと知ってた? 彼はあなたの学友だったわよね?」

学生時代のA・J・ウォルシュとビッシュは住む世界がちがった。ウォルシュは当時から頭抜けた存在だったが、いっぽうのビッシュはありのままの自分を出すのが下手で、環境に適応したり人脈を作ったりすることに消極的だった。エリオットと友達だという事実もなんの助けにもならなかった。そのエリオットとはストルードの裁判所の前で落ち合った。着ているスーツにはしわが寄り、食べ物の染みがついている。

「サラフの子守をしてるんじゃなかったのか？」エリオットが訊いた。

「子守をしてるわけじゃない」

「そうなのか？　ヴァイオレットとエディを見つけるまで、やつから目を離しちゃいけないと思ってたが」

「それは承知のうえだよ、エリオット」

エリオットはこちらをじっと見つめた。「グレイジャーを怒らせるな」

「なぜだ？　この街で二度と働けないようになるからか？」

「これはグレイジャーの個人的な問題だから、怒らせちゃいけないんだ」

「個人的な問題とは？」

「おまえには関係ないことだ」

「娘があのバスに乗っていたんだから関係あるだろう」

「今日はアンソニー・ウォルシュが仕切るんだって？」エリオットが話題を変えた。

キャンプ場やブローニュの病院で見かけた若いジャーナリストが、こちらをじろじろ見ている。たしかバックランド病院の表にもいたはずだ。彼女はこちらに近づいてくると名刺を差し出した。サラ・グリフィス。ビッシュは受け取らなかった。

「近いうちにエディ・コンロンのことについてお話ししたいの」と彼女は言った。オーエン・

ウォールデンは勘違いしていた。サラ・グリフィスは三流紙ではなくネットのニュースとエンターテインメント新聞の記者だった。まあ、どちらにしても同じことだが。目の前に立っている自信に満ちた女性は、長年に出会ってきた擦《す》れたジャーナリストとなんら変わらなかった。若ければ誠実だというわけではない。エディ・コンロンの身元を明かそうという相手からは、誠実さなどどうしても見いだせなかった。

まだ隣にいたエリオットが手を伸ばし、名刺を受け取った。「サラ・グリフィス？」

「そうよ」

エリオットは名刺を返した。「名前を覚えておこうと思っただけでね」

ビッシュはロビーでクロンビーの両親を見かけ、再度自己紹介した。アーサー・クロンビーは息子のためにスーツを抱えていた。クロンビー夫妻はビッシュを見てほっとしたようだ。

「法廷弁護士の計らいで、数分だけ息子に会えました」クロンビー師は言った。「それ以外は、あの弁護士はどうも頼りなさそうに見えます」

「ケニントン家とちがって、ラッセル・ゴーマンは告訴を取り下げないことにしました」ビッシュは説明をはじめた。「ですからこの聴聞会は保釈が認められるかどうかを決定するものになります」

「却下されたら？」クロンビーの父親が尋ねた。

「息子さんは再勾留されて、裁判の日が設定されます」

「勾留するなんてあんまりですよ、警部」アーサー・クロンビーが言った。「チャーリーはカレーでの出来事のせいで正気を失っているんです」

「あれ以来、あの子は一睡もしてないんです」母親が言った。

クロンビー夫妻は息子のために言い逃れをするような人たちには見えないが、チャーリーが逮捕されるのはこの二週間で二回目だから、安請け合いはしたくなかった。

「判事は話のわかる男です」ビッシュは言った。「供述しだいでは心が動く可能性があります。ですから、チャーリーが好感の持てる誠実な人間だと伝わればうまくいくかもしれません。爆破事件のトラウマを語らせてみたらどうでしょう」

クロンビー夫妻は顔を見合わせた。〝好感の持てる誠実な人間〟というのは、彼らの息子には当てはまらないようだ。彼らはげんなりした様子の弁護士にうながされて法廷へ向かった。ビッシュはほかの者たちと一緒にあとにつづいた。そこにはケニントン夫妻もいた。クロンビーは彼らの息子の鼻を折った件ではうまく逃げ切ったかもしれないが、この事件ではそうはいかないことを確実にしたいのだろう。

しばらくして、クロンビーが被告人席に連れてこられた。いつものように不機嫌そうな青白い顔で、黒い細身のジーンズに白いシャツ、細いネクタイ、黒いジャケットという恰好で立っている。判事が現れ、部屋を見渡し、クロンビー夫妻の横に座っているビッシュとエリオットに目を留めた。

保釈聴聞会にすぎないのに、ラッセル・ゴーマンの法廷弁護士は人物攻撃に熱心なようだった。チャーリーが以前の学校でやらかしたカンニング事件が蒸し返された。ヴァイオレット・

レブラックとの性的関係も持ち出された。バスツアー中の飲酒、喫煙、迷惑行為、夜間外出禁止違反、公共の噴水での排尿などが詳細に弁じ立てられた。これはすべてロドニー・ケニントンが教えたのだろうか、とビッシュは思った。旅の恥はその場かぎりのものというルールはないのか？ ケニントンは企業の内部告発者の卵だ。道義的精神からではなく、昇進できなかったことを恨み、悪気からやるタイプだ。ビッシュはそっと身を乗り出し、クロンビーの弁護士の背中をつついた。〝なんとか言えよ、この役立たず〟と叫びたくなった。これは裁判ではないのだ。

被告人席のクロンビーは憎悪をむきだしにしてケニントンとゴーマンをにらみつけた。彼がメディアの次のターゲットになるのはまちがいない。

「チャーリー、きみは変わったやつだな」ウォルシュ判事は好印象を抱いているようにはとても見えない顔で言った。「立派な両親に育ててもらいながら、きみは恥ずべき行為でそれに報《むく》いる。まずはゴーマン氏に謝罪することから始めてもらわなければならないだろう」

ウォルシュはチャーリーに前科をつけないチャンスを与えているのだ。クロンビー夫妻が確認するようにこちらを見たので、ビッシュはうなずいた。あとはチャーリーがウォルシュ判事に好印象を与えるかどうかにかかっている。

「ミスター・クロンビー」ウォルシュが言った。「みんな待っているんですよ」

ロドニー・ケニントンが身を寄せて、両親に何かささやいている。彼らは息子の言うことを面白がっているようだった。突然、被告人席のクロンビーが立ち上がり、仕切りガラスの壁を殴りつけた。「くそったれども！」彼は叫んだ。

「ああ、チャーリー」彼の母親がつぶやいた。

「やつらは俺の恋人を戸棚に閉じ込めた。まるでどうでもいい人間みたいに。彼女を尻軽娘と呼んだ。誰もやつらを止めようとしなかったんだ！」

ビッシュは唖然とした。誰もが唖然としていた。判事は聴聞会の中止を命じ、クロンビーは被告人席から引きずり出され、それでもまだゴーマンを脅《おど》した。「また襲ってやるぞ！　今度はおまえの心臓を切り取ってやる！」

「シェイクスピアの卵だ」とエリオットがつぶやいた。

クロンビー夫妻は真っ青な顔で、息子が一般人は通れないドアの向こうに消えていくのを見送った。

ビッシュとエリオットは記者たちを肩で押しのけて、制限区域の廊下に出た。そこでは警備員のひとりがチャーリーを取り押さえようとしていた。自制心を失い、腕を振りまわすチャーリーの拳《こぶし》がウォルシュをかすめる。そしてついに、警備員が二人がかりでチャーリーを床に押さえつけた。

「とにかく私は保釈金を設定するか、心的外傷後ストレス障害として精神鑑定を受けさせるかしなければならないだろう」その後、執務室でウォルシュは切りだした。チャーリーが監房に連行されたあと、彼はエリオットとビッシュを自室に招き入れたのだ。判事はチャーリーに謝罪文を書くことを命じ、「そのペンで彼がおかしなことをしないように気をつけろ」と警備員に注意をうながした。

ウォルシュは状況を好転させる最善策を見つけようとしていた。「だが、クロンビーがそれに値しないなら、私は時間を無駄にしたくない」

「やつがあのバスの乗客を全員見つけ出して、ぶん殴るつもりじゃないことを祈ろう」エリオットが言った。

「クロンビー夫妻には、あの子に少しでもいいから良識があることを保証してくれる人は見つけられるかな」ウォルシュが訊いた。

「彼は女の子をかばっていた」ビッシュは言った。

「ああ、それなら私も国民の支持を得られるだろうよ」ウォルシュは言った。「〝チャーリー・クロンビーはブラッケンハム爆弾魔の孫娘の味方だ。だから彼の悪いおこないはなかったことにしてやろう〟ってか」

「チャーリー・クロンビーを弁護できる者は、おいそれとは見つからないだろう」

エリオットがあいづちを打つ。「あの子を放免したら、ゴーマンはメディアに大騒ぎさせるぞ」

「ゴーマンを見ていると、その昔、地理の授業でひどい目に遭わされた野郎を思いだすよ」とウォルシュは言った。

彼は立ち上がり、部屋の隅にあるキャビネットへ向かった。エリオットやビッシュとちがって、アンソニー・ウォルシュはみっともない年の取り方をしていなかった。彼はみっともない真似をしたことが一度もない。彼はつねに時代を先取りしてきたし、全寮制学校時代にゲイであることを公表した最初の監督生（学校の代表として生徒の生活指導を担当する上級生）代表でもある。

「きみたちは恋人同士か？」ビッシュとエリオットを振り返りながら言う。「結婚は偽装じゃないよな、オートリー？」

ビッシュは気を悪くした顔をしないようにした。エリオットのことではなくゲイを嫌っていると思われないために。

「五年生の頃はみんなそう思っていたよ」ウォルシュは言った。「きみたちは休暇になると、よく互いの家を行き来していた。何が目当てだったんだ？」

「彼のイタリア人の交換留学生」ビッシュは言った。

「彼のおふくろさん」エリオットが言った。

ウォルシュはにやりとして、キャビネットからジョニー・ウォーカーのボトルを取り出し、どうだい、とグラスを掲げた。

はいはい、ぜひ。

ビッシュは心の声に逆らって首を振った。エリオットの携帯が鳴り、彼は応答するために廊下に出ていった。

「警視庁から停職処分を食らったのはどういうことだ？」二人きりになると、ウォルシュが訊いた。

ビッシュは学校時代に戻り、監督生代表から説教されようとしていた。「ついカッとなってしまったんです」謙虚なふりをして答える。

ウォルシュは笑った。「やめてくれ」彼は腰をおろしてスコッチをひと口飲んだ。「当時のきみのニックネームはなんだったかな、オートリー？　ハルク？　怒らせないかぎりはおとなしくて優しい男」

「そんなに乱暴した？　覚えてないな」

「四年生のとき。プリマス出身のトマス・シンプソンに自習室で。今でも同窓会で一度や二度は話題にのぼる。きみが出席を拒んでいる同窓会だよ」

ビッシュはハイスクールの同窓会よりひどいものはないと思っていた。

「息子さんのことを聞いたときはショックだったよ」判事はそっと言った。「私も同じように弟を亡くした」

ビッシュはウォルシュ家の悲劇を思いだした。彼らが十四歳だった頃のこと、家族旅行に出かけたスペインでの出来事だった。

「エリオットの様子を見にいったほうがよさそうだ」ビッシュが腰をあげ、ドアに手を伸ばしたとき、ノックの音がして書記官が封筒を持ってはいってきた。

「困ったやつだ」謝罪文を読んだウォルシュはつぶやき、ビッシュにそれを手渡した。

〝あのくそったれどもに謝るくらいなら、監獄でくたばるほうがましだ！〟

ビッシュが驚いたのは、内容ではなく筆跡だった。その筆跡には見覚えがあるどころか頭に焼きついていた。爆破事件当日に詳細な情報を書き込んでくれた人物のものだ。欠点のあるなしにかかわらず、チャーリー・クロンビーは生き残った引率者二人にできなかったことをやってのけた。そのうえ、生徒たちの大半が親と話せるように自分の携帯電話を提供していたのだ。フィオン・サイクスもチャーリー・クロンビーは年少者の面倒を見ていたと言っていた。

「私ならなれると思う」ビッシュは言った。「チャーリー・クロンビーの保証人に」

それから二人はチャーリーが作成したリストについて話し合った。暇《いとま》を告げようとして、ビッシュはつい訊いてしまった。「ブラッケンハム・フォー事件をどう思う?」

ウォルシュは考え込んだ。「陪審員のいる法廷での裁判を見たかったね」

「私が思うに――」

「やめろ!」ウォルシュは言った。「私はもうじき高等法院の裁判官に任命されるんだ、オートリー。騒ぎは勘弁してくれ」

一年生のとき、エリオットが監督生たちから暴行されると、ビッシュには彼を助ける勇気はなかったが、メモを書いてアンソニー・ウォルシュのロッカーに入れた。それ以来、エリオットに手を出す者はいなくなった。ウォルシュは昔から野心より理想を大事にしてきた。

「あと五分だけいいかな?」ビッシュは言った。

しぶしぶながらウォルシュが腰をおろすと、ビッシュは話しだし、これでほかにもノア・レブラックのことを頭に浮かべて午前三時に目を覚ます者が現れることを確信した。

不眠症を分けてやれると思うと、気がせいせいした。

32

翌朝、ジャマルはバスルームから聞こえる彼女の動きまわる音に耳を澄ます。冷静になってみたら、レイラは自分にここにいてほしいと思うだろうか。仕事に出かけているあいだ、彼がフラットにひとりでいることを心配するだろうか。レイラは二人が十五歳のとき、〝ブラッケンハムからとっとと抜け出す〟ための金を彼に託した。彼女は知り合ってからずっと家出を計画していたのに、今でもこうして同じ界隈《かいわい》にいる。

レイラは仕事用の服装でリビングルームにはいってくる。ジャマルはレイラのスーツ姿を見て、初めてスーツもいいものだと思う。彼女は昨夜ここに着いてから、ずっと彼を避けている。避けがたいことを避けている。レイラとの関係は中途半端なままだ。

「話す時間はある?」と尋ねるが、彼女は仕事スペースに消えていく。

「鍵が見つからないの」

彼はそれが〝その話は絶対したくない〟という意味だと思う。

キチネットで彼は薬缶《やかん》を火にかける。「お茶でも飲むかい」やってきた彼女に訊く。

彼女はブリーフケースをテーブルに置く。彼はそれをイエスと受け取る。「今日、きみのコンピュータを使ってもいいかな。Facebookをやってみようと思うんだ」

「あなたが？　Facebookを？」

自分がFacebookをやっていないのを彼女が知っていることに嬉しくなる。彼女は何年も自分を探していたのだろう。

「俺がこっちにいることをヴァイオレットに知らせる方法を探してるんだ」

彼女はこちらをじっと見つめてから、バッグを探って携帯を取り出し、電話する。「あら、ごめんね、ジージー。あなたのママにかけたつもりだったの。ジミー・サラフがここにいることは、ちょっと秘密だと伝えておいてくれる？」

彼女は勝ち誇ったような顔で電話を切る。

「秘密でもなんでもないよ」彼は言う。「ジョスは俺がここにいることを知ってる。つまりきみの母親も知ってるってことだ。きみの母親が知ってるなら……」

「そうよ、でも、ヴァイオレットとこっそり連絡しあってるのは母じゃない。ジージーよ。こうするほうが手っ取り早いでしょ」

母親のことを言われて、彼女は少しむかつく。

「それに母は以前ほど噂好きじゃないわ」

「すまない」

「オートリーはFacebookを始めた」と彼女は教える。「彼はあなたの友達になりたがる。毎日リクエストが来るわよ」

「それはどうかな。ヴァイオレットが使う偽名のリストを作ってみた。Facebook はやってそうもないが、もしやってたら見つける自信がある」

「ヴァイオレットには偽名があるの？」

「ああ。Lette Le-Hyphen《レット・ル－ハイフン》とか」

　ここに来てから初めて、彼女はほほえむ。レイラ・バイアットの笑顔は素晴らしい。いつも素晴らしかった。それは希望に満ちていた。

「ジェイムズ・ハイフン－ハイフンの姪《めい》？」と彼女は尋ねる。

「愛想のいい子だよ――ちょっぴりイカしてて」

　彼女は今度は声をあげて笑う。そういう名前のつけ方はエティエンヌとジャマルの得意技で、エティエンヌが家族に加わったときに生まれた。夫の成熟度が弟並みであることを指摘するところだが、彼女はその頃だ。ノアなら目を丸くして、ジェイムズ・ハイフンが誕生したのもその頃だ。ノアなら目を丸くして、彼女は笑っていた。彼らのレパートリーには、ロスファァス－ジョーンズ、フランクリン－メイ、アトキンソン－ヒルズ、ファッキー－ファックなどがあった。ハイフンのジョークはそのうち廃《すた》れたが、数年前にヴァイオレットにそのことを話すと、彼女も自分のものを持ちたくなり、レット・ル－ハイフンが誕生したのである。突然、ほろ苦い痛みが甦《よみがえ》る。生きているかぎり、エティエンヌの死は乗り越えられないと思った。ベルマーシュの囚人に交じって共同テレビを見ていたとき、ショックのあまりそんなバカな考えが浮かんだ。ジャマルにとって、そこが限界点だった。エティエンヌは血を分けた兄弟のような存在だったが、外の世界にいる唯一の希望でもあった。その夜、監房の壁に何度も頭をぶつけるので拘束されながら、ジャマルは懇願《こんがん》した。「いいから死なせてくれ、死なせてくれ」

レイラがこちらをしげしげと眺めている。「大丈夫？」ジャマルは薬缶を手にしており、彼女は空のままの自分のマグカップを指さしている。

「熱いよ」彼はつぶやき、レイラが手を火傷《やけど》しないようにマグカップを取り上げる。しかしそれは彼女に触れるための下手な口実にすぎない。

玄関のベルが鳴ると、レイラは怪訝《けげん》そうな顔を向ける。彼は仕切りのあるスペースに身を隠す。複数の男性の声が聞こえる。

「あいつがここにいるって本当かい、レイラ？」

「会ってもかまわないよね」

その声には聞き覚えがある。長年過ぎたあとでも忘れない。近所のタノウス兄弟。遊び仲間だった。彼らとは十七歳のとき以来、会っていない。アルフィーは荒っぽいほうで、一度ならず治安を乱して捕まった。弟のロビーのほうが賢く、最後の消息では、地元の高校で体育を教えているとのことだった。

「何かのまちがいでしょ」とレイラが言う。仕切りの向こうをのぞくと、彼女はドアを閉めようとしている。

「あいつがここにいるとみんな言ってる」アルフィーが食い下がる。

「みんなあなたをからかってるのよ、アルフィー」彼女は言う。「さあ帰って」

「きみのお母さんから聞いたんだ、レイラ」ロビーが穏やかに言う。

レイラが小声で毒づくのが聞こえる。

「俺たちは面倒を起こしにきたんじゃない」ロビーは言う。「オヤジさんが今でもハヴァーシャム・パークで指導してて、今夜もいることを伝えてくれ。彼に会いたがるだろう」

「とにかく、わかったわ」

「きれいだな、レイラ」アルフィーが言う。

「そんなこと考えるのもやめて」レイラはぶつぶつ言い、アルフィーの目の前でドアを閉める。

レイラはジャマルがいるほうを見やって、ドアを指さす。あの兄弟はまだ外の踊り場にいるのだろう。彼は首を横に振る。サッカーや昔の友人を懐かしむためにここにいるのではない。当時、自分が嫌悪されたことは理解できても、いまだに裏切られた思いが強い。一緒に育った仲間は結束が固く、いつでも互いを守ろうと誓ったのではなかったのか？　だが、父親の爆弾で地元の住民が死んだ。誰もがつながりがあった。死者の家族か、容疑者の家族か、そのどちらかを知っていた。サラフ家と関わることは死者への冒瀆《ぼうとく》と見なされたのだ。

レイラが出勤すると、ジャマルはジョン・コンロンに電話をかける。彼と話すのはヴァイオレットとエディが訪ねてきて以来だ。気まずい会話だったが、コンロンは最後にエディと会った人物から話を聞きたいだろうと推察したのだった。そして今、ジャマルは彼を訪ねることを思い立ち、断られなかったので地下鉄の駅へ向かう。角を曲がって〈アルジェ・ストリート・

フード〉というレストランの前を通りかかると、外に男が立っている。

「おはようございます《サバーフルハイル》」男は挨拶する。四十代前半で、髪の生え際が後退し、表情のない顔をしている。あるいは、無表情に見せようとしているのかもしれない。

「おはよう」ジャマルは挨拶を返す。この男が自分の正体を知っていることはまちがいない。街角で待っていたこと。アラビア語が通じるという確信。ジャマルの頭の片隅では、父親がしでかしたことに対する復讐をつねに警戒している。さらに今は、オートリーと政府がヴァイオレットとエディを監視するために、近隣のスパイを使っている可能性も警戒している。少年時代は自分のものだったロンドンで、大人のジミーはよそ者となり、人込みにのまれ、誰かに気づかれることに異常なほど神経を尖らせている。

　地下鉄でチャリングクロスまで行き、そこからトンブリッジ行きの列車に乗り、一時間以内に目的地に到着する。エディの養父母には会ったことがないが、アンナ・コンロンは手紙を書くのが好きだった。毎年エディの誕生日には写真付きのカードを送ってくれた。夫のことにもよく触れた。ジョン・コンロンは墓掘り人だった。妻ほど寛大ではないとジャマルは思っている。コンロン夫妻はエディを引き取ったときケント州に引っ越した。もともとはリヴァプールで暮らしていたが、息子を亡くしてから、長年なじんだ土地に住むことに耐えられなくなったのだ。

　コンロンは駅で彼を待っている。五十代後半ぐらいだが、悲しみのせいか年より老けて見える。二人で過ごす朝は妙に静かだ。コンロンはエディの居所の手がかりになるようなことは何も語らず、ジャマルも最近では口が重いほうだが、それでもこの静寂には心がくつろぐ。「その昔、息子の墓を掘ったんだ」よりによって墓地で昼食をとり、通り過ぎる葬列を眺めながら、ジョンはおもむろに語りだす。ジョンは二人のためにハムロールとビールを用意していた。自分のイスラム教の実践が表面的なものであることはともかくとして、豚肉とアルコールは避けていると教える勇気はジャマルにはない。「一年前、妻の墓も掘った。エディの墓を掘らなければならないことになれば、そのあとすぐ誰かが私の墓を掘ることになる」そんなふうに考えてはいけないと言っても無駄だ。ジャマルも同じことをするだろう。ノアだって。

「エディとのあいだに何があったんだい、ジョン？」

「我々は胸を痛めていたが、私はあの子の心をさらに傷つけたと思う」コンロンは声をうわずらせる。「あの子が何か悪いことをして、フランス当局が話したがってるのだとしても、私は気にしない。この国の警察があの子と話したがっても気にしない。私はただエディを路上から救い出したいだけなんだ。あの子に似た子供たちを襲うのをやめさせたいんだ」

チャリングクロスに戻る列車のなかで携帯電話が鳴ったとき、ジャマルにはそれがノアからであることがわかる。三時から四時半のあいだは、ノアから電話が来る時間だ。

「どこにいるの？」

「列車のなかだ。ジョン・コンロンと会ってた」

「彼には何か弁解できることがあるの？」

昨日の姉の言葉が甦る。〝父親らしいことをしろと言ってやってよ〟そう言うことでノアはどれほど傷ついただろう？　エディの父親はエティエンヌだった。母親はノアだ。二人とも親らしいことをする機会はなかった。

「彼は自分を責めてる。アンナが亡くなってから気力がなくなったと。何かエディを傷つけるようなことを言ったから、あの子は家に帰らないのだと」ジャマルにはわかる。ノアならジョン・コンロンをもっと追及しただろう。

「外の世界はどんな感じ？」

「変わってないようで、変わってる」

「イーミの墓は？」

「きれいだったよ」ジャマルは嘘をつく。「きちんと手入れされてる」

ジャマルには姉が泣いているのがわかる。

「あなたに会わなければよかったわ、ハビビ」と言われ、ジャマルも泣きだす。

「闘いたいなら、そう言ってくれ、ノア。みんなで協力してそこから出してあげるから。家族ならそのための資金を見つける。わかってるよね」

「いいからヴァイオレットとエディを無事に見つけて」ノアは言う。「私がこの世で願うのはそれだけよ」

33

ストルードから戻るとビッシュは腰を落ちつけ、カーダシアン（アメリカのセレブ一家）に触発されて自撮りに夢中な連中のインスタ写真に取り組んだ。ただでさえ頭がぼうっとなるような作業なのに、この検索はアルコールの助けを借りずにおこなわれ、体は考えを改めろと声高に訴えている。キーボードに震える手を走らせながら、鈍《にぶ》い頭痛が嘲《あざけ》るようなモールス信号で酒を要求してくる。しかしその誘惑に打ち勝つと、二日間の禁酒の守護聖人が褒美に証拠を与えてくれた。

それはメノシとローラが頭を寄せ合い、涎《よだれ》を垂らしながら寝ている写真だった。イギリス人の子供たちを乗せたバスが、爆破事件の前日の午後五時四十五分にキャンプ場に到着したことはすでにわかっている。その時刻はラムズゲートの双子の片割れがバスのステップで撮った自撮り写真に表示されていた。セルジュ・セイガルがおどけた顔で写り込んでいるのには驚いた。この不運な運転手はほかの写真ではひどく苛立った表情をしていたから。二人の少女が寝ている写真が撮られたのは五時四十分、バスがA16号線からキャンプ場のゲートに通じる細い道にはいったところで、爆破当日にビッシュとサフランが歩いた道だ。バスの周囲にはヨーロッパアカマツの並木があり、ローラの顔の横にある窓に枝が触れそうになっている。写真を拡大して子細に眺めると、木立に人影が見えた。

いいところでドアベルが鳴ったので無視しようかと思ったが、二度目のベルと同時にグレイジャーからメールが届いた。

〝きみのフラットの前にいる〟

ビッシュはドアへ向かった。

「調子はどうだ、ビッシュ？」

自宅まで訪ねてきたうえ、オートリーと呼ばれなくなったということは、何かがまちがっているか、やりたくないことを頼もうとしているかのどちらかだろう。ビッシュはくたびれきっていた。ここ数日で一年分以上の足を使っていた。酒が飲みたいが、その誘惑を断ち切りたい気持ちのほうが強い。グレイジャーの命令しだいでは、我慢の限界を越えてしまうだろう。

「二時間前と何も変わっていませんよ」ビッシュは言った。「エリオットが保釈聴聞会について報告したときと」

「なかで話せるかな？」

グレイジャーを家に入れたくはなかった。自分の私生活も精神状態も知られすぎてしまう。しかし相手は帰ろうとしないし、ビッシュには選択の余地がない。

「戦後に再建された建物は天井が高くていいな」キッチンへ向かいながら、グレイジャーは言った。

そんなことにはまったく気づかなかったし、気づこうともしなかった。「手がかりになりそうなものを見つけたと思います」グレイジャーの機先を制して言い、ノートパソコンの向きを変えて、その画像を見せた。

「専門家に頼むこともできるが、もっと鮮明なものが必要だ」グレイジャーは画像をしげしげと眺めた。「キャンプ場から散歩に出た者じゃないと言い切れるか？」

「爆弾を仕掛けるためにキャンプ場へ向かう者じゃないと言い切れますか？」

グレイジャーは肩をすくめた。「メールで送ってくれ。我々はあらゆる線を追う。これは誰の写真だ？」

「ラムズゲートの双子です」

「その子たちの親からは折り返しの電話が来ない。オートリーの秘策を教えてくれ」

「制服警官の面倒を見たり、ガイ・フォークスの祭典について地域住民と話をしたり。グレイジャー、私はそういうことをやっています」ビッシュは言った。「それが私の仕事です。だから上にかけあって、私を仕事に復帰させたらどうですか？　情報を入手できれば、こっちの仕事ももっとうまくいきます」

「きみは同僚の喉元に銃を突きつけたんだぞ、ビッシュ。彼らがきみを戻すことを本気で望むと思うか？」

グレイジャーはそのことをいつから知っていたのだろう。内務大臣やほかの連中も知っていたのだろうか。「あなたとエリオットにもそうすればよかったと思います」

「エリオットの喉元に銃を突きつけたら、内務大臣はきみに勲章をやるだろう」グレイジャーは笑みを浮かべようとしたが、うまくいかなかった。彼は朝食用カウンターでくつろいでいるが、ビッシュは座らなかった。座ればゆっくりしていってくれと誘うようなものだ。向こうもそれは承知している。

「用件を」とビッシュは言った。

グレイジャーはため息をついた。「まずは簡単な部分から。この勇敢な子供たちを世間に紹介しよう。大衆は人間的興味をそそる記事を求めている。フィオン、メノシ、ローラをはじめ、あのバスに乗っていた子供たちがそうだ」

簡単な部分だと？「彼らは今、自分たちが勇敢だとはあまり感じてないと思いますよ」

「内務大臣は国民に――」

「あの子たちは国民を喜ばせるためにいるのではない」ビッシュはさえぎった。

「葬儀も終わったことだし死者から焦点をそらすためだ、ヴァイオレットとエディからも」グレイジャーは言った。「それが我々の考えだ」

「死者はもう存在しないことにするんですか？ 見えないから、気にならないと？」

「そんなことは言っていない」グレイジャーの声は冷ややかだった。「言いもしないことを言ったことにするな」

「あの子たちにはまだ心の準備ができてない」ビッシュは反論した。「入院している子たちは落ち込んでいる。チャーリー・クロンビーは心的外傷後ストレス障害の鑑定を受けている。ほかの子たちだって、かろうじて対処している状態です。私は親たちから話を聞いているんですよ、グレイジャー。あの短期ツアーに参加したティーンエイジャーはぼろぼろになり、十三歳の子たちはアルコール入りの清涼飲料水を飲んで酔っぱらう。喧嘩をする。部屋に閉じこもる。自傷行為にふける。昼も夜も泣きわめく。ベッドから出られない。薬を飲む。寝ているあいだも叫ぶ。ヴァイオレットとエディの目撃情報を求めてソーシャルメディアに釘《くぎ》づけになる。イカれたやつらが七日間そばに座っていた罪のない二人をめった打ちにしないようにと祈る」ビッシュは頭が割れそうだった。「だから親たちを代表して、子供たちはまだ悲しんでいるので、来週の明るい話題にはなりそうもないと内務大臣に伝えてもらえませんか？」グラスに水を注ぎ、飲み干した。脳内で叫びすぎたせいで。胸の内で叫びつづけたせいで。彼はグレイジャーは推し測ることができないまなざしでこちらを見つめている。

「ここに来た目的はなんですか、グレイジャー？」ビッシュは尋ねた。「簡単な部分はもう片づきましたよね」

グレイジャーはバックパックからファイルを取り出した。「これは我々が入手した情報だ」彼は言った。「フランス情報部はアフメド・ハティーブを最重要容疑者とみなしている。フランスのバスを運転していたアルジェリア人だ。彼らはノア・レブラックに接触したがっている」

「だめだ！」

「最後まで言わせてくれ」

「彼らにはどんな戦略があるんですか？」ビッシュは鋭く訊いた。「テロリストの頭のなかにはいり込むために、テロリストと見なされている者を尋問するんですか？　我々はノアを失い、ヴァイオレットとエディを見つけだすチャンスも失いますよ」

「テロリストと見なされている者?」グレイジャーは訊いた。「最近はノアのことをそう思っているのか?」

ビッシュは取り合わなかった。

「ハティーブはフランス側の最重要容疑者だ。イギリスのバスの運転手と口論している場面を三回も目撃されているからだけじゃない」グレイジャーは言った。「バイユーでバスに乗っていたエストニア人の生徒がビデオを投稿したからだ。覚えているかな、フランスとイギリスのツアーは同じキャンプ場で三泊した。カレーで二回、途中のバイユーでも一回。このエストニア人の生徒は、バイユーの駐車場でマイケル・スタンリーがハーモニカを吹き、アストリド・コープリーが踊っている映像を持っている。それが広まっているんだ。この二人が四日後に死ぬかと思うと、見ていて胸が痛むよ」

ビッシュはそのビデオがあることを知っていた。ただ、見たくなかっただけだ。「何が言いたいのかわかりませんね、グレイジャー」

「きみと仲良しのアタルはその映像を繰り返し見ている。そして誰も気づかなかったことを見つけた。二人の背後でフランスのバスの運転手が誰かと口論していた。相手はヴァイオレットだ」

「なんですって?」

「アタルはこれをフランス情報部に伝え、彼らはフランスのバスの乗客に再聴取をおこなっている。生徒のひとりによると、ヴァイオレットは爆破前夜にハティーブのことを話していたそうだ」

「それじゃ、ヴァイオレットはまた容疑者に逆戻りですか？」

「いや、標的はヴァイオレットかもしれないというところに戻る。動機はわからないがね。ブラッケンハム事件への報復。アルジェリアにいるジダン家とのつながり。どれも推測の域を出ない。しかし、我々には彼女とハティーブがバイユーで話をしていたという証拠がある。彼は爆破事件の日から行方不明だ」

「ハティーブはどうやって彼女の身元を知ったんですか？　エディ以外は彼女が北半球を旅していることは知りません」

「なぜそう断言できる？」

「彼女とエディとの関係を突き止めたからと言っておきますよ、グレイジャー。もっと早く教えてくれていれば、時間の節約になったのに。なぜ教えなかったんです？」

「なぜ私が知っていると思う？」

「あなたはなんでも知っているようだから」

「そうだな、あの子たちの居場所は知らないが。というわけで目下は、私のなんでも見通す力には少しばかり傷がついている」グレイジャーは言った。「ハティーブの話に戻ろう。ヴァイオレットがレブラックの家族だと知る機会があったなら、そして彼女が標的なら、彼には計画を練る余裕が二日ほどあった。そこでレブラックに……ノアにこの男の顔と名前を確認してもらわなければならない」グレイジャーは片手をあげ、ビッシュがさえぎるのを制した。「我々がフランス当局にホロウェイを訪ねるのを断ったのは、きみに話をしてもらいたいからだ。今のところ海峡の両側に共通しているのは、ハティーブが最重要容疑者であるということだ」

「爆破前夜にキャンプ場からそっと出ていった警備車については？」

「その目撃者には再聴取が必要だな」

「だめです。親はそれを望んでいません。彼らは怯えている。わが子が巻き込まれるのを喜ぶ親はいないでしょう」

グレイジャーはたじろいだ。たじろぐような人間ではないので、ビッシュは首をかしげた。

「いいだろう」とグレイジャーは言った。「明朝、レブラックに会いにいってくれ。ハティーブの写真を見せろ。彼女が知っていることを確認する。ハティーブを見かけたことがあるか。ブラッケンハムの近隣住民とのつながりはあるか。エリオットはハティーブのことを知っているかどうか確認するため、祖父母の農場へ向かっている」

「彼はわざわざオーストラリアまで行くんですか？　ナスリン・レブラックがハティーブを知っているかどうか確かめるために？　二人ともアルジェリア人だから？　スカイプはどうしたんです？」

「あの人たちは取り乱しているんだ、オートリー」グレイジャーはカッとなった。「自分たちの息子はこの国で死に、我々は彼らの孫娘を――彼らの孫たちを見つけることができない。スカイプで話すだけじゃ申し訳ないだろう」

まさかグレイジャーから思いやりについて教えられるとは思わなかった。おまけに、エリオットは地球の反対側まで行って、ちょっとしたアフターケアを提供するのだという。

「きみは海峡を渡って、仲良しのアタルと話をしてほしい」

「仲良しのアタルが私に話したいなら、とても下手な英語のメールを寄こし、何が起こっているのかを教えてくれたでしょう」

「仲良しのアタルがメールを寄こさないのは、フランス情報部が自分の娘を巻き込んだからだ。ヴァイオレットがハティーブのことを話していたと供述したのはマリアンヌ・アタルだ」

「それなら通訳を介してアタルに電話し、ここで話をします」

グレイジャーはまたもやたじろぐ。ビッシュは落ちつかない気分になる。

「マリアンヌ・アタルによれば、ビーもその会話に参加していた。フランス情報部はその二人を同席させて話をしたいと言っている」

「ありえない」

「きみがそれを実現させるんだ、ビッシュ」

「うちの娘はもうフランスには行きませんよ、グレイジャー。この話はこれで終わりにしましょう」

グレイジャーは苛立ちを募らせている。「いいか、英国政府はきみが娘を向こうへ連れていくことを望んでいる。フランス側は何も言ってこない。フランスは我々には何も教えず、スペインとばかり話している。そのことはブログで知った。きみがレブラックと面会していることをあちらに伝えれば、向こうも何か見返りをくれるかもしれない」グレイジャーは腰をあげた。もう帰ってくれるのかと思うと、ようやくほっとできる。ところが、相手はずうずうしくもビッシュのキッチンで薬缶を火にかけた。

「きみはビーの隣にいて、彼女が自分の不利になるようなことを言いそうになったら阻止するんだ」

「グレイジャー、お子さんはいますか？」

グレイジャーはその質問が気に入らなかった。「それがどうした？　きみの心を占めているのはそんなことか？　私は死んだ子供たちを見てきた。それで充分だろ？」そう口走ったとたん、グレイジャーは後悔したらしく、いたわりをこめた表情を浮かべようとした。それは意外にも効果があった。

「どういうわけか、誰も彼もきみには話すんだ、オートリー。引率者、生徒、親、レブラック、サラフ。あの忌々しいフランス人もきみには話す。首相は中東での問題を解決するために、きみを中東へ派遣しようかと考えている」

「本当ですか？」

「いや、それは言いすぎだが、きみがカレーでフランス側と交渉することを内務大臣が望んでいるのは本当だ。明日午後七時に」

「つまり、正式に決まったことなんですね？　私が望もうが望むまいが、話し合いはおこなわれる」

「どう言えば納得するんだ、オートリー?」

「あの子の母親は同意しないでしょう」ビッシュは言った。「ビーも同意しないでしょう」

「決めるのは彼女たちではない」グレイジャーは食器棚を探っている。「緑茶はいったいどこにあるんだ?」

34

知らないうちに、足はハヴァーシャム・パークへ向いている。ジャマルのいちばんの思い出は、ホクストン・ブリッジ・ロードにあるサッカーフィールドだ。投光照明の下で子供たちが練習しているのが見える。フィールドの向こうからオヤジさんの叱咤《しった》する声が風に乗って飛んでくる。結局、何も変わっていないのだ。

スタンドにはタノウス兄弟がいる。少し痩せたロビーと、少し太ったアルフィー。そのほかの仲間。子供の頃に知り合った少年が、今では立派な大人になっている。デイヴィー・ケネディ、シャルベル・ベチャラ。昔から見分けのつかないアユーブのいとこたち。ジャマルが到着すると彼らは立ち上がる。彼らは今夜、自分のためにここにいるのだ。

ロビーは無言でジャマルを抱きしめる。アルフィーは歌うような調子で「ジミー」と呼ぶ。ジャマルたちが昔よく挨拶に使っていたあの口調だ。若者たちはひとりずつ前に出て、彼と握手する。

アルフィーは札束でふくらんだ封筒を取り出す。「きみにだ」

ジャマルは仲間たちを見つめる。彼らの顔には罪悪感が浮かんでいる。彼は首を横に振る。

「そんな必要ないよ。向こうでうまくやってる」

「まともな金だ」アユーブのいとこのひとりが言う。

「きれいな金だよ、兄弟」ロビーが言う。「ノアの子供のためだ。もしかわいいヴァイオレットが逮捕されたら、最高の弁護士を確保するんだ」

胸が熱くなる。断ったりすれば彼らに対する侮辱《ぶじょく》になる。だから小声で礼を言い、封筒を受け取る。子供時代の仲間の向こうに、コーチが見える。ジャマルが子供の頃も、ビルは年寄りに見えた。

「彼は年をとってきて、マヌケどもを相手にするのにうんざりしてるんだ」ロビーが言う。

「俺たちよりもひどいのか?」ジャマルは訊く。

「マヌケが見たいなら、俺が教えてる子供たちを見にこいよ」

ジャマルはビルのほうへ向かっていく。このオヤジさんを自分のほうに来させるのは失礼にあたる。ジャマルは年配の人に父親像を重ねて見ないようにしている。そうすると、実の父親のルイスのことを、彼がしたことを思いだしてしまうから。しかし、ビルはずっと父親のような存在だった。ビルは子供の頃からのコーチだった。ジャマルが六歳のときに家まで来て、お宅の息子には才能があると両親に言ったのだ。カレーでははっと気づくと、自分がビルから言われた言葉で、指導している子供たちを叱咤していることもある。

しばらく二人は黙っている。少年たちのウォーミングアップを見つめるだけ。アルフィーが意味のないアドバイスを叫ぶと、弟が「黙ってろ」と言う。

「きみは戻ってこられないんじゃなかったのか？」ビルがようやく口を開く。

ジャマルは肩をすくめる。「数日間だけルールが変わったんです」

ビルは理由を訊かない。

「見込みのありそうな子はいますか？」ジャマルは訊く。

「怠《なま》け者ばかりだ。サッカーをやりたいやつはひとりもいない。みんなスターになりたいんだ」

それで少し雰囲気が明るくなったようだ。

「俺たちにもまったく同じことをよく言ってましたよ、コーチ」

「向こうでは何をしているんだ？」

「あれやこれや。地元の子供たちをちょっと教えたり」

「見込みのありそうなやつは？」

「それは期待してないんです。ほとんどが移民で、しばらくするといなくなる」

ビルがホイッスルを鳴らして選手たちのほうへ歩きだすと、ジャマルもあとにつづく。草のにおい。この界隈。がに股《また》で歩くビル。そのどれもが昔の思い出を甦らせる。ノアとエティエンヌが夜になるとよく練習を見にやってきたこと、デイヴィ・ケネディを追いかけまわしていたレイラがよく一緒についてきたこと。帰りにフィッシュ・アンド・チップスを買いにいったこと。

練習が終わると、ジャマルはブラッケンハムの仲間や十四歳の子供たちと一緒にあの懐かしいフィールドを走りまわる。昔と同じように、タノウス兄弟が背後に迫ってくるのがわかる。当時、彼らはジャマルをとらえることはけっしてできなかった。ジャマルは十四歳のときほど無敵ではなかった。

地面に突っ伏して喘《あえ》いでいるアルフィーをからかおうと、子供たちが近づいてくる。

「コーチはあんたがウェイン・ルーニーよりもよかったと言ってるよ」子供たちのひとりがジャマルに言う。

「ああ、顔はね」

やがて帰る時間になると、ジャマルはさよならも言わず背を向ける。来るべきではなかったとわかっているから。郷愁は心を弱くする。

「ジミー坊や」

オヤジさんはすぐ後ろにいる。ジャマルは足を止め、彼を待つ。

「このへんの連中はあの話を前より語るようになった」ビルは小声で言う。「死者のことを忘れたわけではないが、なかには……警察は家族全員を捕まえるべきではなかったと言う者もいる。おまえは絶対に無関係だったと言う者もいる」

「あなたはどう思いますか？」

ビルの目は年齢と感情のせいで潤《うる》んでいる。「私の意見に大した価値はない」

「あなたの意見はどんなことでも価値がある」

老人はほほえむ。「だったら言おう。絶対に無関係だったと確信してる」


フラットに戻ったときレイラは寝室にいる。ドアがあいていたので、ジャマルはなかに足を踏み入れる。ベッドと壁の絵とドレッサー以外に何もない部屋だが、そのすべてが趣味のよさを感じさせる。バイアット姉妹は昔から美しいものが好きで、市場の向こう側にいても掘り出し物を見つけることができる。ジョスリンはレイラに、財布の紐はゆるめず品物はよく選ぶようにと教えた。ジョスリンはアリー・シャバジを結婚相手に選んだときもその方法を取った。それしか公営団地から抜け出す道はなかった。レイラはおのれの頭脳で抜け出した。

ベッドに腰かけていたレイラが顔をあげる。昼からずっと泣いていたのか、目が腫れている。かたわらには荷物の整理がやりかけの段ボール箱がある。

「ハヴァーシャム・パークまで行ったの?」

彼はうなずく。「誰も普通の話し方をしない」彼は言う。「必ず小声になる。ノアの名前やエティエンヌの名前に触れるとき。今はヴァイオレットだ。みんな噂話をするようにひそひそ話す。俺もそうなのか?」

「あなたはいちばんの噂の人よ」と彼女は言う。「それが人間というもの。あなたの話は人の気持ちを楽にさせる。彼らにどんなことがあったにしろ、ジミー・サラフに起こったことよりひどいはずはないから」

「俺は姪を噂の人にしたくない」

ジャマルはポケットから金のはいった封筒を取り出して掲げる。「アルフィーとその仲間からだ。なんとかして返してもらえないかな?」

レイラはベッドから腰をあげる。「ブラッケンハムの連中は金離れがよくない。彼らがあなたにお金を渡したのなら本気よ」レイラはジャマルの横をすり抜ける。

「大丈夫かい?」

レイラは「大変な一日だった」としか言わない。

あとを追ってキチネットに行くと、レイラは薬缶を火にかけている。

「街角でアルジェリア料理の店をやってる男のこと知ってる?」

「知らないが、俺のことをじろじろ見てた」

「名前はビラル・ルルーシュ。今夜あたしを呼び止めたのは、あなたがここに泊まってることを知ってる大勢のうちのひとりだから」

レイラはそれを快く思っていないようだ。

「あなたが夕食に寄ってくれないかと言ってた。ノアとエティエンヌを知ってたような口ぶりだったけど」

ジャマルは首を振る。何か裏がありそうな話だ。

「彼の悪い噂は聞いたことがない」レイラは言う。「いいレストランよ。お客はあちこちから食べにくる」

「ちゃんとした服がない」

「何か見つけてあげる」

「いいよ」

批判するつもりはない。ただほかの男の服を着たくないだけだ。

「アリーの服があるの。ジョスリンからブラッケンハムの慈善団体に寄付してほしいって頼まれてるのよ」

言い訳はもうできない。「一緒に来てくれるかい？」

レストランは満員だったが、奥に二人のためのテーブルが用意されている。ジャマルとレイラは目配せを交わし、ウェイターについていく。席につくなり料理が運ばれてきて、それから一時間、次々に運ばれてくる。

「フランス人は好きだが」とジャマルは言い、これまで食べたなかでいちばん美味しいケフタ（モロッコの肉だんごの煮込み料理）を頬張る。「彼らの料理は口に合わない」

レイラは笑う。その笑い声は心地よく、笑顔はさらに素晴らしい。「あたしのお気に入りの楽しみはフレンチレストランに行くことよ」

「俺は大嫌いだけどね」

これほど美味しい食事だと、マナーにこだわっている余裕はない。早い者勝ちだ。レイラも彼と同じで食べることが好きだ。会話も少なくなる。そのほうがいい。二人はもう他人なのだということを彼にわからせなくてはいけないから。レイラが隙を見せないことで彼は落ちつかなくなる。気まずい空気に耐えられないのだ。ジャマルが仕事のことを訊くと、レイラはその話題をたくみにかわす。代わりに彼の仕事について訊く。彼はジムのことや、ダウンタウンのバーで働いていることを語る。

「用心棒として？」レイラはピタパンで器に残ったシャクシューカ（トマトソースの上に卵を落として焼いた料理）を拭《ぬぐ》い取りながら尋ねる。

「用心棒じゃない」

「バーテンダーなの？」

「誰がバーテンダーだと言った？」

ジャマルは手を伸ばし、彼女の皿に残った焼きナスのディップをさらっていく。二人は見つめ合う。昔のジミーとレイラはいつも互いの皿の料理を分け合って食べた。そこには親密さがあった。

「用心棒でもなければ、バーテンダーでもない」レイラは答えを探る。「店を経営してるの？」

「経営者じゃない」

十時半になってもビラル・ルルーシュは話をしにやってこない。ウェイターがテーブルに勘定書を置くと、ジャマルはぽかんとする。文句があるわけではないが、レイラは店のおごりであるかのような言い方だったのだ。彼女はすばやく伝票に手を伸ばし、財布を取り出す。

「それをしまってくれ」ジャマルはぶっきらぼうに言う。

「割り勘にしましょう」と言って伝票を見るなり、レイラは顔色を変える。伝票を手渡しながら、ジャマルの目を見つめる。


〝明朝九時に朝食を。レット・ル－ハイフンと友人より〟


家までの短い帰り道を昔のように一緒に歩きながら、レイラとジャマルは誰の案がいちばんうまくいったか議論する。

「レット・ル－ハイフンは俺がFacebookを始めたことを知った」

「そう、だけどあたしがジージーに送ったメッセージを通してね」

建物にはいり、レイラは階段の照明に手を伸ばす。明かりがともった瞬間、階段の上のほうから物音が聞こえてくる。とっさにジャマルは彼女の手を取る。

「ここにいて」と彼はささやく。

「そこにいるのは誰？」レイラは声を張りあげる。若いブロンドの女性が階段の手すりから二人を見下ろしている。ジャマルの先に立ってフラットの前まで行くと、スーツ姿の女性がマークス＆スペンサーのビニール袋を持って立っている。レイラは彼の手を離す。

「忘れ物です」女性は袋を差し出しながら言う。「化粧室に置いてあった化粧品とか」

袋を受け取ったレイラはその重さに驚いているようだ。ジャマルには読み取れない視線を交わしてから、女性は階段を降りていく。

「こんな時間までタイプなんかしなくていいのに」レイラは女性の背中に声をかける。「あなたはヴェラの後釜になるよりもっと上を目指せる。あたしがあのとき言ったのはそういう意味よ。だから今度誰かがアドバイスをくれたら、耳を傾けて」

返事はない。レイラは袋をぎゅっと抱く。

「どういうことだい？」ジャマルは気持ちが沈んでいく。彼女が部屋で泣いていた理由、ベッドの上にあった段ボール箱の理由が今わかったから。

レイラは何も答えない。ジャマルは彼女から鍵を受け取り、黙ったままドアをあける。

部屋にはいると、ジャマルはピアノの前に座り、ポロンと鍵盤を叩く。レイラは寝室へ消えていくが、戻ってきたときはだいぶ落ちついたようだ。彼と並んで椅子に座り、〈エリーゼのために〉の序奏を思いだそうとする。ジャマルは彼女の手を取って教えてやる。若い頃なら、もっと乱暴に彼女の指を鍵盤に叩きつけていただろう。今夜は彼女の指の上に自分の指をそっと置く。そしてクラプトンの〈いとしのレイラ〉のイントロを弾きだす。人生が軌道に乗っていた頃は、彼女にこの曲をよく聴かせたものだ。レイラ・バイアットが彼を跪《ひざまず》かせ、これからの人生を一緒に歩んでくれと懇願させることができた頃は。

「何かリクエストは？」とジャマルは尋ねる。

レイラは彼を見て、突然笑いだす。「まさか。そのバーのピアノ弾き？」

ピアノを弾くことと、サッカーをすること。その二つがカレーでの彼の生活を支えている。

「週末だけ。母親たちがうるさく習わせたことが妙なめぐり合わせで報われたわけだ」

「それにひきかえ、うちの母親は家族で集まるたびに無駄遣いの話を持ち出す」

「きみのお母さんはきみに厳しすぎたね」ジャマルは静かに言う。「それだけで俺は彼女を嫌いになれるのに、俺の母親が死ぬ間際に看病しにいってくれたんだよな？」ジャマルは鍵盤に集中する。アザイザ・サラフが身内に看取られずに死んだことを考えるのはつらいから。

「あたしたちの母親は奇妙なペアだったわ」レイラはつぶやく。

そして二人はじっと見つめ合う。ジャマルはこの二十四時間、二人ともそれを避けてきたことに気づく。どちらかが危ういところで目をそらしてきた。しかし、今はちがう。

レイラは手を伸ばし、彼の目の上の傷痕に――ベルマーシュの苦い思い出に触れる。それから先は当然のなりゆきだ。ドアの外で彼女の帰りを待っていたときから、そうなることは決まっていた。今ピアノの前にいたかと思うと、次の瞬間には寝室にいるが、なかなかベッドまでたどりつかない。そしてひと晩じゅう、忍び泣く声と、肌と肌が触れ合う音のハーモニーが静寂を切り裂く。二人とも疲れ果てているのにハーモニーはやまない。彼女は本当に涙を流している。ジャマルも泣いている。オートリーが与えてくれたものは苦悩だから。あり得たかもしれない未来の片鱗《へんりん》をのぞいただけ。カレーでは故郷が恋しくないふりをするのは簡単だ。それがレイラのためだから。そうなるだろうと思っていた自分を思いださせるだけでなく、なりたかった自分を思いださせる。彼女はあの頃の自分を思いださせるだけでなく、なりたかった自分を思いださせる。ジャマルが利己的な男なら、一緒に海峡を渡ってくれと彼女に頼むだろう。けれども、彼女にはそれが偽りの人生であることはわかっている。レイラは子供の頃からずっと二番手で、そんな人生はもうたくさんだと何度も言っていた。彼女に次善の人生を送らせることなど自分にはできない。

35

前日の体の震えは激しい偏頭痛に変わっていた。一歩踏み出すたびに、その痛みが脳に伝わってくる。このままでは今日じゅうに酒の誘惑に負けることはわかっていたが、その前にホロウェイが待っていた。

まずはビジターズセンターでの取ってつけたような事務的な歓迎。そして毎度敵意丸出しのグレイとその仲間。そしてようやく、ブザー音とともに部屋に連れてこられた肝心のノア・レブラックは、感激とはほど遠い表情をしていた。

「弟に二日間のビザをあげたはずだけど、私はもう会えないの?」

ジャマル・サラフと面会できたのだから、彼女の敵意は感謝に変わっていると信じたかった。しかし、この女性にそれを望むのは無理な相談だった。

「彼がロンドンにいるのはヴァイオレットとエディを見つけるためで」ビッシュは言った。

「あなたと毎日顔を合わせるためではない」

「ここ二週間であの子と話をした大人はあなただけだというのに、何も突き止められないなんて、ぼんくらもいいところね」

頭痛のせいで〝ぼんくら〟という言葉にカチンときた。痛みは増し、頭がクラクラする。自分の娘がビッシュを信頼したからこそ電話をかけてきたことが理解できないとは嘆かわしい。ビッシュはグレイジャーから渡されたファイルを開いた。「進展があった」歯を食いしばって声を出し、フランスのバスの運転手の件について説明した。

「証拠はそれだけ？」ノアは言った。「彼がアルジェリア人だから？　もし彼の名前がアフメド・ハティーブじゃなくてジョン・スミスだったら、容疑者になったかしら？　ドイツ人の運転手がスペイン人と口論していたら、容疑者になった？」

「彼はあなたの娘と口論しているところを防犯カメラに撮られたうえ、目下行方をくらましている。だから容疑者なんだ」ビッシュはハティーブの写真を手渡した。「この男に見覚えは？」

彼女はうんざりしたように首を振った。「私がアルジェリア人を母に持つオーストラリア人と結婚したから、彼女の同胞をひとり残らず知っているとでも思っているの？　あなたたちは本当に無知ね」

ビッシュは三つかぞえ、勝手にしろと言いそうになるのをこらえた。「見るだけでいいから、頼むよ！」

ノアは写真にもう一度目をやり、それを押しやった。「土曜市で香辛料を売っていたアルジェリア人にそっくり。きっと彼よ」

ビッシュはするりと手を伸ばし、彼女の手首をつかんで引き寄せた。

「くそっ、少しは謙虚になってくれれば話もうまく進むのに」

「謙虚にはならない」ノアはつかまれた手を引き抜いた。「この十三年間私に偉ぶらない態度を示してくれた人はほとんどいなかったから」彼女は腰をあげた。「それに、下品な言葉は我慢できないの」

「きみはくそ刑務所にいるんだ、ノア。差し出されたものはなんでも受け取る。それが下品な言葉であろうとね」

「私たちの話は終わったようね」

「なら、もういいよ。子供たちの面倒はほかの誰かに任せるんだな。そういうことにももう慣れてるはずだから」ビッシュはよろよろと立ち上がった。

「失神するわよ」と言う声が聞こえる。

「私は失神しやすいたちじゃない」

気がつくと床に横たわり、何か柔らかいものの上に足をのせていた。最初に見えたのは彼女の顔だ。夜中に眠れないとき、よく彼女の口元を思い浮かべた。下唇《したくちびる》にあるそばかすを。それをどうしたいかを。そして今、ビッシュは哀れな酔っ払いのように彼女の足元に寝転がっている。屈辱はこれ以上ないほどひどいものだった。

ノアの隣にはグレイがいた。「氷枕をコブに当てて、彼を眠らせないように。母親が迎えにくる」と看守は言い残し、視界から消えた。

だが、不快感は去らない。気分はさらに沈んでいく。「私が少し気を失っただけで、近親者に電話するのか？　彼らにはもっとほかにやることが、いくらでもあるだろう？」

「けっこう長かったわよ」ノアが言った。「グレイは事務処理が嫌いなの」

彼女がこめかみに氷枕を当てると、ビッシュはびくっとし、それをずらそうと彼女の手をつかんだ。

「倒れるときテーブルに頭をぶつけたのね」と言う声には優しささえ感じられる。「それから、彼らはあなたの母親ではなく、内務大臣のオフィスに電話したの。いたるところに現れるサミュエル・グレイジャーがあなたの母親に連絡して、彼女からここに電話があった」

頭がぼうっとして、考えがまとまらない。「グレイジャーを知っているのか？」

「興味をそそられるわ、あなたのお母さんには」ノアは質問を無視して言った。

ビッシュは体を起こそうとしたが、まだ無理だった。ノアは床を指さした。

「また失神するわよ。今度は私の言うことを信じてみて」

「きみは私の母と話をしたのか？」ビッシュは訊いた。ノア・レブラックは彼の人生に関わるすべての女性のなかに潜り込んでいたのだろうか？

「どうやら彼女はグレイ――名前と陰気な性格が一致しているわね――に感心しなかったらしくて、この部屋のなかでいちばんＩＱの高い人物と話すことを望んだのよ」ノアは楽しそうに言う。その顔にはかすかな微笑が浮かんでいた。

彼女のそばにはグレイジャーのファイルがあった。財布も開かれていて、彼女が中身を検《あらた》めたかのようにテーブルに並んでいる。大したものははいっていない。免許証。名刺が数枚。現金四十ポンド。オイスターカード。クレジットカード。三年前に撮った子供たちと一緒の写真——最後にスティヴィーを撮った写真だ。

ノアはそれを眺めて、彼の脳裏に去来する悲しみと嘆きの深さにため息をついた。この女性も同じ思いを抱《いだ》いているのだ。

「他人は私に時が過ぎれば忘れられると言う」知らぬ間に言葉が出ていた。「息子のことは忘れたくない」

ノアは名刺を一枚抜いてポケットに入れてから、財布を返してきた。しかし、ファイルは返さない。「あの当時は、メディアが掻き集めた私についての情報を読む機会はなかった」

そのファイルにはインタビューだけでなく、爆破事件の切り抜きもはいっている。ビッシュは彼女にそれを読ませたくなかった。一流新聞でさえお決まりの見出しをつけ、ノアはさんざん叩かれた。彼女は自白するずっと前から、メディアに有罪を宣告されていたのだ。ビッシュもそう思っていた。メディアはよく彼女の名前を冗談の種にした。ノア（Ｎｏｏｒ）はアラビア語で〝光《ヌール》〟という意味だ。だから彼らはそこに潜む闇を語った。

ノアはファイルを開き、記事を取り出した。「〝冷酷でがむしゃら〟」と彼女は読みあげる。

取り返そうとしても、彼女はそれを遠ざける。

「大学の同期生が書いたものよ」ノアは言った。「アンガス・スティーヴンソン。でもね、私は大学のメダルを授与されたけど、彼はもらえなかった」別の記事にも目を通す。「この匿名《とくめい》さんによると、私はモルファス・ストリートの母親グループのなかで最も母性のない人間だったそうよ」耳ざわりな笑い声をあげた。「この匿名さんはよく覚えている。くだらない人間」

ノアは怒った顔でビッシュを見た。「私は娘を死ぬほど愛していたけど、家庭の話は嫌いだった。何よりも自分の家庭のことを話すのがいやだった」

「こっちに寄こせ」ビッシュは言い、手を差し出した。しかし彼女は拒否する。こちらは力ずくで奪い返せる状態ではなかった。

「〝熱狂的なムスリム〟」ノアは読み進める。「学友とおぼしき男がそう語っている。十四歳のとき、あなたは何に熱狂していたの、警部？」

初めて個人的な質問をされた。「そうだな……神学校にはいりたかった。イエズス会の学校に行き、アッシジの聖フランチェスコを知った。彼は最初の環境保護主義者のような存在で、私は彼のようになりたくて、硬い毛衣《ヘアシャツ》を着たりした」

「まあ、本当？　私は中学二年生のときはずっとヒジャブをかぶっていたわ。母が公園で暴言を吐かれたとき、ムスリムの女性がどんな扱いを受けているかを主張したかったの。主張の正しさは証明された。当時差別を受けたうえに、十八年後にはそのことで狂信者のレッテルを貼られた。尼僧が僧衣を着ていても狂信者とは言われない。神父がカラーをつけていても狂信者とは呼ばれない」

「イスラム教の教えを守っているの？」ビッシュは慎重に訊いた。またもや意外にも、彼女は質問に答えた。

「私なりのやり方で」ノアはきっぱり言った。「私が日の出と日の入りに祈るのは弟がそうするからで、それは弟とともに生きていることを実感できる唯一の手段なの。ラマダンのあいだに断食《だんじき》するのは、ある年ヴァイオレットがやりたがったのに、ナスリンが許さなかったから。自分でやりもしないのに、断食させてやってほしいと頼むのはおかしいでしょう？　今は毎年ひとりで断食していた母のためにやっている」

ノアはひと息入れて心を静めた。「私の母は善行を実践していた。その一端は宗教から来ている。恵まれない人々に施しをするのは五行のひとつで喜捨と呼ぶ。両親がそれぞれ信奉する宗教のなかで、私は人間として納得できる部分を実践する。弟もそうよ」

「あなたは？　あなたは今、カトリシズムをどう感じているの？」

ビッシュはもう彼女から目を離すことができなかった。その情熱と怒りに魅せられていた。

ビッシュは顔をしかめた。「小児性愛者の司祭や修道士、隠蔽《いんぺい》工作は越えることができない壁だ。偽善的なところにも我慢ならない。だが、それはきみも同じだろう。私の母と父はキリスト教の良い面を実践していたが、記憶に残っているのは子供の頃のことが大半だ。十代の頃は最悪だった。自分のすることがすべて罪だと思い込んでいた。自慰《じい》行為をするたびに、鉄槌《てっつい》が下されるんじゃないかと」

「それはたぶん、しょっちゅうだったでしょうね」

「十五歳の頃は毎日」

「アッシジの聖フランシスコに取りつかれたときは？」

「ああ、その年は禁欲した」

ノアは口元をぴくりとさせ、心得顔に笑みを浮かべる。

「さて次は?」と言いながらノアはファイルに戻った。しかし今度はそれを奪い取ることに成功し、彼女も逆らわなかった。

「ひとりでもいいから、読む価値のあることを書いてくれればいいのに」ノアは言った。「たとえそれが否定的な内容でも」ビッシュが持っているファイルを指さす。「私はたったそれだけの人間? くだらない者たちは私の人生に詳しいと称する。私は驚嘆すべき論文を書いたのよ。論文は二部しかなかった。一部は教授が持っていて、もう一部は私のコンピュータにあった。教授はそれを公然と燃やすことにし、私のコンピュータは警察に押収された。だから、夫と娘を放っておいた後ろめたさを感じ、母親グループのなかで最も母性のない人間だと見なされた四年間は、水泡に帰したのよ!」

ビッシュは彼女の古傷を開いてしまったのだ。レイチェルにも同様の傷があるのを見ているからわかる。

「博士号を取得するために、家族を私の実家に移したことは言うまでもないわね。それよりいい方法は思い浮かばなかったの」

この十数年、彼女はそのことでどれほど苦しんできたのだろう、とビッシュは思った。

「アフメド・ハティーブには具体的な証拠はひとつもない」ノアはいきなり話を変えた。「私の家族も同じように逮捕された。状況証拠だけで」

「それはわからないよ。あなたはヴァイオレットが標的にされた可能性にも向き合わないと」

ノアはしばらく目を閉じていた。それに向き合うことが耐えられないかのように。「エティエンヌの母親はロンドンやル・アーヴルに暮らすアルジェリア人と強い絆で結ばれている。私が逮捕されたあと、彼らがエティエンヌとヴァイオレットの世話を焼いてくれたの。だから大した証拠もないのに仲間を非難するのは、彼らに対する侮辱になるのよ」

「ヴァイオレットと話をすべき理由がもうひとつある。彼女がハティーブと何を言い争っていたのかを知りたい」

「でも、あの子はあなた以外の大人と接触してないわ」

「あなたに手紙を送っている」

「私はあの子の声が聞きたいの!」ノアは叫んだ。「三週間前まで毎日話していたのに、何かあって、あの子は私から遠ざかってしまった。私が連絡できる電話番号をあなたに教えておくだけでいいのに、それさえしないのよ」

残酷な十代の子供たちは、親が誰であろうと残酷なのだ。ビッシュはゆっくりと体を起こし、背中を壁に預け、思いきって言った。

「ヴァイオレットがあなたに連絡しないのはチャーリー・クロンビーとセックスしたからだ」

「あの子がそう言ったの?」

ビッシュは嘘をつけなかった。しぶしぶ肩をすくめた。「彼女はあなたを失望させたと思っている」

「失望したわ。ヴァイオレットは賢い少女がバカな少年の欲望の対象になることを私がどう思うか知っているはずよ」

「彼女は賢いから、たぶん本気にはならないだろう」とりあえず、そう言ってみた。

ノアはポケットから写真を取り出した。ビーとヴァイオレットとエディが写っているものだ。彼女が指さした片隅に、今まで見逃していたものが見えた。「あの子はこの人物に本気よ」ノアは言った。「クロンビーしかいないでしょ」

ヴァイオレットは誰かと指を絡《から》ませている。その誰かはフレームからはずれていた。そんなちょっとしたことが親密さを物語っている。思春期の二人がぎこちなく触れ合っているのではない——指と指をしっかり絡ませている。

「どうしてそう断言できる?」

「ヴァイオレットにはボーイフレンドができたことがないから。それが七日以内にこっちの少年とセックスしたと思ったらあっちの少年と手をつなぐなんてことがありえる?」

「どうしてボーイフレンドができたことがないってわかるんだ? 子供は嘘をつくんだよ」

ノアは何もかも承知のうえで言っているのだというまなざしを投げてきた。

ビッシュは当日のブライスワイトとポストの事情聴取を思い返した。バスが爆破され、キャンプ場が修羅場と化し、ヴァイオレットが戸棚に閉じ込められて脅されたあと、彼らがチャーリー・クロンビーとワージング出身の少女がキスしたことに触れると、ヴァイオレットは目に涙を浮かべたのだった。

ビッシュは場をなごませようとした。「ほかには、シャーロック？」

ノアは彼の娘を指さした。レンズを見つめているビーは生き生きと輝いている。

「それがどうした？」

「わからない？　彼女は写真を撮っている人に恋しているのよ」

ブザー音がして、戸口にグレイが立っていた。

「所長代理がおまえを監房に戻したいと言ってる」グレイはノアに命じると、ビッシュに目を向けた。「BBCのアナウンサーみたいな声のママは下で待ってるよ」と揶揄《やゆ》する。「今あんたの車椅子を用意してる」

おもむろに、ノアはビッシュに手を差し出した。欲張りな愚《おろ》か者は手を貸してもらって立ち上がった。ビッシュの手はヴァイオレットの写真の二人の若者のように、彼女の手をなかなか離さなかった。彼女のほうをちらりと見ると、瞳に何かが光っていた。それはときには息が詰まりそうになるほどのビッシュのむなしさを慰《なぐさ》めてくれるものだった。

36

金曜日の朝、レイラは〈アルジェ・ストリート・フード〉に足を踏み入れ、コーヒーとベイクトエッグの香りを吸い込む。ビラルはエスプレッソマシンの後ろで客と話をしている。彼は顔をあげ、厨房へつづくドアを目で示す。

スーツを着て仕事に行かないのは妙な感じだが、職探しをしているあいだ何もすることがないわけではない。ジェマイマがそれを確実にしてくれた。レイラはゆうべ〈シルヴェイ&グレイソン〉の女子トイレには、自分が思っていた以上に仲間意識があることに気づいた。事務所の女性陣はみんな化粧ポーチをトイレにしまうので、オフィスを出るときに持ち運ぶ必要がなく、「口紅でも塗りにいくの？」なんて言われることもない。レイラはたまに「オナニーでもしてくるの？」と言いたくなったけれど。レイラが化粧室に置いておいたものは、ジョスリンのルールのおかげでいたってシンプルだ——香水、マスカラ、リップグロス、ブラシ。この四つがペンシルケースに収まっていた。ジェマイマが届けてくれたのは大きなマークス&スペンサーバッグだった。もしかしたらレイラが事務所の評判に傷をつけるようなことをしていた証拠を見つけるために、オフィスをとことん調べるように命じられたのかもしれないが、ジェマイマはレイラの抽斗《ひきだし》から〈スキプトン〉と記されたマニラフォルダを持ち出してきてくれたのだ。

厨房ではスタッフが言い合いをし、誰かの iPod から音楽が流れている。ジミーは隅のテーブルでうつむき加減になり、ヴァイオレットとエディと話をしている。子供たちは彼の話に真剣に耳を傾けている。

レイラがいることに最初に気づいたのはヴァイオレットだ。幼い頃のヴァイオレットはレイラによくなついていたが、十代となると話は別だ。ヴァイオレットは人を見下すような軽蔑《けいべつ》のまなざしを投げることがあり、その目で見られたらどんな強い相手も胎児のように体を丸めてしまうだろう。ともあれ彼女は立ち上がり、レイラの両頰にキスする。

「エディ、こちらがレイラよ」ヴァイオレットは言う。

少年は口いっぱいにパンを頰張っていて、何かもごもご言いながらうなずく。

シェフに話があってビラルがやってくると、ヴァイオレットは席を立ち、彼のあとを追いかける。エディは自分の皿を持ってそのあとを追う。

「あらら、ヴァイオレットは久しぶりにあたしに会って、有頂天になってるようね」レイラは言う。

ジミーは手を差し出し、レイラを外に連れ出す。中庭で二人は無言で立っている。レイラは彼の顔に手を添える。彼は緊張している。

「話してみてジミー」

「警察を呼ぶことはできない。そんなことはできないんだ」

「うちにいてもらっていいのよ」

「ヴァイオレットは家でじっとしてないよ。ノアはエティエンヌが死んだ場所に行くと思ってるが、俺にはわからない。あの子は何も教えてくれないし、あと一時間もすれば俺は何もしてやれなくなる」

ジミーは気持ちを静める。「約束してくれ、レイラ。そのろくでなしどものところに行って、仕事に復帰させてくれと頼むんだ」

「あたしと議論して時間を無駄にするつもり？　その時間にこれをすることができるのに？」

レイラはつま先立って彼の唇《くちびる》にキスする。そばで物音がしたので目をやると、エディがピタとベイクトエッグ・ヨークの皿を持ってドアの前に立っているのが見える。

「僕はすごく混乱してるんだ」と少年は言う。「誰と誰が親戚なのか、さっぱりわからない」

「俺たちは親戚じゃないよ」と言い、ジミーはぷっと吹き出す。エディはなかへ戻っていく。

煙草《たばこ》を吸いに出てきたウェイターがジミーとサッカーの話をしたがるので、レイラもヴァイオレットとエディを探しに戻る。エディはレイラを見ると、ヴァイオレットの耳元で何やらささやき、ふらふらと去っていく。アザイザ・サラフのミニチュア版はぎょっとするような鋭い視線を投げてくる。レイラが十七歳のとき、ジミーと寝はじめたことを知った母親のアザイザが見せたものと同じまなざしだ。「あなたのお母さんがこれを知ったら、涙に終わることになるわよ、ハビビ」

彼とのつきあいはさまざまな理由で涙に終わることになった。

「ジージーはあなたをクビにしたあのバカな事務所は、あなたを活かしきってなかったと思ってる」ヴァイオレットは言う。

「ありがとう、でいいの？」それが褒め言葉なのかどうか、今ひとつピンとこない。

「貯金があるから、あなたを雇いたいのよ、レイラ」

「あたしを雇うですって？」

「ノアのために」

「ヴァイオレット、それならあたしはふさわしくない。あたしは事務弁護士なの」

「失業中のね。なぜ失業したかというと、あたしの父が死んだときの状況を知りたくてスキプトン署にメールしたから。あなたがジョスリンにそう話してるのをジージーが聞いてたの。彼女はあなたがファイルを持ってると言ってる。だから適任なのよ。すべては事務弁護士から始まる」

「ヴァイオレット」

「母に必要なのは聡明であきらめない人。みんな途中であきらめちゃうの、困難だったりタイミングが悪かったりで」

「じゃあ、こうしましょう」レイラは言う。「あたしはあなたのお父さんに何が起こったのかを調べるから――」

「父はきっと誰よりもあなたに母のことを頼みたかったと思う」ヴァイオレットは言う。「父はあなたが大好きだったのよ、レイラ。ジミー叔父さんのことを大好きだったのと同じように。

母によく言ってたわ、ブラッケンハムの母乳はすごく強力だって。バイアット家とサラフ家の者が何かやると決めたら、彼らはけっしてあきらめないって」

ヴァイオレットの目に涙が光るのが見えて、こちらまで目頭が熱くなる。

「あたしの全財産をあげるわ」ヴァイオレットは言う。「ママをあそこから出してくれたら」

ジミーがエディを従えて戻ってくる。「二階建てバスのツアーに行けないのが残念だわ」ヴァイオレットはまるでレイラとの真剣な話し合いがなかったかのように言う。「エディはビッグベンを見たいし、あたしはウィリアムとケイト（キャサリン妃）がロンドンで暮らしてる場所を見てみたい」

「ああ、泣けてくるな」ジミーはぶっきらぼうだが愛おしそうに言い、子供たちに腕をまわす。

「ビラルと何を話していたんだ」とヴァイオレットに尋ねる。

「頼み事よ」ヴァイオレットは言う。「彼の長女と長男のこと」

37

ビッシュはサフランをなんとか説得して、まっすぐ家に連れ帰るのをやめさせた。アシュフォードを経由してカレーまで行くのは先延ばしにできない。

「ビーの家まで送ってくれないかな？」ビッシュは頼んだ。「そこからの移動手段は考えるから」

「お医者さんに診てもらわないと」

「どうせわかってることを言われるだけだ。〝水分をたくさん摂って休養しなさい〟」

「ビッシュ……」

「しかたないんだ。ごめんよ。母さんの一日をだいなしにしてしまったみたいで」

サフランは方向指示器を点滅させ、交通法規に違反して進行方向を変えた。「ドーヴァーにサディアやキャサリンや子供たちを訪ねようと思っていたの」彼女は言った。「だからだいなしにはなってないわ」

「母さんがそんなことするなんて信じられない」ビッシュは言った。「はみ出し禁止だ」

「私にチケットを切るの、ダーリン？」

サフランの携帯電話が鳴って母親が応答すると、オーディオからビーの声が流れてきた。

「レイチェルがビッシュの近況を知りたいって」

ビッシュは母親を見た。「知らせる必要があったのか？」

「聞こえてるわよ」ビーが言った。

「パパは元気だよ、スイートハート」ビッシュは娘に呼びかけた。

「それで、何してるの？」

「おまえに会いにいくところだ」

「どうして？」その声には不安な響きがあった。

「パパは元気だよ、ビー。重病じゃない。おまえとママに話があるだけだ」

「あっそう、なんでもいいわ」

「聞いてくれ」電話を切られないようにビッシュは言った。「爆破前夜にローラとメノシの写真を撮ったかい？　バスのなかで涎《よだれ》を垂らしながら寝ているところだ」

「撮ってないわ、ビッシュ。あたしは十三歳じゃないのよ！　なんで？」

「インスタグラムの三つのアカウントで同じ写真の三バージョンを見つけたんだ。ちょっと興味があってね。たぶんおまえが面白半分に撮ったんじゃないかと思って」

「涎を垂らしてる人の写真を撮ることのどこが面白いの？」

「さあ」ビッシュは言った。「ほかの子たちはどうして面白いと思ったんだろう？」

「彼らは十三歳だからよ！　あたしの話を聞いてなかったの？」

ビーが電話を切ると、サフランはこちらをちらりと見た。「目を閉じて、少し眠ったら？」

「やだよ、サフラン。僕は十三歳じゃないんだ！」

サフランは笑った。ビッシュも笑わずにはいられなかった。

「僕も病院まで行くよ。帰りにビーの家で降ろしてくれないかな」

ドーヴァーまでのドライブは快適だった。二人は政治の話をした――地方、国内、国際政治、それからテレビと映画の話。母親は結末をばらさずにいられないという悪癖《あくへき》を持っていた。二人とも《ゲーム・オブ・スローンズ》が大好きで、ビッシュは二話分追いついていなかったが、この二週間で誰が死んだかはもう知っていた。

「母さんとエリオットのおかげで、僕は映画の驚きを味わったことがない。あいつはよくハラハラする場面をばらしたし、母さんは死ぬ場面を教えてくれた」

「あら、最悪の事態に備えて心の準備をさせようとしただけよ」

それから二人は黙り込んだ。ビッシュの家族は最悪の事態を迎える心の準備は何ひとつしていなかったから。


病院ではイクバル・バグチが娘とトランプをしていて、サディア・バグチとキャサリン・バレット＝パーカーは町に散歩に出かけていた。二十分後に戻ってきた二人は、元気そうではあるものの、スーツケースひとつで暮らす疲れも顔に表れていた。二人のあいだに芽生えた友情は傍《はた》から見れば意外なものだったが、二人には見た目以上に共通点があるとビッシュは思っている。キャサリンの夫は大富豪で、サディアの夫は貧乏かもしれないが、二人とも妻としての役割に支配されている。とはいえ、夫同士が敵対していることが妻たちの友情に影響を及ぼすことはない。サフランから聞いたところでは、この夫たちは何度も言い争いをしたという。片方はすべてをイスラム教のせいにし、もう片方は世界の諸問題をすべて西洋の支配のせいにした。


ビッシュはサディアとキャサリンに連れられてカフェテリアでまずいコーヒーを飲み、イクバルの叔母が焼いたというアーモンド・ビスケットを食べることになった。

「ローラとメノシのツアー中の写真を見ることはできるかな」ビッシュは尋ねた。

メノシはまだソーシャルメディアの利用を許されていないとサディアが告げる。つまり彼女の写真はすべて携帯電話に保存されており、その電話は爆発で粉々になったのだ。

キャサリンはiPadを取り出した。「ローラの写真はくだらないものばかりだから、あまりお役に立たないと思うけど」彼女はインスタグラムのアカウントにログインして、ビッシュに見せた。

「フランス当局が写真を見たいと頼んでこないのは変じゃない？　英国情報部も」キャサリンは訊いた。

「頼む必要がないんでしょう」ビッシュは答えた。「テロ攻撃の捜査をしているのなら」

「アストリドとマイケルの写真を集めて、彼らのご両親に送ることができたの」キャサリンは言う。「大した慰《なぐさ》めにはならないけど、あの子たちはとても楽しそうだった」

画面をスクロールしながら女性たちの話に耳を傾ける。「キャサリンとあたしはブログを立ち上げたのよ」サディアがビッシュに教える。「みんなに最新情報を提供したりするのは大変な仕事よ。家族、友達、ほかのツアー参加者、その親たち。あの日キャンプ場で外国のバスに乗ってた人たちから手紙をもらうこともある。みんなメノシやローラやフィオンがどう立ち向かってるかを知りたがってるの」

ビッシュは写真を眺めていて、ルーシー・ギリスがどう言おうと、ノルマンディー・ツアーの参加者たちは楽しんでいるという確信を深めた。耳を舐《な》めるふり。唇を突き出すしぐさ。なかには《ズーランダー》の主役のキメ顔、「ブルー・スティール」を真似ている者もいる。たぶん反感や敵意や無関心もあっただろうが、これらの写真には爆弾が爆発する前の子供たちの絆が写っていた。

「この二日間で読者が二倍になったの」キャサリンが言った。「オーストラリアの人たちからもコメントをもらった。向こうの人たちはヴァイオレットの扱いについてかなり怒っているようよ」

「まあ、オーストラリア政府はもっと早くから強い態度で臨むべきだったね」

「アストリッド・コープリーの姉は妹を称える美しい一文を寄せた」キャサリンがつづける。「もちろん、私たちは彼女の両親には何も求めないけど、ティーンエイジャーは自分の思いをソーシャルメディアで表現することに慣れている。彼女はアストリッドが悲劇のひとりとして記憶されることを恐れていると書いた、本当はイライラさせられるいたずらっ子だったのにと」突然キャサリンは泣きだした。まわりも驚いたが、自分でもびっくりしているようだった。

「ごめんなさい」キャサリンは言った。「ごめんなさい」

サディアがキャサリンの手を取り、しっかり握り締めた。

「通路よ。たったそれだけ」キャサリンは言った。「通路のこちら側にいた私たちの娘は生きていて、向こう側にいた子供たちは死んだ」

「神のご加護よ。フィオンの母親はそう言ってる」サディアはうなずいていた。

「じゃあ、彼女は息子さんに会いにきたの?」サフランが尋ねた。

サディアは「ノー」と言うように舌打ちした。「毎日電話をかけてきて、あたしたちともよく話すけど、彼女は隠遁者なの」

「もちろん二人とも会いたがっているのよ」キャサリンが言った。「医師たちは一日も早くフイオンをニューカッスルに移せるように力を尽くしているわ」

「互いに会いたがっているなら、彼女は息子のそばについているべきだろう」ビッシュは言った。

サディアとキャサリンは意味ありげに目配せを交わした。「問題は体形よ」サディアはきっぱりうなずいた。「大きすぎるの」

彼らはメノシの病室に戻った。イクバルは新鮮な空気を吸いにいった、つまり煙草を吸いにいった。サフランは喜んでついていった。

「お嬢さんたちと一緒に話してもいいかな?」ビッシュはキャサリンとサディアに尋ねた。しばらくして、キャサリンがローラを連れてきた。視界が狭くなったことに慣れようとしている娘に腕を添えている。ローラは昨日からひとりで歩けるようになり、満足そうな顔をしている。

彼らはそれから三十分くらい、インスタグラムやFacebookでキャンプ仲間の写真に目を通した。彼女たちには初めて目にするものが多いらしく、ときおりメノシも一緒になってクスクス笑っている。二人がラムズゲートの双子が座席で眠っている写真を見ているのに気づくと、ビッシュはそのことについて質問した。

少女たちは顔を見合わせた。「バスで眠った人はみんな写真を撮られるのよ」とローラが言う。「年上の子たちはよく怒ってたわ」

「面白かった」メノシは顔をしかめ、口をあんぐりとあけ、首をかしげてみせる。そしてまたクスクス笑った。

「だからみんな寝ないようにしてたの。写真は必ずスナップチャットかインスタグラムにアップされちゃうから」

ビッシュはいぶかしげなふりをして二人を見た。「ビーもかい?」

少女たちはまた顔を見合わせた。ローラは「フン」と言ってうなずいた。

「あたしたちがいちばん長く持ちこたえたのよね」メノシは言った。

「でも、結局寝ちゃったのよね、その翌日に……」

「爆弾が爆発したの」メノシが代わりに言い切った。

二人はどちらかがそれを口にしたことで、ほっとしたようだった。その言葉を使う勇気のある者がまだいなかったかのように。

「全員あたしたちの写真を撮ったのよ」

「ものすごい仕返しよ」メノシは請け合った。

「誰かがそういう写真を送ってきたら、私に転送してくれないかな?」ビッシュは言った。

「私のメールアドレスはママたちが知ってるから」

ほかのバスの生徒たちの写真もたくさんあった。駐車場で撮ったようだ。どれも同じバスだが、ブローニュの駐車場ではない。そのすべてにマリアンヌ・アタルが写っていた。

「あたしたちは三回、同じキャンプ場を使ったの」ローラは言った。

メノシはローラを指さした。「この子は手品が得意なフランスのバスの男の子に恋しちゃったの」

ローラは恥ずかしがって顔を覆い、笑っている。

「男の子のことなんて言わなかったじゃない、ローラ?」キャサリンが言った。母親たちは娘たちの明るさを嬉しがっている。

ビッシュはひとりでバスの窓外を見つめているビーの写真を見つけた。孤独な姿だった。

少女たちに別れを告げたあと、キャサリンとサディアが病室の外で彼を呼び止めた。

「何か書いてくれませんか、ビッシュ」サディアが尋ねた。「あたしたちのブログに」

「みなさんにお願いしてるの」キャサリンが言う。「捜査もしている父親の視点から、何か書いていただけたら」

「私は捜査なんてしていないよ」

「経験を共有することによってね、ビッシュ、それはカタルシスになるの」とサディアは言った。その言い方は好ましかった。カタルシス。迷いがない発声、そこにこめられた深い意味。

「カンタベリーに住む親御さんが学校の役割について書いてくれたわ」キャサリンが言った。

「コミュニティを提供すること。カウンセリング。悲しみを共有する場所。もし爆破が起こったのが学校見学のときや学期中だったら、子供たちのアフターケアにもっと手を尽くすことができたでしょう。このツアーに参加した子供たちは、さまざまな州のさまざまな学校から集まっている。子供たちには今回の出来事について話し合う場がないのよ。ツアーの主催者はこの子たちの期待にそむいたのよ、ビッシュ」

「デイヴィッド・メイナードが書いてたとおりよ」サディアは言った。「彼の投稿には最も多くのコメントが寄せられてるの。〝学校は絶えず変化する世界において不変のものである〟」

もちろんそうだろう。素晴らしい校長先生のデイヴィッド・メイナードは、そのありがたい考えを伝えずにはいられないのだ。

キャサリンがそっと肘《ひじ》でつつくと、サディアは顔を赤くした。「ごめんなさい、ビッシュ。あたしったら、うっかり――」

「リンク先を送ってください」ビッシュは形の上だけ言った。病室から会話に交じって笑い声が聞こえてくる。そういえばフィオンは、メノシとローラは《ザ・マペッツ》の人形のようだと言っていた。

「あの二人を同室にしたらと考えたことはあるかい?」ビッシュは訊いた。「きっと二人のためになると思うよ」

ビッシュは母親たちと別れてフィオンの病室へ向かった。ドアを軽く叩いてそっとあける。マリファナのにおいがする。なかにはいると、チャーリー・クロンビーが肘掛け椅子でだらしなく丸まっているのを見つけた。ビッシュを見たクロンビーは立ち上がり、もうひとりの少年に手を差し出した。

「じゃあな、サイクス」クロンビーはそう言って握手した。そして大げさに鼻をすすりながら、ビッシュの横を通り過ぎた。

「ご両親によろしく伝えてくれ、チャーリー」ビッシュは言った。

「そうしますよ、ビッシュ警部」クロンビーは慇懃《いんぎん》無礼に言った。

クロンビーが去ると、フィオンは室内に残った煙を振り払った。ビッシュは病棟にマリファナを持ち込むという大胆さに驚いた。

「ミスター・クロンビーはきみのことを手先とみなしているのだと思っていた」ビッシュは言った。

「神学で僕を論破できるのは、彼をおいてほかにいません」

それは苦しい言い訳に聞こえた。クロンビーがこの孤独で不器用な少年に何かやらせようとしていることはまちがいない。

「自分を安売りするなよ、フィオン」ビッシュは言った。少年は傷ついた目をした。

「自分を安売りしてるなんて言わないでください、ミスター・オートリー。僕の学校にはちゃんとした人が大勢いるけど、僕の見舞いにきた人はほとんどいません。一度だけ何人か来ました。義務を果たしに。彼らは何事もなかったかのように振る舞いました。僕がただ横になって体を休めているだけかのように。僕がそうやって、北部の友人たちを見舞いにこさせようとしているかのように」

ローラにも同様のことがあったのは知っている。キャサリンはローラの友達と思われている者たちに見舞いにきてもらおうとしたが、彼女たちの両親をひとりも説得することができなかった。あまりにも痛ましいので、と親たちは言った。子供には荷が重すぎるので、遠すぎて行けない、ローラがもう少しよくなったら……。

フィオンは悲痛な表情を浮かべた。「でも、クロンビーはもう四回も来てるんです。往復で三時間ほどかかるのに、ここに来る。まるで夏休みなのにほかにやることがないみたいに」

逮捕されること以外にはね、とビッシュは胸のなかでつぶやいた。

「最初は罪悪感から来たのかと思いました」フィオンはつづける。「彼はツアー中、僕とはほとんど口をきかなかった。最後のほうは少し話したけど。でも今は、僕にどんどん話をさせようとする。それに、僕の脚が吹き飛ばされてないふりをしたことは一度もありません。なぜなら彼はその場にいたから、爆発のあと目をあけたときに最初に見えたのが彼だったから。彼は何度も繰り返した。『大丈夫だ、サイクス。俺はここにいる。俺はここにいるよ』と。僕は怖くて小便を漏らしました」フィオンは悲嘆に打ちひしがれているようだった。「彼らを死なせたのは僕だと知ってましたか？　ローラのバッグをしまう場所を空けようとして、爆弾のはいったバックパックを移動させたんです。アストリドとマイケルの頭上のロッカーに。フランスの警察がそう言ってるのをブログで読みました」

ビッシュは少年の腕に手を置いた。「何が起こったのかは誰にもわからないよフィオン。今のところはね。それに、仮にきみの言うことが本当だとしたら、どういうことになる？　もしそのバックパックが元の場所にあったら、きみもローラもメノシも死んでいただろう」

フィオンは泣きだした。「とにかくここから出たい。ときどき、目が覚めて息ができなくなるんです。なんとかして僕をここから出してくれませんか？　お願いだから」

38

　イクバル・バグチがロンドンへ戻るので、サフランを自宅まで乗せていってくれることになった。つまりビッシュは母親の車を使い、途中でビーを乗せてから、海峡を越えて午後七時までにカレーに到着できるということだ。フランス情報部に事情聴取されることをレイチェルに伝えるのは厄介だろう。徒労に終わるか、あるいはまた失神するのではないかという不安はあった。

「だめよ、だめよ！」レイチェルは言った。「最初のが聞こえないといけないから、二回言った」

「選択の余地はあまりないんだよ、レイチェル」

「バカなこと言わないで。私は法律を知ってるんだから。もちろん私たちは選択できます」

レイチェルは今にも指を切りそうな危なっかしいやり方でタマネギを刻んでいた。ビッシュは彼女の手から包丁を取り上げ、気づくと妻盗人のために夕食を作っていた。

「ビーに嫌疑はかかっていないと彼らは請け合っている。アタルの娘を事情聴取したら、彼女はヴァイオレットがフランスのバスの運転手と口論になったと言っていたことを思いだした。そのことはマイケルとアストリドが写っているビデオ映像で裏づけられた」

「だったら、どうしてビーが関わってくるの？」

「マリアンヌ・アタルの証言によれば、ヴァイオレットがその口論について話していたとき、ビーはその場にいたんだ。フランス情報部は事件の解明にビーが何かヒントを与えてくれると期待している。ヴァイオレットと一週間部屋を共有しているしね」

「ヴァイオレットは容疑者じゃないと思ってた」

「容疑者じゃないよ。彼女は標的だったと目されている。路上から救出しなければ、まだ標的にされる恐れがある」

レイチェルは納得していない。「そもそも、彼らはなぜアタルの娘を事情聴取したの？　彼らはこの子たちのことで何かつかんでるのよ、ビッシュ。キャンプ場の監視カメラにはもっとほかに写ってるにちがいないわ」

「最悪のシナリオは、ビーたちが酒を飲んでいたかヤクを吸っていたかだ。内務省が寄こす法廷弁護士と一緒に僕がビーを連れていったほうがいい。フランス情報部が海峡を越えて事情を聴きにきたら、新聞の大見出しになる」

「私がどう考えてるかわかる？」レイチェルが言った。「そのマリアンヌ・アタルとかいう娘は何か隠し事をしてて、イギリスの子供たちの足を引っ張ろうとしてるの」

「フランス情報部は爆破の前夜、子供たちがよからぬことをたくらんでいたときに何か見たと考えているようだ」

「まあ、どうしても行くなら私も一緒に行くわ」

「まあ、きみは無理だね」とレイチェルの腹を指さす。「ビーに聞いたが、帝王切開するそうだね。カレーで産むことになっても、フランスがそれを許すと思うか？　フランスの病院はイギリス人には適さなかった――新聞にも載っていただろう？　きみは救急車で送り返され、トンネルで赤ん坊を産む。二国間の板挟みになる子、人々は彼をフォルクストン子爵（産まれた土地にあやかっている）と呼び――」

「黙れ、ビッシュ」その言葉とは裏腹に、レイチェルは笑っている。

「いいかい、僕がビーに何事も起こらないようにすることは、きみもわかっているだろう」ビッシュは言った。「僕たちがいちばん望まないのは《サン》がビーについてくだらない記事を載せることだ」

それでもレイチェルはまだ疑っている。「内務省が寄こす弁護士の名前は？」

「マリー・ボネール」

レイチェルは少なくともその名前に満足したようだ。感動したと言ってもいい。「ビーがジタバタ騒いでも、引っ張っていかないとね――わかる？　あの子は自分から進んで行くことはないから。最近は自分から進んで何かすることはほとんどないのよ」

「どうしたの？」二人がさっと振り向くと、ちょうどランニングから戻ってきたビーが扉口に立っていた。

娘にどう話すか打ち合わせる時間がなかったので、気まずい沈黙がつづくと、ビーは怪訝《けげん》そうに目を細めた。「お願いだからまた一緒になるなんて言わないで」

ビッシュは傷ついた。両親がふたたび一緒になるのは、すべての子供たちの夢じゃなかったのか？　どうやら我々の娘はそう思っていないらしい。

「早く言ってよ。気を持たされるのはうんざりなの」

レイチェルのほうがうまく説明できるという暗黙の了解があった。「フランス当局が爆発が起こる前の晩のことについて、もう一度あなたに聴きたいことがあるのよ、スイートハート。あなたを非難してるんじゃなくて、あなたが見たり聞いたりしたかもしれないことを確認したいだけなの」

ビーは納得がいかない様子だった。

「あなたがドラッグを試してみたなら、それはそれでいいの」と母親は言った。

「あたしがドラッグを試したのは十五歳のときよ、レイチェル。だからあなたはデイヴィッドから学校に呼び出されて、彼との不倫が始まったの」

ここはビッシュが引き継ぐのにもってこいのときだ。彼は今、娘が好きなほうの親になっている。「事情聴取は目立たないように配慮されている」ビッシュは言った。「こっちは法定代理人をつけるし、アタル警部はフランス情報部の人間はひとりしか来させないことを承知させた。自分の娘と話す相手にはかなりこだわりがあるようだ」

「自分の娘？」ビーはびっくりして訊いた。

「彼女が何を言っても心配しないで、ビー」レイチェルが言った。「内務省が派遣するのは腕利きの法廷弁護士だから。あなたもわかってるでしょ。何があろうと私は絶対――」

「何か荷物を持っていったほうがいい？」

39

胃がむかむかする。フェリーを降りると、ビーの脳裏にツアーの始まりの場面が甦《よみがえ》る。アストリッド・コープリーが目の前の女性の大きな尻を写真に撮っていた。アストリッドはしょっちゅうそんなことをやっていた——ふざけた写真を撮ること。涎を垂らして寝ている者の顔を撮るというアイデアを思いついたのもアストリッドだった。マイケル・スタンリーはその正反対だった。静かな熱血漢、その静かさはフィオンのような夢見がちなものではなかった。ビーはあの日のミスター・マキューアンを思いだそうとする。「ほら、エンジンをかけて、フィオン」それは〝ぼうっとしないで、もっと速く歩け〟という彼なりの言い方だった。そして送迎バスが到着すると、運転手が連続殺人犯に見えるとみんなが言った。セルジュは訛《なま》りがきつく、バスは全部同じに見えるからナンバープレートを暗記するようにと何度も言い、エディはその口ぶりを完璧に真似てみせた。ビーは死んだセルジュやほかの人たちのことをもっと知りたいと思う。

カレー港はビーにとって爆破事件が起こる前の人生の場所だ。マイケルの遺体を見る前。それはビーが見た最初の死体だった。両親はスティーヴィーの亡骸《なきがら》を見せようとしなかったので、弟にお別れを言う機会がなかったとビーは感じている。けれど、マイケルの遺体を見てから、スティーヴィーは突然どこにでも現れるようになった。爆発のあと、バスの外でエディとヴァイオレットの横に立っていて、「走れ、ビー、走れ」と叫んだ。マイル・エンド駅のバス停でビーを待つヴァイオレットとエディのあいだにもいて、チューインガムを買うために道路を渡るエディと一緒に歩いていた。まるでこの数年間、何に対しても心を閉ざしていたビーのために、爆発が弟を甦らせたかのように。

内務省の法廷弁護士とはカレーの警察署の前で落ち合う。マリー・ボネールは母親の職場で出会った弁護士たちとあまり変わらないように見える。ネットで特集されていた「英国で最も魅力的な女性弁護士二十五人」のひとりとは言いがたい。

マリーはビーに握手を求める。「サビナでいい？」

「ビーで」

「彼らはなかで待っています」

胃がさらにむかつく。父親は娘の気の進まない様子に気づき、手を握り締めてくる。

「すぐに終わって帰れるから」と父親は言う。

どうしたらそこまでバカになれるのだろう？　まるで、いつまでここにいるのかが気になるみたいに。

三人は取調室にはいる。そこにはアタル警部と、デュポンとかいうドラキュラみたいな生え際をした薄気味悪い男がいる。なんでもフランス情報部の捜査官だそうだ。そして、彼女がいる。マリアンヌ・アタル。

マリー・ボネールとほかの二人の男のあいだで、フランスのバスの運転手についてフランス語であれこれ話をしている。アタル警部がビーの父親に説明したいと言っているのがビーにはわかるが、デュポンという男が彼を黙らせる。デュポンはマリーに、今明かしたことは英国政府が知ればいいだけの情報で、証人の父親には関係ないと言う。ビーは父親を虚仮《こけ》にするような者は放っておけない。

「フランスのバスの運転手は二〇〇二年に北ロンドンに住んでたんだって」ビーは父親に教える。

さあこれで全員の注目がビーに集まる。デュポンは不満そうだ。機密保持についてさらなるやりとりが交わされ、メディアにはけっして漏らすなということが強調される。アタル警部はこれまで聞いたこともないひどい英語で父親に話しかける。それに対し父親はこの世でいちばんひどいフランス語で答え、マリアンヌ・アタルが目を剝《む》く。ヴァイオレットならきっと、どっちの父親のほうがどえらいバカなの、と言うところだ。

ようやく彼らは本題にはいる。マリー・ボネールが通訳が必要かと訊く。ビーは通訳はいらないとフランス語で言う。五月にヨーテボリのジュニア陸上競技大会に参加して以来、フランス語に熱中している。その大会では二百メートルを八レーンで走った。七レーンにはマリアンヌ・アタルがいた。ビーはそのレースでは優勝したが、四百メートルでは二位に甘んじた。その日、ほかの女子選手が更衣室を出たあと、マリアンヌ・アタルだけが残り、ビーに電話番号を訊いた。というより、要求されたようなものだ。あたかもビーが公言したくないようなことを知っているかのように。だからビーはそのフランス人の少女に失せろと言ってやったのだった。

けれど、父親やアタル警部、マリー、デュポンがそれを知る必要はない。ビーの気持ち、なぜマリアンヌの家の近くで始まって終わる夏のツアーに参加することにしたのかがマリアンヌにちゃんと伝わっていれば充分なのだ。ビーはヨーテボリから戻ってから調べまくり、パ＝ド＝カレーのジュニア・スポーツウーマン・オブ・ザ・イヤーのインタビュー記事を見つけた。マリアンヌ・アタルは八月におこなわれるカレーのジュニアサッカー・ツアーで、ジュニアコーチをつとめることになっていた。

「ビー？」父親がそっとうながす。

顔をあげると、みんなこちらを見つめている。待っている。

ビーが黙ったままでいると、マリアンヌが言う。「イル・ヴル・サヴォアール・ス・ク・ヴィオレット・ア・ディ・ア・プロポ・デュ・ショフール・ド・ビュス（彼らはヴァイオレットがバスの運転手と口論したと言ったことを知りたがってるの）」

二週間も連絡なしのあとがこれ？　マリアンヌ・〝バカじゃないの〟・アタルはFacebookを知らないの？　インスタグラムは？　スナップチャットは？　ほかのものは？　あたしにまた海峡を渡らせるためだけに、あの夜フランスのバスの運転手についてヴァイオレットが言ったことを証言させる必要があるの？

彼らに何を話し、何を話してはいけないかをビーは思いめぐらす。キャンプ場での最初の夜、カレーのジュニアサッカー・ツアーとノルマンディー・ツアーとのあいだで喧嘩が始まった。マリアンヌが引率していた生徒たちが、ビーのバスに生卵を投げつけた。こちらはチャーリー・クロンビーが防犯カメラを壊し、フランスのバスに英国国歌を書き散らして仕返しできるようにした。ロドニー・ケニントンはそんなことをすれば自分たちがやったのはバレバレだと言ったが、クロンビーは引率者たちはバカだからあからさまな容疑者に目をつけると説得した。彼の言うとおり、ドイツ人が犯人とされた。彼らは夏の大聖堂建築ツアーをしていて、前回のワールドカップ優勝についてフランス人とイギリス人を愚弄《ぐろう》する声が聞こえていたのだ。

いずれにせよフランス人が向かうのが反対方向でよかった、と引率者たちは言った。しかしその後彼らはツアーの途中、バイユーのキャンプ場でまた一緒になった。ゴーマンはワールドカップのフランス対イングランド戦を企画した。この両国を越えて旅をしたことがない彼は、この二つの国が世界を構成していると信じていた。その試合はフランスが勝利した。血は流れたが、ほとんどはクロンビーのもので、取っ組み合いにもつれ込んだ。マリアンヌ・アタルがビーに馬乗りになったとき、二人は長いあいだにらみ合っていた。ヴァイオレットがマリアンヌを蹴《け》飛《と》ばそうとしたら、マリアンヌがヴァイオレットのブーツをつかんだ拍子にビーの顔に当たり、そのせいで目のまわりに痣《あざ》ができることになった。ヴァイオレットとマリアンヌは「そっちのせいよ（セ・ド・サ・フォート・ア・エル）」と言い合いになり、とうとう引率者が止めにはいった。その後何日もビーの頭にあったのは、あの馬乗りのことだけだった。そして今度マリアンヌに会うときには電話番号を交換するだろうと思った。

あの最後の夜、カレー郊外のキャンプ場にフランス人たちが戻ってきた。落書きのために夜間外出禁止令を出されたドイツ人たちも戻ってきた。駐車場に三つのグループが集結し、年長者が前に出て押し合い、ののしり合う。かなり情けない状況だ。誰かが缶を投げたが、暴力行為と呼べるのはそれぐらいだった。そしていきなりマリアンヌに腕をつかまれた。彼女は内緒の話が誰にも聞こえないところまで引っ張っていくと、そもそもビーがカレーにいるのはあたしがいるからだろうと言われた。ビーの最大の恐怖はそれがみんなに知られることではない――アタル警部の娘が手招きするたびに自分がほいほいと駆け寄っていくこと、自分もそういう娘だと知られてしまうことだった。

やがて駐車場のライトが点灯し、みんな四散していったが、マリアンヌはビーを行かせず、ヴァイオレットはビーを置いて戻ろうとせず、エディもヴァイオレットを置いて戻ろうとしなかった。チャーリー・クロンビーもそこにいたので、五人は引率者たちがいなくなるまでバンガローの支柱の陰に隠れていた。そのうち、バンガローに戻ろうとしないマリアンヌが、キーがなくても車のエンジンをかける方法を知っているから、夜の海岸へ出かけられると言いだした。

そういうわけで警備車を押してキャンプ場のまわりの森を抜けていくと、夜行性のサギを探していたフィオン・サイクスに出くわした。そこで六人は車に乗り込み、あてもなく車を走らせた。それはビーにとって人生で最も長い夜だった。最高の夜でもあった。彼らはなんでも話した。だからときどきヴァイオレットのことを避けたくなる——彼らを信頼して、夜も眠れないほどの悩みをすべて打ち明けたから。スティーヴィーの死、両親の離婚、父親の飲酒。ある日突然、父親が自殺したという電話がかかってくるのではないかという恐怖、父親は崖っぷちに立っているから。そして、クリスマスにパーティで出会った男の子とセックスしたこと、自分がレズビアンでないことを友達に証明するためだけに。それを打ち明けたとき、ビーは泣いた。ヴァイオレットにはその数日前にカミングアウトしていたが、そのときとは状況がちがう。もう後戻りはできないとわかったのだ。

チャーリーはカンニングのことを話した。暗闇で互いの姿は見えないが、その声で泣いていることがわかった。ドラッグで退学になっても何年かすれば自慢の種にもなるが、カンニングは別だ。みんなインチキを嫌う。エディは母親の死について話し、母親がいなくなった今、父親は自分を必要としていないと言った。フィオンも母親について話した。母親は家から一歩も出ない、ギネスブックに載るような体形だから。イースターのとき、フィオンはついに勇気を出して友達を家に呼んだ。彼が信頼できると思っていた女の子は、フィオン・サイクスのママはすごく太っていて部屋から出られないとみんなに触れまわった。映画のギルバート・グレイプの母親のように。そしてマリアンヌ。彼女の父親は地元の犯罪者の息子を射殺し、それを気に病んでいる。相手は親譲《ゆず》りの悪党だったのに。マリアンヌは映画とはちがうと言った。警察は年じゅう人を殺しているわけではないと。

ヴァイオレットはあまり話さなかった。父親が死んだこと、祖父母と暮らしていること、それだけだ。チャーリーは母親がどこにいるか尋ねた。それについては正直に〝刑務所〟と答えた。それからツアー参加者のなかでイライラさせられる生徒たちのことを少し話した。さらにイギリスとフランスのバスの運転手比べになる——どちらもたいてい不機嫌だった。ヴァイオレットはフランスのバスの運転手と話をしたことがあるそうで、彼はちょっとおせっかい焼き《スティキビーク》ね、と言った。

その後、アロマンシュの浜辺でパーティをやっているのを見つけ、彼らは踊った。まるで愛する人たちが死んだことも人を殺したこともなく、彼らを騙《だま》したことも彼らに恥をかかせたこともないかのように。ビーはかつてないほど奔放に振る舞った。ヴァイオレットとマリアンヌに腕をまわし、星空を見上げて笑う。チャーリーは自分が〈ワン・ダイレクション〉のナンバーに乗って踊ったことを誰にも言わないと約束させた。けれど最高によかったのはそのあと砂浜でマリアンヌの横に寝たときだ。そして彼女のキス。彼女の指と舌、互いの腕のなかで震えたこと。言葉は通じなくても、相手の言っていることがはっきり理解できたこと。

それが爆破前夜に起こった出来事。

ビーの父親とアタル警部とデュポンは、呆れたようにこちらを見つめている。

「スティキビーク？」デュポンが訊く。「ケ・ス・ク・サ・ヴェ・ディール（どういう意味だ）？」

スティキビークの意味について議論が交わされる。「おせっかいな人」ビーは父親に説明する。オーストラリア人の英語も訳してやらなければならないからだ。「彼はよけいなことを言ったの」

「それだけか？ 盗んだ車を乗りまわしただけ？」ビッシュは訊く。〝スティキビーク〟の意味するところはほとんど気にしていない。

「セ・トゥ？（それだけか？）」アタル警部は訊く。

「それだけよ」ビーは肩をすくめる。彼らに話すのはそこまでにしようと決めたから。

「セ・トゥ」マリアンヌも言う。

爆破事件でひとつだけいいことがあったとすれば、ほかのことはすべてくだらないと思えることだ。マリアンヌと自分の父親が、わが子がテロ容疑者ではなく車泥棒だと聞いてこれほど安心するとは思いもしなかった。

ビーは立ち上がり、ほかに訊きたいことがあれば携帯に連絡してくれと言う。マリアンヌもそれに倣《なら》う。二人とも電話番号を伝えようとするが、父親たちはどちらもバカなので大声を張りあげる。やかましさのせいで、ビーはマリアンヌの下二桁の数字を聞き取ることができない。

「私に連絡してくれ」ビッシュはデュポンに言っている。「娘ではなく。話があるなら、私に話してくれ」

アタル警部も同じことを言っているが、フランス語の罵倒語《ばとうご》がふんだんに交じっている。デュポンはなんと言われようと気にしない。フランス情報部はすでに全員の電話番号を知っているくせに、知らないふりをして。

車に戻ると、父と娘は無言でシートベルトを装着する。そして父親は首《こうべ》をめぐらせてこちらを見つめる。まるで自分が考えていることが信じられないかのように。

「訊けばいいじゃない」ビーは言う。

「マーシャルアーツをやめたのは、土曜の朝にフランス語教室に通うためか?」

「そうよ」

「なぜだ?」

「いけない?」

メールが届いた知らせが来ると、ビーはあわてて携帯電話を取り出す。

〝トン・ペール・エタン・イディオ(あなたの父親ってバカね)M××《キス、キス》〟

〝あなたの父親もね。B××〟と返信する。

バカな父親がこれほどありがたく思えたのは初めてだ。

40

その夜はカレーの港に近いモーテルに泊まった。ビーがメールでいたずらに時を過ごしている横で、ビッシュは娘のiPadを借りて十三年前のメディアを検索した。アフメド・ハティーブが二〇〇二年に北ロンドンに住んでいたなら、知り合いがブラッケンハム爆破事件の犠牲者になっていたかもしれない。ヴァイオレットが彼をスティキビークと呼んだのはどういう意味だろう？　ハティーブはヴァイオレットの正体を突き止めようとして彼女に近づいたのだろうか。ジダンというような苗字から、レブラック家の一員を爆破事件に結びつけるのは容易ではないだろうが、悲嘆に暮れる男はブラッケンハム事件の容疑者の家族について、あらゆることを知り尽くしていたのかもしれない。

氏名、負傷者の証言、死亡通知など、当時書かれたあらゆるものを検索していくうちに、二十三人の犠牲者の写真を掲載した《ガーディアン》紙の第一面に行き当たった。ビッシュは警察官として、一時《いっとき》は全員の名前を知っていた。彼らの身の上も覚えていた。若い母親と通学途中の五歳の息子。市役所に勤めていた四人の子を持つ父親。マージーサイド州に住む夫婦のひとり息子は十八歳だった。その少年の顔をじっと見つめた。なんの悩みもなさそうに笑っている。ビッシュはその名前に目を留めた。よくある名前だから気にしないでおこうと思ったが、グーグルで検索せずにはいられなかった。そして、もうノア・レブラックに関する驚きはないと思っていたそのとき、ビッシュは彼女の最大のサプライズを発見した。

41

エディのママが死ぬと、パパは料理や掃除などの家事を放棄し、郵便局に郵便物を受け取りにいくこともしなくなった。そのうち、ベッドから出なくなった。

そんなときエディはその手紙を目にした。普通なら母親宛の個人的な手紙などは無視し、生活費を入れておく缶のお金をかぞえながら出すことに集中しただろう。けれどもそれはホロウェイ刑務所から届いたもので、刑務所から手紙を出す人に心当たりがなかったので、封をあけてみた。差出人はノアという女性だった。内容はその人が働いている棟で生まれた赤ん坊の話がほとんどだが、最後の数行にはこう書かれていた。

今日はエティエンヌの命日でエディの誕生日、そしてヴァイオレットにもう二度と会えないと知った日です。私にとっては一年で最悪の時。苦しみはやわらぐどころか、むしろ増していくばかりで、いつか持ちこたえられなくなるのではと不安です。体調のいいときに手紙をくださいねアンナ。あなたから便りがないのが心配です。

愛をこめて
ノア

自分の両親が本当の親でないことはずっと知っていた。他人でも二人を見ればすぐにわかることなので、エディはただちに気づいた。このノアという女性は実の母親にちがいない。エディはその手紙を破り捨てた。生きているかぎり、アンナ以外の母親はほしくないから。

しかしエディはその名前を忘れることができなかった。ノア、ヴァイオレット、エティエンヌ。苗字はなかったが三つの名前を並べてググったら、何もかもわかった。ブラッケンハム爆破事件を起こした犯人とその理由。エディは〝うちのジミー〟が爆弾テロで死んだことは知っていた。それから何日も気分が落ち込み、父親の目をまともに見ることができなかった。エディは母親がノアから受け取ったほかの手紙を探した。そのすべてがホロウェイからのものではなかった。もうひとりの母親はもっと前にはいくつかちがう刑務所にはいっていた。そして読めば読むほど、エディは興味を持った。ノアやエティエンヌという人物についてではなく、ヴァイオレットについて。自分には姉がいた。血のつながった姉だ。彼女は十七歳で、オーストラリアに住んでいた――農場に。もうひとりの母親は毎朝イングランド時間で十時から十時半のあいだ――オーストラリア時間では夜九時から九時半――に娘と話をしていた。

エディは何通もの手紙からヴァイオレットのすべてを知った。祖父の正体を知った同級生たちがヴァイオレットのロッカーにひどい落書きをしたため、七年生のときから在宅教育を受けていること。悪夢のことを忘れたくて〝つきあっている人がいる〟こと。気丈に見えるけれど、もうひとりの母親はヴァイオレットのそばにいてやりたくて、事件の再審理を熱心に望んだこと。しかし、それは実現しなかったようだ。

さらに、ヴァイオレットは頭がよくて医者になりたいこと、動物が大好きなこと、初めてチーム入りを許されたのでネットボールを楽しんでいること。父親の死が頭を去らず、エティエンヌが死んだ日のことで何か思いだすたびにロンドン警視庁に手紙を出していること。農場で働く人たちと一緒にいるのに慣れているせいで、よく毒づくこと。自分の住んでいる町以外の世界をほとんど知らないこと。アラビア語、フランス語、英語を話すこと。そして今年、キャンプに行く予定であること。タスマニアへ。

だからエディはヴァイオレットを探した。Facebookもツイッターもインスタグラムも、どこにもいなかった。ひとつだけ見つかったヴァイオレット・ジダンは、《デイリー・アドバタイザー》という地方紙に載っていた。彼女はニューサウスウェールズ州のリヴァリーナで開催されたジュニアネットボール大会でセンターに起用されていた。そこでエディはそのネットボール・クラブの名前と住所を調べ出し、彼女宛に手紙を送った。本人の手元に届かないことを想定して、短い手紙にした。

親愛なるヴァイオレット、
僕の名前はエディ・コンロンで、あなたは僕の姉だと思う。もしこれを見たら、僕のメールアドレスは djeddie@hotmail.com です。

心をこめて
エディ・コンロン

ひと月後、エディは vlb@gmail.com からメールを受け取った。

親愛なるエディ、

ヴァイオレットよ。はい、あたしはあなたの姉です。あなたが生まれてから毎日あなたのことを思っていました。そしてあたしは死ぬまで毎日あなたのことを思うでしょう。（大げさではなく）。あたしの写真を添付します。似てる？ 似てなくてもいいの。あなたのために、あたしと同じ髪じゃないことを祈ります。

愛をこめて
ヴァイオレット

そしてそのときから、二人は毎日欠かさずメールのやりとりをした。一日に二度、三度、四度のこともあった。初めてスカイプしたとき、ヴァイオレットは泣き叫んだ。二回目はエディが泣き叫んだ。二人はなんでも話した。音楽の話。エディはＤＪになりたくて、ヴァイオレットは医者になりたいこと。ネットボールのチームが初めてシーズン最終戦で勝つチャンスがあったこと、みんなヴァイオレットのことをビッチだと言うけれど、いいセンターはいやなやつだと思われないといけないこと。

その間に、父親は少しずつよくなってきた。夕食を作るようになり、郵便物も取りにいくようになった。もう元の生活には戻れないと思っていたエディにとって、それは嬉しいことだった。しかしある夜、肘掛《ひじか》け椅子で眠ってしまった父親が悪夢を見ているのがわかった。「大丈夫だよ、パパ」とエディは言って、父親をなだめた。「エディだよ。大丈夫だよ」そしてエディは次の瞬間をけっして忘れることはないだろう。目をあけた父親はびくっとした。身をすくめた。

「あっちへ行ってくれ」

そういうことか。やっぱりそうだったのか。父親は母親のために我慢してきただけだった。本当はエディのことを怪物だと思っていたのだ。ルイス・サラフがジミーたちを爆死させたとき、誰もが彼を怪物だと呼んだように。

その夜ヴァイオレットとスカイプで話したら、悲しそうな顔を見るのはとてもつらいと言われた。ヴァイオレットの表情から姉には何か計画があることがわかった。

「何を考えてるの、ヴァイオレット？」

「エディンバラ公のキャンプには行かない」ヴァイオレットはきっぱり言った。

「どうして？」エディンバラ公賞が姉にとってどんなに大事なものか、エディは知っていた。それはもうひとりの父親であるエティエンヌと大いに関係があるのだ。

「あなたに会いにいくから」

42

土曜日の午後、ビッシュはホロウェイに来ていた。面会許可証もグレイジャーからの許可もないが、昨夜の発見のせいで興奮していた。さらにはハティーブが爆破事件当時、北ロンドンに住んでいたことを知った。なかに通してもらう理由としては充分だろう。

グレイは持ち場についていなかった。ビッシュは看守に身分を告げ、内務省の用事で来たことを説明した。意外にも、看守は驚いたように目を見開いた。

「ずいぶん早いな」と看守はつぶやいた。

さらに面食らったのは、そのまま所長代理の部屋に案内されたことだ。エレナー・クックの執務室には、グレイと年下の相棒のファリントン、ヴァスケスと名札に書かれた女性刑務官、ビジターズセンターのアリソンがいた。誰もがビッシュの姿に驚いているようだった。それでも、ビッシュは座るよう勧められた。

「このところ、病気で休んでいる者が多くて」椅子に腰をおろすなり、所長代理は言った。ビッシュは彼女の口紅がはみ出ている口元を見ないようにした。「人手が足りなかったのです」

ビッシュは一座の者たちを見まわした。「そうおっしゃる理由は……？」

エレナー・クックは咳払いした。「今朝、被収容者に面会にきた女性が、待合室にヴァイオレット・レブラックと少年がいたのを見たと言っています」

ビッシュは所長代理をまじまじと見た。「ヴァイオレットとエディがここにいたんですか？ノア・レブラックに面会したと？」

「確認は取れていませんが、今朝の待合室は人手が足りなかったのです」

「この年寄りのローナも手伝いに駆り出されたんです」ファリントンが口をはさむ。「彼女はいつも郵便室で楽な仕事をしてるので、たぶん勝手がわからなかったんでしょう」

「誰が年寄りだって？　若造のくせに」ヴァスケスはつぶやいた。

「二人だけで、彼らだけで？」ビッシュはあっさり白状しそうなファリントンに訊いた。「二人はひょっこり立ち寄り、待合室まで行って、ヴァイオレットのママとおしゃべりしたのか？」

　ファリントンはどう答えたらいいかわからないらしく、グレイのほうを見ている。

「ビラル・ルルーシュというかたが一緒でした」アリソンが答え、ビッシュに訪問者記録のプリントアウトを手渡した。

「何者ですか？」ビッシュは訊いた。

「家族ぐるみの友人です」アリソンは答えた。

「報告があってから、レブラックと話をしました」クックは言った。「ミスター・ルルーシュは毎年、ラマダンのあとに面会にくるそうです。過去の記録を確認すると、たしかにそのとおりでした」

「ラマダンは一ヵ月あまり前に終わっている」ビッシュは言った。

　クックは苛立ちを隠しきれない。「ええ、それはわかっていますよ、オートリー警部。どうやらレブラックの娘の状況に配慮して、今年は延期していたようです。記録によると、彼は今日も例年どおりのことをしています。自分の子を二人連れて――」

「名前と年齢は？」

　ここでふたたびファリントンが声を発した。「我々は彼に身分証の提示を求めました。大人の面会者にはそうしているんです」

「しかし子供たちの身分は確認しなかった?」

クックは訪問者記録のプリントアウトを手で示した。「そこにファーティマとアンワル、十七歳と十四歳と記されています」

ビッシュは深く息をついた。

「ヴァイオレット・レブラックとその少年が本当にここにいたとは考えにくいですね」所長代理は言い、ほかのメンバーを見まわした。当然ながら、彼らも賛同しているらしい。

「たぶん二人を見たと言ってるのは、彼らはみんな同じに見えると思ってる人種差別主義者だろう」グレイが言った。

彼らは口裏合わせにどのくらい時間をかけたのだろう。「監視カメラを見せてください」ビッシュは言った。「そこにはっきり写っているはずです」

「もう調べました」クックは言った。「画像は人物を特定できるほど鮮明ではありません」

「それを判断するのは私に任せてください」

画像データはすでにクックが自分のパソコンにダウンロードしていた。ビッシュはビラル・ルルーシュと子供たちが写っている画面に目を凝《こ》らした。少女はヒジャブをかぶり、少年はアーセナルの帽子をかぶっている。二人は明らかに監視カメラを避けている。

「彼らだ」ビッシュは言った。

「なぜ断言できるのですか?」クックが訊いた。

「彼らに会ったことがあるからです。どうしてこんなことになったのか、うかがいたい。中東の風貌をした子供二人がビジターズセンターにはいり込んできたのに、誰もちゃんと確認しようとしなかったんですか？」

「では、あの門をくぐってくる中東系のティーンエイジャーは全員脅《おど》せとおっしゃるんですか？」クックは食ってかかった。

「いいえ、そうは言っていません」ビッシュは自分を抑えた。「ノア・レブラックを訪ねてくる中東系のティーンエイジャーにはひとり残らず事情を聴いてほしいんです」

「あの少女はセキュリティのためにヒジャブを脱ぐと申し出たんです」ファリントンは明らかに責任を回避しようとしている。「しかしローナは、相手は面会にくるほど同情してるし、ヒジャブをかぶる権利があると思ってるから、そういう者たちと問題を起こしたくないと言ったんです」

ヴァスケスは憂《うれ》い顔でファリントンを見たが、ビッシュは誰に対しても心を動かされなかった。「二人だけで話せませんか？」と所長代理に尋ねる。

クックがほかの者たちを下がらせると、ビッシュはドアが閉まるまで待った。「グレイは嘘をついています。これを許したのはグレイなのに、あなたは彼をかばっている。あなたはノア・レブラックに温情を示したが、そんなことをしてはまずいことになりますよ」

「あなたは何もわかっていません」クックは鋭く言い返した。「グレイはあの二人の刑務官の肩を持っているだけです。ルルーシュが子供たちを連れてやってきたとき、彼はその場にいなかった。ファリントンは経験が浅く、ローナは訪問者の対応をしたことがない。ここの朝は大混乱なんです」

ビッシュは鵜呑《うの》みにしなかった。「あなたも嘘をついていますね、ノア・レブラックのために」

「ノア・レブラックのことなんて、ちっとも気にかけていません！　聞いた話では、彼女はグレイとも不仲だそうです。彼女はグレイについて苦情を訴えたことがあり、グレイは彼女に痛烈な言葉を使うことで知られている。彼女に温情を示す者などいませんよ、オートリー警部。ビラル・ルルーシュと子供たちに問い質《ただ》さなかったのはこちらのミスですが、それは単なる――ミスです。共謀ではありません」

ビッシュは看守たちが十代の訪問者二人に問い質さなかったとは少しも思っていない。ほかにどんな職員がいるにせよ、ホロウェイの看守が無能だと思ったことは一度もない。「彼女に会わせてください」

「だめです」エレナー・クックの声は冷ややかになった。「内務省からの許可は出ていないので、面会したいのならほかのみなさんと同じように手続きしなければなりません。近所にお茶を呼ばれにいくのとはわけがちがいますよ、警部。電話して面会許可証を発行してもらいなさい」

「だったら、内務省の許可がないことには目をつぶってくれませんか。私もおたくの看守が中東系の人はどれも同じに見えると思っていて、危険にさらされているティーンエイジャー二人をここから出してしまったことは言いませんから」

ノアは彼を待っていた。その顔を見るなり、ビッシュにはすぐに違いがわかった。自分の子供たちに会えたあとで、まだ幸せの余韻《よいん》が残っていた。

「子供たちはどこにいるんですか」ビッシュは冷静に訊いた。

返事はなかった。

「私はあなたが弟に会えるようにした。彼をここに連れてきたのは、彼があなたの子供たちを見つけ出すためだ！」

「私にどうしてほしいの？」ノアは訊いた。「感謝？」

ああ、そうだよ。そう気づくとみぞおちを殴られたようなショックを受け、自分が哀れな子供のように感じた。自分がのけ者にされたことに憤慨《ふんがい》していた。公園にひとり取り残されて泣いている少年のようだった。「あなたたちは友人だと思っていたのに」

「私に跪《ひざまず》いてほしいの？」ノアは言った。「あなたも以前にいた刑務所のろくでもない看守と同じなの？　彼らは私が代わりのものを与えなければ、娘の手紙を渡さなかった」

平手打ちを食ったような気分だった。「そんな言い方はないだろう」

「まるで私にどう思われるかを気にしているみたい」

「なぜ私を信用できないんだ？」ビッシュは叫んだ。

「私のことを怪物だと思ってるからよ！」彼女は叫び返した。

憤《いきどお》っていたにもかかわらず、ビッシュが望んでいたのは、十三年間会っていなかった息子と娘との美しい一日をだいなしにしたくないということだけだった。

しばらく沈黙がつづいてから、ビッシュは彼女の向かいに腰をおろした。「彼らの息子のことも。ジェイムズ・エドワード・コンロン。十八歳。ブラッケンハム・ストリートの角の建設現場で働いていた」

昨夜は、加害者側と被害者側の双方の立場からブラッケンハムの悲劇に巻き込まれた人々の心理を推し測ろうとした。「なぜエディを簡単に憎むことができる人たちの手に、彼を渡したんだい？」

ノアはこちらの目をじっと見つめているが、その目が何を考えているのかは読み取れない。「刑務所では嫌がらせの手紙を受け取る人もいる」ノアはようやく口を開いた。「プロポーズの手紙を受け取る人もいる。私はアンナ・コンロンの手紙を受け取った。私が自白する前に渡されたのは彼女の手紙だけだった。おそらくそれが許可されたのは、爆破事件で息子を亡くした女性を無視したくなかったからでしょう。彼女はなぜ自分の息子が死んだのかを知りたがった。私は何も答えられなかった。私の推測やらなんやらを聞かされても困るだけでしょ。彼女は息子を取り戻したかったけど、私にはどうすることもできなかった。だけど私の返事のなかにあった何かが彼女にふたたび手紙を書かせ、彼女は私が事件とは無関係だと思うようになった」

ノアは唇《くちびる》を噛んで震えを止めた。

「そうして手紙のやりとりが始まった。エティエンヌをのぞけば、私と外の世界をつなぐのはアンナだけだった。彼女はたいてい息子のことを書いてきた。彼女の家では〝うちのジミー〟と呼んでいたそうよ。私はエティエンヌやヴァイオレットやジャマルや母のことを書いた。エディを出産する頃には、私はジミー・コンロンを知っているような気がしていた――彼と一緒に成長してきたような気がしたの。赤ん坊を家族に委《ゆだ》ねないと決めたなら、その子を引き渡す人たちのことをよく知っておかないと」

「なぜご主人の両親じゃなかったんだ？　ヴァイオレットは彼らに引き取られたのに」

ノアの顔に苦悶がよぎった。「義母《はは》はパーキンソン病と診断されたばかりだった。まだ五十代だったから驚いたわ。それでエティエンヌはブラッケンハム事件のとき、ひとりでオーストラリアにいたの。父親の農場を手伝うために。だから義母に赤ん坊を預けるのは気の毒に思えた。でも、それよりかわいそうだったのは、エティエンヌが死んだあとでヴァイオレットに起こったこと。彼の両親はエティエンヌの遺体とヴァイオレットを引き取るため、イングランドへ向かっていた。ヴァイオレットは二晩ほど里親に預けられ、父親に谷間に置き去りにされて凍えていたこの文無しの子のために、善意ある人々が衣類を集めてくれた。ところが、どこかのぞっとするような人でなしがカーディガンに酸を染み込ませ、あの子のかぼそい腕に火傷《やけど》を負わせた。私はそのとき、自分の子供たちを他人の怒りや狂気から守るには、匿名性《とくめいせい》を与える以外に方法はないと思った。コンロン夫妻はつらい思い出と人々の穿鑿《せんさく》に耐えられず、マージーサイドから引っ越したところだった。自分の息子を託すのに、ジミー・コンロンのような立派な若者を育てた夫婦のほかに誰がいるだろう？　そんなわけで、私たちは息子にエディという名をつけた。私の祖父のエドゥアールと、アンナの父親のエドワードにちなんで」

「エディは父親が死んだ十二時間後に生まれた」と彼女はつづけた。「私は四十八時間だけ一緒にいられて、その間に私たちの来歴を教えたの。ヴァイオレットが生まれた日にエティエンヌがしたようにね」

ノアはビッシュを見つめた。「仲介したのはサミュエル・グレイジャー。私はまだ彼の厚かましさを憎んでいるのか、それとも彼のしたことに感謝しているのかよくわからない。コンロン夫妻はジミーが爆発で死んだとき、グレイジャーに会った。彼の仕事は遺族に最新情報を提供すること、遺体の返還や犯人の逮捕についてとか、そういうことだった。彼はコンロン夫妻と親しくなった。アンナと私が手紙をやりとりできるようにしてくれたのもグレイジャー、養子縁組を斡旋《あっせん》したのも彼、エディを私の腕から取り上げたのも彼」

ノアはしばらく押し黙った。ビッシュはグレイジャーと自分がなんというコンビだろうと考えずにはいられなかった。子供を母親から取り上げたコンビ。

「私はひとつだけ条件を出した」ノアはふたたび話しだした。「本人も世間もエディの実の親が誰であるかは知らないままにするということ。アンナはそれに同意したけど、月に一度、私を訪ねてくることはやめなかった。彼女は絵本とテープレコーダーを持ってきた。私は何時間もかけて絵本を読みあげ、彼女はそれを私たちの息子に聞かせる。エディは当時、絵本を読んでいるのは知らない人だと思ったかもしれないけど、今日最初に私にかけた言葉は〝あなたの声を知ってるよ〟だった」

ノアは今、涙をこらえていた。

「アンナは亡くなる数ヵ月前まで、私のもとを訪れつづけた。この深い友情は生涯忘れることはないでしょう。私が今恐れているのは、ジョン・コンロンが寡黙な男で、あのかわいい少年とは正反対に見えること。母親としょっちゅうおしゃべりしていたエディが、黙ったまま暮らしていくなんて耐えられない。それを思うと、魔の時間に目が覚めるの」

魔の時間。ビッシュはそれを誰よりもよく知っている。

ビッシュにとってこの家族の物語は、残酷な世界を考えさせられる。エティエンヌ・レブラックの腕時計の物語。あるいは二人の息子の物語。

「どんなことを考える？」ビッシュは尋ねた。「その魔の時間に」

ノアはその質問を歓迎したかに見えた。「私が恋しいものすべて。娘を抱くこと。成長した娘が学校から帰ってきて、なんでも話し合うこと。母が腹の底から笑う声や、弟がゴールを決めたときに膝《ひざ》をつく姿。親友と何時間も電話で話したことが懐かしいし、彼女の四人の子供の成長を見られなかったことが寂しい。夫のでれっとした笑顔が恋しいし、セックスが恋しい。ハイヒールを履いておしゃれをした頃、頭を使った頃、誇りある人間だと感じられた頃が恋しいし……」彼女はがくっと肩を落とした。その骨にはまちがいなく疲労が刻まれているだろう。ビッシュは手を伸ばしたくなった。この手で抱きしめてやりたい。わかるよと言ってやりたい。

しかし思いとどまり、ノートにはさんだアフメド・ハティーブの写真を取り出した。「もう一度この写真を見てくれないか」ビッシュは言った。「彼は二〇〇二年に北ロンドンに住んでいたんだ。ヴァイオレットの敵になることはありえるかな?」

ノアは写真をじっと見つめ、首を振った。「知らない男ね」

ほかに言うことはなさそうだったが、ビッシュはまだ帰りたくなかった。

「あの子たちはどんな様子だった?」

「疲れていたわ」彼女の声はかすれていた。「私は娘に……エディを家に、あの子が住んでいる家に連れて帰るように言った。でも、あの子は、私のヴァイオレットは少し混乱していた。あの子はエティエンヌがあの断崖に自分を置き去りにしなかったと心の底から納得したいの。戸棚に閉じ込められたりすると、誰でもそうなるのよ。嘘を信じだして、何が真実かもうわからなくなる。自分が誰なのかもわからなくなる」

「居場所さえわかれば、ヴァイオレットを救えるんだ」ビッシュは言った。「彼女がマルハム・コーヴへの行き方を考えているなら、今はどこに泊まっているのだろう? ルルーシュと一緒にいるのかな?」

「あの子はどこに泊まっているか教えてくれなかった。でも、ビラルと一緒ではないわ」ノアはビッシュのペンを取り、ノートに住所を書き留めた。「彼はシェパーズ・ブッシュでレストランをやっている。二〇〇二年にハティーブがあのあたりに住んでいたなら、ビラルは彼を知っていたかもしれない。ヴァイオレットの居場所も知っているかもしれないけど、もうとっくにそこからいなくなっているでしょうね」

ビッシュがドアへ向かいだすと、ノアは言った。「エディが目の前に座っていたとき、私たちのあいだでエティエンヌの魂が踊っていたのよ。私はそれを感じた。ここで」彼女は胸に拳《こぶし》を押し当てた。「別れた奥さんの人生を認めてあげたら、警部？　彼女の息子はあなたの息子の本質を受け継ぐから、そしてそれはあなたに喜びをもたらすから。絶対そうなるわ」

所持品を返してもらいにいくと、デスクにはローナ・ヴァスケス刑務官がいた。「郵便室に戻るのが待ち遠しい？」ビッシュは尋ねた。グレイやファリントンと一緒に働くことに満足しているとはとても思えない。

ヴァスケスはサインが必要な用紙を取り出した。「郵便室というのは妙な場所でね」彼女はようやく答えた。「個人的なやりとりだらけ。嘘も約束も。嫌がらせの手紙も。プロポーズの手紙もある」

ビッシュがサインすると、彼女は携帯電話を寄こした。「だけど毎月ヴァイオレットから届く手紙、驚いたねえ、あの子はちゃんと手紙を書けるんだよ。母親なら誰でも受け取りたいと思うような内容の手紙を。農場のこと、太陽のこと、犬や馬のこと、祖母や祖父のこと、嘆き、希望。あたしはあの子が今まで恋した少年も、あの子に悪口を言った子もみんな知ってる。母親に打ち明けた話、約束したこともみんな知ってる。あの子は人を欺《あざむ》くような子じゃないよ、オートリー警部。いいかい、そういう子がこっちの目をじっと見て、正体を見破られないことを望むなら、誰だって望むものをなんでも与えるよ。彼女はそれに値する子だから」

間合いをはかったかのように、グレイが現れた。「どうしたんだ？」二人のあいだの空気を察して、グレイは訊いた。

ローナ・ヴァスケスは昂然とビッシュを見つめている。

ビッシュは携帯電話をポケットにしまった。「なんでもない」と彼は言った。「ここでの用はすんだ」

43

ビッシュはその夜アクスブリッジ・ロードにある〈アルジェ・ストリート・フード〉を訪れ、あいにくカウンター席しか空いていないが、それでもかまわないなら歓迎するとていねいに言われた。ワインリストには目もくれず、お試し用のテイスティングプレートを注文し、ほかにも味見したい一品料理を頼んだ。ビラル・ルルーシュの顔はホロウェイの監視カメラで見たのでわかっている。彼は客と談笑したりスタッフの仕事ぶりをチェックしたりしているが、その間もずっと意識がこちらに向いているのをビッシュは感じた。食事を終えると、皿やナイフを下げにきたのはルルーシュだった。

目の前がきれいになると、彼は「よろしいですか」と尋ね、隣のスツールを指さした。

「もちろんどうぞ」ビッシュは手を差し出した。「ビッシュ・オートリー」

「ビラル・ルルーシュです」

食事のために来たのでないことはどちらもわかっていたが、二人はしばらく料理や仕事の話をした。

「あなたのしたことは違法ですよ、ミスター・ルルーシュ」ようやくビッシュは本題にはいった。

「私がしたこととはなんでしょう、オートリー警部？」

「ノア・レブラックの娘とエディ・コンロンを自分の子だと偽ったことです」

「ですが、その証拠はないでしょう」

「ヴァイオレットとエディの居場所を知っていますか」ビッシュは訊いた。「私は彼らに災いをもたらすために来たのではありません」

ビラル・ルルーシュは首を振った。「ジャマルにもノアにも、彼女から目を離さないようにと頼まれています。しかしヴァイオレットは大変意志の強いお嬢さんです。あの二人はひと晩だけここにいました。彼女とはあれ以来……今朝別れて以来、会っていません」

「だが、連絡くらい来るでしょう」

「怒っているようですね、オートリー警部」

「それなら私は誤解されている。ヴァイオレットが私を頼ってくれなかったのは残念かもしれません。彼女とエディをノアに会わせるためなら、どんなことでもしたでしょうから」

ルルーシュは彼を見つめた。「まるで個人的な問題のようにおっしゃいますね」

「我々くらいの年齢になると、なんでも個人的な問題のように感じませんか、ミスター・ルルーシュ？」相手は同意せずにいられないという笑みを浮かべた。ビッシュはポケットからハティーブの写真を取り出した。「この男に見覚えはありませんか？　名前はアフメド・ハティーブです」そしてヴァイオレットとの関係を簡単に説明した。

ルルーシュはしげしげと写真を眺めた。「見覚えはないようです。お力になれず申し訳ない」

ビッシュは写真をポケットにしまい、勘定を払おうと財布を取り出した。

「当店のナツメヤシ《デーツ》とハチミツのペストリーをまだ試していないようですね、オートリー警部」

ビッシュは彼を見つめた。ビラル・ルルーシュには伝えたい物語があるのだ。このところ、その手の物語には抗しがたいものがある。

ウェイターが呼ばれ、注文が伝えられた。

「サラフ家とはどうやって知り合ったんですか？」二人きりになると、ビッシュは尋ねた。

「レブラック家です」ルルーシュは訂正した。「エティエンヌは自宅の近くの市場《スーク》で私の料理に出会った。彼はノアが研究を再開したとき、妻の家族と一緒に移り住んできたんです。翌週、彼はノアを私の屋台に連れてきて、こういう料理を作ってくれと妻に言いました」

ルルーシュはノアに指図する者がいることが愉快でならないようだった。

「二人のあいだのお決まりのジョークでした。エティエンヌはよく言っていました——妻は何をやらせても誰よりもうまくできる、と。料理以外はね。それは彼の担当だった。エティエンヌはいつも笑みを絶やさず、朗《ほが》らかに笑う。私はこの男なら信頼できると思い、自分のことを話しました。祖国に戻れない理由、第二子を妊娠中の妻のアミーナのこと、一緒に暮らしているアミーナの両親のことも。私の両親はアルジェで亡くなっていました。我々は幸運にも一時ビザを取得することができた。期限が切れると、不法滞在がばれるんじゃないかと、いつもビクビクしながら暮らしていました。だが、帰国するよりそのチャンスを活かしたほうがいいと思ったんです」

コーヒーとペストリーが運ばれてくる。ウェイターが下がると、ルルーシュはつづけた。

「ある日エティエンヌとノアが私の屋台にやってきて、私の家族のために合法的に滞在できるよう、ノアが動いていると告げました。ノア……彼女は理解しがたい人だった。言葉が通じないのではなく、ここが」彼は自分の心臓を指さした。「なんと言うんだったかな。超然としている。だが、彼女はサラフ家のために入管書類など当局に提出する書類をずっと記入してきたと言うんです。我々のこともきっと納得させると。そこで彼女とエティエンヌはそれから一ヵ月間、我々の聞き取り調査をおこない、アルジェでの生活とロンドンでの生活についてすべて書き留めました。最初のうちは我々も、アルジェやここで家族全員が危険やトラブルに巻き込まれるようなことを明かすのは怖いと思っていた。しかしレブラック家を信用するようになるのに時間はかからなかった」

彼は悲しそうにほほえんだ。「数ヵ月後、警察がノアを逮捕しに来たとき、彼女は令状がなければ家に入れないと言い張りました。警察は彼女がその間に爆弾の材料を買った証拠を焼却したと考えた。しかし実際に焼き捨てたのは我々について書かれたメモだった。私の家族を引き裂くために使われたかもしれない証拠です。実を言うと、ここに残れる可能性がどれほど高くても、我々は法律を破るつもりだったんです。ノアはアミーナと私の申請書類は提出したが、アミーナの両親の申請は通らないと考えていた。だから、我々の申請が通ったら、妻の両親は不法滞在させて、誰にもばれないようにしようと思ったんです」

ビッシュは片手をあげた。「ミスター・ルルーシュ、ここでの話は慎重にね」

「アミーナの両親はもう二人とも死んでしまったから、我々から奪うことはできない。私の五人の子供たちは祖父母の腕に抱かれることになった。それは妻にとって、大事なことだったんです。私にとっても。私の父と母にはそんなチャンスはなかったから」ビラルはいったん言葉を切ってから、また話しだした。「ノアは我々になんの借りもないのに、それでも我々のためにしてくれたことは、我々の人生のすべてにおいて重大な価値があるんです。だから毎年ラマダンのあと、子供たちを連れて刑務所に面会に行きます。ノアとエティエンヌ・レブラックがいなければ、我々の今の暮らしはありえなかったと伝えているんです」

ビラルは店内を見まわした。「彼らはこのレストランを実現させるための書類まで作成してくれました。いい人生ですよ、警部。何もかも寛大な二人のおかげです」ビラルの目に決然とした光がともった。「だからエティエンヌとノアの子供たちに助けを求められて、断ることなどできますか?」

「じゃあ、エディのことを知っているんですね？」

「エディは母親の肌や髪の色を受け継ぎ、それ以外はエティエンヌのものを受け継いでいます。あの少年を見るとエティエンヌを知る者は誰でも胸が張り裂けそうになるが、同時に胸は喜びで満たされます。エティエンヌは亡くなる数日前にこの店に来て、ちょうどこの席に座りました。彼はノアと彼女の家族が釈放されると信じ、楽観もしていました。裁判で採用されるような証拠がないことを知っていた。私が一緒に食事したのは、数日後に希望を失うような男ではなかった」


車に乗ろうとして、ビッシュは隣の街区にレイラ・バイアットが住んでいることを思いだした。ジャマルが彼女のフラットにいたとき、ヴァイオレットやエディと連絡を取っていたなら、彼女も二人に会っていたはずだ。もう遅い時間だとわかっていたが、それでも入り口のブザーを押した。

「ビッシュ・オートリーだよ」と言うと、意外にもレイラは何も言わずロックを解除した。

しかし、部屋にはすんなりと入れてくれなかった。

「ヴァイオレットとエディはいないわよ」

「手がかりを探しているだけだよ、レイラ。彼らの身の安全のために。きみの関与が雇い主たちに伝わらないことは約束する」

「あたしはもう〈シルヴェイ&グレイソン〉には雇われてない」

「クビになったのよ」「あれはロンドン警視庁が私をクビにする婉曲表現だったのかな？」

「帰宅していいと言われたのかい？」

「婉曲表現には興味ない」レイラはにべもなく言った。

「私は数週間前に帰宅させられた」ビッシュは言った。


心のなかで葛藤している表情を浮かべてから、レイラは脇によけてビッシュを通した。リビングルームにはいると、ビッシュはこの部屋がいかに狭いかを思いだした。床に散乱したファイルのせいでよけい狭く感じる。そのなかにヨークシャーの地図があるのが目に留まった。

「何か手伝えることは？」

「あなたの助けなんていらない」

「きみはヨークシャーの地図を持っているね、レイラ。ノアとジャマルはヴァイオレットがそっちへ向かったと思っている。だったら私にも力になれることがある」

「これはヴァイオレットとエディの件じゃないの」

ビッシュは苛立ちを隠せなかった。「我々は仲間だよレイラ。ほかになんと言えば納得してくれるんだ？」


レイラは疲れているように見える。打ちひしがれている。おそらくそれはジミー・サラフの登場によって、二日間、過去と向き合ったせいだろう。

「ブラッケンハム爆破事件についての私の考えをもう一度訊いてみてくれ」

彼女は首を振った。「帰ってよ、オートリー」

「いいから、訊いてみろ」

レイラはため息をついた。「わかったわよ、ブラッケンハム爆破事件についてのあなたの考えは?」

「ルイス・サラフが単独でおこなった」

それはレイラが聞きたがっていた魔法の言葉のようだった。しばらく考えてから、彼女はファイルの山のあいだにしゃがみ込んだ。

「あたしがクビになったのは、エティエンヌの死についてヨークシャー警察にメールで問い合わせたから」レイラは言った。「必ず回答がもらえるように事務所の電子メール署名を使ったの」

「なぜ今になってエティエンヌの死を調べだしたんだ?」

「あなたのせいよ。エティエンヌが娘のそばにいなかったことをあなたが非難したとき。あたしはそれまで彼のことを忘れてた。彼がノアと出会ったのは、あたしとジミーが五歳のとき。彼らは二十歳だった。彼はああいうおバカさんだから、愉快な人だから、みんなに愛された」

レイラは少し笑った。「野心家じゃなかった。ノアとはちがってね。そして数年後、ヴァイオレットを授かると、彼は素晴らしい父親になった。ノアとジミーはずっと自分の好きなことをやって、自分のルールに従って生きてきたけど、エティエンヌはちがう。彼は勤勉で厳格な家庭で育ったの。レブラック家で何より大切なのは家族と責任。そんなエティエンヌがヴァイオレットをあんな断崖に置き去りにするはずがない。絶対ありえない。あたしはそれを追及しもせずに、これまでいったい何をやってきたの？　事務所の利益をあげることに夢中で、昔は互いをかわいこちゃん《ポペット》と呼び合ってたカップルたちが、ポメラニアンのことで口論するのを眺めてただけ。〝大人になったら離婚専門弁護士になりたい〟なんて言う子がどこにいる？」

レイラはごくりと唾《つば》を飲み込んだ。「あの山はエティエンヌ」と指をさす。「あの山はノア。優先順位を決めようとしてるの」

「どうしてノアなんだ？」

「ヴァイオレットがこっちに来たのは、エディを家族の歴史ツアーに連れていくためじゃない。父親がずっと昔に始めたことをつづけるために来たの。母親を刑務所から出すこと」

　またしてもレイチェルの理論か。

「そしてヴァイオレットはきみが手を貸すことを望んでいるのか？」

　レイラはうなずいた。「エティエンヌならそれを望んだだろうと言ってる。だけど、彼に何が起こったのかを突き止めるのは、たぶんノアの件を解決するよりも何千倍も簡単でしょうね」

　ビッシュはレイラのかたわらにしゃがみ込んだ。「これまでにわかっていることは？」

　レイラはヨークシャーの地図を取り上げ、コーヒーテーブルの上に広げた。「マルハム・コーヴを中心に半径三十キロ四方を線で囲んだの」と説明する。「その範囲内のすべての警察署に連絡を取って、エティエンヌが死んだ週に起こったすべての犯罪を尋ねた。彼が死んだ翌日、スキプトンでは三人の十代が逮捕された。そのうちのひとりが前夜にパブでこう言ったのを聞かれてる。『あのオージーを見たんだ。テロリストの夫だ』」

　ビッシュはレイラがプリントアウトした一面記事のひとつをじっと見つめた。エティエンヌ・レブラックの写真だ。目に笑みを浮かべ、口元をほころばせている。大人になったエディの顔だ。

「パブにいた客が彼らの話を不審に思って、翌日警察に通報した」レイラはつづけた。「それはただの酔っぱらいの会話として処理され、少年三人は犯意を持った徘徊《はいかい》と未成年者の飲酒、それに盗品所持の罪に問われた」

「エティエンヌの腕時計はなかった？」

「エティエンヌの腕時計はなかった。でも、マルハム・コーヴのギフトショップで売っている土産物を持ってた。そのチンピラどもはあの夜、その場にいた。あとはどうやってその先に進めばいいかを考えてるところ」レイラはノアの山を指さした。「あっちは〝手に余る〟問題。ほんとに、どこから手をつければいいのかわからない。二〇〇五年はロンドン同時爆破事件のせいで、控訴が実現しなかった。二〇一〇年は総選挙があって、単独過半数を獲得した政党がないハング・パーラメント状態でだめ。タイミングが悪かった。法曹界も慎重になっていた。あたしはこうしてみると、控訴を実現させるための活動はほとんどなかったと言ってもいい。あたしは一から始めるしかないわね」

「一からとは？」

「ノアの自白から。ジミーは警察がどうやって自白を取ったか教えてくれたけど、それを証明するものはノアの言葉しかない。今のところ、それしかないのよ」

ビッシュはヴァイオレットから届いた絵葉書について、ノアが説明してくれたことを思い浮かべた。真実を語り、悪魔を恥じ入らせろ。

「私が自白の証人を知っていると言ったら?」

レイラはぽかんとした。「どうやって知ったの?」

「捜査したんだ」と肩をすくめる。「それが私の生業《なりわい》だ」

レイラの目が期待にきらりと光るのが見えた。「それで、何か手伝えることは?」ビッシュはもう一度訊いた。

レイラは床を覆うファイルを探っているようだった。ようやく〝スキプトン〟と記されたファイルを手にすると、ビッシュに差し出した。

「あたしが考えるには、エティエンヌの死には捜査官が必要で、ノアの人生には弁護士が必要なの」レイラは言った。「あたしたちのことだと思う」

44

その夜、ビッシュは眠ろうと努力することをあきらめた。そして気づけばサディアとキャサリンのブログのために、集団の悲しみと、それがいかにコミュニティに最良と最悪をもたらすかについての記事を書いていた。その例としてブラッケンハム爆破事件のことと、それが自分にとって個人的なものであることについて書いた。記事をアップロードすると、レイラが調査していた件に取りかかった。二〇〇二年八月、マルハム・コーヴのギフトショップに押し入って逮捕された三人の十代のうち、十八歳以上だったのはアラン・ペニーだけだった。つまり《ヨークシャー・ポスト》紙はアラン・ペニーの名前を掲載し、未成年の少年二人は匿名にしたのだ。スキプトンは人口一万四千人ほどの町で、アラン・ペニーを見つけるのは困難だった。警察のコンピュータにアクセスできないのが悔しい。選択肢は二つ。Facebook友達でもある広報チームのジル(見返りに酒とセックスをせがむだろうが)か、電話帳。オンライン電話帳はA・ペニーを大量に吐き出すので処理が大変だ。というわけで、ジルにした。

「言っておくけど」日曜の朝に折り返してきたジルは、いきなり警告した。「あたしは今、つきあってる人がいるの。どんな頼みごとをされても、セックスはなしよ。だから頼まないで」

「大げさじゃなく、がっかりだよ、ジル。その幸運な男は誰だい?」

「言いたくない。あなたが職場でキレたことを考えると、彼の身の安全を確保しておきたいから」

「ちょっと調べてもらいたいことがあるんだ」ビッシュは言った。「二週間前にカレーで起こった爆破事件と関係がある」

「お嬢さんが乗っていたそうね」ジルの口調は少しやわらいでいた。

「娘は幸運なひとりだった」

「名前は?」

「アラン・ペニー。二〇〇二年にスキプトンに住んでいた。今は三十一歳くらいだろう。現住所がわかるとすごく助かる」

「これをやってあげるのは、あなたがFacebookの招待に応じたからよ、ビッシュ。ほかの人たちはとても失礼なの」

「とんでもなく失礼だ」ビッシュは自分の友達申請を無視した人々のことを思い浮かべた。

ずいぶん落ちぶれたものだ。Facebookで承認されるのを待つ。飲み会のあとのチャンスに期待して金曜日の朝になるとバッグにコンドームを忍ばせていたジルにまで断られる。もうすぐほかの男の子供を産もうとしている元の妻が恋しい。娘がイヤホンをはずして、心に抱えていることを話してくれるのを待っている。一日おきにドーヴァーへ行き、母親と孤独な主婦二人と一緒にまずいコーヒーを飲む。テロリストと目された女に危ういほど惹かれつつも、十三年も異性との触れ合いのないこの女に好ましくないと思われている。それは終わりの見えない連鎖だ。おそらく長年にわたって優先順位をまちがえてきたツケがまわってきたのだろう。ビッシュは強烈な胎内回帰願望を覚えた。女性の心地よい腕のなかに潜り込んで、ぐっすり眠りたい。

その朝マンチェスターまで飛び、車を手に入れて北へ向かった。ジルは一時間以内に返事をすると請け合ったが、スキプトンに着いてもまだなんの連絡もない。昔なら、いや一週間前なら、パブで酒を飲みながら待っていたかもしれない。酒を断ってから五日になる。今の自分にはこういう小さな勝利が大事なのだ。そこで大通りをぶらつき、本物のヨークシャー・レシピだという触れ込みのティーケーキを買い、スキプトン城へ向かった。父親も自分も城が好きだった。

サフランに教えたら喜ぶと思い、電話してみた。「今スキプトンにいるんだ。父さんの城への執着を思いだすよ」

「あなたのお父さんは城が嫌いだった。執着していたのは私たちよ、ビッシュ。あなたと私。ロチェスター、ピカリング、それにウェールズにあるあの城。いつかスコットランドの城を見にいきましょう、ダーリン」

その話をもっと聞きたかった。疲れていたし、寂しかったし、落ち込んでいたから。「家に帰ったらまた話そうね」と言って電話を切った。

ようやくジルからメールが届いた。アラン・ペニーの最後に判明していた住所は、スキプトンから百六十キロ北東のスカーバラにある公営団地で、母親が住んでいた。ビッシュは車に戻った。

ミセス・ペニーにもいい時代はあっただろう。あるいは最初からこんな人生だったのかもしれない。もしかしたら生まれる前から運命は決まっていたのかもしれない。彼女は酒と煙草《たばこ》、あるいは不幸のせいで荒れた顔をしていた。タオル地のガウン姿で網戸の向こうに立っている。化粧を落とさずに寝たかのように、目のまわりが汚れている。アイラインを引いているその目は、かえって小さく見える。意地悪そうに見える。

ビッシュは名刺を渡すかどうか迷った。警察官なら玄関払いは食わないだろうが、このあたりではあまり通用しそうもない。

「アランはいますかミセス・ペニー?」

「そういうあんたは?」

「ビッシュ・オートリーと申します。内務省の者です」と半分嘘をついた。「二〇〇二年にマルハム・コーヴで起こった出来事について、アランが手がかりを与えてくれると思うんです」

ミセス・ペニーはこちらをにらみつけた。「内務省だって? 高いコンピュータもファイルもなんでもそろってる内務省?」

ビッシュは相手が感心しているのかどうか判断しようとした。

「あたしが思うに、ミスター・ビッシュ――それが本名であれどうであれ――内務省が息子の名前をコンピュータに入力すれば、もう死んでることはわかるでしょうが」

ありがとうよ、ジル。

「それはお気の毒です、ミセス・ペニー」

「あんたはそんなこと思ってない」

ビッシュは偽りのない気持ちを伝えても信じてくれない人たちに少しうんざりしていた。

「ところが、そうなんです」ビッシュは言った。「本当にお気の毒です。子供より長生きするのは普通じゃないし、誰もそんな目に遭ういわれはありませんから」

よけいなことまで言うな、と自分に言い聞かせ、ビッシュは歩きだした。また行き止まり《デッド・エンド》か。

今回は文字どおりデッド・エンドだ。ここでもひとり、失意の人がビッシュの大勢の知人に加わった。

「どうしてそんな昔のことにこだわるのさ?」彼女は背後から呼びかけた。

質問はいい兆候だ。相手が話す気があることを意味する。ビッシュは引き返し、そうして家に入れてもらった。ミセス・ペニーは不運な人生を送り、愛する息子にも不運があったようなので、ケーキを分けてやった。

「アランは学校を中退して、クズみたいな仲間とつるむようになったのよ」ミセス・ペニーは話しだした。「アランより年下だったけど、ずうずうしいったらなかった。キース・ヒューも仲間のひとりだった。彼はガールフレンドを瓶で殴って歯を折ったせいで服役中。うちのアランは泥棒で嘘つきだったけど、女には手をあげなかった」

キース・ヒュー。ビッシュはその名前を脳裏に刻んだ。「もうひとりの少年は?」

「ポーレット・ギルバートの息子で、フランク。ギルバート家はいつも自分たちのほうが上だと思ってた」

ミセス・ペニーはギルバート家が今どこに住んでいるか知らなかった。ビッシュはケーキを食べ、お茶を飲み終わるまでおしゃべりし、暇《いとま》を告げるとレイラに電話をかけて、フランク・ギルバートという人物をインターネットで検索するように頼んだ。彼女はスキプトンから十キロ南にあるキースリーという町に彼がいることを突き止めた。意外にも、その通りはあまり派手ではないものの堂々としており、きれいな庭付きの家が並び、道行く人も快活な顔つきをしている。二十七番地の庭の手入れをしている男は、オーバーオールを着ていた。どこから見てもまともな界隈《かいわい》だ。

「フランク・ギルバート？」

男は顔をあげた。ビッシュよりも年は若いが、髪は少ない。

「あなたは？」

ビッシュは手を差し出した。「ビッシュ・オートリーです」

フランク・ギルバートはいぶかしげな目でその手を握った。

「アラン・ペニーとキース・ヒューのことでお話をうかがいたくて」

フランクは手を離した。「彼らとはなんの関係もない」

「だが、十三年前は関係あったでしょう」

「昔の話だ」ギルバートは言い、草刈り機の作業に戻った。「もう帰ってくれ。今すぐ。あなたは警官だろう。私の家族がもうすぐ帰ってくる。家族を動揺させたくないんだ。聞いてるのか？」

「なぜ彼らが動揺するんです、ミスター・ギルバート？　私は質問をしているだけですよ。キース・ヒューかアラン・ペニーが腕時計の話を――」

「腕時計のことなんか何も知らない！」

その返事があまりにも早く、口調もきつかったので、ビッシュの鼓動はヴァイオレット・レブラックの〝だから言ったでしょ〟のリフレインに乗って速まった。ビッシュの背後を見やったギルバートの目に恐怖がよぎった。

「ミスター・ギルバート、マルハム・コーヴに行ったことはありますか?」

「パパ!」

振り向くと、九歳くらいの男の子と四歳くらいの女の子が母親と一緒にこちらへ歩いてくるのが見えた。母親は美人で、問うように目を見開いた。少女は母親の手を離し、フランク・ギルバートの腕に飛び込んだ。父親は娘をしっかり抱きしめた。

「どうしたの、フランキー」妻は訊いた。

「なんでもない」ギルバートは言った。「何年か前につきあった仲間の話をしてるだけだ。なかにはいって」彼は優しく言った。

妻はまるで信じていないようだが、それでも子供たちを連れて家にはいり、黙ったまま立っているビッシュとギルバートのほうを一度振り返った。

「私はキース・ヒューやアラン・ペニーとつるんでた頃とはもうちがう。今大事なのは家族なんだ」

「あなたを信じますよ、フランク。心から信じる。娘さんは何歳です? 四歳? 五歳? ヴァイオレット・レブラックが父親を亡くしたときと同じ年だ」

ギルバートは頬を引き攣《つ》らせた。

「ヴァイオレットも心の底では父親があんな死に方をするはずがないと思っていた」ビッシュはつづけた。「しかし彼女はときどき、みんなが言うことを信じざるをえなくなる。お父さんはあそこで死ぬために、娘を谷間に置き去りにした。ひとりきりで。まだ四歳なのに。私たちも父親だ、フランク。わが子にそんなことができないのはわかっている」

フランク・ギルバートは目をそらした。

「だけどね、ヴァイオレットの考えには納得できない点があるのはわかるだろう?」ビッシュは言った。「もし父親を殺した者がいるなら、なぜ彼女も狙わなかったのか。娘が見てはいけないものを見てしまった場合にそなえて」

フランクの妻が正面の窓から二人を見ていた。ビッシュは彼に少し近づいた。「あの崖の狂気の沙汰のなかにも、それを止める理性の声はあったと私は思う。エティエンヌ・レブラックは殴られる運命だったんだろう。あの腕時計のためかもしれないし、目をつけられただけかもしれない。だけど誰かがやりすぎた。たぶんキース・ヒューかな。ガールフレンドを瓶で殴って刑務所にいるんだろう? あるいはアランか、年下の仲間にいいところを見せようとして」

フランク・ギルバートの目は今や窓に釘《くぎ》づけになっている。そこから家族が彼を見つめ返している。ビッシュの経験上、人生をやり直せる人間はそれほど多くないが、フランクにはそれができたようだ。

「父親にはいったい何が起こって娘のもとに帰らなかったんだと思うかい、フランク?」

「彼は……彼は間が悪かったんだと思う」そう言うと、フランク・ギルバートはわが家に、家庭に戻っていった。彼が真実を封じることはない、とビッシュにはわかっていた。

ロンドンへ戻る飛行機に乗ろうとしたとき、エリオットから電話が来た。

「ツイッターにヴァイオレットとエディが南へ向かってるという投稿があった。グレイジャーはすぐにでも取りかかってほしいと言ってる」

「グレイジャーにそれは誤報だと教えてやってくれ。彼女は母親と叔父に会えたし、今、弟と一緒にいる。計画はすべてやり遂げた。あとはマルハム・コーヴ行きだけだ。安全だと判断したら実行するだろう。グレイジャーは地元の警察に連絡して、彼らに危険がないよう目を光らせたほうがいい」

「マルハム・コーヴが最終目的地だという確信はないんだ。この子が――」

「ヴァイオレットのことはよく知ってるというのか？」ビッシュはそう言ってから自分を抑えた。空港の警備員に囲まれているときに、自制心を失ってはいけない。

「今、彼女の家で過ごしてるのはこっちなんだよ、オートリー。俺だ。サラフ家に移る前に、ノア、エティエンヌ、ヴァイオレットがケンブリッジに住んでたのは知ってるか？　事件後にマンチェスターのジョセフ・サラフの家を地元の連中が荒らしたことも知ってるか？　家族の思い出の品が散り失せてしまい、ヴァイオレットはいつか探しにいくとよく言ってたそうだ。レブラック夫妻がハネムーンに行った場所は？　エジンバラだよ。ずっと北だ。俺ならマルハム・コーヴにすべてを賭けるのはやめるな」

「今マンチェスターにいる」ビッシュは言った。「いつも信頼できるツイッターの情報どおり彼女が近くにいるなら、場所を教えてくれ。だが、僕が何に賭けるかわかるか？　たとえ何があっても、誰であろうと、あの子を目下の隠れ場所から出すことはできない」

「ケント州マーゲイトに住む者でも？」

チャーリー・クロンビーのやつめ。

「ロンドンに着いたらグレイジャーに電話してくれ」エリオットが勝ち誇ったように言った。

「我々のドライバーがおまえを空港で拾って、マーゲイトまで送ってくれる。グレイジャーはおまえには失神の発作があると言ってた」

失神の発作だと？　内務大臣にそう説明したのか？　まるでリージェンシー・ロマンス小説（イギリスの摂政時代を舞台にした小説）の主人公みたいに。

「脱水症状と鉄分不足」ビッシュは訂正した「もうすっかり回復した。ガトウィック空港に車を駐めてあるから、そこから直行する」

「もしヴァイオレットがクロンビーのところにいたら、俺がオーストラリア奥地の祖父母の家にしばらくいると伝えてくれ」

「彼らは田舎に住んでいるんだよ、エリオット。奥地じゃない」

「もうひとつ伝えてくれ。俺はナスリンとクリストフにとても気に入られてる。もし戻ってこないなら、彼女の部屋を使わせてもらう。本気で移住を考えてるんだ」

「おまえのその肌じゃ一年以内に死ぬだろう」

ガトウィック空港で携帯電話の電源を入れ直すと、ビーから着信がはいっていた。折り返そうとしたとき、電話が鳴った。非通知の番号だ。

「こちらはホロウェイ刑務所です」という声がした。「この電話を受けますか?」

部下のひとりがヴァイオレットとエディをノアに面会させたことが、所長代理の耳にはいったのだろうか? ローナ・ヴァスケスを失職させる当事者にはなりたくない。しぶしぶ同意すると、電話が切り替わる音がした。

「何かわかった?」電話越しだと、会っているときよりさらに冷静で歯切れよい口調に聞こえた。ビッシュはノアの声に驚いた。

「ビラルから何か訊き出せた?」

使用時間が制限されている人物から電話をもらうのは、悪い気はしない。

「ジャマルは電話の電源を切っているの」ノアはまるでビッシュの心を読んだかのように言った。「あなたのお母さんは、私に電話で話すことを勧めたのよ」

「私の母が?」

「金曜日に彼女が番号を教えてくれて、この二日間、おしゃべりしたの」

「きみと母が?」

「そうよ、バシル」

「きみと私の母にどんな共通点があるのか考えているんだが」

「どちらの父親もエジプトの同じ都市の出身であること以外にという意味?」

「びっくりしたんだよ」ビッシュは急に弁解がましく言った。「それだけだ」

「あのね、サフランと話すと心が癒《いや》されるみたい」

「どんなことを話すんだい?」

ノアはためらった。「私たちがどれほどわが子を愛しているか。夫や母親や兄弟のことがどれほど恋しいか……父親がどれほど恋しいか。彼女は大学に進まなかったのを後悔している。彼女はいつか勇気を出して、断酒会に一緒に行くことをあなたに頼みたいそうよ」

「酒癖《さけぐせ》は悪いかもしれないが、アルコール依存症ではない」

「あなたがそうだとは誰も言ってない」

しばらくしてその意味がわかった。母親には飲酒問題があるのか? あるいは昔からあって、それをずっと隠していたのか?

「何が不思議かわかる、バシル? 私はここに閉じ込められているのに、自由の身であるあなたよりも家族とのコミュニケーションが多いということ。彼女に怖くて訊けないのはどんなこと?」

サフランが息子を愛さなくなったこと。息子を求めなくなったこと。ビッシュは父親の不在は納得していた。子供の頃、スティーヴン・オートリーとはつねに心が離れていたが、母親の愛は確固としたものだった。

「それは状況証拠のようなものね」ノアは言った。

「何が?」

「子供の頃の記憶」

「今度は心理学者になったのかい?」思いがけず辛辣《しんらつ》な口調になっていた。

「いいえ。でも、ここで悩みを抱えた人に大勢会うけど、その悩みはすべて子供時代か、彼女たちが出会った男性に起因しているようだから」

ノアに私生活を把握されるのが癪《しゃく》にさわるいっぽう、このまま話しつづけたいとも思った。

「ちょっと訊いてもいいかな？　いやなら答えなくていいから」

「いいわよ」

その声にためらいを感じてやめようかと迷ったが、思いきって訊いた。「十三年前の状況証拠のことだけど、きみは爆破事件の二日前にブラッケンハムのスーパーの店長を脅したのを聞かれたね。きみはこう言った。〝今に見てなさい〟と。合ってるかい？」

沈黙。

「父は意気消沈していた」ノアはようやく言った。「父がやったことを正当化しようなんて一瞬たりとも思わない。でも、彼はこの国での人生を箱を積み上げることから始め、箱を積み上げることで終えた。ブラッケンハム・スーパーの店長は父より三十も年下なのに、横柄で、無礼で、尊敬の念もなかった。父はしまいに正常な判断ができなくなり、家族が自分に対して陰謀を企てていると思い込んだ。ジミーは父親に相談せずに決断するようになった。プレミアリーグのほかに、フランスのチームからも誘いを受けていたけど、ジミーはマンチェスター・ユナイテッドと契約した。父は数ヵ月後に雑誌の記事でそれを知った。父は怒った……傷ついた。ジミーが伯父には相談したのに、自分には相談しなかったから。親子に亀裂が生じ、ジョセフ伯父さんは二人を仲直りさせたくてわが家にやってきた。そのときの握手が防犯カメラに写っていて、ジミーと伯父は有罪だと見なされた。だけどその二日前、父が屈辱的な思いをして仕事から帰ってきたとき、私は怒って店に乗り込んでいき、ジェイソン・マシューズに自分の思っていることを告げた。証人たちが聞いたとおり、私はたしかにそう言った。でも、メディアや大衆が血を求めて騒ぐことのないまともな世界なら、あの言葉の意味はそのまま受け取られたでしょう――マシューズもいずれ六十代になって、職場で若い者に意気消沈させられ、父の気持ちを思い知ることになると」

彼女の声には悔恨以外の何かがあった。顔が見えないのがもどかしかった。

「どれも憶測。憶測だらけ。あの日、あなたはその場にいたのよ」ノアは言った。「監房のなかで母の泣く声がヴァイオレットを怖がらせた。私はジミーに母を笑わせるように言った。そうしたら世間はブラッケンハムで遺体が埋葬されているあいだ、サラフ一家は笑っていたと言う。どうして私がよく知る人たちまでが、あの言葉を私が爆弾を作ってジェイソン・マシューズを吹き飛ばすという意味に取れるの？　どうやったらそう思えるの？　あなただってきっと、怒りにまかせて同じことを言ったでしょう」

「たしかにそうだ。きみと私はそんなにちがわないよ」

「あら、ちがうわよ」ノアは苦々しく言った。「あなたのお父さんがあの人たちを吹き飛ばしたとしても、あなたやお母さんまでは連行されないでしょう。警察がサラフ一家を連行したのは、私たちの人種のせいよ」

どう答えればいいのだろう。否定して彼女を侮辱《ぶじょく》するような真似はしたくない。

「もう切らないと」ノアは言った。

「まだ切らないで」ビッシュは言った。というより、懇願しているようなものだ。

「それは〈霧のベイカー街〉？」突然、彼女は訊いた。

ジェリー・ラファティの歌声がスピーカーから流れている。

「そうだよ」

「何年も聴いてなかったわ」

「僕の最初のスローダンスはこれだった。相手はフランシーン・ライリー。彼女のおっぱいをさわらせてもらった。きみの最初のダンスは？」

「〈哀しみのマンディ〉、バリー・マニロウの」ノアは言った。「その晩は誰にもおっぱいをさわらせなかった」

「いやあ、今日の新たなきみにはがっかりしたな」

ビッシュは彼女が笑うのを初めて聞いた。素敵な笑い声。心の底から笑っている。

ノアからの電話を切ってビーに連絡すると、レイチェルが男の子を産んで、デイヴィッドの父親にちなんでルーファスと名づけたことを知らされた。ペットにつけるようなふざけた名前だと思ったが、口には出さなかった。

「会いにいくよね？」ビーは頼むように言った。

娘から頼まれることはあまりないし、息子の魂についてのノアの言葉が頭に残っていたので、ビッシュはクロンビー家に行く途中で寄り道をして、レイチェルに会いにいった。ルーファスは母親の赤い髪とスティーヴィーの口元を受け継いでいた。ビーからはたぶんあの態度を受け継ぐのだろう。それがわかったのは、レイチェルがデイヴィッドは自分たちの隣のベッドでひと晩過ごすと言ったとき、ルーファスが顔をしかめたからだ。ビッシュは思ったよりそこでゆっくりし、ビーとスティーヴィーのことを話題にし、彼らの素晴らしい子供たちのおかげで、彼らの心がいつも結ばれていることを話した。ビッシュはほろ苦い痛みを感じたが、レイチェルはとても幸せそうだから、愛する人にそれ以上望むことはできなかった。

携帯が鳴っていることに気づき、メッセージを確認した。ジャマル・サラフからだ。〝そろそろ前に話したフィットネス・プログラムを始めてもいい頃だ。明日午前九時にジムで待つ〟。フィットネス・プログラムについて話し合ったことなどない。たとえビッシュがそれを必要としているにしても。ジャマルには電話を盗聴している者に知られたくない話があるにちがいない。

「今夜、きみの家に泊まってもいい？」ビッシュはレイチェルに尋ねた。「明日の朝、カレーに行くんだ」

「今はどこへ行くの？」

「マーゲイト」

「マンチェスター、アシュフォード、マーゲイト、カレー、それを全部二十四時間以内にまわるの？　それじゃあ、あっちこっちそっちで失神するわよ」

「一回だけだよ」ビッシュは訂正した。

その夜、クロンビー夫妻はビッシュを見て驚いたが、にこやかに迎えてくれた。チャーリーに前科がつくことを回避してやったので、ビッシュはいつでも歓迎なのだ。

「あの子はほかにも何か悪いことをしていたんでしょうか」クロンビー師が尋ねた。

「そんなことないですよ」

その〝そんなことない〟のおかげで、お茶が振る舞われた。

「不安にさせるかもしれませんが」ビッシュは切りだした。「我々はチャーリーがヴァイオレット・ジダンとエディ・コンロンをかくまっていると考えているんです」

クロンビー夫妻は顔を見合わせた。「いったいどこからそんな考えが浮かんだの？」牧師は訊いた。

「ヴァイオレットとエディがマーゲイト駅前の防犯カメラに写っていたんです」

夫妻は今や天井を見つめている。そちらにチャーリーの部屋があるらしい。

「あの子はお年寄りをビンゴ大会にお連れして、帰宅したところです」牧師は言った。

「救世軍の社会奉仕活動です」とアーサー・クロンビーが言い添えた。

チャーリー・クロンビーを高齢者のお世話に派遣しただと？

ビッシュはクロンビー夫妻のあとについて、上階のチャーリーの部屋へ行った。アーサー・クロンビーがドアをそっとノックした。しばらくして、三人は顔を見交わしてから部屋にはいった。牧師はうめき声をあげた。

「ああ、チャーリー」

45

前夜、自分の部屋にはいったとき、最初に見えたのは影だった。チャーリーはそれを見て、すぐにわかった。これをずっと待っていたのだ――サイクスから彼女が病院に来たと聞いたときから。

「あなたのママが牧師だなんて言わなかったわよね」と彼女は言った。

これだよ。その少し舌足らずな口調。ひどい訛《なま》り。胸をキュンとさせるファニー・フェイス。チャーリーはずるいだけじゃなかった、嘘もついた。ヴァイオレット・ジダンはあの警官に言ったような、ただ寝ただけの女とはちがう。彼女は少しだけチャーリーの心をつかんだ。いや、わしづかみにした。それが今わかった。ヴァイオレットにはムカついていたかもしれないが、顔を見てこれほどほっとしたのは彼女が初めてだ。

エディ・コンロンは壁に貼られたトッテナムのポスターを見て、首を振っている。「ダサい」とつぶやいた。

ヴァイオレットがこちらに向かってきて、チャーリーは横っ面をひっぱたかれた。目がチカチカした。

「もう一度やったら、叩き返すぞ」チャーリーはうなった。

とっさにエディが飛びかかってきて、押し倒される。このチビは強かった。ヴァイオレットがその子を引き剝《は》がした。

「あたしが手でやってあげたって、バスに乗ってたみんなに言った？」

エディは耳をふさいだ。

「きみは手でやってくれたけど」チャーリーは起き上がりながら言った。「下手くそだったよ」

ヴァイオレットがもう一度殴りたそうにしているのがわかる。彼女はたしかに下手くそだったが、チャーリーはそのぎこちなさが好きだった。探るような手つきが好きだった。まわりの認識とは裏腹に、彼らは毎晩やっていたわけではない。寝たのは三回だけだ。ちゃんとできるまでに、それだけ時間がかかったのだ。

「なぜ言ってくれなかったんだ？」チャーリーは訊いた。「きみが本当は誰かということ」

「なぜだと思う、チャーリー？　おじいちゃんがスーパーマーケットを爆破したって言うと、みんな二回目のデートに誘わなくなるからよ」

ヴァイオレットはベッドに腰をおろし、チャーリーの私物をさわりまくっているエディを眺めている――まるで自分たちがこの部屋にいるのが当然であるかのように。エディはヘッドホンを手に取った。

「これがあれば、もうむかむかする話を聞かなくてすむ」エディはそう言って、ヘッドホンをつけた。

チャーリーはヴァイオレットの隣に座った。

「あの子にキスしたの？」

「きみに腹が立ってたんだ。俺なんかどうでもいいみたいで」

「そんなことない、大事だった」

チャーリーはエディを見やった。部屋の隅でノリノリになっている。「あの子と同じくらい？」

「十三歳に嫉妬してるの？」

ああ、そうだよ。

「俺ならきみの面倒を見てやってたよ」思ったよりずっと激しい口調になっていた。「きみに頼まれてたら、一緒に逃げた」

ヴァイオレットはあの心を閉ざした顔をしている。誰も寄せつけないと言っているあの表情。エディ・コンロン以外は——あいつとはバスのなかでずっと一緒に座っていた。チャーリーと並んで座ったことは一度もない。チャーリーは夜にいちゃついたり、セックスしたりするだけの相手。昼間はバスの後ろのほうの席にいて、二人が額《ひたい》を寄せ合って話し込んでいるのを眺めていた。チャーリーもヴァイオレットとあんなふうに話したかった。

「あの子はあたしの弟」ヴァイオレットは静かに言った。「もし誰かにしゃべったら、ものすごくひどい目に遭わせるからね、チャーリー」

今、チャーリーは混乱していた。

「あたしのママは刑務所であの子を産んだの」そう言うと、ヴァイオレットは聞き取りにくい声で家族の歴史を語りだした。こちらを見ようとしないところをみると、泣いているのかもしれない。

「あたしたちは疲れてるの」語り終えると、ヴァイオレットは言った。「ちゃんと眠りたい。あなたの親たちは見にきたりする？」

「この部屋にははいらないよ、よっぽどのことがないかぎり」

息子が逮捕されたとか、カンニングは校風にそぐわないから復学は認めないと校長に言われたとか、そういうことがないかぎりは。

「この家は裏口にも鍵をかけておいたほうがいいわよ」ヴァイオレットは言った。「このへんは怪しい人が多いから」

「ヴァイオレット」チャーリーは声をかけた。彼女の顔が見たかった。「こっちを向いて。お願いだから」

こちらを向いた彼女の目は怒りの涙に濡れていて、ブラックゴールドのように見えた。最後にセックスしたとき、二人はひとつになった。そのあと彼女は恥ずかしがって、彼の喉元に顔をうずめたのを覚えている。まるでセックスが下手なほうが、この幻の関係をうまく築けるかのようだった。

「フィオンはきみたちが北へ向かうと言ってた。なのに、なぜここにいるんだ？」

「あたしのためにケニントンとゴーマンを殴ってくれたなんて信じられない」ヴァイオレット

は額をくっつけてきた。淡い期待を抱《いだ》かせるしぐさだ。「だから来たの」チャーリーは彼が「殴ったとき、チェルシーのパーカーを着てたんだ」エディがつぶやいた。チャーリーは彼がヘッドホンをはずしたことに気づかなかった。

「名案だっただろ？」チャーリーは応じた。「やつらを殴り倒すと同時に、チェルシー・ファンを悪者にすることができた」

「僕はこないだアーセナルのニット帽をかぶってた」

「俺は死んでもアーセナルの帽子はかぶらない」

その夜、三人は一緒にチャーリーのベッドで寝た。エディのいびきが聞こえると、チャーリーは彼女にキスをしようとしたが、ヴァイオレットは弟を指さして首を振った。それでも手は握らせてくれた。二人はひと晩じゅうひそひそ話をつづけた。

「あたしがなぜ医者になろうとしてるか知りたい？」翌朝、ヴァイオレットは眠そうな声で訊いた。

「べつに。でも、なぜ？」

「二十三人の命を救うためよ。そうやって埋め合わせするの」

「彼らをかくまっていたなんて、どういうことなの！」母親は彼の部屋を見まわしたまま言っている。

「どうしてかくまったとわかるんだ？」

「この部屋を見なさい！　いいから見なさい！」母親は最初の叫び声を誰も聞いていなかったかのように繰り返す。クロンビー師はときどき、空席が目立つ教会の説教壇に立っているのではないことを忘れてしまうのだ。「これほどきれいに片づいているのは見たことがないの！」

チャーリーはこんなに早く気づかれたことに苛立つ。「ヴァイオレットが掃除させたんだ」とつぶやく。

「お願いだからあの少女を好きにならせないで」

ビーの父親がこちらをじっと見ている。そうすれば知っていることを彼に打ち明けるとでもいうかのように。不思議なことに、チャーリーはそうできたらと思う。毎朝ニュースを聞くたびに、ヴァイオレットとエディが殺されたと告げられるのではないかと気を揉《も》む。海峡で死体が発見されたときもそうだった。あの日チャーリーはずっとコンピュータに張りつき、続報を待った。

階下に降りると、ビーの父親に車までついてこいと言われる。

「彼女はどこにいる？」通りに出ると、彼は訊く。

「知らないよ。彼女は自分の予定をあまり話したがらないから」

「何か隠してるんじゃないか、チャーリー」

「あんたがどう思おうが勝手だよ、ビッシュ」

「いずれヴァイオレットも、きみが居場所を教えたことを許してくれるだろう」ビーの父親は言う。「だが、エディの命を危険にさらすようなことがあったら、彼女は絶対に自分を許さないだろう」

ビッシュが車に乗ってドアを閉めると、チャーリーは窓を叩く。

「裁判所にいたジャーナリストから電話があった。サラ・グリフィン。いや、グリフィスだ。牧師館のほうに連絡してきた」

「用件は？」

「ほかの者たちはヴァイオレットのことを話したがるが、このジャーナリストはエディのことを公表すると言った。そして、何か言いたいことがあるかと俺に訊いた」

「言いたいことがあったのか？」ビーの父親はきっとエディの正体を知っている。

「ああ、くたばれと言ってやったよ」

チャーリーは家に戻る。母親と父親はリビングルームで《ブリテンズ・ゴット・タレント》を見ている。自分の部屋に戻ろうとすると、母親が訊く。「カンニングのいちばんよくないところはなんだかわかる、チャーリー？」

カンニングの話はあまりしたくない。必ず父親が目に涙を浮かべるから。

「あなたが本当は正義感の強い子だということを忘れてしまいそうになることよ」

チャーリーはかぶりを振る。「生まれつき正義感の強い人間もいる。俺はそれを押しつけられた」

「正義を突きつけられたのか？」と父親が訊く。

「両刃《もろは》の剣《つるぎ》を突きつけられたんだよ、善人」

父親の顔に笑みが浮かぶ。昔はよくそういうゲームのようなことをして遊んだ。

「私たちが屋根裏部屋に難民が隠れていることも知らないような人間になったなんて、信じられないわ」と母親が言う。

「難民なんかじゃないよ、ママ。オーストラリアとトンブリッジの子たちだ」

このまま両親とこの部屋にいてもべつにかまわないが、今はエディの正体がばれるのではないかということしか考えられない。そして、あの子が《ブリテンズ・ゴット・タレント》（オーディション番組）で優勝するチャンスがなくなってしまうのではないかと。

46

スーツ姿に戻るのは気分のいいものだ。仕事用の服を着ると自信がわいてくる。スウェットスーツを着て《メイド・イン・チェルシー》の再放送を見ながら、わが身を憐《あわ》れむのとは大違いだ。今日は大きな賭けに出ることになるが覚悟はできている。

「レイラ・バイアットです」月曜日の朝、窓口の刑務官に名乗る。「ノア・レブラックの面会予約リストに名前が載っているはずだけど。彼女の新しい弁護士よ」

そう告げた効果はいちおう現れる。

「先週の新しい弁護士はどうしたのですか」窓口の女性は尋ねる。

ここで弱腰になるつもりは端《はな》からない。

「私の名前はあるのかないのか、どっちなの？」

ノアに最後に会ったのはサラフ一家が逮捕された日で、まだルイスは無実の罪を着せられただけだと信じていた。ノアは必死だった。エティエンヌがオーストラリアから帰国し、ノアは家族の心をひとつにしようとしていた。マンチェスターから伯父のジョセフが来て、穏やかにみんなを元気づけた。しかしジミーは慰《なぐさ》めようもなかった。ルイス・サラフが最重要容疑者になるなどという事態は、誰も想像だにしなかった。

今日は以前より冷淡になったノアと相対することになると思っていたが、面会室で待っていたのは、昔のままの、レイラがジョスリンと同じくらい尊敬していた女性だった。

ノアがレイラの左の頬と右の頬にキスし、最後に左頬にもう一度キスをしてから、二人は静かに席につく。いきなり本題にはいるつもりでいたけれど、レイラは思い直す。

「あたしは一度も面会に来なかった」

ノアは考えるような顔をしてから、うなずく。「そうね。でも、ジミーが釈放されたとき、迎えにいったのはあなただけだった。それに、私の母の世話をするために、あなたのお母さんをホスピスまで車で送ってくれた。バイアット家の女性たちは、私の家族のために充分やってくれたと思うわ」

「もっとできることはあったはずよ」

「今日来たのはエティエンヌの死のこと?」ノアが訊く。「ヴァイオレットに聞いたけど、それを調べているそうね」

「まだ本格的にはやってない」レイラは言う。「あなたのことから始めたいからよ、ノア。あなたを法廷に立たせ、勝訴することができたら、ほかのこともすべてうまくいく。エティエンヌの死も。ジミーと伯父さんの市民権も。あなたから始めて、あとは圧勝するの」

レイラは首を振るノアを無視する。「そうなの」レイラはきっぱりと言う。「まともな人たちはたいがい、ヴァイオレットの扱いに怒ってる。街角でも近所でもそういう声を聞く。つまり、彼らはブラッケンハム事件のことを話題にしてる。あなたのことを話題にしてるのよ」

レイラはブリーフケースからファイルを取り出し、ノアの前に置く。「カレーの爆破事件で重傷を負った娘を持つ二人の母親がブログを立ち上げたの」

「そのことは聞いているわ」とノアは言い、ファイルを手に取った。

「今朝、オートリー・〝しつこい〟・警部が書いた文章がアップされた。彼はルイス・サラフが単独でおこなったと思うと言って締めくくってる。あたしにも同じことを言っていた」

ノアの息づかいが聞こえる。

「キャサリン・バレット-パーカーとサディア・バグチは、タブロイド紙に負けないほどの読者をネット上に抱えてる」レイラはたたみかける。「オートリーの意見については賛否両論。死者への敬意から口をつぐむべきだと考える人がいるいっぽう、彼を支持する人もいるの」

「控訴を試みても結果はまた同じよ、レイラ。気力をなくして、裁判に持ち込めない。いつもタイミングが悪くて……」

「あたしは気力をなくさないし、絶対あきらめないわよ、ノア。あたしはつねに誰かの影として生きてきた。ジョスリン。あなた。ジミー。そしてあの爆破事件以来、ずっとその影で生きてきた。もしあたしが身勝手で、これをあなたのためだけじゃなく、自分のためにもやるのだとしたらどう？」

「もしあなたがこれを引き受けたら、またその影に戻ることになるのよ。もし負けたら、あなたの残りの人生は自分の大家族とブラッケンハムの住民のために、不動産譲渡専門の弁護士をやることになるでしょう」

ノアはレイラが知らないことは何も教えてくれない。

「これは法廷弁護士がいないと無理だし、やりたがる人はひとりもいない」ノアは言う。それでも、残りの人生を〈シルヴェイ&グレイソン〉のためにあの十階で魂を売るくらいなら、不動産譲渡専門弁護士になるほうがいい。「法廷弁護士のことは任せておいて」

外に出てからオートリーに電話をかけるが、ボイスメールになっている。こうなったら姪《めい》に仕事をさせよう。ジージーとビー・オートリーは互いを友達とは思っていないにもかかわらず、共通の関心事であるヴァイオレットについて頻繁《ひんぱん》にメールのやりとりをしているとにらんでいるのだ。

〝あの友達のふりをしてる敵に、お母さんがどこに入院してるか訊いてもらえる？〟

次の目的地はアシュフォードのウィリアム・ハーヴェイ病院だ。個室にいるレイチェル・バレンティンを訪ねると、いぶかしげな笑みに迎えられる。彼女は母親似の赤毛の赤ん坊をあやしている。

「初めまして、レイチェル。あたしはレイラ・バイアット。ノア・レブラックの事務弁護士です。こんなときにお願いすることじゃないと思うけど、彼女の件についてお話しできないかしら？」

レイチェルはこちらをぽかんと見つめている。腕のなかの赤ん坊は、母親の気分の変化が気に入らないようだ。生まれたばかりの赤ん坊に母乳をあげている母親を困らせるのはどうかと思うが、ここで引き下がるわけにはいかない。

「私は帝王切開したばかりで、もう二日も眠ってないのよ」レイチェルは冷ややかに言い放つ。「お願いだから帰ってくれない？」

レイラは名刺と一緒にチョコレートをサイドテーブルに置く。ドアの前で立ち止まり、振り返る。「彼女が分娩中に自白を強要されたのは知っていた？　エディを出産するところだったの。エディを産んでからは四十八時間の猶予を与えられた。ノアはその間ずっとエディを腕から離さなかった。もう二度と会えないとわかっていたから」

赤ん坊が泣きだし、レイチェルは懸命に慰《なぐさ》めようとしている。その目には涙が浮かんでいる。怒りの涙。悲しみに満ちた涙。

「もう、レイラ」と彼女は言う。「そんなのずるいわ」

47

月曜日の朝、ドラクロワ通りに車を止めたとき、ジャマルは不機嫌な顔をして歩道に立っていた。

「フランス時間の午前九時という意味だったんだよ」ジャマルは言った。「UK時間の午前九時（フランスでは午前十時）じゃなく」

ビッシュは勘違いを謝る気になれなかった。ジャマルの地元ではなおさらだ。「それで、何があったんだ？」だからいきなり訊いた。

ジャマルは車に乗り込んだ。「ビラルがハティーブを見つけた」

ビッシュは理解に苦しんだ。「ルルーシュが？」と聞き返す。「私と話したとき、彼はアフメド・ハティーブが誰か知らなかった」

「だが、彼は半径三百キロ以内の裕福なアルジェリア人をすべて知ってて、そこにはパリも含まれる。裕福なフランスのアルジェリア人には使用人がいる。ハティーブの妻はパリのとある家に住み込みで働いてる。ビラルの遠い遠い親戚の家だ。もしそいつが俺の姪と口論してるところをカメラに撮られたなら、口論の理由を聞きたいね。この通りの突き当たりを左だ」

車を出したものの、ビッシュは自分がどこにいるのか忘れてしまい、反対方向から来る車にぶつかりそうになって急ハンドルを切った。ジャマルの鋭い視線を感じる。

「俺が運転する」ジャマルは言った。「車を止めろ」

座席を交代して車がふたたび走りだすとビッシュは言った。「アタルにも加わってもらうべきだ」

「それはない。あんたを連れていくだけでもハティーブを説得するのは大変だったんだぞ」

「今回は私を信じてくれてありがとう」ビッシュは非難がましい口調にならないよう気をつけた。

「そうだな」ジャマルが言った。「しかし俺がテロ容疑者と話してるところを見られたら、どうなるかわからないぞ。あんたには俺が逮捕されたときに説明してもらうために来てもらった。それと、あんたはフランスで彼を逮捕することはできないから、ハティーブは同意したんだ」

「いつでもどうぞ、お役に立てて何よりだ」ビッシュはつぶやいた。

ハティーブの隠れ家はカレーから車で南へ二十分、幹線道路をはずれてルノー5には不向きな砂利道を八キロほど走ったところにあった。これがもし二週間前にどこにも行き着けないような道をジャマル・サラフが運転する車で進めと命じられたら、自分はどう答えただろうと考えずにはいられない。ルルーシュとジャマルが騙《だま》されたのではないかと思いはじめたとき、腐りかけた野菜畑に面した荒れ果てたコテージが現れ、ジャマルが車を駐めた。熟《う》れすぎた野菜は割れ、悪臭が漂っている。モネが描く田園風景とは大違いだ。割れた窓から四人の子供たちが顔をのぞかせていたが、やがて姿を消した。

ビッシュとジャマルはコテージのなかで唯一の家具であり、詰め物が半分飛び出ている二人掛けのソファに腰をおろした。ヒジャブをかぶった十二歳くらいの少女がお茶を出してくれた。少女は不安そうにジャマルとビッシュを見た。ハティーブは二人の向かいに座った。その顔は不安というより、敵意に満ちていた。無礼とまではいかないまでも不機嫌そうで、少しは知っていると言いながらも英語を話そうとしない。ハティーブとジャマルはフランス語とアラビア語を交えながら話をしている。ビッシュはジャマルが正確に通訳してくれることを信じるしかなかった。

そのアルジェリア人はひとつだけ断言した。子供に危害を加えるくらいなら自分の手を切り落とす、と。ハティーブには十三歳を頭《かしら》に下は二歳まで五人の子供がいる。彼が英国のバスの運転手と口論していたのは駐車場所についてだった。セルジュ・セイガルは指定された駐車位置にうるさい人間で、アフメド・ハティーブはそうではなかったのだ。

ジャマルは今ヴァイオレットについて訊いているらしい。ビッシュが聞き取れたのは〝ヴァイオレット〟という言葉だけだった。イギリス人の会話も外国人にとってはこんなに早く聞こえるものなのだろうか？

「彼はバイユーで、ヴァイオレットが電話してるのを聞いた」ジャマルが通訳する。「ヴァイオレットはナスリンと会話してて、アルジェリアで祖母を意味する〝ヘナ〟という言葉を使った。電話を切ると、ハティーブはヴァイオレットが祖母を軽視してると説教した。年寄りを置いてフランスまで来たのが彼には気に入らなかったらしい。ヴァイオレットは向こうの八月は寒いんだ、とかなんとか言い訳した。そしてハティーブに、よけいなお世話だと言ったんだが、もう一度戻ってきて謝ったそうだ」

「彼の言うことを信じるか?」ビッシュはヴァイオレットが彼をおせっかい焼き《スティキビーク》と呼んだことを思いだした。

「ああ、信じるよ。ナスリンはマナーにうるさい。年長者を敬うのは大切なことだからね」

「爆破事件の日になぜ姿を消したのか訊いてくれ」

ジャマルが質問し、答えを通訳した。「彼の妻はパリの裕福なアルジェリア人の邸で不法就労してる。妻は仕送りをしてくれるが、子供たちはほとんど彼がひとりで育ててる。仕事で一週間以上留守にするときは、アミアンに住む友人に預ける。八日間留守にしたあと子供たちを迎えにいき、帰ってきたらテレビに自分の写真が映ってた。それ以来、このごみ溜めに隠れてるそうだ」

「私は信じないな」ビッシュは言った。「なぜ警察に行かなかったんだ? 正直に話せば誤解が解けたかもしれないのに」

「ほんとか?」ジャマルの声は氷のように冷ややかだった。「警察は正直に話せば信じてくれるのか?」

「いいか――」

しかし、ジャマルはビッシュの言葉をさえぎり、ハティーブに別の質問をした。短いやりとり。そして沈黙。

ジャマルはビッシュをちらりと見た。話しかけようとしたが、ハティーブが止めた。

「どうした？」ビッシュは訊いた。

ハティーブは怒っている。ジャマルに何を打ち明けたにしろ、それを後悔しているようだ。早口でまくしたてるアルジェリア人に、ジャマルは片手をあげた――まあ待て、俺を信じろ、と言うように。

「どうしたんだ、ジャマル？」

「子供たちをアミアンに住む友人に預けたというのは嘘だそうだ。子供たちは学校に行ってない。彼が働いてるあいだ、上の子たちが幼い子たちの面倒を見なくてはならないから。彼はそれを当局に知られ、子供たちが連れていかれるのを恐れてる」

ビッシュは身を乗り出し、ハティーブと目を合わせた。「きみをアタルのところに連れていってやる」

「だめだ！」ハティーブは叫んだ。通訳は必要なかった。

「聞いただろ」とジャマルは言った。「ここはもういい。この人たちはそっとしておいてやろう」

「彼はテロ容疑者なんだ。警察はここを突き止めるだろう。参考人として出頭すればずっと有利になると伝えてくれ」

「あんたは多くを求めすぎる」

「だったらなぜ、私をここに連れてきた？」

「彼がヴァイオレットの脅威となるか確かめるためだよ！　それが知りたかっただけだ」

「ならば、反テロを掲げる者たちがこの男を見つけて撃ちはじめたら、ヴァイオレットに教えるというのはどうだ？　五人の罪もない子供たちが巻き込まれても、きみたちには神の助けがあるだろうから」

ビッシュが携帯電話を取り出したとたん、ハティーブは立ち上がり、二人を怒鳴りつけた。

奥の部屋から泣き声が聞こえた。

「お父《バ》さん《ーバー》。バーバー」

「電話をしまえ」ジャマルが言った。「おまえはみんなを怖がらせてるんだ。彼はおまえが警察を呼ぶと思ってる」

「力になってくれる人の名前を訊こうとしてるんだ。私を信じるように説得しろ」

ジャマルは心を決めかねた顔をしている。

「ブラッケンハムの二の舞はごめんだ、ジミー」ビッシュは言った。「私が助けてやると伝えてくれ」

ジャマルからようやく了解を得ると、入院中のレイチェルに電話した。「カレー地区の人権専門弁護士を知らないか？　フランスにいるアルジェリア人が警察署のドアの向こうに消えたら大騒ぎしてくれそうな人。フランスのアマル・アラムディンのような弁護士がいい」ビッシュは言い足した。

「フランスのレイチェル・バレンティンじゃいけないの？」

「ああ、彼女もいいね」

弁護士の名前を手に入れてからも、ジャマルとハティーブのあいだで言い合いがあったが、ついにハティーブは同意した。ジャマルは移民の子供たちのための慈善活動で知り合ったボランティアに電話をかけ、当面のあいだハティーブの子供たちを引き取ってくれる人を手配した。それからカレーの警察署まで車を走らせると、アマル・アラムディンとレイチェル・バレンティンに相当するフランス人が入り口で待っていた。リーナ・クロージャーはフランス語、アラビア語、英語を操った。尋問のために依頼人を出頭させるとアタルに連絡し、フランスの報道機関にも知らせた。警察署の前でこれから依頼人が尋問を受けることを発表した。すべてがとても文明的な感じがした。彼ら四人は地元警察の威圧的な監視の目のなか、ロビーに足を踏み入れた。

「俺は帰る」ジャマルはその敵意がハティーブだけでなく自分にも向けられていることを痛いほど感じていた。「どうなったかあとで教えてくれ」

「車の鍵は？」ビッシュは言った。

ジャマルがポケットから鍵を取り出そうとするなり、二人の制服警官が彼を床にうつ伏せにし、頭に銃を突きつけていた。ハティーブが驚いて逃げようとすると、警官たちは叫び声をあげ、武器を抜いた。ハティーブも床に倒されて膝《ひざ》で背中を押さえつけられた。二人とも手錠をかけられた。

「手錠をはずしてやってくれ！」ビッシュはアタルに叫んだ。アタルは到着したばかりで、無表情な顔をしていた。

事態を収拾したのはリーナ・クロージャーの理性的な声だった。おそらく、ビッシュには理解できない脅《おど》しのひとつや二つはあったのだろう。手錠がはずされると、ジャマルはこれみよがしにポケットから鍵を取り出してビッシュに手渡した。

「くそったれどもが」とののしり、彼は歩き去った。

アタルがビッシュを手招きして、上階まで一緒に来いと言っているが、ビッシュは腹が立って返事をしなかった。

「彼と一緒に行ったほうがいいです」クロージャーは英語で言った。「この物々しさは普通ではありません。ムッシュ・ハティーブのことはお任せください」

警察署の内部にはいっていくと、クロージャーの言ったとおりであることがわかった。厳重な警戒態勢が敷かれ、狂乱状態になっている。電話が鳴り響き、部屋のあちこちで怒号が飛び交い、固定電話、携帯電話、コンピュータがすべてふさがっている。それは進行中のカオスで、ハティーブやジャマルがここにやってきたこととは無関係のようだった。ビッシュはアタルのあとについて驚くほど散らかっているオフィスにはいった。オフィス内のガラス戸越しに、白い壁に映写された巨大な地図の前に立っている一団が見えた。

「何があったんだ?」ビッシュは訊いた。

アタルはゴム手袋をはめ、ビニールの証拠品袋を開き、オリヴィエ・アタル警部《カピテーヌ》と上書きされた封筒を取り出した。なかから紙を引き抜いて、ビッシュに見せる。

Lundi 16.05. Bombe numéro deux.（月曜16:05、爆弾2号）

訳してもらう必要はなかった。アタルはビッシュが持っている携帯電話を指さした。仲間に電話しろという無言の指示だ。

「爆破予告があった」しばらくしてビッシュはグレイジャーに知らせた。

「場所はどこだ？」

「カレーです」

電話の向こうが騒がしくなった。グレイジャーはビッシュと話すと同時に部下を出動させようとしているのだろう。

「いつ？」

「今日の午後四時五分。署のアタル宛に手紙が届いた。消印はカレーなので、おそらくここで起こるということでしょう」

「事実だけでいい、オートリー。推測はいらない」

「手紙には〝爆弾2号〟と書かれている」

「アタルはまたイギリス人が標的だと思っているのか？」

今度は推測タイムか？

興奮したアタルは煙草《たばこ》に火をつけた。ガラス戸を叩く音がして、女性が指を振って警告している。アタルは毒づきながら煙草を揉《も》み消した。

「推測するに、彼がそれを私に見せてあなたに知らせることを望んだのは、爆破の正確な理由を知りたいからだと思います」ビッシュは言った。「〝爆弾2号〟は同じ爆破犯、同じ標的――イギリスの子供たちを意味すると推測されます」

「夏のツアーは終わった」グレイジャーは言った。「ブローニュのキャンプ場はまだ閉鎖されたままだ。そこに理由があるとは想像できない。考えろ、ビッシュ」

アタルは熱心に耳を傾けていたが、話の内容はほとんど理解できなかったにちがいない。

「フランスのバスの運転手の件はどうなった?」グレイジャーが訊いた。

「我々がここに連れてきました。これから尋問されるが、彼が犯人でないことはほぼ確信しています」

「〝我々〟?」

「それは話せば長くなりますので」ビッシュは港沿いの光景を思い浮かべた。「この町は巨大な難民キャンプと化しています。政治的な意見を表明しようとする者もいるでしょう。彼らは英国政府に対して怒りを募らせています」

アタルがところどころでうなずいていたので、理解できる部分もあったのだろう。

「だからイギリスの子供たちを殺すのか?」グレイジャーは言った。「怒り狂ったやつという説は買えないな」

「なぜです? ルイス・サラフはスーパーマーケットにはいっていって二十三人を吹き飛ばし

た。それは店長のやり方に我慢できなかったからです」

「ルイス・サラフが狙ったのはおそらくひとりだけだったろうが、思ったより早く爆発したのと、爆弾を仕掛けた場所がガスボンベのそばだったのがまずかった」グレイジャーは言った。

「あのバス爆破に比べたら、少しの殺意で、より多くの死者を出した」

「それは事実というよりむしろ推測のように聞こえますよ、グレイジャー」

「推測しても亡くなった人たちを連れ戻すことはできないから、検討する必要はない」

「ああ、そうですね。しかし、刑務所で朽《く》ち果てつつある者がいれば検討は必要なんだ！」

「レブラックへの思いは抑えろ、ビッシュ。爆破される場所を特定することに集中しろ！」

「我々はあの当時まちがった思い込みをしていた。あなたもそれはわかっている」ビッシュは静かな怒りに満ちた声で言った。アタルがしげしげとこちらを見ている。ビッシュは少し背を向けた——それでアタルの耳にはいるのを防げるかのように。「だから、あなたと内務大臣は今度こそきちんと解決しようと躍起になっている。責任がブレアの部下にあるにしろ、あなたの部下にあるにしろ、我々がまちがっていたのだと心の底ではわかっているからです」

「今度はまちがえないように集中するんだ、オートリー。ヴァイオレットとエディの居場所はいまだにわからない。彼らはまだ危険にさらされているということだ」

「あれからほかに目撃情報は？」

「マーゲイト以降はない。クロンビーに尾行をつけたほうがいいだろうか？」

「社会奉仕活動と称して救世軍のマイクロバスを乗りまわすとは思えないが、今日は地元の警察に彼の様子を探らせても損はないでしょう。ヴァイオレットとエディが戻ってくるかもしれません」

「何か進展があったら知らせてくれ」グレイジャーはそう言って電話を切った。

アタルのあとからオフィスを出ると、そこでは彼のチームが何百枚もの写真に覆われた壁を子細に眺めていた。インスタグラムを検索していたとき見たことのある写真もあった。爆破前夜、キャンプ場にいたあらゆるバスから生徒や教師が撮った写真だ。それを見ていたら大局的な考えが浮かんできた。それまでは悲観的な考えに邪魔されて気づかなかったこと――インスタグラムに興じる若者たちの国際連合は、結局ひとつだということだ。みんな楽しそうで、危険などなさそうに見える。ビッシュがグレイジャーに送った写真もあった。森の木立に潜む人影。バードウォッチャーか、それとも殺人鬼か？

48

警察署から二ブロックのところで、自宅の方角へ歩いていくジャマルの姿が見えた。クラクションを鳴らすべきか、車を止めるべきか、そのまま通り過ぎるべきか迷った。しかし、床に伏して銃を突きつけられているジャマルの姿が頭を離れない。ビッシュは車を止め、窓をあけた。ジャマルはこちらをちらっと見ただけで、そのまま歩きつづけた。

「手を貸してくれ、ジミー」

「失せろ」

「また爆破が起こる」ビッシュは車であとを追いながら言った。「今日の午後四時五分、場所は不明だ」

それを聞いて、ジャマルは立ち止まった。

「コンピュータと作業する場所が必要なんだ」

何も言わず、ジャマルは車に乗ってきた。


およそ十分後、ビッシュは彼のあとについてジムを通り抜け、裏階段をのぼった。階段はしっかり釘《くぎ》づけしてあるようだが、それでも軋《きし》んだ。ジャマルはドアの鍵をあけ、ビッシュを狭いフラットに通した。片隅にキチネット、中央にテーブル、反対側の隅にはきちんとメイクされたベッドがある。部屋は驚くほどすっきりとしていて、居心地がよさそうだ。

「デスクトップを使ってくれ。もう一台古いラップトップがあるから」ジャマルはベッドの脇のキャビネットの鍵をあけた。「それから何を探せばいいのか教えてくれ」

ビッシュは家族の写真に囲まれていた。ほとんどがヴァイオレットの写真で、レブラック家か、あるいはヴァイオレット自身が送ってきたのだろう。馬、犬、アヒル、豚、牛、羊。若いジャマルと彼の姉の写真も何枚かあった。エティエンヌ・レブラックとノアの結婚式――エティエンヌは満面に笑みを浮かべ、ノアの顔は喜びにあふれている。服装からすると八〇年代に撮られたらしいサラフ家とバイアット家のきょうだいたち——美麗と知性と才能を約束された彼らは茶目っけたっぷりに目を輝かせていた。この四人は敵にしたら侮《あなど》りがたい相手だっただろう。これらの写真はジャマルが親戚に頼んで譲《ゆず》ってもらったにちがいない。爆破当時、自宅にあった写真はすべて押収され、彼らのその後の人生のように鍵をかけてしまいこまれてしまった。ノアの卒論も、ヴァイオレットの幼い頃の思い出の品も、ジミーのサッカーのトロフィーも一緒に。

ビッシュはヴァイオレットとエディの写真を見つけた。ジャマルが公然と二人の写真を撮るほど愚《おろ》かだとは思えない。しかし、ローラが二人の背後にいて手を振っていることに気づくと鼓動が速まった。これはノルマンディーで撮られた写真だ。

「ツアー中のヴァイオレットとエディの写真を持っているんだな?」

ラップトップを手にしたジャマルは、テーブルについた。「ロンドンであの子たちと会ったのは知ってるだろう、オートリー」

「ほかに何かもらった?」

ジャマルはおんぼろのラップトップを起動させた。「エディのインスタグラムからダウンロードしたんだよ」

ビッシュが聞きたかったのはその言葉だ。彼は Dropbox のアカウントにログインした。

「私は何か尋常でないことを探していた」ビッシュは説明し、バスのなかで寝ているローラとメノシの六枚の写真から問題の一枚を見つけ、拡大した。「普通じゃない。どこか違和感がある」森にいる人影を指さす。「フランス情報部も我々もそれ以上のことはわからなかった。アタルはこれが撮影されたと思われる場所にも行ってみた。あの木立の向こうには遊歩道があるからバードウォッチャーかもしれない」

ジャマルは鎧戸《よろいど》を調節してできるだけ光を遮断した。しかし、スクリーンに映し出される画像に変化はなかった。

「子供たちは居眠りした者によくいたずらをしていた」ビッシュは説明をつづける。「エディもきっとこんな写真を撮っていたはずだ。彼はローラたちの一列後ろの向かい側に座っていた。窓の向こうにいる人物がもっとはっきり写っているかもしれない」

ジャマルはインスタグラムにログインし、エディのプロフィールに飛んだ。

「どうしてほかの子たちはエディをフォローしないんだ?」

「ヴァイオレットはSNSを一切やらない。Moveslikejagger02のフォロワーはひとりだけ、俺だ。エディはツアーから戻ったらネットワークを広げるつもりだった。まだそれは実現してない」

ジャマルは画面をビッシュのほうに向けた。「俺はツアー中のエディのことはほとんど気にしてなかった。二人が一緒に写ってる写真だけはプリントした。写真も二十枚目になると目がどんよりしてきて、舌にピアスをしたやつが見えた」

「それはブライトン出身のレジー・ヒルだ」ビッシュは言った。「モン・サン=ミシェルの岩場に落ちている鳩の糞《ふん》を舐《な》めてみろとでも言われたんじゃないか」

エディは動くものならなんでも撮っていたが、ありがたいことに日付順に並んでいた。ビッシュは時刻を確認した。午後三時を過ぎたところ。

「あれだ」とビッシュは言い、居眠りしている少女たちの写真を指さした。ほとんどがアップで撮られている。エディは涎《よだれ》、シミ、そばかすをひとつ残らずとらえようとしたらしい。ジャマルは顔以外も写っている一枚に注目した。

ビッシュが彼女たちの頭の後方のスペースを示すと、ジャマルはローラとメノシが見えなくなるまでズームインした。すると木立の人影はこれまで見たなかで最も鮮明になった。まちがいなく男性で、中年だ。深くくぼんだ目、垂れ下がった顎、団子鼻。ビッシュはもっと情報を得られることを期待し、次の画像をクリックしようと手を伸ばした。

「待て、待て」ジャマルは止めた。

「なんだよ?」

「こいつを知ってる!」

「嘘つけ！　どうして?」

「ジムに来るから。本物のギャングなんだよ」

「きみと練習するのか?」

「いや、こいつはヘビー級だ。ギャング団の下っ端。借金の取り立てにまわったりドラッグを売りさばいたり、そういう汚れ仕事をやる。俺が指導してる子たちも、ヤバいことに巻き込まれてる。あの子たちは金が必要なんだ。あの腐れ外道どもは金で釣って汚れ仕事をやらせる」

「で、そいつのボスは?」

「アルモー・ブノワ。聞いたことあるか?」

「いや、聞いてるはずなのか?」

「地元の麻薬売人。救いようのないバカで、十三歳の移民の子に売春させるようなやつだ。今年の初めにニュースになった。十八歳の息子がコカインでハイになり、ノヴァマティーク——コインランドリーでセミ・オートマティックを振りまわしたんだ。息子は逮捕の際、警官に射殺された。何週間もその話題で持ちきりだったよ」

ジャマルはブノワのインターネット画像を見せた。その目にはなんの感情も浮かんでいない。氷のように冷ややかだ。

「ブノワの手下が翌日に死人が出る場所にいたのは、たぶん偶然じゃないだろう」

「あのあたりはキャンプ以外に何をするところ?」ジャマルが訊いた。

「バードウォッチング」

「このデュソリエという男は、どちらかというとセミ・オートで鳥を狩るタイプだ」

ビッシュはアタルの携帯番号を押し、電話をスピーカーにした。「我々が知ったことを彼に教えてやってくれ」とジャマルに言う。アタルが出るのを待ったが、録音したメッセージが流れただけだった。ビッシュは電話を切り、固定電話にかけた。すると切り替わったような音がしてから「ビュロー・ド・ポリス(警察署)」と応答があった。ビッシュが理解できたのはそこまでで、ジャマルが話しだし、相手の女性は短く答えた。それから電話が切れる音がした。

「アタルは出かけてるから、彼女が知らせてくれるって」ジャマルが言った。

「出かけるって、どこに？」

電話をスピーカーにしたまま、ビッシュはグレイジャーに連絡した。相手はいつものように低くうなった。「グレイジャーだ」

「ボマレ警察署に電話してアタルがどこにいるか調べてくれませんか？」

「何かわかったのか？」

「彼が興味を持ちそうな人物の名前。アルモー・ブノワ」

「このまま待て」

ビッシュはじっとしていられなかった。キャンプ場で起こったことが繰り返されるまであと一時間もない。空気が吸いたくなって窓際まで行った。

「彼は何者だ？」サラフが訊いた。「今、電話に出たやつ」

「実行力のある男だ」ビッシュはできるだけ正直に言った。

「どんなことを実行するんだ？　逮捕か？　その名前には聞き覚えがあるからね」

ビッシュはジャマルの視線を受け止め、それから目をそらした。

「彼はロンドンに二日間滞在するビザを発行させる」ビッシュは言った。「養子縁組も斡旋《あっせん》する」

ジャマルは小声で悪態をついた。

グレイジャーが電話に戻ってきた。

「まずいな。カレー・フレタン駅に爆破予告があって、警察は深刻に受け止めている。ブリュッセルからロンドンへ向かうユーロスターは午後四時一分に到着する」

「容疑者はいるんですか？」

「知るもんか。フランスのバスの運転手はどうなった？　なぜ彼が容疑者じゃないのか、まだ理解できない」

「ハティーブがセルジュ・セイガルと揉めていたのは、どうも駐車位置の件のようです」ビッシュは言った。「ブノワのことは伝えてくれたんですよね？」

「ああ。その名前に反応したようだったが、私に教えるほどのことではないらしい」グレイジャーは言った。「そこを離れるな。デマじゃないなら、きみが必要だ」

グレイジャーは電話を切った。ジャマルはがっくりきたようだ。

「列車には大勢の乗客がいる」

ビッシュはそれを考えたくなかった。

「ブノワの仕業かな？」とジャマルに訊いた。

「やつはそういうことには手を出さない。それに、なぜイギリスの子供たちやロンドン行きの列車を狙うんだ？　警察署を爆破すりゃいいじゃないか。やつが恨んでるのはアタルだ。観光客じゃない」

「なぜアタルなんだ？」

「警官をかばいたくはないが、ブノワの息子は赤ん坊を抱いた娘を人質に取った。アタルに選択肢はなかった」

ビッシュの胸は激しく高鳴った。

「アタルはブノワの息子を撃ったのか?」

「そうだよ。なぜ?」

ビッシュは窓辺から離れた。もしも……。

一瞬のうちに、ビッシュはコンピュータに向かってローラのインスタグラムのフィードを閲覧していた。写真の腕はあまりよくない。ただ、なんでもかんでも撮ればいいタイプだった。ビッシュはフランスのバスのなかで撮った生徒たちの写真を思いだした。ツアー初日の日付のもの、四日目のバイユーで撮ったもの、七日目のカレーで撮ったもの。イギリスとフランスのバスが同じキャンプ場にいたのはこの三回だ。マリアンヌ・アタルはバスから窓の外を眺めている。マリアンヌの後ろにはローラの片思いの相手がいた。手品が得意なフランス人の少年。ビッシュはこの手の写真を何枚も見た。若き手品師をうまくフレームに収めているものもあるにはあったが、それ以外はたいていマリアンヌの頭が邪魔している。

「どうした?」ジャマルはビッシュの肩越しに声をかけ、画面上のほとんど違いのない三枚の写真を見つめた。

ビーが乗ったバスとはちがってフランスのバスは満員で、みんな指定された席に座っていた。三日間。同じ席だ。マリアンヌ・アタルはジュニア・コーチとして乗っていたから、チャーリー・クロンビーみたいに後ろの席に座るわけにはいかなかった。ハティーブとセルジュは何を議論していたか？　指定された駐車位置だ。

「バスがちがっていたとしたら？」ビッシュはそっと言った。

「意味がわからない」

「ブノワの手下がバスをまちがえた。マリアンヌ・アタルの指定席はいちばん前だった」

「なんだよ、くそっ！」しかし、ビッシュにはジャマルの悪態がバスをまちがえたことを指すだけではないことがわかった。

「なんだい？」ビッシュは尋ねた。「なんでもいいから、頭に浮かんだことを言ってくれ、ジミー。くだらないと思えることでもいいから！」

「今日からまた学校が始まる」ジャマルは言った。「午後四時に下校ベルが鳴る。もし犯人がスクールバスに爆弾を仕掛けてて、フレタン駅がデマだとしたら？　あるいは陽動作戦とか？」


一分と経たず、二人はなんのあてもないまま、ビッシュのルノーに戻った。

「この街に学校はいくつある？」

「当てずっぽうがきかないほどあるよ」

「くそっ！」アタルの携帯にもう一度連絡してみると、今度は留守番電話サービスにつながり、ジャマルが今わかったことを吹き込んだ。彼は冷静さを装ってゆっくりと話し、電話を切った。

「あんたの娘はどうだ？」ジャマルが問いかけた。「この子たちは、あんたが思ってる以上に互いのことを知ってるよ」

ビッシュは腕時計を見た。ケント州は二時五十三分。ビーはどこにいるかわからない。水曜にならないと学校は始まらない。

「メールのほうが早い」ジャマルは言った。「電話は無視できてもメールは確認せずにいられない」

「ティーンエイジャーの女の子とはつきあってないと言ってくれ」

「ティーンエイジャーの女の子はひとりで充分だ。心配で白髪が増える」

もしビーとマリアンヌがあの盗んだ警備車に一緒に乗っていたなら、その種の情報を交換していたかもしれない、とビッシュは考えた。

〝緊急。マリアンヌ・アタルの通っている学校は？〟

車はラファイエット大通りの交差点で停止した。ジャマルがどちらへ行こうか迷っていると、背後の車がクラクションを鳴らした。

「ギュスターヴ・ラマール湖畔通りか、コメルス湖畔通りか、ヴィクトル・ユゴー大通りか。当ててみろ」

ビッシュの携帯電話が鳴った。彼はメッセージを読みあげた。「〝カレーの修道院付属学校。なぜ？〟」

ジャマルはアクセルを踏み込み、車をよけながらヴィクトル・ユゴー大通りに出た。「街中から二キロほど離れたところだ」彼は言った。「だが、もしこれが見当違いだったら？」

「ロンドン行きの列車が爆破される。ダメ元でやってみよう」

ジャマルはアタルにもう一度メッセージを残した。それから、さらに加速した。

このスピードで反対車線側の助手席に座っているのは地獄のようなものだった。ビッシュは一度ならず大声をあげ、そのたびに、ジャマルはもう何年もフランスで運転しているのだから、任せておいて大丈夫だということを思いだしたが後の祭りだった。

「いいから目をつぶって黙ってろ、オートリー。わかったか?」


三時五十九分、彼らは十五世紀の修道院のような建物の門を通り抜けた。バスがどうにか方向転換できそうなロータリーに三台のマイクロバスが待機している。バスには目的地が表示されている――カレー、デヴル、エタプル。車が停まりきらないうちにビッシュは飛び降り、カレー行きのバスまで走ってドアを叩いた。

「あけろ《ウーヴリール》。あけろ《ウーヴリール》。ドアをあけろ! あけるんだ!」

運転手は苛立たしげにビッシュをにらんだ。

「このバスに爆弾が仕掛けられてる。爆弾だ」ビッシュはバカみたいに手ぶりで爆弾を表現したが、察しの悪い運転手は動こうとしない。すると背後に来ていたジャマルが、運転手に向かってフランス語で怒鳴った。苛立ちは危機感に変わり、運転手がドアをあける。ちょうどそのとき、下校のベルが鳴った。第一陣の生徒たちがロータリーのまわりの建物群からぞろぞろと出てくる。ビッシュは運転手を席から引きずり出し、縁石《えんせき》に乗せた。ジャマルはすでに生徒たちのほうへ走りだし、戻れと叫んでいる。「戻れ《ラントレ》！　戻れ《ラントレ》！」突如、あちこちで悲鳴があがりだした。ビッシュは運転席につき、前のバスにぶつかり、後ろのバスにぶつかりながら左に方向転換し、ロータリーの真ん中にあるバラの苑《その》をなぎ倒し、聖母マリア像を押し倒し、二人の教師に先導されてチャペルへ向かう生徒の一団をかろうじてかわした。

アヴェ・マリア、恵みに満ちた方、まったくほんとに申し訳ない。

ロータリーには出口が二つあった。ひとつはジャマルが進入してきた門、もうひとつは遠くに岩屋が見える草原に通じている。ビッシュは歯を食いしばり、そちらへ突進した。彫像や岩屋は修復できる。交換もできる。人間はそうはいかない。このバスはできるだけ生徒たちから遠ざけなければならない。たぶん爆弾などは仕掛けられておらず、自分は海峡を越えて混乱を引き起こしにきた頭のおかしいイギリス人となるのだろう。聖母マリアに捧げられた聖堂を冒《ぼう》瀆《とく》し、十五世紀のバラの苑を破壊した者だ。しかし、ビッシュはあの夜カレーで見たスペイン人少女の遺体を思い浮かべた。このバスとは関係ないが、それでも犠牲者であることに変わりはない。もう子供たちの遺体は見たくない。二度と死んだ子供を見ずにすむなら、自分の命だって惜しくない。ダッシュボードの時刻は四時四分を指していた。ビッシュはブレーキを踏み、転げ落ちるようにバスから飛び降りた。そして走った。

〝急いで、パパ！〟

スティーヴィーが笑いながら叫んでいる――コーンウォールで過ごした休日と同じように。ビッシュは息子について行こうと思った。どこへでも。どこまでも。だから彼は走った。肺が破裂しそうだ。ビーが言ったように、二百メートル走の最後の五メートルを走っている感じだ。

〝急いで、パパ！〟

地面が揺れ、空中に放り出されるのを感じたとき、息子の笑い声はまだ聞こえていた。それはここ三年のさらなる悲劇だ。スティーヴィーの笑い声はもはや思いだせなくなっていたが、今それがビッシュの耳のなかで鳴り響いている。ビッシュの耳のなかで全世界が鳴り響いていた。

49

気がつくと、黒い煙がもくもくと立ち昇っていた。フランス語で叫んでいる声も聞こえる。もっと耳慣れた言葉が聞きたい。それはジミー・サラフの口からもたらされた。

「なんだよ、オートリー？　あのバスをベルギーまで運転していくのかと思ってた」

ビッシュは起き上がろうとした。ジャマルは彼を優しく押し倒した。

「そこでじっとしてろ」

やがてジャマルに代わって救急救命士がフランス語で質問してきた。ビッシュは目を閉じて、彼女を締め出した。この国で誰かに言葉がわからないと告げるのはもうたくさんだ。彼女の手を押しのけ、恐る恐る立ち上がる。奇跡的に無傷だった。

まわりを眺めると、消防士が数人、全壊してくすぶっているバスの処理をしていた。あたりには硫黄《いおう》のにおいが漂っている。

「負傷者は出たか？」ビッシュはジャマルに尋ねた。

「ああ。あんたがバスの運転手の手首を折った。あんなに力を入れなくてもいいだろうと警官たちに文句を言ってた」

救急救命士はその言葉がわかったらしく、くすくす笑った。笑いなんて、死があるところでは起こらない。ビッシュは世界を相手にできそうな気がした。死者なし。

とはいえ、現場はてんやわんやだった。親たちは車で詰めかけ、我先に古びた城壁を越えようとし、ヒステリックな声をあげながら警官を押しのけていく。ビッシュはポケットのなかの携帯電話が振動するのを感じ、取り出した。画面は割れていた。耳鳴りはまだつづいていて、応答するとさらにひどくなった。誰かが電話を受けるかと訊いている。しばらくして、ノアの声が流れた。「今、どこにいるの？　サイレンの音しか聞こえないわ」

「カレーだ。また爆破があって――」

「なんですって？」

「ジミーもここに――」

「ああ、どうしよう！」

「怪我人はいない」

「舌がもつれてるわよ」

ノアの弟が制服の二人組に尋問されているのが見える。ビッシュは警察が彼を逮捕するような愚かな真似をしないことを願った。

「ゆっくりでいいから、最初から話して」ノアはそっけなく言った。冷淡ではないが、優しくもない。その〝そっけなさ〟は思いやりのある家族のものだった。

ビッシュはできるだけ簡潔に伝え、ブノワの手下が捕まることを願う楽観的な見通しで締めくくった。「つまり、ヴァイオレットとエディの身は前より安全になった。あの二人がそのことに気づいたら、助けを求めるだろう」ビッシュは言った。「そして内務省も僕を使ってきみを煩《わずら》わせるのをやめるだろう」

ノアは何も言わなかった。ビッシュは何か言ってほしかった。

「ホロウェイでの僕の特権は、たぶん取り消されるだろうな」

「特権だったの？」ノアは訊いた。

「素晴らしい特権だよ」

電話が切られたのかと思うほど長い沈黙のあと、しゃがれた息遣いが聞こえた。「エティエンヌ・レブラックは最愛の人だった。でも、いつかあなたは彼を忘れさせる。私はそんなあなたを許せないと思う」

「飲んでないよ」

「そうは言ってない」

長くは生きなかった男の亡霊。彼を慕う女性と子供の目には、永遠に完璧な男として映るのだろう。

「忘れさせることを許せるようになったら、手紙をくれ。手書きで。土曜の午後を返上してでも、きみに会いにいくかもしれない」

返事はなかった。今のところ、それでよしとしよう。「弟さんと話したい？」

「もちろん」

ビッシュはジャマルを手招きした。

「横になってないと失神するぞ」と言ってから、ジャマルは携帯を取り上げた。

「私は失神しやすいたちじゃない」

ふたたび気がつくと、アタルが見下ろしていた。片方の目は腫れあがった瞼《まぶた》でふさがれ、傷口から血が滴《したた》っている。ただでさえ醜《みにく》い顔に傷を増やすことはないのに。

「ブノワが」ビッシュはつぶやいた。

警部は膝をつき、ビッシュの手を握った。そのまま手を離そうとしない。アタルが気落ちしているのが伝わってくるが、その目には安堵もあった。やがて救急救命士に顔を診るから座れと言われると、怒鳴り合いになった。

ようやくジャマルを介して聞いたところによれば、アタルはフレタン駅でユーロスターをくまなく捜索していたとき、彼らのメッセージを知らされたという。爆弾が爆発する数分前のことだった。ただちに学校に連絡したが誰も出なかった。そして四時五分、彼は膝からくずおれて泣いた。その後マリアンヌから無事だという電話があった。そこで、ブノワを捕まえにいき、ジャカール大通りのバーで逮捕した。だが、その前にこてんぱんに殴りつけた。アタルの顔からすると、ブノワも何発かお見舞いしたようだ。彼は目下フランス情報部に身柄を拘束されており、アタルは干渉するなと言われたらしい。

「フランス情報部はエディの写真をほしがってる」とジャマルは言った。「特にデュソリエと一緒に写ってるやつをね」

アタルは救急救命士を撃退しながら、ジャマルに何やらつぶやいた。

「一緒に家まで来てほしいと言ってる」

「その必要はないと言ってやれ」ビッシュは言った。

「俺たちもついていったほうがいいと思う」ジャマルは穏やかに言った。

警部の自宅の前にジャマルが車を寄せたとき、アタルとマリアンヌが彼らの車から降りてきた。マリアンヌは黙っていた。よそよそしい態度。青い瞳には怒りの涙が浮かんでいた。

「あたしのせいでみんな死んだのよ。イギリス人もスペイン人の娘もムッシュ・セイガルも」

ビッシュが近づいていくとそう言った。

「ちがう」ビッシュは言った。「ブノワのせいで死んだんだ」

ドアをあけた女性はマリアンヌを無言で抱き締めた。その手は震えていた。彼女は抱擁《ほうよう》を解くと、彼らをなかに通した。

アタル一家は狭いアパートに住んでいた。長女のほかに十五歳と六歳くらいの男の子がいて、二人同時にしゃべっていた。少年たちは父親を見るなり、飛びついていった。父親は苦痛のうめきをこらえている。それから数時間、ビッシュはジャマルとマリアンヌを通して話をした。マリアンヌは通訳をしながら涼しい顔でメールのやりとりをし、母親のほうは手早く父親の眉《まゆ》を縫っている。彼女はナースだそうで、ビッシュを指さしたので、次は自分の番だとわかった。

この一家は声が大きかった。夕食の途中で、ものを食べているとき以外は、ずっと叫んでいるように聞こえた。夕食の途中で、二十歳くらいの双子の青年が家に飛び込んできて、さらに大きな声で叫んだ。ひとりは妹を椅子から引っ張りだし、息ができないのではないかというぐらい強く抱き締めた。もうひとりは泣いていた。

「ほかにもまだいるの?」ビッシュはマリアンヌの気持ちを軽くしてやろうとして訊いた。

彼女は首を横に振ると、嬉しそうに二本の指ではさみを作り、父親を指さした。アタルはパイプカット手術をしたのだ。五人も子供がいてはそれもしかたないだろう。

やがてブレンヌのボトルが出てきて、ビッシュもその誘惑には勝てないことを悟った。疲れていたし、ビーに会いたくてしかたなかった。そして意外ではあるが、ノアにも。自分が情けなくなる——テロリストと見なされた者にこんな感情を抱《いだ》くからではなく、自分はその女性と一緒になることができないから。この酒を飲んで、愚かな自分を忘れよう。もう何日も禁酒を試みていたが、この気持ちは誰でもわかってくれるだろう。

差し出されたスコッチのグラスを手に取ろうとしたとき、ビッシュはマントルピースに飾られた写真に気がついた。表彰台で金メダルを掲げているマリアンヌ。スウェーデンのヨーテボリ。その隣で銀メダルを掲げているのはビーだった。ビーはマリアンヌの目を見つめている。この二人はヨーテボリで知り合ったのだろうか。ビッシュはその瞬間、ビーとエディとヴァイオレットの写真を撮った人物がわかったと確信した。娘の目にあの表情を浮かべさせたのはマリアンヌ・アタルだ。ああ、ビー、世界じゅうの女性のなかから、どうしてよりによって警官の娘を選んだんだい?

辞去するときには、アタル家の全員が両頰にキスしてくれた。ただし、妻だけはビッシュをひしと抱き締めた。「メルシー、バシル。メルシー」彼女から正式な名前で呼ばれるのは妙な気持ちだが、なぜか聞き慣れた感じがした。

アタルが何やらうめくと、ジャマルが通訳した。「フランス語を覚えたら、釣りに連れてってやるってさ」

警部がジャマルに手を差し出し、早口のフランス語で真剣に言っているので、ビッシュは個人的なことだろうと思い、通訳を頼まなかった。

外は風が冷酷にも夏の終わりを告げるような夜だった。名残惜しさに、ビッシュは思わずため息をついた。「私は自分の国の言葉しか話せない」車に乗ると、ビッシュは言った。「もっと勉強しておけばよかった。そうすれば、世界を征服できるのに」

「姉と俺は何ヵ国語も話せるが、世界を支配してるわけではない」ジャマルはエンジンをかけた。「今夜はソファで寝ていけよ」

フェリーがひと晩じゅう運航していることは知っていたが、ビッシュは逆らわなかった。ジムの上階にあるフラットのそばまで行くと、ジャマルが沈黙を破った。「あんたのフィットネス・プランを作った」

「ほんとかよ」

「あんたは心臓発作を起こすのを待ってるようなもんだよ、オートリー。ここらで体のメンテナンスをしたほうがいい」彼は自分のこめかみを指さした。「妥当な目標を定めること。もうシックスパックの筋肉に戻るのは無理なんだから、それを目標にするのはやめとけ」

「元々シックスパックじゃなかったけど」

「あんたは優秀な警官だ、オートリー。仕事に戻してもらえよ。勤務中に怒る警官はあんただけじゃないだろう」

「そうだが、同僚の喉に銃を突きつけたのは、たぶん私だけだ」

フラットにはいると、ジャマルはクローゼットから毛布を二枚取り出し、ソファに放り投げた。「また明日」と言って、ベッドがあるほうへ向かう。

「ジミー」ビッシュは呼びかけた。ノアから聞いたサラフ家の罪を思いだしていた。

「今日は十二人乗りのバスだった。生徒は十二人。両親が二十四人。きょうだいは三十人ぐらい。祖父母は四十八人。これだけの人数がいる。そこに友達ははいってない。今夜は死者ではなく、生存者をもとにして計算しろ」

50

翌朝になっても高揚した気分のまま、ビッシュはドーヴァーに戻るフェリーに乗っていた。《ガーディアン》はブノワの逮捕とカレー行きのバスに仕掛けられた爆弾について報じた。ジャマル・サラフが警察に協力したことも報じ、英雄として称えていた。その恐怖の瞬間について、二人の生徒がインタビューに答えている。「ムッシュ・サラフが言ったの、『ラントレ！ ラントレ！ 戻れ！』って」

生徒たちはみんなムッシュ・オートリーが失神するところも見たのだろうか、とビッシュは思ったが、幸せいっぱいだったので気にしないことにした。その気分はラウンジのテレビにエディ・コンロンが映っているのを見たとたん消え去った。あのジャーナリストが脅しを実行したのだろうか？ それとももっと悪いことか？ 彼を死なせないでくれ。ビッシュは必死に聞き取ろうとした——まるで意志の力でフランス語がわかるかもしれないというかのように。携帯電話が鳴り、初めてエリオットからでよかったと思った。

「エディ・コンロンか？」

「ニュースを見たんだな。例のサラとかいう女が秘密をすっぱ抜き、あっという間に広まりやがった」

残酷だ。あの少年はやっと危険から逃れたと思ったとたん、テロリストの孫であることを暴《ばく》露《ろ》されたのだ。テレビにはコテージの前に集まったメディアが映っている。石壁にミススペル交じりの落書きがされている。〝Eddie Bin Lardin leaves hear（エディ・ビン・ラディンはここから去れ）〟。エディをこの手の憎悪から守るために、あらゆる犠牲が払われた。そのすべてが水泡に帰した。

映像が切り替わり、ホロウェイの敷地から出てくるレイラ・バイアット、その背後に張りつく報道陣が映し出された。

「なぜメディアはレイラ・バイアットを追いかけてるんだ？」ビッシュはエリオットに尋ねた。

「テロ組織とのつながりのために〈シルヴェイ&グレイソン〉をクビになったのは本当か、と彼女に訊いてるんだ」

ビッシュは小声でののしりながらテレビに近づいた。

「ノアは自分の子供たちについて、どう言ってるんですか、レイラ？」

レイラは足を止めた。一瞬、彼女がテレビの生放送でキレてしまうのかと思った。しかし、それは杞《き》憂《ゆう》だった。

「我々はヴァイオレットとエディの取り扱いについて対処します」レイラは最初に突きつけられたマイクに向かって言った。「今日私がここに来たのは、十三年前のノア・レブラックの自白が、強制によって不法に得たものだからです。彼女の投獄は違法です。ルイス・サラフは単独で犯行におよんだ。私の依頼人は無実です」

ビッシュは心臓がでんぐり返るのを感じた。

携帯電話がメッセージの受信を知らせた。

〝彼女の身に何事も起こらないようにしてくれないか？　どうか頼む〟

ジミーだ。愛する人を海峡の向こうから見守るしかない男。

51

レイラの電話は朝から鳴りっぱなしだ。インタビューの申し込み、死の脅《おど》し、母親から、死の脅し。「事務所に寄って話し合う」ことを望んでいるフィリップ・グレイソンから。そしてまた死の脅し。レイラはフラットの外の階段に座っている。鳴り止まない電話の音が聞こえる。本音を言えば、レイラはすくんでいる。脅しのせいだけでなく、もう後戻りはできないから。必要なもののリストを作らなければならない。オフィス、法廷弁護士、パラリーガル。このフラットも売って、実家に戻らなければならないだろう。

携帯電話が鳴り、姉の名前が表示される。

「メディアの前で話すなら百万ポンドの値打ちのある人間のように見せないと、レイラ。なんの策もない公営団地出身の娘にすぎないことがばれちゃうわよ」ジョスリンが言う。

「百万ポンドなんて、今どき大した額じゃないわよ」

「じゃあ二百万ポンド。それでスーツ二着ね。買い物に行きましょう」

ジョスリンは泣いている。最近はみんな涙もろい。

「アリーが支援を申し出たら、受け取っておきなさい、レイラ」

「まあ考えておくけど、ほかに方法があるかも」

「レイラ、ママとパパのところに戻ってはだめよ」

「ときどきそう言い聞かせて」レイラは言う。「またあとでね」

フィリップ・グレイソンに折り返しの電話をする。

「事務所に寄ってくれよ。会って話をしよう、レイラ」と彼は言う。「きみが勝てば、レブラックとサラフ家は賠償金を要求するだろう。きみひとりの手には余る」

自分はまだそんなことに動じるほど甘い人間だろうか？　グレイソンの世界でとにかく大事なのはお金なのだ。

「覚えていますか、私はあなたが〝アラブの顧客〟と呼んでいた人たちのところへよく行かされましたね、フィリップ」レイラは言う。「彼らはたいがい昔かたぎで、会うなら同じ人種のほうを好んだからですよね？　となると、私がいわゆるテロリストとの結びつきのためにクビになったとメディアに言ったのが、じつはあなただと知れたらどうなるでしょう？　彼らは別の弁護士を探したくなるはずです。人種差別のにおいがしない弁護士事務所を」

彼はもどかしそうなため息をつく。「だったら、なぜ電話をくれたんだ、レイラ？」

「〝クビにした〟という言葉を〝リストラで解雇した〟に変え、特別退職金《パッケージ》を用意してください。詳細は追って連絡します。ちなみに、ノア・レブラックとサラフ家は、賠償金の請求はしません。ルイス・サラフが殺した人々への敬意からです」彼の耳に叩きつけるように切れる古い電話があればよかったのに、とつくづく思う。

一階の正面玄関があいて、ためらいがちに階段に向かってくる足音が聞こえる。

「レイラ?」

驚いて見下ろすと、そこにジェマイマがいる。

「彼らはあなたの時間を無駄にしてるわ」レイラは呼びかける。「あたしはもうグレイソンに言いたいことを言ってあるのよ」

ジェマイマが上まで到着する。片手にテイクアウトのコーヒーを持っている。「あの仕事に戻らないなんてバカだとみんな言うわ」

「なぜ? 割増退職金をもらえるのよ」

「パラリーガルを雇えるほどの額?」

レイラは驚きを隠せない。

「あたしに仕事をくれないなら、あなたの文章も理解できないようなリーズ出身のだめなパラリーガルを雇う羽目になるわよ」ジェマイマはコーヒーを差し出す。「ラテ、砂糖は半分でよかった?」

レイラは思わず笑みを浮かべる。

「あたしたちにはほかに何が必要?」ジェマイマが訊く。

あたしたち？　パラリーガルにレ点チェックを入れる。

レイラの携帯がまた鳴る。「あたしと一緒に働くつもりなら、まずこれを読んで処理してほしい」と言って、電話をジェマイマに手渡す。「もし脅しだったら、削除して」

ジェマイマは画面を見る。「脅しというより誘いみたい」

「ジミー？」

「ちがう。レイチェルとかいう人」

抑えきれないほど胸が高鳴る。許して、ジミー――レイラは心のなかでつぶやく――でもね、レイチェル・バレンティンからの誘いこそ、今必要なものなの。「なんて書いてある？」

「〝さあ、始めましょう〟」

52

ビーは泊まりにきただけでなく、朝食にも誘い、ウェストフェリー・ロードにある古い教会を改造したカフェに連れていってくれた。

「あたしのおごりよ」テラス席につくと、ビーは言った。ロンドンの秋の例に漏れずうら寂しい陽気だったが、二人はこのうえなく幸せな気分で、汚れた空の下で素晴らしいエッグベネディクトとコーヒーを味わった。

「これをごちそうしてくれるのは、パパがおまえのガールフレンドを救ったような感じになって、感動したからかい？」ビッシュは娘の皿に残った最後のベーコンに手を伸ばした。「第一に、彼女はあたしのガールフレンドじゃない。第二に、あなたは彼女を〝救ったような感じ〟じゃない。実際に救ったの」

ビーはコーヒーをひと口飲んでから答えた。「第一に、彼女はあたしのガールフレンドじゃない。第二に、あなたは彼女を〝救ったような感じ〟じゃない。実際に救ったの」

グレイジャーから聞いたのではない。「昨日カレーで起こったことにきみが関与したと思われないようにしたい」と彼は電話で言っていた。マリアンヌから聞いたのだ。

「とにかく、あたしはそれよりずっと前に感動したの」ビーは言った。「キャンプ場でゴーマンと取っ組み合ったとき」

「ほんとかい？　パパは二週間前からずっとおまえを感動させてることに気づかなかったのか」

「ちがう、二週間前からずっとじゃなくて、二週間前に感動させられたの。尻の割れ目が見えてたけど」ビーは笑いをこらえようとしている。「クロンビーでさえ、見た目ほど役立たずなやつじゃないことを認めた。彼も感動してたの」

「尻の割れ目に？」

今度はこらえきれずに笑った。しかし、ビーはおもむろにコーヒーカップを元の位置に戻した。「話したいことがあるんだけど、怒らないで」

娘の目を見ると、ごちそうするために呼ばれたのではないことがわかった。「それは約束できないな、ビー」

「できるわよ」

「だが、約束しないよ」ビッシュは本気で心配しはじめた。「おまえは九九パーセントの確率で妊娠してないと思う」

娘は少し面白がったので、それほど悪いことではないのだろう。

「あなたは誰からも信頼される」ビーはテーブルに身を乗り出し、父親のカップを脇にどけた。「親たち。政府。今や自分たちがいちばん偉いと思ってるフランス人までが、あなたを信頼してる。ヴァイオレットのママはあなたを信頼してる。ヴァイオレットによれば彼女は誰も信頼しないそうよ」ビーはこちらをじっと見つめた。「だから、不穏なニュースを知らせてくる人がいたら、俺に任せておけって言ってやって。あなたが引き受けることになるから」

それが合図のように、携帯電話が鳴った。ビッシュは画面を見た。グレイジャーだ。朝のうちに連絡は取り合っていたが、とりあえず応答した。

「何かあったんですか?」

「メノシ、フィオン、ローラの三人が病院から消えやがった」

驚いて娘を見つめたが、ビーはあらぬほうを見ている。目を合わせるのを避けているのだろう。

ビッシュはグレイジャーに聞こえないように電話を覆った。「ビー、何が起こってるんだ?」

答える前に、何者かが椅子を引き寄せてビッシュの横に座った。

「また連絡しますよ、グレイジャー」ビッシュは、ビーからヴァイオレットに目を転じた。

「私に任せておいてください」

ヴァイオレットは頰がこけ、目の下の隈《くま》が目立っていた。だが、荒々しさは薄くなっているようだ。リラックスしているようにも見えた。

「一緒に来てほしいのよ、オートリー警部」ヴァイオレットが言った。「あたしたちはもうテロ容疑者じゃないみたいだけど、あなたにもヨークシャーまで同行してもらったほうがいいと思う。エディにあたしたちの父親が死んだ場所を見せたいの。あたしはそのためにこっちまで来たんだから、それをすませないうちは家には帰れない」

ヴァイオレット・レブラック・ジダンを相手にすることに比べたら、フランスの修道院付属学校で爆発物を積んだバスを走らせるなんて、きわめて単純なことに思える。

「エディはどこにいるんだ？　ほかの子たちは？」ビッシュは重罪が関わらないような返答を望んだ。

ヴァイオレットとビーは沈黙の誓いを立てているようだった。

「彼らは負傷してるんだ」ビッシュは言った。「病院から出られるような状態じゃない」

「まだ重傷者リストに載ってるような言い方ね」ビーは一笑に付した。「彼らは点滴をやめて、固形物を食べて、死ぬほど退屈してるの」

「聞いて」ヴァイオレットが言う。「フィオンだけのはずだったんだけど、ローラとメノシが気づいて、自分たちも連れていかないなら、〝フィオンの居場所を知ってる〟というハッシュタグをつけてツイートするって言いだしたのよ」

ビーはうんざりしたようにかぶりを振った。「あの二人をまた同室にするなんてバカなこと、いったい誰が考えたの？」

今度はビッシュが黙る番だった。

「フィオンの問題は母親のこと」ヴァイオレットはつづけた。「彼は母親に会いたいのよ」

「あたしたちは一石二鳥だと思ったのに」

ビッシュは二人を順に見つめた。ひとつの石で二羽の鳥を殺すなんて、成功の見込みがほとんどないじゃないか。

「あたしたちは夜の九時までには戻ってこられる」ビーは言った。「誰も損しない」

「そして、あなたは電話をかけてきた人に、俺に任せろと言えばいいだけ」

「ノアはきみの計画を気に入らないと思うよ、ヴァイオレット」

「ノア？」いきなりヴァイオレットの声に敵意がこもった。「あたしたちだってファーストネームで呼び合う仲でしょう？」

「ああ、ここ二週間はね、ヴァイオレット。きみがソーシャルメディアと監視カメラにたびたび登場したことで絆が深まった」

ヴァイオレットはさらに不審そうに目を細めた。

「エディは大丈夫かい？」自分は大人なのだとおのれに言い聞かせながら、ビッシュは訊いた。

「ニュースの落書きを見た？　誰かがコテージの壁に〝Eddie Bin Lardin leaves hear〟と書いた。まともに字もつづれない。そういうバカなやつらは、ほんとにむかつく」

「あたしも」とビーは言った。

ビッシュはうなずいた。まったくだ。

「それで、彼らはどこにいるんだい？」ビーがテーブルに代金を置いて腰をあげるのを横目で見ながら、ビッシュは尋ねた。「いったいどうやってフィオンを車に乗せたの？」

ビッシュがマヌケな質問ばかりしているかのように、二人からため息が漏れた。

道路でけたたましい車のクラクションが長く鳴り響いた。

「あのなか」とヴァイオレットが言った。

「なんだって？」

「あたしたちはあれに乗せて、フィオンを病院から連れ出したの」ヴァイオレットはちょうど停止した車を指さした。救世軍の車椅子対応の十二人乗りミニバンだ。後部スペースの座席からローラ、メノシ、フィオン、エディが大喜びで手を振っている。

ビッシュはよろめきながら立ち上がり、ミニバンへ向かった。ビーとヴァイオレットも後ろからついてくる。

チャーリー・クロンビーが運転席の窓から顔を出した。「俺が運転する」

こうしてビッシュは助手席に座り、学校か病院にいるはずの子供たちを詰め込んだミニバンでヨークシャーへ向かうことになったのだった。良い面があるとすれば、ローラとメノシの父親がビッシュを一連の罪で逮捕させたいという一心で、ついに協調したことか。キャサリンとサディアは夫たちよりはほんの少しだけ寛大だった。

「どうかしちゃったの、ビッシュ?」ローラから手渡された携帯越しに、キャサリンはそう訊いた。「イアンは警察に通報したわ。わかってるの?」

「あの子たちは療養中《シック》なのよ」とサディアが言ったので、向こうはスピーカーフォンになっているらしい。

「彼らはシックの子供でいることにもうげんなり《シック》なんだと思う」ビッシュは言った。「それに、私が一緒に行こうが行くまいが、彼らは北へ向かっていたよ。自分たちだけで行かせたほうがよかった?」

「あなたのお母さんに電話します」とサディアは言った。

ビッシュはグレイジャーに連絡し、悪態祭りが終わるのを待った。「あなたは心臓発作を起こすのを待ってるようなもんですよ、グレイジャー」ジャマルから言われたことをそのまま言ってやった。

「バンの向きを変えて、彼らを連れ戻せ」グレイジャーは命じた。

「私はキーにさわれない。チャーリーは当分、キーを手放さないでしょう」チャーリーが絶対に渡さないという顔をした。「今夜、子供たちを病院に戻します。ひとまず、メディアをこの件から遠ざけておくことですね。イアン・パーカーがどこの警察を介入させたにしろ、追跡をやめさせてください。道路封鎖もなし。カーチェイスもなし」

「カーチェイスならいいよ」チャーリーが言った。

グレイジャーはまた悪態をついた。「行き先はどこだ？」

嘘はつかなかったが、真実の一部を省いた。「フィオンが母親に会いたがっているんです。現地に着いたら連絡します」

「いや、そこに着いたら私と会うんだ」グレイジャーは言った。「たった今イアン・パーカーからもらった電話からすると、彼らともそこで会うことになるだろう」

電話を切ったとたん、すぐにまた鳴った。二度。エリオット。レイチェル。ビッシュは両方とも無視した。

「電源を切ってくれないか？」チャーリーが言った。「気が散ってしかたない」

「オートリー警部、マリアンヌ・アタルの学校で起こった事件にあなたが関わってたというのは本当？」メノシが尋ねた。

ビッシュは子供たちと向き合うように首《こうべ》をめぐらした。ようやくヒーローとしての自分の正体が明かされるときが来たのかもしれない。

「あなたが男の人の腕を折って、聖人の像を轢《ひ》いたって、誰かがツイートしてた」ローラが言った。

あるいは、そのときは来ていないのかも。

「オートリー警部、ビーが妊娠する可能性は一パーセントだと思ってたのは本当？」ローラが尋ねた。

「なぜ一パーセントぽっちなの？」ヴァイオレットが割り込む。「レズビアンだからって、子宮を切除されたわけじゃないのよ、オートリー警部」

「あたしもいつか子供がほしくなるかも」ビーは言った。「精子さえあればいいのよ」

「俺の妻がいいと言ったら、俺のをあげるよ」チャーリーが言った。

「前方から目を離すな」ビッシュは命じ、ヴァイオレットを見た。「それがきみの望みかい？ チャーリーの奥さんになるのが」

「そうよ」ヴァイオレットは妻という称号を誇らしく思っているようだ。「彼はあたしの最初の元夫になるの」

「生意気な女め」チャーリーはにやりとした。

ケンブリッジを通過する頃、ビッシュはビーと席替えを命じられ、ヴァイオレットの隣に座らされた。

「あなたに言わなくちゃいけないことがあるのよ、オートリー警部、きっと聞きたくないだろうけど」ヴァイオレットは時間を無駄にせずに言った。

背後で甲高《かんだか》い笑い声がした。振り返ると、エディ・コンロンが誰かのものまねをして座席で腰を突き出し、女の子たちを楽しませていた。

「それがきみのお母さんのことなら――」

ヴァイオレットは片手をあげ、母親の話はするなと警告した。

「ビーのことなの。彼女は自分にはあなたたち二人をつなぎとめることができなかったと考えてる……弟ならそれができただろうと。自分にはその価値がなかったと思ってるの」

ビッシュが眉《まゆ》をひそめてヴァイオレットを見つめると、彼女は〝そうなのよ〟と言うようにうなずいた。

「ごめんなさい」その声には後悔がにじんでいた。「エディと代わる。あの子は気分を上向かせるのがほんとにうまいから」

「そのままいて」とビッシュは言った。「きみの物語のどれかを聞かせてくれ」

ヴァイオレットの顔にかすかな笑みがよぎった。「あたしの両親がケンブリッジで恋に落ちた話は？」

シェフィールドに着くと、ビッシュはここでサンドイッチを食べようと提案した。

想像力を働かせるとはマクドナルドのことだった。ドライブスルーがなかったので、ビーとチャーリーが「この二人は元テロ容疑者でも、体の一部が欠けてるわけでもないから、群衆のなかにいても目立たない」というエディの判断にしたがって買いにいった。

「サンドイッチ？」チャーリーが言った。「それはこいつらがこの三日間病院で食わされたメニューだ。少しは想像力を働かせろよ」

二人はすぐに食べ物の詰まった袋を手にして戻ってきたが、真剣な顔つきをしていた。

「俺たちのことがニュースになってる」

ローラとメノシはニュースで取り上げられるという波乱と、チキンナゲットとフライドポテトを食べるという感動のはざまにいた。ビッシュはラジオの周波数をスキャンし、ニュース局に合わせた。

「ビッシュ・オートリー警部は、八月のブローニュ爆破事件で負傷した三人の若い患者が失踪した事件の参考人になっています」

「ちょっと大げさだね」とビッシュが言うと、みんなもうなずいた。

「オートリーは先月、同僚の警察官に銃を突きつけて停職処分になりました」

ビッシュは自分に視線が集まるのを感じた。グレイジャーはメディアを遠ざけてくれるはずじゃなかったのか。

「怖がったほうがいいのか?」チャーリーが全然怖がっていない声で言った。

「そうされて当然の人だったの?」ビーが訊いた。

「銃で脅されて当然の人なんていないよ、ビー」

「バカバカしい」とヴァイオレットは言った。「あたしなら小児性愛者を銃で脅す。ペニスを撃ってやってもいいわ」

ミニバンのGPSをタップして、チャーリーは車を発進させた。ビッシュはふたたび携帯電話の電源を入れ、十一件の未読メッセージと二十件の不在着信を見たとたん、電源を入れたことを後悔した。

「マルハムに着くまではどうせ何もできないんだから、俺ならサイレントにしておくね」とチャーリーが言った。

ビッシュは言われたとおりにした。

バックミラーをのぞくと、ヴァイオレットがフィオンにささやき、口元に邪悪な笑みを浮かべているのが見えた。フィオンは自信なさそうな顔をしているので、彼女にやりたくないことをやれと言われているのかもしれない。

チャーリーはビッシュの様子を見て、運転席のミラーを調節した。「彼女は批判しないよ」と小声で言う。「ただ〝次に進もう、チャーリー。どう思われようと気にしちゃだめ〟って言うだけ」そこで少し考えた。「彼女の人生に起こったことに比べたら、カンニングなんて大したことじゃないと思える」

ビッシュは彼が自分からその話を持ち出したことに驚き、思いきって訊いてみた。「不正行為があったとして、ほかにもそういうことをやった者はいなかったのか？」

チャーリーが黙り込んでしまい、ビッシュは尋ねたことを悔やんだ。またバックミラーに目をやると、後部座席ではあちこちでひそひそ話が交わされている。

「関係ない」チャーリーはようやく言った。「俺はカンニングした。そして、みずからそれを認めたんじゃない。捕まったんだ。だから何ひとつ釈明はできない。ひとつだけ言えるのは、ほかの連中をチクらなかったことだ」

「フィオンがきみは賢いと言っていたよ、チャーリー。なのにどうして？」

チャーリーは肩をすくめた。ビッシュはそのしぐさの意味がだんだんわかるようになってきた。羞恥心だ。

「母親は聖職者用カラーを着用してる。父親は俺が通ってた学校ではなんの意味もない制服を着てる。テレビでやってた《ザ・ヴィカー・オブ・ディブリー》とはぜんぜんちがう。家は教会の隣にある公営住宅だ。アシュクロフトでは名を上げるか、見えない人になるかしかなかった。その中間はないんだ」

「だったら、フィオンはどうやって学校になじんだんだい？」

「あいつは見えない人だった。爆発が起こる前の晩にそう言われるまで、やつが俺と同じ学校にいたことさえ知らなかった。なんだか見覚えがあるなとは思ったけど」

チャーリーは前方から目をそらし、ビッシュをちらっと見た。「俺がローラのスーツケースを移動させるはずだった。俺なんだよ。サイクスじゃなくて。でも、サイクスがやった。ほんとは俺があああなるはずだったのに。サイクスはすごくいいやつだ。あんな目に遭うべきじゃなかったんだ」

「きみならそんな目に遭ってもいいのか、チャーリー？　きみはああなって当然の人間がいると本気で思ってるのか？」

「あんたに俺の気持ちはわからないよ」チャーリーはつっけんどんに言った。

「ビーは弟の死について話したかい？」

チャーリーは驚いたようだ。「ああ、波にさらわれて溺死《できし》したって。あんたはその話をいっさいしないと言ってた」

「あの日、私はそこにいなかった」ビッシュは言った。「ビーの母親と私は別行動を取っていて、彼女はスティーヴィーとポーツマスに行き、私はビーを北部の陸上大会に連れていった。

長年にわたって、誰もが私に同じことを言った。沿岸警備隊、警察、ビーの母親さえも。たとえ私がそこにいたとしても、息子を救うことはできなかったと。あれは命を奪う波だったと」ビッシュはごくりと唾《つば》を飲んだ。「しかし、ひとりの男がスティーヴィーを救いにいった。浜辺にいた赤の他人だ。彼もそこで死んだ。それで自分が許せないんだ。息子を助けようとしてくれた人が死んだ」

ややあって、ビッシュは言った。「だから、きみの気持ちはわかる気がするよ、チャーリー。ただ、暗い穴に引き込まれないようにね。その穴から這い出るのは大変だから」

十分後、何かまずいことがあったのがわかった。しばらく後ろで話し声がしないし、バックミラーで確認すると、フィオンは打ちひしがれているように見える。

「車を止めてくれ、チャーリー」

ミニバンが路肩に停車すると、ビッシュはシートベルトをはずして振り返った。「フィオン、大丈夫かい？」

「大丈夫ですよ」フィオンは涙をためた目をこすった。

「ヴァイオレットに何を望まれたか知らないが、忘れるんだ」ビッシュはそう言って、忠告するようにヴァイオレットに目配せした。

「あたしが何かした？」

「僕はただ怒っているだけだよ」フィオンは言った。「怒っててもいいんだよね？」

「もちろんだよ」ビッシュは言った。

「だけどいくら怒っても、立ち去ることさえできないんだ！」フィオンは叫んだ。

ビッシュは後部座席の少女たちを見た。フィオンの情緒の変化が彼女たちを怖がらせてしまうのではないかと心配した。しかし、彼女たちは悲しそうな顔をするだけだった。

「あたしがもう一台のバスのことを話したの」ビーが言った。「あの爆弾はあたしたちじゃなく、フランスの生徒たちを狙ったものだったって」

「あたしが彼を泣かせたみたいに言われて、面白かった」ヴァイオレットは言った。

「さっきはてっきり、きみが彼を悩ませてると思ったんだ」ビッシュは後ろめたい思いで認めた。

「あたしはただ学校のダンスパーティにイカした女の子を連れていけばって説得してるだけ。そうすれば彼を振って親友のガールフレンドになったバカ女にも、自分が逃したものの価値がわかるでしょ」

「〝バカ女〟は悪い言葉だよ、ヴァイオレット」ビッシュはそう言って、後部座席にいる多感な三人のほうをそっと指さした。

「彼女はフィオンの心を傷つけた。もし彼女に会ったら顔を殴ってやるわ」

荒々しいヴァイオレットが戻ってきた。

「フランスのバスに手品の上手な子がいた」とフィオンが言った。「キャンプ場が同じになるたびに、彼は手品を見せていた」

「パトリックよ」ローラがみんなに教えた。

「もし爆弾がフランスのバスにあったら、彼は死んでいただろう」フィオンは言った。「彼は前から四番目の席に座っていた。マリアンヌも、あの三つ編みの女の子も死んでいただろう。少なくとも次の五列も。だって彼らのバスは満員で、僕らのバスは満員じゃなかったから。僕はどうしてこんな目に遭ったんだろうとずっと考えていたけど、今になって理由がわかって、怒ることにした。不運を嘆くことはできないから。僕が不運じゃなければ、あの子たちが死んでいた。手品の上手な少年も死んでいたから」

チャーリーは車のエンジンをかけ、ウィンカーを出した。それからしばらく、彼らは亡くなった人たちの話をした。マイケル・スタンリー、アストリッド・コープリー、マック、セルジュ・セイガル、そして会ったことはないけれどその名前は忘れられないルシア・オルテス。ビッシュが初めて死体を見たのは、警察官になって半年目の二十五歳のときだった。この子たちにとっては、あまりにも早すぎる経験だった。

癪《しゃく》にさわるが、このツアーの子供たちにもう一度集まってもらうことをデイヴィッド・メイナードに相談しなくてはならないだろう。そういうことはあの素晴らしい校長の得意とするところだ。

サフランから〝サディアとキャサリンのブログを見て〟というメールが届いた。「インターネットに接続できる人?」とビッシュは訊いた。

全員だった。着替えの服や靴を持ち出すことはできなくても、みんなテクノロジーは携帯していた。

「後ろの二人、ママたちのブログを見て」ビッシュは指示した。ローラはそれをお気に入りに登録していたので、先に見つけた。

「あなたのパパが何か書いてくれてるわよ、エディ」とメノシが言った。

驚いたエディは、手を伸ばしてiPadを受け取った。ビッシュは読みはじめたエディを見守った。

「エディ？　大丈夫かい？」

エディはうなずいた。

「なんて書いてあるの？」フィオンが訊いた。

エディは唾を飲み込み、その文章を声に出して読みはじめた。

「長男のジミーは十八歳のとき、ブラッケンハムの爆破事件で死んだ。そうして妻のアンナはノア・レブラックと出会った。息子はなぜ死んだのか、それを知る必要があったから。妻がノアと知り合ったことで、私たちは次男と出会うことができた。次男は私にとってかけがえのない子で……」

エディが泣きだすと、ヴァイオレットが身を乗り出し、エディの手からiPadをそっと取り上げてつづきを読んだ。彼女が泣くとビーが代わり、しまいにはみんなで声に出して読みだし、ビッシュも泣きそうになった。

53

ヨークシャーに着く頃には、あたりは静謐《せいひつ》な空気に包まれていた。ビッシュはこの風景がもたらす過剰な刺激を歓迎した。おそらく数日間アルコールを抜いたおかげで、あらゆるものに心を開いていたのだろう。花で飾られた自然石の石壁、輝くばかりの菜の花畑。その景色に一種の機能美を感じる。放し飼いの鶏の卵の宣伝をしているコテージ、丘の斜面に点在する黒い顔の羊、冬に備えて貯蔵した牧草を集めている農家。サイクリングをする者や、崖が近いことを知らせる杖を持った熟練ウォーカーもちらほら見える。ヴァイオレットだけは絵のように完璧すぎると見ていて、コリアンバリーの農場にはここととはちがう美しさが――もっと未開の美しさがあると言う。その声には故郷を恋しく思う響きがあった。エディとヴァイオレットが離れて暮らすことは考えたくない。この子たちがみんな離れ離れになるなんて、考えたくもなかった。この子たちをいつまでもずっと車に乗せて田舎を走りまわり、危険や孤独から遠ざけてやれたらいいのにと願った。

マルハムへ十六キロの地点まで来ると、ビッシュはそろそろグレイジャーに自分たちの現在地点を知らせなければならないと思った。目的地には彼らより少なくとも四十分前に到着しておきたい。ヴァイオレットが数週間前に始めた旅を完遂させてやるために。そこで思いきってメールを送り、あとは座ってドライブを楽しんだ。

マルハムには午後二時過ぎに到着した。村里にミニバンを駐車して、フィオンを車椅子に乗せると、一行は一・五キロ先の断崖へ向かった。ヴァイオレットは遠くで人声がするたびに振り返りながら、彼らを先導した。

ビーはビッシュを肘《ひじ》でつつき、ヴァイオレットを指さして、追いつけという無言の指示を出した。

「彼女はパパと並んで歩きたくないだろう、ビー」

「彼女はあなたにも一緒に来てほしいと言い張った。彼女がいなければ、あたしたちはあなたとこうしてなかった」ビーは彼の脇腹を小突いた。「さあ、行って」

ビッシュは言われたとおりにしたが、娘の勘違いだったのではないかと思った。ヴァイオレットは話があるような雰囲気ではなく、ときおり振り切るかのように足取りを速めたりした。そのうち、だしぬけにヴァイオレットは言った。「あの日、あたしたちをここまで追ってきたのは、父親の友達だと思ったの。祖父母にそう話したら、全部書き留めておいてくれた」

「どうして友達だと思ったの？」

「彼らのひとりが〝あんたを知ってる〟と言ったから」

断崖のふもとに着くと、彼らは垂直に切り立った崖を見上げた。ビッシュはその高さばかりでなく、その人知を超えた存在に圧倒された。母なる自然の力と引き比べ、人間がいかに弱い生き物であるかを思い知らされた。隣では子供たちが敬虔《けいけん》なまなざしで古代の岩を見つめている。自撮りをする者はいない。フィオンの目には今日二度目の涙が光っている。病院のベッドに横たわったままでは、現実は見えてこない。この子はここで、変わらないものはけっしてないことを心から悟ったのだ。

「私はヴァイオレットとエディを連れていく」ビッシュは言った。「あとのみんなはここで待っていてくれ」

「あたしも行く」とビーが言った。

チャーリーは村里のほうを眺めた。「さっき、村人たちがこっちをじろじろ見てた。きっと警察を呼んだよ」

ビッシュはメノシとローラを指さした。「あの二人から目を離さないように頼む」

彼らはヴァイオレットを先頭に一列になり、厳《おごそ》かに石段をのぼっていった。崖の頂上の石灰岩の台地に着くと、風が頰を打ち、目を潤《うる》ませた。それでも奇岩の眺めは素晴らしかった。見渡すかぎりの岩棚とその空隙が、今にも雨になりそうな低く垂れこめた灰色の嵐雲と交わり、不思議な色彩を放っている。ヴァイオレットがビッシュのほうを振り向いた。両腕を体に巻きつけ、泣いていた。

「パパはあたしを隠したの」ヴァイオレットは泣きじゃくりながら言った。「みんなはいつもあたしが取り残されて、ひとりで下まで歩いていったと言う。でも、そんなの本当じゃない！パパはあたしがはいれるぐらいの岩の隙間に隠してくれた。あたしを守るために。置き去りにしたんじゃない。パパはあたしを置き去りにしたりしない。あたしは何か思いだすたびにそれを手紙に書いてきた。でも、ここの警察はあたしの言うことを信じようとしないのよ」

ビッシュには意外だった。つまらない男の子とセックスするような十七歳の娘たちのなかにも、いまだに父親を思って赤ん坊のように泣ける子がいるのだ。

「私はきみを信じるよ、ヴァイオレット」

エディはヴァイオレットの反応にまごついて、自分も泣きだした。その泣き声は心の底から聞こえてくるようで、痛みと悲しみが混ざり合っていた。「ママに会いたいよお」とエディは何度も繰り返した。今度はそれを聞いていたビーが泣きだした。ビッシュには泣きじゃくる三人の子供たちを抱きかかえ、やり場のないおのれの苦悩を隠すことしかできなかった。その昔、この岩の上でわが子を守ろうとした男がいた。エティエンヌ・レブラックは死ぬためにここに来たのではない――世の中の醜《みにく》さを見せつけられた年に、美しさを思いだすために来たのだ。ビッシュがまだ信心深かったら、この古《いにしえ》の地にエティエンヌもそばにいたと誓っただろう。美しい死者が共にいた。ビッシュの腕のなかの三人もそれを感じているように思えた。

口笛の合図が聞こえて下方に目をやると、チャーリーが手を振って村のほうを指さしているのが見えた。群衆が近づいてきていた。記者たちだ、とビッシュは思った。日帰りの旅行者には見えない。彼らは頂上をあとにした。

草地では少女たちが花を摘んでいた。フィオンは草の上に横たわり、日ざしを目に受けて、いくらか満足げな表情を浮かべていた。そばには車椅子が置かれている。ビッシュはチャーリーに手を貸してフィオンを車椅子に戻した。

「疲れた?」チャーリーは訊いた。

「疲れたかって訊かれるのにはもう疲れたよ」フィオンは言った。

「疲れたわ」とメノシが言った。

「あなたはいつも疲れてるのね、メノシ」ビーが言った。「フランスでもあなたはいつも疲れてたじゃない」

「彼らはここから先へは行かせてくれないですよね?」フィオンはビッシュに訊いた。

「我々はきみを家に連れていってあげるよ」ビッシュは約束した。

「あなたのママがこっちに来るかもしれないわよ、フィオン」ローラが言った。

「彼女は家から出られないんだぞ、ローラ!」チャーリーが言った。「こいつに何回それを言わせるんだ?」

ローラは泣きだした。

「泣きやまないと、みんなビーのパパがあたしたちにいやらしいことをしたと思うわよ」ヴァイオレットが叱りつけたが、同時にローラの腰に腕をまわした。「さあ、ローラ、めそめそしないで。ルーシーみたいな大人になりたくないでしょ」

全員の賛同が得られた。

「きみたちは少しルーシーに厳しすぎないか」ビッシュは言った。「極限状態に対応できない大人もいるんだよ」

「極限状態？」メノシが言った。「彼女はいつも極限状態だったわよ、オートリー警部」

「そうだよ」とエディがあいづちを打った。「なんでもかんでもドラマにしちゃうんだ。たとえば〝ルーシー、トイレ休憩してもいい？〟〝もう無理よこんなの。あなたたちにはもう我慢の限界よ！〟」

笑いの渦《うず》のなかで、ビッシュは感心した。ルーシー・ギリスの声の調子といい、頭のまわりで手をバタバタさせるしぐさといい、エディの物真似は完璧だった。

「ルーシー、ティッシュ持ってる？」メノシがエディに訊いた。

「〝こんな目に遭うなんて、あたしがいったい何をしたっていうの？　もういや！〟」

彼らは笑いすぎて、ぜいぜい言ったり鼻を鳴らしたりした。これほど心の底から愉快な声を耳にするのは本当に久しぶりだ。観客を得たエディは絶好調だった。

「ルーシー、キャンプ場でインターネットはできる？」フィオンが訊いた。

「〝あなたたちはどうしてそんな質問ばかりして、あたしを苦しめるの？〟」

「もうちびりそう」ローラが言った。

笑いは伝染しやすいので、ビッシュもその輪に加わらずにいられなくなった。本来なら後ろめたい気持ちになるべきところだが、ルーシー・ギリスはキャンプ場でゴーマンがヴァイオレットを戸棚に閉じ込めたことを知りながら、何もしなかったことを思いだしたので罪悪感はなかった。

エリオットとグレイジャーがすぐそこまで来ていた。彼らのスーツ姿が場違いに映る。「あの二人と並ばないで、パパ」ビーは懇願した。「凶運の〝三ばか大将〟みたいに見えるから」

しかし、ビッシュは二人のもとへ行った。「メディアを遠ざけてくれるはずじゃなかったんですか」

「病院が声明を発表したんだ」グレイジャーは言った。「報道陣の大半はニューカッスルへ向かっている。あの連中は地元のメディアだ。内務大臣はこの機会を利用することを望んでいる。メディアがこの子たちと良好な関係を築いてくれれば、それに越したことはない。とりわけヴァイオレットとエディとね」

ビッシュは首を振った。「エディの顔を一面に載せたあとでは無理な相談ですね」

「ジョン・コンロンがブログに投稿した記事が話題になっている」グレイジャーは言った。「エディがいかにユニークな子かを世間に見せつけてやろう」

ビッシュは子供たちを振り返った。彼らはみな互いのこと以外は眼中にないようだ。

「ジョン・コンロンがまもなく到着する」グレイジャーはつづけた。「彼はエディを連れて帰る。エリオットはヴァイオレットを連れていく。きみは私の車で自分の娘を連れ帰ってくれ。私は救世軍のバンで子供たちを病院まで送り届ける。牧師も猛烈な勢いでこっちに向かっていると思う。チャーリーが今朝迎えにいくはずだった高齢者たちは、ご機嫌が悪いようだ」

「私はフィオンを母親のもとへ連れていきます」とビッシュは言った。

「決めるのはきみじゃない」

「こんにちは《グダイ》、ヴァイオレット」エリオットがひどいオーストラリア訛《なま》りで呼びかけた。

「元気かい？」《ハウヤゴーイン》

ヴァイオレットは思わずぷっと吹き出した。彼女が大笑いすることはめったにないが、エリオットには歯を見せて笑っている。

「彼女にやめるように言って」ビーが父親にささやいた。「あの顔、怖いわよ」

メディアの第一陣が到着した。誰もが息を切らし、顔を真っ赤にしている。一・五キロ歩いたせいで、すっかり参ってしまったようだ。《ヨークシャー・ポスト》の記者が、マルハム・コーヴで何をしているのかと訊くと、子供たちは顔を見合わせた。

「父がここで死んだんです」ヴァイオレットがようやく口を開いた。すると質問が矢継ぎ早に飛んできた。ヴァイオレットはそれを無視し、報道陣に腕時計の物語を聞かせた。その呪われた、しかし美しい歴史。そして、この腕時計がいつか家族のもとに戻ってくることを信じていると伝え、話を締めくくった。

「この子はなんて頭がいいんだ？」記者がこっそり目尻の涙をぬぐうのを見ながら、エリオットがつぶやく。

ビッシュも同意せずにいられない。聞く者の心に訴える話し方。非難はなし。恨みもなし。

「立派な人たちだよ、彼女の祖父母は」エリオットが言った。「ものすごく立派だ。知り合わなきゃよかった。災いは必ず立派に生きてる者たちに降りかかり、彼らが損をするようにできてるようだ。なのに、ろくでなしどもは……」エリオットはかぶりを振った。「いけしゃあしゃあと暮らしてやがる」

　地元の警察がなんとか子供たちを報道陣のいないビジターズセンターに連れていくと、村人たちがケーキとジュースを持ってやってきた。パーカー夫妻とバグチ夫妻も到着した――車は別々だったけれど。ビッシュはキャサリンとサディアと一緒に、娘たちがそれぞれの父親と再会する場面を見守った。父親たちはけっして友人にはなれないだろうが、二人とも娘を愛する気持ちは一緒であることがわかるので折り合っているのだ。

「ビッシュ、私があなたを怒鳴りつけないのは、娘たちが幸せそうだからよ」キャサリンが言った。

「私はただ――」

「お母さんに電話しなさい」サディアが冷ややかな口調で割り込んだ。「今日あなたと話したいと思うのは、きっと彼女だけよ」

　ビッシュはサフランに電話をかけた――サディアに言われたからではなく、そうしたかったからだ。

「みんなあなたのことをちょっと怒っているわよ、ビッシュくん。あの子供たちを病院から拉《ら》致《ち》したというのは本当?」大げさなことをごく普通の口調で言う母に、ビッシュはにやりとした。

　ビッシュは突然、母が恋しくなった。まるで三十五年前に戻ったかのように。「僕が寮生だった頃、母さんはどこにいたの?」と彼は尋ねた。「アルコール依存症を治そうとしていたと言われても、大丈夫だと思う。僕が必要じゃなかったと言われるよりは耐えられる」

しばらく待たされてから、ようやくサフランは答えた。「あなたが寮で暮らすようになったとき、私が父を探しはじめたことは話したかしら？　私はあなたがいなくてとても寂しかったから、その空白を埋めることが必要だったんだと思う」

ビッシュは母親がバシル・ナスララを探そうとしたことに、なぜ自分が驚いているのかわからなかった。

「半年遅かったの。あれほど心が折れるとは思ってもみなかったわ。もちろん、問題は父が死んだことだけじゃなかった。それをきっかけにいろんなことが思いだされた。母のこと、兄のこと、アレクサンドリアを離れたこと、マーガレット叔母さんと暮らしたこと。だから私はワージントン家の人間に得意なことをやった——お酒を飲んだの。海外に駐在していたら飲酒癖《へき》を隠すのは簡単よ。ゲストは毎回ちがう。ブランチ、長いランチ、カクテルパーティ、それから夕食前と夕食後にも飲める。誰も私が問題を抱えていることに気づかなかった。そしてあなたの学校のお休みが近づくと、なんとかしっかりしようとした——うまくいかなかったけど」

沈黙がつづくなか、ビッシュはこの場にふさわしいことを言おうと思った。二人とも納得がいくようなことを。

「八日間、酒を断った」

「三十三年間」

「もう楽になった？」ビッシュは尋ねた。

「いいえ全然よ、ダーリン。スティーヴィーの死で、一日に千回くらい誘惑に負けそうになったわ。バックランド病院の子供たちに会いにいかなかったら、この数週間はまちがいなく飲んでいたでしょう。悪魔よ」母は酒を悪魔と呼んだ。

「もう秘密はなしにしよう、母さん」ビッシュは言った。「どちらも孤独になる」

「この爆弾騒ぎでいいこともいくつかあったの。聞きたい？」

「もちろん」

「甥《おい》が私を見つけたの。異母妹の息子よ。父の二番目の妻への配慮から、彼らは母親が死ぬまで私を探すのを待った。それは父の願いだった――いつの日か、彼の子供たち全員が再会すること。彼らは私の苗字がオートリーで、私の兄が死んだことまではわかったけれど、その後、捜索は行き詰まった。甥が〈アルジャジーラ〉の放送で私たちを見るまでは――バックランド病院の前であなたと私が話しているところ。フランスがその記事を掲載して、あなたがバシル・オートリーであることが明らかになった」

車が近づいてくる音に振り向くと、セダンが駐まり、年配の男性が降りてくるのが見えた。ジョン・コンロンだ。

「僕が連れていってやるよ、母さん。アレクサンドリアへ。できればビーも一緒に。もう切らなきゃならないけど、あとでまた電話する」

グレイジャーがコンロンを出迎え、二人は抱き合った。エディとヴァイオレットはビジターズセンターから出て、ぴったりくっついて立っている。二人はとても弱々しく見えた。ビッシュもそこに加わると、張りつめた雰囲気があたりを覆った。

「紹介してくれるかい、エディ？」ビッシュは訊いた。

エディは指さしながら、かぼそい声で名前を告げた。「僕の魚に餌をやってくれてる？」と父親に訊く。

コンロンはうなずいた。彼は何を言えばいいのかわからないようだった。これがノアの恐れていたことか？　アンナが死んで、家族の会話がなくなってしまうと。

「僕は彼らと一緒に暮らすの？」エディは父親に訊いた。「ヴァイオレットたちと？」

コンロンは殴られたかのようにたじろいだ。「バカなことを言うなエディ。おまえは私のものだ」

エディは姉の手を握っていた。「僕はパパのものだよ、ヴァイオレット」

姉は涙をこらえながらうなずいた。「そうよ、あたしのママもそう言ってた」

「落書きを見たんだ」エディは父親に話しかけた。「YouTube で」

「もう全部なくなってるよ。私が腰を上げる必要もなかった。世間の人はたいがいまともだよ、エディ。私は彼らの愛する人の墓を掘ってきた。彼らは礼にかなった行為で私に報《むく》いてくれるだろう」

ジョン・コンロンは初めてヴァイオレットを見た。「家まで送ってあげよう」

ヴァイオレットは困惑顔をしている。

「私とエディと一緒に行こう」コンロンは息子のほうを向いた。「そこはうちのジミーがずっと行きたがってた場所なんだよ、エディ。地球の反対側だ。私は地図帳を買ってやり、一緒に場所を決めたんだ。うちのジミーは言った。〝父さんのパスポートにスタンプを押してやるよ。この命に賭けても〟」

これにはヴァイオレットも涙をこらえられなかった。「あたしの祖父母にとって、エディに会うことはとても大事なことだと思います。とても」

ビッシュは金魚鉢のなかにいるような気分だった。駐車場で彼らは警察に取り囲まれ、メディアに取り囲まれている。この子たちの人生をのぞこうとする者ばかりだ。その後、ヴァイオレットがチャーリーに別れを告げた。折しもクロンビー夫妻が小型車のスマートを駐車していた。

「あの二人が舌と唾を伴うキスを始めたら、どっちか止めにいけ」グレイジャーがそう言いながらビッシュとエリオットに近づいてきた。「インスタグラムで見せつけられてひどいトラウマになっているんだ」

しかし、フレンチキスはなかった。二人はただひしと抱き合っているだけだ。ビッシュは少しばかり感動した。

「まずい、こっちに来るぞ」グレイジャーはつぶやいた。クロンビー師とアーサー・クロンビーがつかつかと歩み寄ってくる。

「よろしい」とクロンビー師は言った。「ここの責任者はどなた?」

ビッシュとエリオットはグレイジャーを指さした。

「私たちがあの少年を母親に会わせます」彼女はきっぱり言い、フィオンのほうを指さした。エディがまるでショッピングカートを転がすように車椅子を押している。いつもより謙虚なチャーリーが代わって、フィオンを運んできた。

「その必要はありませんよ、クロンビー師」グレイジャーは慇懃《いんぎん》に言った。「私が連れていきます」

「信じないわ」と牧師は言い捨てた。「さあ、あなたたち行くわよ」

「クロンビー師、私がフィオンを連れていきますよ」

「だったら、私を逮捕してもらわないと。このなかで逮捕権があるのは誰?」牧師はビッシュを見た。

「残念ながらできません、クロンビー師。私は停職中の身なんです」

「そして、彼らはスパイだからできない」チャーリーはグレイジャーとエリオットを指さした。

「我々は内務省に勤務している」グレイジャーが言った。

「そう、MI5も内務省の管轄《かんかつ》だ。彼らに逮捕権はない」

「私たちはそのドラマを見たんですよ」ミスター・クロンビーはていねいな口調で言った。

「だったら、私も同行しますよ」グレイジャーは礼儀というより、もはや意地になっている。

彼はビッシュに車のキーを渡した。「あとで話そう」

「私の仕事はどうなるんですか?」ビッシュは訊いた。

「仕事がどうした、オートリー。おとなしく辞めろ。聞いた話ではロンドン警視庁もその意向のようだ」

ビッシュはこの瞬間をずっと、毛深い脚に貼られた絆創膏をいっきに剝《は》がされるようなものだと想像していたが、じつは停職処分になってからじわじわと剝がれつつあったことを実感した。爆弾とノア・レブラックと彼女の子供たちと弟が、すべてを変えていた。それでも、きっと自分の仕事が恋しくなるだろう。それに、できることなら自分の意向で辞められたらよかったのにと思った。

「また連絡するよ」グレイジャーは言った。

ビッシュは首を振った。「やめてくれ。つまり、連絡するのを。仕事は依頼しないでください」

グレイジャーは怪訝《けげん》そうな顔をした。

「つまりその、事情が少々込み入っている女性がいるんですが、あなたたちは彼女が暮らしている場所を容認しがたいと思うんです」

グレイジャーは何やらつぶやきながら、急いでクロンビー家御一行を追いかけた。

「彼の女は元ＩＲＡだ」エリオットが言った。「込み入った事情は理解できると思うよ」

54

ビッシュは助手席にビーを乗せて車を発進させた。窓を叩く音がしてそちらを見ると、ヴァイオレットがまじめくさった顔でこちらを見つめていた。窓を下げると、用件を尋ねる間もなく、彼女は身を乗り出してビッシュの頰にキスした。そして歩き去った。

駐車場から車を出してすぐ、ビーの携帯電話が鳴った。「パパの知ってる人かな?」

「そう、ヴァイオレットがさよならを言ってる」

「なんでさっき言わなかったんだ?」

「パパ、バカなことばかり訊くのはやめて」

しばらくしてまた着信音が鳴り、メッセージを読んだビーがせせら笑った。「ジージー・シヤバジはもうヒステリーを起こしてる」

「彼女の電話番号を知ってるのか?」

「知ってちゃいけない?」

「きみたちは敵同士だと思ってた」

「ママがヴァイオレットとあたしはメソポタミアの二姉妹だと言ってたことを彼女はジージーに教えたの。だから当然、ジージーは三女でなくちゃならないわけ。まあ今あたしたちは、ペルシャの三王女ってことになってるみたいだけど」

ビッシュはチャーリーが運転する救世軍のバンにクラクションを鳴らした。助手席には顔をこわばらせたグレイジャーが乗っている。クロンビー夫妻のスマートはそのすぐ後ろについていた。

「今から言うことに傷つかないでね」とビーが言った。

「約束できないな」それは本音だ。

「わかった。でも、とりあえず言っておく」ビーは深く息をついた。「Facebookの友達リストからあなたを削除する」

胸にグサッときた。ビッシュは必死にその傷を悟らせないようにした。

「あたしは自分の友達にもそうすることを勧めた」ビーは傷口を広げた。「気を悪くしないでね、パパ。あなたがチェックしてると思ったら、好きなことを言ったり、ふざけたりできないでしょ」

「冷たいな、ビー。すごく冷たいよ」

「ヴァイオレットが〈フリー・ノア・レブラック〉というページを作成したんだけど、あなたがそうしたいなら参加してもいいって」

わずかな慰《なぐさ》めか。

「それからもうひとつ言いたいことがあるの……」

「まだあるのか？　友達をやめたいってところで終わりにできないかな？」

ビーは父親をじっと見つめた。「あなたはママを笑わせる」と優しい声で言う。「でも、デイヴィッドは彼女を幸せにする」

ビーはもうiPadを手にしている。これでもう、おしゃべりがつづいた一日は終わり、四時間の沈黙がやってくるだろう。ビッシュはここで会話を終わらせたくなかった。

「ひとつ約束してくれないかな?」

「すごくバカなことじゃなければ」

「なぜそう思うんだ?」

「あの顔をしてるから。スティーヴィーはそれを〝バカなことを言いだしそうな顔〟って呼んでた。覚えてる?」

「信じてくれ。おまえにバカなことは約束させない」

「いいわ、なんなの?」

「絶対にチャーリー・クロンビーの精子でパパの孫を作らないでくれ」

ビーは笑った。「ほんとにバカなんだから」そしてiPadをバッグに入れ、座り直してさらに笑った。


はるばるアシュフォードまで車を走らせ、そこからまたロンドンに戻る頃にはへとへとになっていた。ビッシュはスーパーマーケットに寄って夕食を買い、ちょっと酒屋をのぞきたくなったが我慢し、《イブニング・スタンダード》紙を手に取った。生まれて初めて、その一面記事が気に入った。彼らはみんな笑っていた。ヴァイオレット、ビー、エディ、チャーリー、フィオン、ローラ、メノシ。〝子供たちは元気〟という見出しが躍《おど》っている。これは意義のあることだ。

ひっそりとしたフラットで、ビッシュは一週間分の郵便物をまとめ、金魚の生命力の強さに驚き、Eメールをチェックし、〈フリー・ノア・レブラック〉グループの四番目に加わり、郵便物を整理した。請求書。請求書。請求書。

手書きの封筒。

ビッシュはそれをじっと見つめた。一度開封したあと、スコッチテープで閉じてあるが、気にせず読みはじめた。

〝親愛なるバシルへ……〟

これはレターセットを買いにいかなければならないだろう。

エピローグ

ヴァイオレットはときおり、孤独と、地球の反対側への思慕とで自分が壊れてしまうのではないかと思うことがある。何よりもエディが恋しい。それに、ナスリンおばあちゃんとクリストフおじいちゃんが初めて孫息子を見たときの顔は、一生忘れないだろう。

とはいえ、弟のことを心配しない日はない。エディの学校では彼の出自を気にしない生徒もいるが、ロッカーに悪口を書く生徒もいて、それが弟の心を傷つけているようだ。そんなことがあっても、エディはカレーに住むジミーを訪ね、月に一度は父親とホロウェイを訪れることをやめない。ジョンはアンナが生きていれば望んだだろうからと言うけれど、理由はどうであれ、エディに会えるのはママにはとても大事なことなのだ。ママはこう言う。「人より不幸な日もあればね、ヴァイオレット、最高の日もあるのよ」

レイラはもうすぐ控訴するらしく、裁判になることを祈っている。勅撰《ちよくせん》弁護士はビーの母親で、何事も徹底している。ミスを許さず、手抜きをしない。彼女の戦法はこうだ。〝細部にまで気を配り、完璧を期せば、最初の数日で圧勝できる〟。ビーの父親の友人は高等法院の裁判官候補を辞退したので、ジミーとジョセフ伯父さんの弁護を引き受けられる。レイチェルとレならず、メディアを味方につけなければならないと。

けれど、ヴァイオレットにはメディアだけでは足りないことがわかっている。《ガーディアン》はノア・レブラックが控訴審を受けることについてどう思うか、とブラッケンハム爆破事件の遺族に尋ねた記事をクリスマスに掲載した。大半はノーコメントだった。二遺族は彼女が無実だと信じていると答え、三遺族は地獄の業火で焼かれろと答えた。一遺族は彼女が無実か有罪かにかかわらず、家族の誰かが償《つぐな》わなければならないと言っている。

その考えはヴァイオレットを憂鬱《ゆううつ》にする。サラフ一家はもう充分償ってきた。代償が大きすぎる。ときどきロンドンが今何時かを忘れて、寝ているビーの父親に電話することがある。彼はもう警官ではないが、スパイとして働いているのはまちがいない。仕事のことは話せないんだと言いつづけているから。彼がほぼ毎週ホロウェイを訪れていることは知っている。母と定期的に会っている人と話すのはいいことだ。彼は「何か話してくれないか、ヴァイオレット。楽しい話が聞きたい」と頼む日もあれば、こちらを笑わせてくれる日もある。ビーによれば彼のなかにバカな学者が棲んでいるせいらしいが、理由はどうでも、ビッシュ・オートリー元警部と話したあとは、いつも気分がよくなる。

メノシとローラの場合はそうはいかない。あの二人はどえらい頭痛の種だ。ありえないリンク先やくだらないYouTubeを送りつけてくる。数ヵ月前には革のブレスレットが送られてきた。ごていねいに、何かいいことが起こるたびにビーズを追加していき、ブレスレットが完成したら神が小さな願いを叶えてくれるという説明書きまでついていた。あの二人にはずばりと言ってやろう。「いいかげんにしてよ、あんたたち、もうこんなくだらないものを送ってこないで」と。

それはともかく、ヴァイオレットには神を信じていいものかどうかわからない――自分の家族の歴史にはあまり登場していないようだし。けれどもエディは試しにやってみたらと言う。

ひとつ目は、レイラのFacebookのプロフィールに、フランスでの週末を経て交際に発展した人がいることを読んだとき。

二つ目は、ビーが全国ジュニア選手権の二百メートルで優勝したとき。

三つ目は、フィオンが義足を装着したとき。

そして四つ目は、メノシとローラの母親がとうとうウィリアムとケイトに拝顔の栄を賜わったとき。母親たちは戦争で荒廃した国で手足の一部を失った子供たちを受け入れるため、ブローニュ＝シュル＝メール病院に棟を増築する資金集めを始めたのだ。その基金の名称がルシア、マイケル、アストリドにちなんでつけられたことにも、もうひとつビーズを。

ビーの祖母が当局に毎日一通手紙を書きつづけた結果、ノアの博士号がようやく授与されたことにも二つ追加。

しかし、それでもブレスレットを完成させるにはビーズがひとつ足りず、しばらくはいいことがない日がつづく。

ところがそんな七月のある日、ナスリンおばあちゃんにイギリスから小包が届く。宛先はオーストラリア、ニューサウスウェールズ州コリアンバリーのレブラック様。差出人の住所はない。でも、ヴァイオレットにはわかっている。あける前から中身はわかっている。祖父は腕時計を手にすると涙を流し、みんなで裏側に刻まれた文字を指でなぞる。ナスリンおばあちゃんはアラビア語でそれを読みあげる。〝最愛の息子へ。愛している。愛している。愛している〟。ヴァイオレットはエディが彼の父親とまたクリスマスに来たときのいいプレゼントになると言う。でも、ナスリンおばあちゃんは腕時計を手に取り、ヴァイオレットの手首にはめて言う。お父さんもあなたに持っていてもらいたいだろうし、エディもきっと賛成してくれるわよ、と。

その夜、ヴァイオレットはビーとチャットし、つづいてジージーとチャットし、それからチャーリーのFacebookをチェックする。今日は更新されている。彼は@princec2がツイッターで何かをけなすとき以外は、あまりSNSをしない。けれど、ヴァイオレットが思わず見入ってしまったのは、チャーリーの新しいプロフィール写真だ。真新しい旅行用バックパックに、すごくマヌケそうなカンガルーのステッカーが貼ってある。カンガルーは〝G'day《グダイ》〟と言っている。

ヴァイオレットは笑いすぎて涙を流しながら、もしかしたら神様はいるかもしれないと思う。

謝辞

私の初稿を読み、いつも大きな励ましで応えてくれ、いくつもの可能性を信じさせてくれるエージェントのジル・グリンベルグに格別の感謝を。そして〈ジル・グリンベルグ・リテラリー〉のみなさんにも深謝します――シェリル・ピエントカ、ケイトリン・デトウェイラー、キルスティン・ウルフ、デニス・サンピエール、ソフィア・サイドナー。

編集者のアーシャ・マソニックには、とりわけ編集段階で親近感を抱かせてくれたことに。リトル・ブラウン／マルホランド・ブックス・チームのほかのみなさんにもお礼を申し上げます。

私の執筆活動に重要な役割を果たしてくれたベン・ボール、メレディス・ローズ、そしてペンギン・ランダムハウス・オーストラリアの現在と過去のすべての人々に感謝します。

取材旅行に同伴してくれた人たち、初期草稿を読んでくれた人たち、アラビア語翻訳、フランス語翻訳、英国での専門用語に協力してくれた人たちに多謝――バーバラ・バークリー、マリサ・ドノヴァン、マリア・ボイド、エリザベス・バターフィールド、アンソニー・カタンザリティ、ポーレット・カタンザリティ、パットリック・デヴァリー、ジュリア・ガルシア‐デュブレ、ローラ・ハリス、アンソニー・ホロヴィッツ、セシル・レダーマン、ダニエラ・マーケッタ、アデリーナ・マーケッタ、ジェニファー・ノートン、ノーマ・サラフ、ハンナ・シェパード、ルイーズ・スミス、ブレンダ・スーター、ジョアンナ・ワーナー、ジョー・ウィリアムズ、マークース・ズーサック。

ビアンカ、ルカ、ダニエル、ハリソンには、私たちの生活に喜びを与えてくれることに力いっぱいのハグと愛を。

そして八冊の小説を書くあいだ真の伴侶であった愛犬ジャスパーにも。美しい坊や、安らかに眠れ。

訳者あとがき

オーストラリアのベストセラーYA作家初の大人向け作品『ヴァイオレットだけが知っている（*Tell the Truth, Shame the Devil*）』をお届けします。

著者のメリーナ・マーケッタは一九六五年、オーストラリアのシドニーに生まれました。高校で英語や歴史の教師をしながら執筆活動を行い、一九九二年に*Looking for Alibrandi*（『アリブランディを探して』）で鮮烈なデビューを飾り、二〇〇〇年に映画化された同作の脚本も手掛けました。二〇〇六年からはフルタイムの作家に転向、数々の賞に輝いています。

ここでこれまでの著作をまとめてみます。

・Looking for Alibrandi（1992）　オーストラリア児童図書賞他、多数受賞　『アリブランディを探して』神戸万知訳、岩波書店　10代からの海外文学シリーズ〈STAMP BOOKS〉二〇一三年

・Saving Francesca（2003）　オーストラリア児童図書賞受賞

・On the Jellicoe Road（2006）　全米図書館協会マイケル・L・プリンツ賞受賞

・Finnikin of the Rock（2008） Australian Book Industry Awards受賞、オーリアリス賞受賞（異世界ファンタジー三部作　Book1）
・The Piper's Son（2010）
・The Gorgon in the Gully（2010）
・Froi of the Exiles（2011）（異世界ファンタジー三部作　Book2）
・Quintana of Charyn（2012）（異世界ファンタジー三部作　Book3）
・Tell the Truth, Shame the Devil（2016） 本書
・When Rosie Met Jim/Shoeboxes（2017） キャスリン・バーカーと共著
・The Place on Dalhousie（2019）
・〈What Zola Did〉シリーズ
　What Zola Did on Monday（2020）からWhat Zola Did on Sunday（2021）まで、冒険好きなZolaの一週間を描いた六～八歳向けの読み物、全七巻

『アリブランディを探して』はイタリア系オーストラリア人の高校生を主人公とした青春小説で、人物描写の巧みさ、ティーンエイジャーが抱える悩みの切実さなどがあいまって、日本でも好評を博しました。

　邦訳二作目の本書でも人物描写の巧みさが光っています。主人公というか、主《おも》な語り手であるビッシュ・オートリー警部は温厚な人柄ですが、我慢の限界に達すると手がつけられなくな

るタイプで、職場で同僚に銃を突きつけて目下停職処分中の身であり、妻には去られ、娘には愛想を尽かされ、海で溺《おぼ》れた息子の死を悼《いた》みながら酒浸りの日々を送っています。そんなときに旧友から娘の乗っていたバスが爆破されたことを知らされ、そこから奮起するのですが……。ある人物に言わせれば、ビッシュの長所はなぜか彼にはみんな打ち解けて話をすることだそうです。ある女性はテディベアのような寂しげな目を見て、この男には何かいわくがあると見抜きます。

魅力的な人物を挙げていけばキリがないのですが、なかでもヴァイオレットの母親である終身刑のノアの、困難のなかにあっても毅然《きぜん》としている姿がとても美しく感じられました。十七歳のヴァイオレットにもその毅然さは受け継がれていて、爆弾魔の孫娘として孤高を貫いて生きていますが、毒舌家であるいっぽう誰よりも感謝の言葉を口にする折り目正しさや、家族や動物を愛する心優しい一面も兼ね備えています。

バスを爆破したのは誰か、その狙いは何かという謎を解明していく面白さはもちろん、人種とテロの問題、家族の物語、ティーンエイジャーの悩みと冒険と友情、会話の妙などに加え、シリアスな内容にユーモアがほどよく混ざっているところも読みどころと言えます。

二〇二三年二月

訳者紹介　英米文学翻訳家。主な訳書にヘスター『機上の奇人たち』『地獄の世界一周ツアー』、マッコール『誰でもない彼の秘密』、スワイラー『魔法のサーカスと奇跡の本』などがある。

検印
廃止

ヴァイオレットだけが知っている

2023年3月17日　初版

著者　メリーナ・マーケッタ

訳者　小《こ》林《ばやし》浩《ひろ》子《こ》

発行所　(株)東京創元社
代表者　渋谷健太郎

162-0814/東京都新宿区新小川町1-5
電話　03·3268·8231-営業部
03·3268·8204-編集部
URL　http://www.tsogen.co.jp
DTP　萩原印刷
暁印刷・本間製本

乱丁・落丁本は、ご面倒ですが小社までご送付ください。送料小社負担にてお取替えいたします。

ISBN978-4-488-21308-4　C0197